国家社科基金一般项目"中国文体论的原初生成与现代嬗变"
（13BZW016）结项成果

文化诗学理论与实践丛书

北京师范大学文艺学研究中心、
文学院211工程三期重点学科建设项目
主编：童庆炳、赵勇

文化诗学理论与实践丛书

姚爱斌 著

中国文体论：
原初生成与现代嬗变

北京大学出版社
PEKING UNIVERSITY PRESS

图书在版编目(CIP)数据

中国文体论:原初生成与现代嬗变/姚爱斌著.—北京:北京大学出版社,2022.5
(文化诗学理论与实践丛书)
ISBN 978-7-301-31206-3

Ⅰ.①中… Ⅱ.①姚… Ⅲ.①中国文学—文体论—研究 Ⅳ.①I206

中国版本图书馆 CIP 数据核字(2022)第 061007 号

书　　　名	中国文体论:原初生成与现代嬗变 ZHONGGUO WENTI LUN: YUANCHU SHENGCHENG YU XIANDAI SHANBIAN
著作责任者	姚爱斌　著
责 任 编 辑	张文礼
标 准 书 号	ISBN 978-7-301-31206-3
出 版 发 行	北京大学出版社
地　　　址	北京市海淀区成府路 205 号　100871
网　　　址	http://www.pup.cn
电 子 信 箱	pkuwsz@126.com　新浪微博:@北京大学出版社
电　　　话	邮购部 010-62752015　发行部 010-62750672 编辑部 010-62767315
印 刷 者	天津中印联印务有限公司
经 销 者	新华书店
	965 毫米×1300 毫米　16 开本　20.25 印张　325 千字 2022 年 5 月第 1 版　2022 年 5 月第 1 次印刷
定　　　价	78.00 元

未经许可,不得以任何方式复制或抄袭本书之部分或全部内容。
版权所有,侵权必究
举报电话: 010-62752024　电子信箱: fd@pup.pku.edu.cn
图书如有印装质量问题,请与出版部联系,电话: 010-62756370

目　次

导　论 …………………………………………………………… 1

第一章　从外饰到本体："前文体论"时期的先秦两汉"文章"观 … 8
- 第一节　本体的外形或修饰："文"概念的基本内在规定 ……… 9
- 第二节　内修"文德"与外备"文章"："周文"的两个基本向度 …………………………………………………………… 14
- 第三节　"人"为本体：周代"人文"的多层次系统 ………… 18
- 第四节　"空文"与"润色"：两汉"文章"观的基本倾向 …… 23
- 第五节　从汉代赋论与六朝辞赋批评比较看汉代的"文章"观 ……………………………………………………… 28
- 第六节　人与文的统一及文的内在统一：王充文学观的新转向 ……………………………………………………… 33
- 本章小结 ……………………………………………………… 45

第二章　文体论产生与《典论·论文》文学史意义重评 ……… 46
- 第一节　"体"义原始："心—体"相对与"异'体'"相对 …… 46
- 第二节　"文体"概念的出现及其基本义与偏指义 …………… 51
- 第三节　古代"文体"概念现代阐释的盲点与误区 …………… 58
- 第四节　文体的自觉：汉末魏晋文学观的历史特质 ………… 62
- 第五节　文体自觉与文体论产生的文学史意义 ……………… 67
- 本章小结 ……………………………………………………… 79

第三章 诗体节奏的内在矛盾与七言诗体的生成及发展 …………… 81

- 第一节 诗语节奏论对七言诗体晚熟原因的几种解释 ……… 81
- 第二节 诗体的完整性与诗歌节奏的多重性 …………………… 88
- 第三节 七言韵语的原初实用化倾向与七言诗语体节奏的晚熟 …………………………………………………………… 94
- 第四节 《楚辞》式情感节奏对早期七言韵语的整合与骚体式七言诗的形成 …………………………………………… 98
- 第五节 言志、反讽与抒情:汉代非骚体文人七言诗的创作与演进 …………………………………………………… 115
- 第六节 "立体益孤,含情益博":鲍照隔句韵七言诗体的特创 …………………………………………………… 125
- 本章小结 ……………………………………………………… 131

第四章 刘勰文学"通变"论的意义建构与整体解读 ……………… 133

- 第一节 "变而通"与"通其变":《周易》"通变"论的基本内涵 …………………………………………………… 135
- 第二节 文体分化与规范偏离:南朝文学"新变"的两种基本倾向 ……………………………………………………… 140
- 第三节 以经典"体要"驭新变"奇辞":刘勰论文的基本立场 ……………………………………………………… 147
- 第四节 化"讹变"为"通变":刘勰文学"通变"论重心的转向 ……………………………………………………… 151
- 第五节 "矫讹翻浅,还宗经诰":《通变》篇的主旨与主线 ……………………………………………………… 156
- 第六节 从"变则通,通则久"到"变则可久,通则不乏":"通变"论意义结构的重建与刘勰"通变"论的完成 ……………………………………………………… 164
- 本章小结 ……………………………………………………… 167

第五章 文体论视野中的诸"风骨"说内涵解读与比较
——从刘勰、钟嵘到陈子昂 ………………… 168

第一节 亦内亦外,喻义多样:从"骨"在生命结构中的特殊位置说起 ………………… 169

第二节 端直之言,骏爽之情:完整理解黄侃《风骨》札记及其意义 ………………… 176

第三节 脚踏实地,慎选明辨:寻找走出"风骨"论迷宫的金线 ………………… 186

第四节 钟嵘"风力"说:"风"情"骨"志,润饰"丹彩" ………… 193

第五节 陈子昂"风骨"说:"风""骨"一维,情志共体 ………… 204

本章小结 ………………… 208

第六章 文体论视野中的刘勰、钟嵘文学观比较
——以《文心雕龙》和《诗品》之"奇"概念为例 ………… 210

第一节 "文体解散"之弊与刘勰对文体完整统一性的坚持 ………………… 212

第二节 《文心雕龙》之"奇"与刘勰对一般文体规范的重构 ………………… 216

第三节 《诗品》之"奇"与钟嵘对五言诗文体优劣的品第 ………………… 223

本章小结 ………………… 240

第七章 从"文章整体"到"语言形式"
——中国古代文体观的日本接受及语义转化 ………… 241

第一节 从"文体"到"文字"——"文体"概念的跨语境移植与本体的形式符号化 ………………… 241

第二节 日语"文体"概念与近代日本"国语"建构 ………… 251

第三节 日语"文体"概念二分语义模式的渐次形成 ………… 262

本章小结 ………………… 273

第八章 从"表达思想"到"表现个性"
　　——中国现代文体观演变与现代文学的阶段性诉求 … 275
　第一节　日本近代"文体"观的输入与梁启超的
　　　　　"新文体" ……………………………………… 276
　第二节　作为语体的"文体"与白话国语的推行 ……… 284
　第三节　作为"风格"的文体与现代白话文学的成熟 …… 292
　第四节　日语"文体"二分释义模式的接受及改造 …… 301
　本章小结 ………………………………………………… 306

参考文献 ……………………………………………………… 308

后　记 ……………………………………………………… 317

导　　论

本书是我关于中国文体论研究的第二个国家社科基金项目"中国文体论的原初生成与现代嬗变"的最终成果，也是我关于中国文体论研究的第二本书，可以视作前一本书《中国古代文体论思辨》的"姊妹篇"。

这两个课题及其成果皆缘于我对中国文体论一些基本问题研究状况的困惑与反思，这些问题包括：中国现当代学界流行的关于古代"文体"概念的"体裁—风格"二分释义是否准确可靠，中国古代"文体"概念有没有相对统一的基本内涵，古代文体论是如何产生和发展的，"体裁—风格"二分释义模式又是如何形成的，古代文体论的现代阐释是否受到西方相关理论的影响，中国现代文体观与古代文体观有何差异，这种差异又是如何形成的，等等。

为了弄清楚这些问题，我采取了一种将研究对象和问题充分历史化、自觉回到原始文本、自觉返回原始语境的研究方法，将中国文体论分三个大的历史阶段进行研究：首先以成熟阶段（魏晋南北朝至明清）的古代文体论经典文献为依据，重新阐释古代文体概念的基本内涵，厘清古代文体论的内部关系，总结古代文体论的基本特征。然后循先秦两汉文论发展史，从概念层面考察从先秦两汉时期主导性的"文"和"文章"观到汉末魏时期出现的"文体"观的演进过程，比较"文章"观与"文体"观的不同内涵，分析古代文体论生成、发展的文学动因和文化语境，揭示"文体"概念和文体论产生的文学史意义。进而追踪中国文体论从传统向现代嬗变的轨迹，在中日交流、古今之变和西学东渐等多种历史文化背景上，揭示以"语言形式"为核心内涵的中国现代文体观形成的历史过程，具体分析中国传统文体观的日本接受以及日本近代文体观、西方文类学和语体学对中国现代文体观形成过程的不同影响,深入探究中、日、西"文体"观传播、影响、嬗变、转换的内在动力、机制和规律。

在关于中国文体论的第一阶段研究("中国古代文体论若干基础理论问题研究")中,我根据六朝至明清成熟期的古代文体论文献以及通过中国古代文体论与西方语体学和文类学的横向比较,集中反思并重新阐释了古代文体论的本体论和方法论两个基本问题,对"文体"与"语体""体裁""体制""风格""文类""体性""体貌"等相关概念间的关系作了详细辨析,重新阐释了中国古代"文体"概念的基本内涵,明确中国古代文体概念的要义是指具有丰富特征、构成和层次的文章整体存在。从原始文献看,刘勰《文心雕龙》(如称"文体解散""文体偏枯""首尾一体"等)、钟嵘《诗品》(如称陆机诗"举体华美")、皎然《诗式》(如称"举体偏高""举体偏逸"等)等论著,一再表明文体概念首先是指"文章整体存在",反映了古人关于文章自身本体存在的自觉。从逻辑层面看,各种形式的"辨体论"实为不同角度的文体分类,其间差异主要在于分类所依据的文体特征和构成因素,而指称分类对象的"文体"一词则是一个内涵相对统一的"属概念"。"辨体论"的产生反映了古人对文章具体特征和构成的自觉,表明文体还是"具有丰富特征和构成的文章整体存在"。从文化哲学层面看,文体范畴所蕴含的文章整体意识是中国传统文化生命整体观的体现。从中西比较的角度看,作为西方语体学(Stylistics)核心范畴的 Style 意指具有不同特征的语言表达方式,根源于西方诗学和文化中的语言—工具本体观,与中国古代"文体"概念可对应但不同质。[①]

以第一阶段研究为基础,本书的研究重点是中国文体论史的两端——原初生成和近现代嬗变。这两个历史阶段至为关键而研究也相对薄弱,因此同样有必要进行深入全面的专项研究。在实际研究中,我发现中国文体论的原初生成与现代嬗变也可大体分三个阶段进行把握:

第一阶段是从先秦两汉时期的"文"和"文章"观念发展为汉末魏时代的"文体"观念,初步形成了中国古代文体论。考察先秦有关文献可知,"文"和"文章"观念既有彰显文之形式结构的内在趋向,又总是

[①] 参看拙著《中国古代文体论思辨》(北京大学出版社,2012年版)及相关论文。

指向其所附属的本体之物，并由此获得其意义和价值。在"周文"系统中，周人以"人"之本体存在为中心，内修文德，外备文章，建立了完整的华夏"人文"系统。汉代出现的文辞作品意义上的狭义"文章"概念，仍然延续着先秦"文章"观念固有的重形式倾向，突出"文章"的文辞修饰之美和政教功能。汉末魏时代"文体"概念的出现及文体论的形成，则表明古人已经自觉到文章（即语言文字作品）自身也是一种本体存在，形成了关于文章本体存在的理论认识。中国古代的"文"和"文章"从表示文化本体的形式符号，逐渐演变为指称具有完整本体存在的语言文字作品，进而在"文"的丰富写作和批评实践中孕育出"文体"概念和文体理论，实现了对"文"之本体存在及其丰富类型（如文类文体、作者文体、流派文体、时代文体等）、特征（文类特征、作者特征、流派特征、时代特征、情意特征、语言特征等）、构成（情志、事义、辞采、声律、体意、体例、体气、风骨、神韵、气韵等）和层次（一般文章之体、各类文章之体、具体文章之体）的高度自觉。文体论的产生和成熟，为深化、细化对文章的认识提供了一个更高的理论平台。从"文"和"文章"概念到"文体"概念这一历史演进过程，可称为"形式符号的文章本体化"。本书第一章和第二章即是关于这一阶段的研究。

第二阶段是日语对中国古代"文体"一词的借用及"文体"一词在日本语言—文化语境中所发生的语义转换。日本学界并未清楚认识到"文体"与"文"两个汉语词在内涵上的区别，早期编纂的《日葡辞书》（1603，1604）将汉语词"文体"解释为"文字""形状"或"绘画"。这种释义相当于将汉语中已经表示文章本体存在的"文体"概念，还原为更早的表示语言文字或图画文饰的"文"概念。这一过程可称为"文章本体的形式符号化"。在明治维新后译介西方文学理论过程中，已表示"语言文字形式"的日语化"文体"一词，又被日本学者用于对译西方语体学的核心概念 Style（其基本内涵是指"具有各种特征的语言表达方式"，宜译为"语体"），强化了"文体"的"语言形式"意味，使得源自汉语的"文体"概念内涵经历了第二次"文章本体的形式符号化"。以"语言形式"为实质内涵的"文体"概念，在近代日本的"言文一致"运动中被广泛使用，"文体"因此成为区别和表述近代日语中各种语言文字形式（如汉文体、和文体、欧文直译体、言文一致体等，实为各种"语体"）的核心概念。同时，由于受西方文论中文类学（Genology)与语体学(Stylistics)二分并列关系的影响,日本近代文学理论著作和有关辞书中,出现了多种形式的二分式文体概念释义。如将汉语典籍中的文类之"体"释为"文章体裁",而将日语化"文体"释为"文章的样式"(大槻文彦《言海》,1891);再如将文学作品的形式划分为一般文类形式(Form)和具体语言表达形式(Style),并译Style为"文体"(太田善男《文学概论》,1906;本间久雄的《新文学概论》,1916);又如在分析中国古代文体概念内涵时,释文类之"体"为"文章形式的种类",释作者之"体"或时代之"体"为表现作者个人旨趣的"格"(如铃木虎雄《中国古代文艺论史》,1925)。日本学界的这些二分式文体概念释义,是中国现代文体学"体裁—风格"二分释义模式的直接来源。关于此一阶段的研究集中在本书第七章。

第三阶段是日语化"文体"观念和二分式文体概念释义在近现代之际反向输入中国并被接受,进而被中国现代学界逐步调整为"体裁—风格"二分的释义模式。日语近代"文体"概念最初通过黄遵宪、梁启超等引介到中国(《日本国志》,1887)。以"语言形式"为实质内涵的日本近代"文体"观,契合了同样以语言变革(白话代文言)为主要目标的中国现代文学改良运动的整体文化情势,古代汉语的"文体"概念在此语境中重演了它在近代日语中所经历的"文章本体的形式符号化"过程。受日本近代文体观和西方文类学、语体学的双重影响,中国现代学界一方面将传统用法的文类之"体"理解为文学作品的一般形式,同时又沿续了日本学者译Style为"文体"的做法,以"文体"表示文章中与思想、情感等相对的语言表现形式。具体到对应西方Style的"文体"观念,其内涵的阶段性呈现又集中反映了中国现代文学发展的阶段性诉求。在白话文学的早期阶段,与"文体"(Style)概念所本有的"作者个性的表现"这一特殊要求和内涵相比,人们更关心"文体"的基本表达功能和表现形式,因此突出的是其"语言形式"这一基本内涵。当文学改良运动成效大显,白话文学成果渐丰,人们开始对白话文写作提出了更高要求,不仅要求作家善用恰当"文体"写人叙事、表情达意,而且要求作家的"文体"避免平庸,能显示出作家的个性特征,因此现代文体观的另一层内涵,即通过"语言形式"所表现的"作者的个性特征",开始受到作家和批评家的自觉关注。时至20世纪30年代,以铃木虎雄《中国古代文艺论史》及本间久雄《新文学概论》等影响为中介,中国现代文论界始以"风格"翻译 Style,而称文类之"体"为"体裁"(老舍《文学概论讲义》,1934),先后在"文学概论"教材和中国古代文论史写作中建立了"体裁论"与"风格论"并列的文论模式。本书第八章即是对这一接受和演变过程的详细考察。

因为本书主要研究的是中国文体论的原初生成和现代嬗变,而非各种具体文体类型的产生、发展和演变,所以具体研究对象以相关文体论概念为主,其中居于核心的自然是"文体"概念。在《中国古代文体论思辨》一书的"绪论"和"结语"中,我曾对古代文体研究、古代文体思想研究和古代文体论研究作过简要区分。这里想补充并强调的是,尽管从历史上的实际存在来看,古代文体、古代文体思想和古代文体论是紧密相关的,但在其现代研究中,研究者对具体研究对象和问题有所选择,有所偏重,有所聚焦,不仅是可能的,而且是必要的。无论是具体文体的写作实践,还是由反思文体写作而形成的文体批评和文体理论,都有其自身相续相禅的发展、演进过程,构成了古代文体学①整体结构的不同层次,也构成了后人选择不同路径和角度认识和研究古代文体学的历史基础。学界已经积累了诸多着眼于文体现象和文体类型的研究成果,此类研究更能呈现具体生动的古代文体写作实践及其丰富成果。但相对而言,古代文体论所反映的是古人关于文体源流、性质、类型、结构、特征以及文体创作、鉴赏等现象和问题的高度自觉及理性认知,从文体论入手,应当更利于从宏观层面认识古代文体学的基本性质,把握古代文体观念生成、发展和演变的基本规律。研究目标决定研究路径和研究方法,本书对中国文体学史所作的宏观考察也内在地决定了"文""文章""文体"等基本文论概念或文体论概念的内涵演变会成为主要研究对象。

作为对文体论概念研究的呼应与补充,本书也包含了一部分关于具体文体类型源起和发展演变的研究。本书第三章以笔者前期研究所揭示的以"文章整体存在"为核心内涵的传统文体观作为学理基础,以诗歌整体节奏观替代诗歌形式节奏观,从诗歌情感节奏与语体节奏

---

① 这里的"文体学"并非"文体论"的同义词,而是沿承了传统"文学""诗学"概念的基本用法,是指以各体文体写作实践为核心、包括以文体写作为指向的各类文体批评和文体理论所共同构成的整体活动系统。这种意义上的"文体学"不等于"文体论",但可以包含"文体论",其外延比"文体论"要广。

的矛盾冲突中揭示诗体产生、发展的内在动力和机制,从而认识到七言诗体晚熟的根本原因在于早期七言韵语的实用表意倾向及其与每句韵形式相互强化所形成的单句自足封闭特征,而七言诗体的演进过程则是历代诗人以情感节奏和音乐节奏不断改造其实用化语体节奏的过程,其中《楚辞》中的骚体式七言诗句、张衡《四愁诗》、曹丕《燕歌行》、鲍照《拟行路难》等,皆以不同形式呈现了七言诗体在产生和发展过程中情感节奏与语体节奏相互冲突、调和的几个标志性阶段。在这一文体类型的个案研究中,文体论阐释范式的转变直接带来了对七言诗体起源问题认识方式的转变,诗歌形式节奏观视野中关于七言诗体的不同起源之争,在诗歌整体节奏观视野中转变为七言诗体不同发展阶段的具体形态之异,关于七言诗体生成与发展史的研究也因此实现了历史化与学理性的更高统一。

  《文心雕龙》(下文有时简称《文心》)和《诗品》是中国古代文论成熟期的经典著作,也是成熟期古代文体论的代表性著作。传统文体观念在这两部著作中已臻至高度自觉,并构成了二者论文评诗的重要平台,以"文体"为核心的一系列文体论概念在这两部著作中被广泛使用,文体论也在事实上构成了《文心》和《诗品》的基本内容。在笔者前期重点从事的古代文体论基础问题研究中,《文心》和《诗品》中有关文体概念基本内涵和文体论基本关系的丰富论述,为破除以"体裁—风格"二分释义为代表的加诸古代文体论之上的诸多成见,建立起关于古代"文体"概念内涵及古代文体论内部关系的更准确、全面的阐释,提供了最关键的一些文献根据。不仅如此,当成见放下、新解确立之后,《文心》《诗品》等文论典籍中诸多歧解纷纭的文论概念,也得以明确了其所本有的、更为具体的文体论概念身份,而这些概念的用法和用义也在文体论关系中获得了更切实、更精确的定位。本书第四章对《文心雕龙》文学"通变"论建构过程和特殊内涵的重新阐释,第五章对刘勰、钟嵘、陈子昂三家"风骨"论内涵异同及历史关联的梳理解读,第六章围绕"奇"概念展开的对《文心雕龙》与《诗品》文学观的比较,都因注意到这些概念与文体论的内在联系,将这些概念"还回"原始文本,"还归"原始语境,"还给"具体阶段的文论史,在此基础上精细辨析其同中之异、异中之通和通中之变,将概念内涵在特殊文本和历史语境中的确定性与其在不同语境中的变异性统一起来,从而克服了既往文论概念研究中常见的笼统、模糊、混淆、割裂之弊。

要言之,本书的主要任务是从历史角度探究"中国古代文体论如何产生"和"中国现代文体观如何形成"这两个基本问题。这些基础性历史问题的研究也一直是中国文体论研究中比较薄弱的环节。由于中国现代学界或有意或无意、或直接或间接地受到西方文学理论及语体学的影响,自20世纪初至今一百多年,中国古代文体论的本来面目遭到不同程度的改造、变形和遮蔽,其所蕴含的文章整体观一直未被自觉阐发,其与中国传统文化生命整体观的内在联系也一直未被充分呈现。由于未能准确把握中国古代文体观念的基本内涵,未能将中国古代文体论研究建立在属于其自身的学理根基之上,导致诸多关于中国古代文体论经典著作、基本概念和重要命题的阐释,不同程度地偏离了其历史本相和轨则。本书所集中从事的文体论概念内涵的历史梳理、影响比较和学理探究,或将有助于揭开近现代历史覆盖在古代文体论之上的层层话语,重新展现古代文体论的真实精神与本来面目;也或有助于从文章整体观出发更好地理解中国古代文学史上的各种文体现象,避免将文章语言形式与思想内容割裂,片面地从语言形式层面解释具体文体类型的生成、发展和演变;与此同时,也可为中国现代文体学研究提供更多的传统资源,拓展现代文体学研究的理论视野,促进其研究思路和方法的转换。

第一章　从外饰到本体:"前文体论"时期的先秦两汉"文章"观

　　本章从关键概念入手,考察文体论产生之前中国传统文学观念的发展和演变。概念作为人类意识的一种形式,其最终根源在人类的现实生活和社会实践,但同时,概念也是其自身历史的产物,每个新概念的出现总是以历史上已有的概念为前提,是此前有关概念的发展、丰富、分化和新变,并与此前有关概念形成体与用、本与末、总与分、质与文、正与奇、雅与俗以及并列、互补、对立、替代等各种具体关系。概念在相续相禅的发展过程中,"踵事而增华,变本而加厉",不断丰富、更新着一个个概念类型、概念集合和概念体系,凝聚为人类认识世界的每一阶段的思维成果。探索中国古代"文体"概念的产生及文体论的生成,也需要将"文体"概念置入有关文化概念和文论概念的历史进程中考察,而不宜仅依据与"文体"直接相关的那些理论文献,不能只就"文体"论"文体",就"文体"论研究"文体"论。从概念生成及发展的历史来看,中国古代"文体"(或简称"体")概念是在"文"(或"文章")和"体"这两个概念基础上生成的,而"文"与"体"结合所形成的新的"文体"概念,又是对"文"这一原始概念更为具体的描述和规定,进一步呈现、发展和丰富了"文"(或"文章")这一原始概念的内涵。因此,将"文"(或"文章")与"文体"这两个历史上前后相续的重要文论概念联系起来考察,前后观照,相互比较,不仅可以顺向地由"文章"概念以观"文体",亦可以逆向地由"文体"概念反观"文章",从而在文论概念史的坐标上更准确、清晰地定位"文""文章""文体"等一系列基本概念的阶段性特征和文学史意义。①

第一节 本体的外形或修饰:"文"概念的基本内在规定

综观先秦两汉关于"文"的界定、描述和说明,"文"的特征和意义主要是通过两组相对关系来体现的:②

一是相对于单一事物或单一形式而言的更为复杂的事物组合或形式结构。许慎《说文解字》释:"文,错画也。"③这是古人对"文"字所做的一个最素朴的解释,其所说的"错画"(交错之画)即是与单一之画相对而言。《周易·系辞下》云:"物相杂,故曰文。"④这是古人关于"文"概念的一个最概括的说明,其所说的"相杂"之物也是与单个之

---

① 笔者十多年来就中国古代文体概念的基本内涵、古代文体学方法论、中西"文体"(style)概念比较等一系列基本问题撰写了10多篇论文,同时撰有专著《中国古代文体论思辨》(北京大学出版社,2012年版)。这些研究成果以大量古代文体论原始文献为依据,遵循历史与逻辑统一原则,综合运用文献归纳、逻辑思辨、古今对照、中西比较、本体论与方法论结合、个案分析等研究方法,提出中国古代文体概念的基本内涵是指具有丰富特征和构成的多层次的文章整体存在。本章以笔者此前关于中国古代文体论成熟阶段(六朝文体论尤其是南朝文体论)的研究成果作为学理基础和历史参照,是对"前文体论时期"以"文"和"文章"概念为中心的古代文学观念史进行回溯式观照后的梳理和阐释。

② 有关中国古代"文"概念的研究时间长而成果多,如季镇淮的《"文"义探原》(《文讯月刊》新8号,1946年11月)、杨九诠的《先秦"文"论》(《东方丛刊》1993年第4辑)、陈彦烽、李畅友的《古代文论中的"文"及其相关诸范畴史论》[《广西师院学报》(哲学社会科学版)1994年第1期]、王锡臣的《论中国古典美学的总范畴是"文"》(《天津外国语学院学报》1996年第3期)、彭亚非的《先秦论"文"三重要义》(《文史哲》1996年第5期)和《原"文"——论"文"之初始义及元涵义》(《文学评论》2005年第4期)、王齐洲的《观乎天文:中国古代文学观念的滥觞》(《文艺研究》2007年第9期)和《从"观乎天文"到"观乎人文"——中国古代文学观念的视角转换》(《华中师范大学学报》[人文社会科学版]2008年第4期),李春青的《"文"之历史——从西周至战国文化精神之演变》(《文化与诗学》2012年第1辑)和《论"周文"——中国古代"文"的历史之奠基》(《北京师范大学学报》[社会科学版]2012年第5期),夏静的《中国思想传统中的文学观念》(生活·读书·新知三联书店,2017年版)等论著,都曾集中梳理阐释过中国传统"文"概念的历史和内涵,材料丰富,厘析精细,各有胜处。笔者所论应是首次将"文"与"文体"这两个前后相继的概念进行整体对照,并在历史对照中把握两个概念的基本内涵,定位二者在文学观念史上所呈现的阶段性特征。

③ (汉)许慎撰,(清)段玉裁注:《说文解字注》,上海古籍出版社,1988年版,第425页。

④ (魏)王弼、(晋)韩康伯注,(唐)孔颖达等正义,黄侃经文句读:《周易正义》,上海古籍出版社,1990年版,第177页。

物相对而言。《周礼·冬官》云:"画绘之事……青与赤谓之文。"①这是以相互搭配的青赤二色与单一的青色或赤色相对。《礼记·乐记》:"五色成文而不乱。"②这是以青、黄、赤、白、黑五种颜色的有规律组合与每一种单色相对。《国语·郑语》云:"色一无文。"③则是将杂色成文总结为一般性的规律。刘熙《释名·释言语》:"文者,会集众采以成锦绣,会集众字以成词谊,如文绣然也。"④锦绣之文是相对于单一色彩的"众采"之会集,文辞之文是相对单个文字的"众字"之合集。而"文"字本身从四画交叉的"夊"⑤增饰为"夋"(合947反)⑥、"夋"(合18682)⑦、"夋"(合35355)⑧(此三种为甲骨字形)、"夋"(能匋尊,西周早期)、"夋"(大盂鼎,西周早期)⑨、"夋"(君夫簋,西周中期)等,更直观地体现了"文"概念的这一内在关系和基本特征。这一组相对关系主要体现的是"文"自身的具体构成和特征。

二是相对于事物本体而言的表现形式、外在修饰或后天加工。孔颖达《周易正义·乾卦·文言疏》:"文谓文饰。"⑩"饰"既体现了"文"自身的形式之美,同时也体现了"文"的修饰功能。既为修饰,自然离

---

① (清)孙诒让著,汪少华整理:《周礼正义》,中华书局,2015年版,第3988—3989页。
② (汉)郑玄注,(唐)孔颖达疏,吕友仁整理:《礼记正义》(中),上海古籍出版社,2008年版,第1506页。
③ 徐元诰撰,王澍民、沈长云点校:《国语集解》(修订本),中华书局,2002年版,第472页。
④ (汉)刘熙撰,(清)毕沅疏证,(清)王先谦补,祝敏彻、孙玉文点校:《释名疏证补》,中华书局,2008年版,第109页。
⑤ 1984年,山西省襄汾县陶寺遗址晚期H3403灰坑发现了一个残破的扁形陶壶,其两面各有一个朱笔书写的字符,其中一个状如"夊",与甲骨卜辞中一些"文"字的形状几无二致,学界多认为这是一个字符,是与殷墟甲骨文字为同一系统的"文"字。相关研究成果有:徐旭生《陶寺遗址七年来的发掘工作汇报》(1985年秋"晋文化座谈会"汇报材料,后收入《襄汾陶寺遗址研究》,解希恭主编,科学出版社,2007年版),李健民《陶寺遗址出土的朱书"文"字扁壶》[《中国社会科学院古代文明研究中心通讯》(下文简称《通讯》)第1期,2001年1月],罗琨《陶寺陶文考释》(《通讯》第2期,2001年7月),高炜《陶寺出土文字二三事》(《通讯》第3期,2002年1月),冯时《文字起源与夷夏东西》(《通讯》第3期,2002年1月),何驽《陶寺遗址扁壶朱书"文字"新探》(《中国文物报》2003年11月28日),田建文《我看陶寺遗址出土的朱书"文字"扁壶》(《考古学研究》十,科学出版社,2013年版)等。
⑥ 郭沫若主编,胡厚宣总编辑:《甲骨文合集》,中华书局,1982年版,第272页。
⑦ 同上书,第2479页。
⑧ 同上书,第4428页。
⑨ 容庚编著,张振林、马国权摹补:《金文编》,中华书局影印,1985年版,第635—636页。
⑩ (魏)王弼、(晋)韩康伯注,(唐)孔颖达等正义,黄侃经文句读:《周易正义》,上海古籍出版社,1990年版,第15页。

不开被"饰"之物,这个被"饰"之物就是"文"之所属的本体。无论是自然之文,还是人为之文,莫不如此。如刘勰《文心雕龙·原道》谓"日月叠璧,以垂丽天之象",此为天之文,所饰之本体为昊天;又谓"山川焕绮,以铺理地之形",此为地之文,所饰之本体为大地;又谓"龙凤以藻绘呈瑞,虎豹以炳蔚凝姿",这是动物之文,所饰之本体为各种动物生命;又谓"草木贲华,无待锦匠之奇",这是植物之文,所饰之本体为各种植物生命。① 至于人类创造的各种类型、各种形式的社会性之"文",也各有其所"饰"之本体。如书写文字是记载言辞的符号,也是对言辞的修饰,其本体是口头所说之言;"礼乐"是仁义的外化和修饰,其本体是生命的内在仁义之心;当"礼"与"乐"结合在一起,礼又是"乐"这个本体的外在表现,成为"乐"之"文"。

上述两种相对关系实际上同时存在于每一种现实之"文"中,且往往通过"文"概念的界定、描述和说明直接体现出来。也因此,在传统"文"之观念(不同于后来的"文体"观念)中,就同时存在着两种相反相对而又相互依存的意义指向:一方面有不断彰显、突出文之形式结构的内在趋向,所谓"踵事而增华,变本而加厉";另一方面又总是或显或隐地指向其所附属的不同层次的本体之物,并由各种"文"与其所属本体的关系规定着其根本意义和价值。传统"文"概念中的这两种意义关系在华夏"轴心文明"产生前后的先秦时期即已发展得非常充分。如《易·贲卦》"象辞"云:"刚柔交错,天文也;文明以止,人文也。观乎天文,以察时变;观乎人文,以化成天下。"②世界上一切"文"被划分为"天文"与"人文"两大基本类型:一切自然之文归于"天文",一切人造之"文"归于"人文"。所有种类的"天文"莫不从属于天,故整体上以"天"(自然存在之物,如天地动植等)为其本体;各种类型的"人文"莫不由人所作并因人而设,故整体上以"人"为其本体。

"人文"作为华夏民族创造之"文"的总称,其发展有阶段之分,其存在有层次之别。若要举出一种非常原始且与人之生命存在直接相

---

① (南朝梁)刘勰著,周振甫注释:《文心雕龙注释》,人民文学出版社,1981年版,第1页。
② (魏)王弼、(晋)韩康伯注,(唐)孔颖达疏等正义,黄侃经文句读:《周易正义》,上海古籍出版社,1990年版,第64页。

关的"人文"形态,大概就是"文身"之"文"了。《礼记·王制》:"东方曰夷,被发文身,有不火食者矣。"①朱芳圃根据这则文献以及甲骨文和金文中的"文"字字形,认为"文即文身之文,象人正立形,胸即丨乂、凵❀,即刻画之文饰也",也即以"文身"为"文"字的最初象形。② 尽管这一观点只是关于"文"字本义诸多理解之一种,但其中所体现的"文"以人为本的关系却反映了各种类型"人文"的普遍特征:人所创造的各种形式的"文"归根到底都是人之生命力量(包括物质力量和精神力量)的外化,是人之生命的表现形式,同时也是对人之生命存在和社会生活的加工、修饰和美化。

"人文"一词的出现标志着"文"的创造和观念都已发展至相当成熟、系统的阶段。在此观念之下,华夏先民所创造的一切近及于身、远及诸物的文化形式和文化成果已被视为一个以"人"为核心的层次分明的文化系统。当华夏先人通过劳动创造使自己的生活环境充满"人文"之美时,人自身的"文"化程度也日益提高。至少在殷商时代,"文"已成为对人的一个至高至上的美称。现存最早的甲骨卜辞中的"文"字即见于"文武丁"这一商王称号。据罗振玉考,卜辞中的"文武

---

① (汉)郑玄注,(唐)孔颖达正义,吕友仁整理:《礼记正义》,上海古籍出版社,2008年版,第537页。
② 朱芳圃谓:"《礼记·王制》:'东方曰夷。被发文身,有不火食者矣。'孔疏:'文身者,谓以丹青文饰其身。'《穀梁传》哀公十三年:'吴,夷狄之国也。祝发文身。'范注:'文身,刻画其身以为文也。'考文身为初民普遍之习俗,吾族祖先,自无例外。由于进化较邻族为早,故不见诸传记。"(《殷周文字释丛》,朱芳圃著,中华书局,1962年版,第67—68页。)严一萍谓:"甲骨及彝铭之文皆示人身有错画如❀❀❀者,盖文身之象形,引申以为文采字。哀十三年《穀梁传》:'祝发文身。'注:'文身,刻画其身以为文也。'《礼记·王制》'被发文身'注:'谓刻其肌,以丹青涅之。'《史记·越世家》:'翦发文身,错臂左衽。'注:'错臂亦文身,谓以丹青错画其臂。'文身所谓错画者,形态各异,故文字之所取象亦不一。"(《中国文字》第三卷第九册,第1009—1010页。转引自《甲骨文字诂林》第四册,于省吾主编,中华书局,1996年版,第3255—3256页。)商承祚谓:"说文。文。'错画也。象交文。'以其交画为训。非初谊。以此文正之。当是'祝发文身'(穀梁哀十三年传)'被发文身'(礼王制)之文。仌乃人形。与亻同意。"(《甲骨文字研究》下编,据李圃主编《古文字诂林》第八册,上海教育出版社,2003年版,第68页。)陈梦家谓:"古文字中的'文'象一个正面直立的人。"(《西南联合大学师范学院国文月刊》十一期,《释"国""文"》,据《古文字诂林》第八册,第69页。)当代学者陈飞也赞同此说并有所发展(参看陈飞《古"文"原义——"人本"说》,《文学评论》2007年第5期)。

丁"即《竹书》所载之"文丁"①,为帝武乙之子,殷汤后第十五世,殷商第二十五王。又吴其昌考"文武丁"实即"文考武丁"之简称,为帝乙一代称谓的基本特征。② 如此,则"文"和"武"当皆为商王的生前美称或身后美谥。其中"文武丁"之"武"与"武乙"之"武"应归因于二位商王生前的征伐之功③,而"文"字则应该是对殷商先王的普遍美称。西周金文和传世《周书》中常见的"文考""文祖""文父""文母""文姑"等具体称谓④以及"前文人"⑤这个总体称谓,则表明西周之世"文"已被广泛用作对贵族前辈的美称。另外,《周书·立政》篇出现的"文子""文孙"这两个称谓⑥还进一步表明,"文"同样也可作为对周室后世子孙的美称。

---

① 罗振玉:"以康且丁、武且乙例之,知文武丁即文丁。考《史记》武乙之次为太丁,《竹书》作文丁。以卜辞证之,《竹书》是而《史记》非矣。"(罗振玉:《殷虚书契考释三种》卷下,中华书局,2006年版,第344页。)

② 吴其昌:"……又'文武丁'者,实即'文考武丁'之简称,乃帝乙一代称谓之特征,及至帝纣之时,即已易称之为'三且丁'矣。故凡卜辞之有'文武丁'者,知其时代,不能上下移易,而胥在帝乙一朝矣。按《西清古鉴》(一五、二四)及《贞松堂集古遗文》(八、二五)并著录有《自丞卣》(如状)其文曰:'自丞作文父丁䵼彝'。"(吴其昌:《殷虚书契解诂》,武汉大学出版社,2008年版,第226页。)

③ 殷王自汤始即重征伐之功。颂赞汤武功如《商颂·玄鸟》:"古帝命武汤,正域彼四方。""武王靡不胜,龙旗十乘,大糦是乘。"《商颂·长发》:"武王载旆,有虔秉钺,如火烈烈,则莫我敢曷。"《商颂·殷武》:"昔有成汤,自彼氐羌,莫敢不来享,莫敢不来王,曰商是常。"颂武丁征伐如《周易·既济》九三爻辞:"高宗伐鬼方,三年克之。"《商颂·殷武》:"挞彼殷武,奋伐荆楚,罙入其阻,裒荆之旅。"(参见季镇淮《"文"义探原》,原载1946年11月《文讯月刊》新8号。此据《季镇淮文选》,北京大学出版社,2010年版,第10—11页。)

④ 郭沫若:《金文丛考》,人民出版社,1954年版,第6页。

⑤ 如《尚书·周书·文侯之命》:"汝克绍乃显祖;汝肇刑文武,用会绍乃辟,追孝于前文人。"[(清)阮元校刻:《十三经注疏》,中华书局影印,1980年版,第254页。]《尚书·周书·大诰》:"天棐忱辞,其考我民,予曷其不于前宁人图功攸终?天亦惟用勤毖我民,若有疾;予曷敢不于前宁人攸受休毕?……天亦惟休于前宁人,予曷其极卜? 敢弗于从,率宁人有指疆土?"(第199—200页)据古文字研究者严一萍考,这段话中的"前宁人"应为"前文人"之误:"两周彝器铭文,对祖先崇德报功者多,故'前文人''文考'之文不啻数十见。……尚书大诰误从心之文为宁,遂使'盗王''盗考'不得其解者二千载。吴大澂曰:'不见古器不识真古文,安知盗字为文之误哉!'"(引自《古文字诂林》第八册,上海教育出版社,2004年版,第70页。)

⑥ 《尚书·周书·立政》:"继自今,文子文孙,其勿误于庶狱庶慎,惟正是乂之。"又:"今文子文孙,孺子王矣。其勿误于庶狱,惟有司之牧夫。"[(清)阮元校刻:《十三经注疏》,中华书局影印,1980年版,第232页。]

第二节　内修"文德"与外备"文章"：
"周文"的两个基本向度

周是华夏"人文"意识全面高涨的时代。鉴于商纣失德而亡天下的教训，周人一方面敬畏天命，勤修"文德"，以德化民，以德怀远，深化了内在文德修养的观念和功夫；一方面又建立了一整套完备的礼乐文教制度，作为周代贵族修德、敬天、法祖的制度保障，维护宗法制度的"尊尊"之等级与"亲亲"之和谐，促进了"文"的外向性发展。以"人"这一本体存在为中心，周人内修文德，外备文章，分别从内在人性和外在制度这两个层面将华夏"人文"发展到一个灿烂晌曜的阶段。

首先，从"文"的内向发展来看，殷商时代尚作为泛化美称的"文"被周人赋予了愈来愈丰富明确的道德内涵。《尚书·周书》中屡见的"文人""文祖""前文人"等词，表明周初延续了殷商以"文"为先祖美称的传统。但鉴于"大邦国"殷商一战而亡（牧野之战）的教训，周统治者深感天命靡常，有德者方可居之，故敬天命而重人事，对自身品德有了非常自觉的要求和非常勤勉的修养。在这一背景下，"文"与"德"建立了密切联系，获得了更具体的文化内涵。① 据周代金文和传世文献如《诗》《书》等所载，"德"是以"文"为美称者的一个重要品质。如《周书·康诰》（《今文尚书》）："惟乃丕显考文王，克明德慎罚，不敢侮鳏寡，庸庸，祗祗，威威，显民。"②《周书·武成》（《古文尚书》）："我文考文王，克成厥勋，诞膺天命，以抚方夏。大邦畏其力，小邦怀其德。"③从字形看，金文中的"文"字常在中间画上心状符号，如 ▼（旂鼎，西周早期）▼（君夫簋，西周中期），其示义非常明显，表明原初的

---

①　李泽厚认为："'德'在周初被提到空前的高度，与周公当时全面建立以王的政治行为为核心的氏族—部落—国家的整套规范体制即'制礼作乐'有关。这个'制礼作乐'的'德政'可分为内外两个方面：'敬'和'礼'。'敬'即畏敬，包括恐惧、崇拜、敬仰种种心理情感。……这即是'德'的内向化或内在化，而最终成为首先要求于政治首领的个体品德力量。……'德'的外在方面便演化为'礼'。'夫德，俭而有度，登降有数，文、物以纪之，声、明以发之，以临照百官，百官于是乎戒惧，而不敢易纪律。'（《左传·桓公二年》）"（李泽厚：《由巫到礼　释礼归仁》，生活·读书·新知三联书店，2015年版，第22—24页。）

②　（清）阮元校刻：《十三经注疏》，中华书局影印，1980年版，第203页。

③　同上书，第184页。

"人身之文"已内化和深化为"人心之文",此"人心之文"即"德"。这个意义上的"文"后写作"忞"①,《说文》:"忞,自勉强也,从'心','文'声。"②指意更为明确,即表示自觉勤勉地不断提高自身的道德修养。"德"从"直"从"心",本义即指"把心思放端正"。有端正之心,自然有端正之行,故有"德"者,其"文"是自内而外表现出来的。有德者必有文,有文者也必有德,"文""德"实一体之两面③。在周人心目中,"文王"是"文德"的典范,最鲜明地体现了"人心之文"(忞)。《诗·大雅·文王》全篇即是叙述文王勤勉为政、恭事上帝、体恤下民的用心和行为,所谓"亹亹文王,令闻不已","世之不显,厥犹翼翼","穆穆文王,于缉熙敬止",都是反复强调文王修德怀人的功夫,同时要求殷之遗民以文王为则,敬服天命,勤修美德,所谓"无念尔祖,聿修厥德","命之不易,无遏尔躬"。自西周至春秋,修文德而王天下始终是一种理想的内政外交之道。《国语·周语》云:"有不王,则修德。"④《论语·季氏》曰:"故远人不服,则修文德以来之。"⑤表达的都是这种观念。

以"德"为"文",固然有异于纯粹外在的"人身之文",但就人之整体而言,"德"仍然属于对自然质野的人心和人性的后天文饰与修养。这两类"文"虽有层次浅深之别,但就其作为"文"来说,都是对人之本然状态的修饰和美化。这也是以"文"名"德"的语义根据。《左传》僖公二十七年载:"晋侯始入而教其民,二年,欲用之。子犯曰:'民未知义,未安其居。'于是乎出定襄王,入务利民,民怀生矣。将用之。子犯曰:'民未知信,未宣其用。'于是乎伐原以示之信。民易资者,不求丰焉,明征其辞。公曰:'可矣乎?'子犯曰:'民未知礼,未生其共。'于是

---

① 参见季镇淮《"文"义探原》,《季镇淮文选》,北京大学出版社,2010年版,第12页。
② (汉)许慎撰,(宋)徐铉校订:《说文解字》,中华书局,2013年版,第218页。
③ 《论语·子罕》:"子畏于匡,曰:'文王既没,文不在兹乎?……'"又《述而》:"天生德于予,桓魋其如予何!"孔子两次遇难,一次自说有"文",一次自说有"德"。《国语·周语》上:"有不王,则修德。"《论语·季氏》:"故远人不服,则修文德以来之。"或曰修"德",或曰修"文德"。《国语·鲁语》上:"文王以文昭。"襄公二十七年《左传》:"兵之设久矣,所以为不贵而昭文德也。"或曰昭"文",或曰昭"文德"。并见文德二字同义。(引自季镇淮《"文"义探原》,《季镇淮文选》,北京大学出版社,2010年版。)
④ 徐元诰撰,王树民、沈长云点校:《国语集解》(修订本),中华书局,2002年版,第7页。
⑤ 杨伯峻译注:《论语译注》,中华书局,1980年版,第172页。

乎大蒐以示之礼,作执秩以正其官。民听不惑,而后用之。出穀戍,释宋围,一战而霸,文之教也。"①民之"知义""知信""知礼",皆教之而使成,教之以义、信、礼等道德观念和规范,也即是对其自然朴质的民心施加"文饰"的过程,故称这一过程为"文之教",可见"教化"的实质就是"文化"。正是在这个意义上,周人将人之道德修养的方方面面都归之于"文":"夫敬,文之恭也。忠,文之实也。信,文之孚也。仁,文之爱也。义,文之制也。智,文之舆也。勇,文之帅也。教,文之施也。孝,文之本也。惠,文之慈也。让,文之材也。"②这段文字并非将"文"视为一个有机整体而分析其内部结构,而是详列"文"的各种具体表现和类型。

概言之,周人的"文德"观一方面赋予"文"丰富的人性道德内涵,超越了原初的"身文"层次;但另一方面,在周人的观念和具体表述中,"文"本身并未被视为一种独立的本体存在,而是始终被看作是对人之自然朴素生命本体的外在修饰和后天修养。"文"的这一基本性质和特征在孔子的文质论中有明确阐述:"子曰:'质胜文则野,文胜质则史。文质彬彬,然后君子。'"(《论语·雍也》)③"棘子成曰:'君子质而已矣,何以文为?'子贡曰:'惜乎,夫子之说君子也!驷不及舌。文犹质也,质犹文也。虎豹之鞟犹犬羊之鞟。'"(《论语·颜渊》)④孔子所谓"文"兼涵内在的仁义、智信、忠勇与外在的礼让、言辞、容色等,但都是与"质"相对而言,相互依存而为统一完整之体。

与敬修"人心之文"相应,周人又向外发展了一套层次丰富、体系完备的礼乐制度之文。孔子"郁郁乎文哉,吾从周"(《论语·八佾》)的赞叹,主要即是针对西周初开始建立的这一整套粲然可观、秩然有序的礼乐制度而发。在周代"三礼"(《仪礼》《礼记》《周礼》)中详列的各种在今人看来不胜繁缛的礼仪规范中,在《左传》细述的种种内政外交场合屡见不鲜的揖让周旋、赋诗称志活动中,在《国语》记载的无数发生于君臣使节之间的酬酢应对、容与辞令中,可以真切感受到周

---

① 杨伯峻编著:《春秋左传注》(修订本),中华书局,2009年版,第447页。
② 徐元诰撰,王树民、沈长云点校:《国语集解》(修订本),中华书局,2002年版,第88—89页。
③ 杨伯峻译注:《论语译注》,中华书局,1980年版,第61页。
④ 同上书,第126页。

代渗透进每一个政治场景和生活细节的礼乐辞令之"文",可谓无处不在,无物不备。

"文章"一词的出现,更强烈鲜明地体现了周人重外向性规范、修饰和美化之"文"的观念。"文章"本字为"彣彰",在"文章"二字上益之以"彡",意在增强形饰之美。《说文》:"彣,䆋也。从彡文。"段注:"䆋,有彣彰也。是则有彣彰谓之彣,彣与文义别。凡言文章皆当作彣彰,作文章者,省也。文训䆋画,与彣义别。""以毛饰画而成彣彰,会意。"①段氏谓"彣"与"文"意义有别,当是指二字所表示的文饰程度有异,而"彣彰"连用,更强化了形饰之美。《周礼·考工记》谓:"青与赤谓之文,赤与白谓之章,白与黑谓之黼,黑与青谓之黻,五采备谓之绣。"②虽然这未必就是"彣彰"的初始本义,却的确从色彩搭配组合的角度突出了"彣彰"一词所蕴含的形式装饰意味。因"彣彰"仍属于"文"之范畴,故周人多省写为"文章",但相对于一般之"文","文章"是外饰之文的极致。"文章"概念的出现,标志着"周文"尤其是其中的礼乐制度之文已发展到高度成熟的阶段,类型更加完备,形式更加精美,层次也更加丰富。故孔子盛赞尧,曰"巍巍乎其有成功也,焕乎其有文章"(《论语·泰伯》)③;弟子称道孔子,曰"夫子之文章,可得而闻也;夫子之言性与天道,不可得而闻也"④。又《左传·隐公五年》:"昭文章,明贵贱,辨等列,顺少长,习威仪也。"⑤《左传·昭公十五年》:"奉之以土田,抚之以彝器,旌之以车服,明之以文章。"⑥

季镇淮在《"文"义探原》中对"周文"所蕴含的"装饰"意义作过充分阐释,他说:"装饰的意义,存在事物的关联上而无止境。'文章'之为用在装饰;装饰的意义无止境,'文章'的涵义的扩张亦无止境。大概基于天性罢,从原始的野蛮人到高级的文化人,无时无地不喜爱装

---

① (汉)许慎撰,(清)段玉裁注:《说文解字注》,上海古籍出版社,1988年版,第425页。章太炎《国故论衡·文学总略》则认为"彣彰""古者或无其字,本以'文章'引申","独以五彩施五色,有言黼、言黻、言文、言章者,宜作'彣彰'"。
② (汉)郑玄注,(唐)贾公彦疏,黄侃经文句读:《周礼注疏》,上海古籍出版社,1990年版,第622页。
③ 杨伯峻译注:《论语译注》,中华书局,1980年版,第83页。
④ 同上书,第46页。
⑤ 杨伯峻编著:《春秋左传注》(修订本),中华书局,2009年版,第43页。
⑥ 同上书,第1372—1373页。

饰。在中国,春秋时时人恐怕是最考究的了。虽说那刻板式的封建制度,这时代已趋向破坏之路,但贵族们的阶级观念还牢牢地保存着。各阶级都要维持一种标准风度——风度就是一种生活的方式。此种生活的方式,其特征之一,便是装饰。装饰得当,就合乎那标准,——就是礼。这时代对于装饰,具有真挚的感情,广义的看法。不但器物(车马衣服之类)上的绘画或刺绣的图象叫'文'或'文章',就是那器物对于一个人或国家也叫'文'或'文章'。比方说话,对于人原只是一种功用,但这时代人以为也是一种装饰。自然,那所谓文学——诗书礼乐等,也是人的装饰了。于是大而言之,政治经济社会的种种制度,对于国家,也都是一种装饰。"①

综观周人关于"文"的种种表述,尽管在言及"文"之具体类型时会描述、呈现其内部的系统构成,如"礼""乐"分别为两种最重要的"周文",而"礼"又有其自身的"本""器"和"文"②,"乐"也有其自身的"情""声"和"文"③,但就周人对"文"这一概念的直接用义来看,周人并未自觉地将作为"文"的礼乐等各种类型层次的"文"本身视为自足独立的本体。事实上,周人以"文"称礼乐言辞种种,正是为了显示礼乐言辞等相对于所属本体事物的文饰性质和美化价值,而非其自身独立的本体存在。

第三节 "人"为本体:周代"人文"的多层次系统

细察周人关于"文"的各种表述,无论是仁、义、智、信、孝、慈等内在之"文",还是礼乐、言辞、章服、车饰等外在之"文",其意义都在于"成人",都须与人这一本体存在结合起来。如《论语·宪问》:"子路问成人。子曰:'若臧武仲之知,公绰之不欲,卞庄子之勇,冉求之艺,

---

① 季镇淮:《"文"义探原》,《季镇淮文选》,北京大学出版社,2010年版,第19—20页。
② 《论语·八佾》:"林放问礼之本。子曰:'大哉问! 礼,与其奢也,宁俭;丧,与其易也,宁戚。'"(杨伯峻译注:《论语译注》,中华书局,1980年版,第24页。)
③ 《礼记·乐记》:"凡音者,生人心者也。情动于中,故形于声。声成文,谓之音。""乐者,心之动也。声,乐之象也。文采节奏,声之饰也。君子动其本,乐其象,然后治其饰。"[(汉)郑玄注,(唐)孔颖达正义,吕友仁整理:《礼记正义》,上海古籍出版社,2008年版,第1456、1507页。]

文之以礼乐,亦可以为成人矣。'"①根据前文分析,"知""不欲"(即"廉")、"勇""艺"也应该是"文",属于人心内在之文,"礼乐"则是外显之文,是对人心之文的进一步修饰,而这两个层次的"文"都是属于自然之"人"的美化和修养,是"成人"的必要条件。又《荀子·臣道篇》:"礼义以为文。"②不言而喻,荀子所说的外在之"礼"和内在之"义",自然都是"人"之文。又《礼记·乐记》:"乐由中出,礼自外作。乐由中出故静,礼自外作故文。……故钟、鼓、管、磬、羽、籥、干、戚,乐之器也。屈伸俯仰,缀兆舒疾,乐之文也。簠簋、俎豆、制度、文章,礼之器也。升降、上下、周还、裼袭,礼之文也。故知礼乐之情者能作,识礼乐之文者能述。……乐者,天地之和也。礼者,天地之序也。"③尽管"乐"与"礼"的出发点有中外之别,而且礼乐自身又可分为"器"与"文"这两个层次,但无论是"由中出"的乐还是"自外作"的礼,都根于天地人情,是天地人情之文。再如《韩非子·解老篇》:"礼者,所以貌情也,群义之文章也。"又言:"礼为情貌者也,文为质饰者也。"④《国语·鲁语下》上:"服,心之文也。"⑤或言礼,或言服,都是以不同形式从不同层面的对人之生命的修饰。

言辞也是在这种相对意义上被称为"文"。如《左传·僖公二十四年》载介之推语:"言,身之文也,身将隐,焉用文之?"⑥《国语·晋语五》载宁嬴氏语:"言,身之文也,言文而发之,合而后行,离则有衅。"⑦《礼记·儒行》:"言谈者,仁之文也。"⑧《礼记·表记》:"是故君子服其服,则文以君子之容;有其容,则文以君子之辞;遂其辞,则实以君子之德。"⑨称"言"为"身之文",这是统而言之;而以"言谈"为"仁之

---

① 杨伯峻译注:《论语译注》,中华书局,1980年版,第149页。
② (清)王先谦撰,沈啸寰、王星贤点校:《荀子集解》,中华书局,2013年版,第250页。
③ (汉)郑玄注,(唐)孔颖达正义,吕友仁整理:《礼记正义》,上海古籍出版社,2008年版,第1476—1477页。
④ (战国)韩非:《韩非子》,商务印书馆,2016年版,第200、202页。
⑤ 徐元诰撰,王树民、沈长云点校:《国语集解》(修订本),中华书局,2002年版,第187页。
⑥ 杨伯峻编著:《春秋左传注》(修订本),中华书局,2009年版,第418—419页。
⑦ 徐元诰撰,王树民、沈长云点校:《国语集解》(修订本),中华书局,2002年版,第376页。
⑧ (汉)郑玄注,(唐)孔颖达正义,吕友仁整理:《礼记正义》,上海古籍出版社,2008年版,第2233页。
⑨ 同上书,第2065页。

文",以"辞"为文而以"德"为实,这是具而言之。周人将言辞归于"文",显然并非着眼于言辞自身的内在特征,而是着眼于言辞相对人(含"身""仁""德"等)之本体存在的从属性、修饰性和表现性。进言之,"言"又有其自身之文。如《左传·襄公三十一年》:"动作有文,言语有章。"①"言语"一方面属于人身之文,一方面又有其自身之文("章"),如语法、修辞、韵律、章法等。

周人之"文"的内涵和系统正是通过这种多层次的文饰与本体的相对关系呈现的:首先,"仁""德"为人心之文;其次,"言谈"又为"仁""德"及人身之文;最后,"言语"("动作")又另有其自身之文。从具体的相对关系来看,每个层次的"文"所属的本体皆有不同,但从其中所体现的"文"之观念模式来看,所有层次的"文"都被视为一种与本体相对的存在,周"文"与本体的相对关系因这种层次细分而呈现得更加充分。

在周代,《诗》《书》等典籍虽然已有其本体存在(完整篇章)之实,可是当周人对之以"文"相称时,仍然重其相对于"人"这一核心本体的文饰之义。或将其与"礼"并列作为"君子"的修养,如《论语·雍也》:"子曰:'君子博学于文,约之以礼,亦可以弗畔矣夫。'"②又《论语·子罕》:"颜渊喟然叹曰:'……夫子循循然善诱人,博我以文,约我以礼,欲罢不能。'"③或将典籍之文与"行"相对,如《论语·学而》:"子曰:'弟子入则孝,出则悌,谨而信,泛爱众,而亲仁。行有余力,则以学文。'"④孝、悌、谨信、爱众、亲仁等属于实行,而典籍属于"文",因此,娴熟于典籍也就成为人之有"文"的表现。如《左传·昭公三十年》:"(吴)光又甚文,将自同于先王。"⑤僖公二十三年:"子犯曰:'吾不如衰之文也,请使衰从。'"⑥可见,学习和运用典籍是周代"人文"的一项重要内容。

不难注意到,与其他时代相比,关于"周文"的概念表述呈现出非

---

① 杨伯峻编著:《春秋左传注》(修订本),中华书局,2009年版,第1195页。
② 杨伯峻译注:《论语译注》,中华书局,1980年版,第63—64页。
③ 同上书,第90页。
④ 同上书,第4—5页。
⑤ 杨伯峻编著:《春秋左传注》(修订本),中华书局,2009年版,第1508页。
⑥ 同上书,第410页。

常鲜明的特征:其他时代未曾有过像周人这样广泛、频繁、直接地使用"文"指称和评价几乎所有种类和层次的文化。尽管每种类型的"文"都有其专名(如内在的仁、义、智、信等,外在的礼、乐、诗、书等),但同时又被普遍地直接归入"文"这一共名之下。"文"作为共名贯穿于所有文化层面,分施于所有文化现象,极广大而又极精微,极概括而又极具体。"文"概念的广泛使用和共享,却在概念内涵层面将"周文"看似繁复的内部关系化约到极致:一方面是作为本体的"人",一方面是作为本体美饰和修养的"文"。在"文"这个共名的层面上,"郁郁周文"的性质和意义被统一起来了:所有的"文"都因附属于"人"而存在,都属于"人"的内外文饰和修养。作为现实存在,"文"因"人"产生和存在;作为名词概念,"文"的基本内涵和意义(与"具体内涵"有别)也因"人"得以规定。

正是在上述意义上,周人称自己所建立的文化为"人文"。"人文"这一称谓在突出"周文"灿烂成就的同时,也规定了"周文"的存在本体和价值主体——"人"才是一切"周文"的本体根基和意义指向。在这个以血缘为基础的宗法制度中,贵族成员的群体之"人"或个体之"人"的道德修养,是维持宗法关系存在、延续的关键,也是解决其中产生的各种问题和矛盾的关键。尽管礼乐之"文"已经作为外在制度建立起来,使"周文"实现了一定程度的客观化,形成了其自身相对独立的内在结构和运行机制,但在实际上又受周人"文"之观念(意识形态)所限,其客观化也是不够自觉和很不彻底的。礼乐的存在和意义始终直接依赖主体之人的道德自觉,依靠具有道德自觉的"君子"来学习、遵循、施行和传承,即所谓"人而不仁,如礼何?人而不仁,如乐何?"(《论语·八佾》)[1]作为属人之"文"的礼乐缺乏足够客观化、本体化的制度力量和约束机制,一旦主体人的道德自觉不再,自我约束松弛,"礼崩乐坏"也就在所难免。

综而言之,作为"概念"的殷周二代之"文",主要反映的是各种文化形式相对于"人"这一核心本体的关系、性质和意义,而非这些文化形式自身的本体存在。"人文"之说的意义主要指向"人"的道德自觉和文化自觉,而非指向对于"文"自身本体存在的自觉。

---

[1] 杨伯峻译注:《论语译注》,中华书局,1980年版,第4—5页。

在这种"周文"语境中,《易》《诗》《书》《礼》《乐》等典籍之文被突出的自然主要是其"修身""立人""成人"的道德教育功能。《论语·泰伯》:"兴于诗,立于礼,成于乐。"①《学而》:"行有余力,则以学文。"②《阳货》:"诗,可以兴,可以观,可以群,可以怨。迩之事父,远之事君;多识于鸟兽草木之名。"③以及"不学诗,无以言"(《季氏》)④、"绘事后素"(《八佾》)⑤等论诗之语,其用意都主要在典籍之文的社会功能,而非典籍之文自身的本体特征。《荀子·儒效》:"故《诗》《书》《礼》《乐》之归是矣。《诗》言是,其志也;《书》言是,其事也;《礼》言是,其行也;《乐》言是,其和也;《春秋》言是,其微也。"⑥虽然对五部典籍的内容有所区分,但整体上又将所有典籍视为通向"道"的途径。也即是说,儒家典籍有文章本体存在之实,但儒家对其性质和意义的理解还是从典籍与道的关系出发,而"文""道"关系总的来看应属于"文"的外部关系。战国时期形成的《孔子诗论》中,虽然不再有春秋时代"文学"中盛行的主观性和功用性很强的"断章取义"式引用和"引譬连类"式理解,但其解读仍然偏重于阐发诗篇中所蕴含的道德主题。⑦

但在上述孔子的阐述中,包含有内在修养之"文德"和外在修饰之"文章"的泛化"周文",发生了一个重要分化:一方面"文德"之"忞"不再以"文"统称,而是用"德行""忠信""仁""智""勇"等具体概念指称;另一方面"文"或"文章"主要用以指政事、德行等内在本体的外在表现和修饰。"文"或"文章"观念的这一分化,一方面标志着先秦儒家已经自觉完成了道德本体的建构,一方面也提示了"文章"进一步分化的整体趋势。

---

① 杨伯峻译注:《论语译注》,中华书局,1980年版,第81页。
② 同上书,第2页。
③ 同上书,第185页。
④ 同上书,第178页。
⑤ 同上书,第25页。
⑥ (清)王先谦撰,沈啸寰、王星贤点校:《荀子集解》,中华书局,1988年版,第133页。
⑦ 如上博简《孔子诗论》第10简:"《关雎》之改,《樛木》之时,《汉广》之知,《鹊巢》之归,《甘棠》之保,《绿衣》之思,《燕燕》之情,盖曰终而皆贤于其初者也。"(陈桐生:《〈孔子诗论〉研究》附录一《〈孔子诗论〉简注》,中华书局,2004年版,第263页。)

第四节 "空文"与"润色":两汉"文章"观的基本倾向

时至汉代,以大一统帝国为基础,在历代帝王的倡导和推动下,辞赋写作大盛;同时应帝国政事和民间伦常之需,奏议、诏策、章表、书序、铭箴、碑诔等各体文章写作日繁,文章作者日众。"文"之实践层面的这些变化反映在文论概念层面,即是表示言辞的"文章"概念从先秦以来广义外饰的"文章"概念中分化出来,"文章"概念开始明确而普遍地指称各类文辞写作之"文"。如刘向《说苑·贵德》篇:"是以百王尊之(按指孔子),志士法焉,诵其文章,传今不绝,德及之也。"①《说苑·臣术》篇:"四曰智足以饰非,辩足以行说,反言易辞,而成文章,内离骨肉之亲,外妒乱朝廷。如此者,谗臣也。"②其《晏子叙录》:"晏子盖短,其书六篇,皆忠谏其君,文章可观,义理可法,皆合六经之义。"③《汉书·杨胡朱梅云传》:"夫以四海之广,士民之数,能言之类至众多也。然其俊杰指世陈政,言成文章,质之先圣而不缪,施之当世合时务,若此者,亦亡几人。"④《汉书·扬雄传》:"雄从至射熊馆,还,上《长杨赋》,聊因笔墨之成文章,故借翰林以为主人,子墨为客卿以讽。"⑤《后汉书·杨李翟应霍爰徐列传》:"其见《汉书》二十五,《汉记》四,皆删叙润色,以全本体。其二十六,博采古今之瑰玮之士,文章焕炳,德义可观。"⑥这些记载和表述都明确称各类以文辞写就的作品为"文章",且其外延非常广泛,包括孔子整理的儒家经典,《晏子》一类的子书,《汉书》《汉记》之类的史著,扬雄《长杨赋》之类的辞赋,指陈世政的政论之文等。

东汉班固《汉书》的多篇志、传中,对西汉"文章"创作的繁盛状况有更集中完整的记录和评述。如《汉书·地理志》:

---

① (汉)刘向撰,程翔评注:《说苑》,商务印书馆,2018年版,第179页。
② 同上书,第63页。
③ (清)严可均辑:《全上古三代秦汉三国六朝文》,中华书局,1958年版,第332页。
④ (汉)班固撰,(唐)颜师古注:《汉书》,中华书局,1962年版,第2920页。
⑤ 同上书,第3557页。
⑥ (南朝宋)范晔撰,(唐)李贤等注:《后汉书》,中华书局,1965年版,第1613页。

景、武间,文翁为蜀守,教民读书法令,未能笃信道德,反以好文刺讥,贵慕权势。及司马相如游宦京师诸侯,以文辞显于世。乡党慕循其迹。后有王褒、严遵、扬雄之徒,文章冠天下。①

《汉书·扬雄传》:

实好古而乐道,其意欲求文章成名于后世,以为经莫大于《易》,故作《太玄》;传莫大于《论语》,作《法言》;史篇莫善于《仓颉》,作《训纂》;箴莫善于《虞箴》,作《州箴》;赋莫深于《离骚》,反而广之;辞莫丽于相如,作四赋:皆斟酌其本,相与放依而驰骋云。②

《汉书·公孙弘卜式儿宽传》:

汉之得人,于兹为盛,儒雅则公孙弘、董仲舒、儿宽,笃行则石建、石庆,质直则汲黯、卜式,推贤则韩安国、郑当时,定令则赵禹、张汤,文章则司马迁、相如,滑稽则东方朔、枚皋,应对则严助、朱买臣……是以兴造功业,制度遗文,后世莫及。孝宣承统,纂修洪业,亦讲论六艺,招选茂异,而萧望之、梁丘贺、夏侯胜、韦玄成、严彭祖、尹更始以儒术进,刘向、王褒以文章显……皆有功迹见述于世。③

从《汉书》中有关"文章"的这几则文献可以看出:第一,先秦时期整体泛化的"文章"观念在汉代出现了明显分化,一方面是作为先秦时期"文章"之核心的儒家传统典籍如《易》《诗》《书》《礼》《春秋》等被归入"儒术"名下,一方面则是原来广义的"文章"一词开始普遍用于专指汉代辞赋家创作的"文辞"类作品。从更深层的概念表意机制来看,"文章"概念外延的这一时代性转移又是符合其内在规定性的——"文章"一词在具体使用中总是倾向于指称那些相对而言更复杂、更繁复的事物形式和结构,因此,当那些远比先秦典籍繁复富丽的辞赋类作品在汉代大量出现时,自然会成为"文章"概念新的主要所指。

第二,"文章"概念在汉代出现分化并转向专指的现实基础,是汉

---

① (汉)班固撰,(唐)颜师古注:《汉书》,中华书局,1962年版,第1645页。
② 同上书,第3583页。
③ 同上书,第2634页。着重号为引者所加。

代各体文章尤其是辞赋类文章写作的繁盛和壮大,文辞写作及其作者群体成为汉代出现的一种突出的具有标志意义的文化现象。《汉书》将"文章"与"儒雅""定令"等并列,表明"文章"写作已被视为与"儒雅""笃行""质直""推贤""定令""滑稽""应对"等有所区别的一项独特的能力、品质和专长。事实上,汉代的很多"文章"家的确像扬雄那样对文章写作有着非常自觉的意识和实践,或致力于借文章显于当时,或追求以文章名于后世,学习和写作"文章"不再是孔子所说的"行有余力"时所为之末事,而是成为值得付诸全部精神和生命的终生志业。

第三,扬雄分别以《易》为"经"文之典范、《论语》为"传"文之典范、《仓颉》为"史篇"之典范、《虞箴》为"箴"文之典范、《离骚》为"赋"之典范、相如文为"辞"之典范,拟撰和创作了《太玄》《法言》《训纂》《州箴》《反离骚》及《羽猎赋》《甘泉赋》等各类文章,表明其文章写作实际上已有了非常自觉的"文体"类型的区分意识(尽管还未出现明确的"文体"概念)。再对照《汉书·艺文志·诗赋略》中的诗赋分类及《后汉书·文苑传》中所列的书、铭、诔、吊、赞、颂、连珠、碑、策、箴、论、笺、奏、书、令、檄、谒文等各类文体之名①,可知在以"文体"(或"体")概念为核心的"文体"论产生之前的汉代,各类文体写作已经成为普遍事实。

尽管已经出现了专擅文章之士,尽管文章写作尤其是辞赋写作已是规模极大、类型众多,尽管比较狭义的"文章"概念已被普遍使用,而且尽管今人可以据此对汉代文学史的意义作出高度评价,但这一切文学史现象仍然都还是在"文章"之名下发生的,仍然体现了"文章"观念的一些基本规定。反映在汉代文论层面上,仍如先秦时期的文章论那样突出"文章"自身的文采形式特征,特重"文章"对社会事物尤其是汉帝国功业的润饰功能,强调"文章"在政治教化领域中的揄扬讽喻功能,而尚未形成对各类文章自身内在本体结构的自觉认识和理论总结。相关观点要言之有二:一曰"空文"说。如司马迁《报任安书》:

思垂空文以自见。

---

① 参看赵敏俐:《"魏晋文学自觉说"反思》,《中国社会科学》2005年第2期。

李善《文选》注云：

> 空文，谓文章也。自见己情。①

又《史记·太史公自序》引上大夫壶遂言：

> 孔子之时，上无明君，下不得任用，故作《春秋》，垂空文以断礼义，当一王之法。②

又《史记·日者列传》载西汉卜者司马季主评当世所谓"贤者"之行：

> 初试官时，倍力为巧诈，饰虚功执空文以罔主上，用居上为右。③

又《盐铁论·非鞅》：

> 故贤者处实而效功，亦非徒陈空文而已。④

称"文章"为"空文"是相对于"得（到）任用"（入仕）而言，是相对于"处实而效功"而言，这是西汉前期社会阶层价值观在文章观中的直接体现。汉高祖刘邦"马上得天下"，本不待见以文为业的儒生。汉武帝时期，对外逐匈奴，拓疆土，用兵不断，武人多以军功加官晋爵，恩荫子孙；对内则重用能吏，拔擢实才；与此同时，又尊儒术，兴文学，好文章，培养了一个专事文职的士人阶层。前一类武人或能吏往往胸无点墨，目不识丁，但执掌实权，精于实务；后一类文士虽腹笥五经，下笔琳琅，却位属侍从，处类俳优，不仅容易招致前者的轻慢和讥嘲，而且他们自己也往往以此自卑、自嘲。"空文"一说即是西汉文士这种社会地位和心态的自我写照，它以一种极端自谦而夸张的修辞将西汉文章写作的依附性和从属性凸显了出来。

二曰"润色"说。班固《两都赋序》：

> 大汉初定，日不暇给。至于武、宣之世，乃崇礼官，考文章，内设金马石渠之署，外兴乐府协律之事，以兴废继绝，润色鸿业。是

---

① （梁）萧统编，（唐）李善注：《文选》，中华书局，1977年版，第581页。
② （汉）司马迁撰，（宋）裴骃集解，（唐）司马贞索隐，（唐）张守节正义：《史记》，中华书局，2011年版，第4005页。
③ 同上书，第3909—3910页。
④ （汉）桑弘羊撰，王利器校注：《盐铁论校注》（定本），中华书局，1992年版，第95页。

以众庶悦豫,福应尤盛,《白麟》《赤雁》《芝房》《宝鼎》之歌,荐于郊庙。神雀、五凤、甘露、黄龙之瑞,以为年纪。

故言语侍从之臣,若司马相如、虞丘寿王、东方朔、枚皋、王褒、刘向之属,朝夕论思,日月献纳;而公卿大臣御史大夫倪宽、太常孔臧、太中大夫董仲舒、宗正刘德、太子太傅萧望之等,时时间作。或以抒下情而通讽谕,或以宣上德而尽忠孝,雍容揄扬,著于后嗣,抑亦雅颂之亚也。

故孝成之世,论而录之,盖奏御者千有余篇,而后大汉之文章,炳焉与三代同风。①

在这里,"言语侍从"所作的辞赋之"文章"与广义的礼乐之"文章"被同一视之,皆属于汉帝国伟业的"润色"。这种"文章"观承自先秦而变本加厉,在恢复传统礼乐制度之外又有了一支由"言语侍从"组成的、数量可观的专业"文章"制作队伍。言语文辞本有的自由表现功能,让这些"言语侍从"将狭义"文章"的"润色"功能发挥到极致,"假象"与"逸词"共篇,"辩言"与"丽靡"一体。

汉代的文章"润色"说是既有"文章"观念自身发展到极致和顶峰的产物,是"文章"概念所蕴含的"事物本体之外饰"这一内在规定性充分而集中的展开。在先秦儒家"人文"系统中,"文"即已有内外、主次等层次之分。如在德行、言语、政事、文学这"孔门四科"中,前三科俱为实行实功,而作为文献(实为三代文章)之学的"文学"乃居于其末。汉代之狭义"文章",是广义"文章"进一步分化和分工的产物:一方面出现了一批专事文辞写作的文士(如司马相如、枚乘、东方朔等),与那些从事实务、屡建军功之士形成了鲜明对照;一方面出现了大量铺张扬厉、闳衍侈丽的辞赋作品,片面而极端地发展了文辞的形式之美和润饰之功,使"文章"愈加背离属于其自身本体的内在完整性。于是,当汉代"文章"实践在辞赋写作中登峰造极时,"文章"的外饰功能也在汉代的辞赋论中被空前鲜明而集中地阐述出来。

---

① 张少康、卢永璘编选:《先秦两汉文论选》,人民文学出版社,1996年版,第583页。

第五节 从汉代赋论与六朝辞赋批评比较看汉代的"文章"观

对照"文章"观念鼎盛时的西汉赋论与"文体"论成型后的六朝赋论,可以更深切理解西汉"文章"概念的历史内涵,并可比照出从"文章"观发展到"文体"观的这一文学史演变。《太平御览》文部三《赋》引《西京杂记》载司马相如从"质""文"关系论辞赋的创作和构成:

> 合綦组以成文,列锦绣而为质,一经一纬,一宫一商,此作赋之迹也。赋家之心,苞括宇宙,总览人物,斯乃得之于内,不可得其传也。①

在文体论高度成熟时期成书的刘勰《文心雕龙》(撰成于南齐末)之《诠赋》篇中,也有一段关于赋之"质""文"关系的论述:

> 原夫登高之旨,盖睹物兴情。情以物兴,故义必明雅;物以情观,故词必巧丽。丽词雅义,符采相胜,如组织之品朱紫,画绘之著玄黄。文虽新(唐写本作"杂")而有质,色虽糅而有本,此立赋之大体也。②

司马相如从创作和结构角度将赋作分为"质"和"文"两层,以"綦组"喻其"文",以"锦绣"喻其"质"。其中的"綦组"与"锦绣"所指同类近似,都是指精美的丝织品③。也就是说,司马相如虽然将赋作结构分为"质"和"文"两个层次,但从其喻体来看,这两层在性质上并无明显区分。再看《文心雕龙·诠赋》篇的"文质论":刘勰首先将辞赋作品的内部结构分为"义"与"词"两层,强调优秀辞赋作品是"丽词"与"雅义"的统一。在这种"义—词"二分式辞赋作品结构观中,文章被

---

① (宋)李昉等:《太平御览》卷五八七《文部》三,中华书局影印,1960年版,第2645页。
② (南朝梁)刘勰著,范文澜注:《文心雕龙注》,人民文学出版社,1958年版,第136页。
③ 《礼记·玉藻》:"天子佩白玉而玄组绶,公侯佩山玄玉而朱组绶,大夫佩水苍玉而纯组绶,世子佩瑜玉而綦组绶,士佩瓀玫而缊组绶。"郑玄注:"绶者,所以贯佩玉相承受者也。"([汉]郑玄注,[唐]孔颖达正义,吕友仁整理:《礼记正义》,上海古籍出版社,2008年版,第1230页。)

描述为一种内在统一的整体存在,不再仅仅被视为其他社会本体存在(如人、道德品质、政教制度等)的表现、附庸或外饰。刘勰这里所说的"质"与"文"正是以这种二分式文章结构为基础,是"雅义"与"丽词"关系的另一种表述。尽管刘勰说明辞赋作品结构时也有类似于司马相如的"锦绣"之喻,但通过仔细分析、比较就会发现,其具体层次划分迥然有别。刘勰所说的"组织之品朱紫,画绘之著玄黄"这两组譬喻,意为朱紫等染色需要以组织经纬为质,玄黄等颜料需要以绘画底稿为本①,其中"质"和"本"对应的是"雅义","朱紫"和"玄黄"对应的是"丽词"。就其所用的两个譬喻来看,"质"(本底)与"文"(着色)在性质和层次上区分明显;就"质"与"文"所对应的辞赋作品来看,反映的是辞赋作品由"义"与"词"构成的内在统一的整体。

由此可见,同样是根据"质—文"二分思路说明辞赋作品的结构,司马相如的思路是在汉代"文章"观念中展开的,突出的是辞赋作品整体形式和修饰的精美与繁富,其间尚未产生内容与形式二分而又统一的观点;刘勰的思路则是在六朝流行的"意—言"二分("义—词"二分是其具体形式)的"文体"观念中展开的,强调的是辞赋作品自身内容与形式的统一性和完整性。这一差异显露出中国古代文学史演变的一个重大消息。

就二人论述的对象来看,刘勰所论之赋实际上也涵盖了司马相如所论之西汉辞赋,但为什么又会形成两种明显不同的认识?这个问题需要从西汉辞赋本身和两个时代的主导文学观念这两个层面来分析。首先就西汉辞赋作品本身来看,尽管在文体论产生后也获"赋体"之名,与诗、赞、颂、诔、章、表、奏、议等并列为文体之一种,但是与其他大多数文体相比,辞赋作品尤其是西汉辞赋类作品却普遍存在着非常突出的文体结构层面的内在矛盾,集中表现为文意与文辞、内容与形式、目的与手段之间的严重失衡。这种内在于辞赋文体中的突出矛盾与严重失衡,在汉代及后世文论中有不同形式的表述。如《史记·司马相如列传》载:

相如既奏《大人之颂》,天子大说,飘飘有凌云之气,似游天地

---

① 周振甫释此句:"组织:具有经纬,比作品的情理。朱紫:比作品的文采。画绘:比作品。玄黄:比文采。"(周振甫:《文心雕龙注释》,人民文学出版社,1981年版,第87页。)

之间意。①

司马相如《大人赋》中虽有"必长生若此而不死兮,虽济万世不足以喜"和"乘虚无而上人假兮,超无友而独存"之类讽谕武帝神仙孤独无聊而不足向往的辞句,但由于篇中绝大部分内容都是对神仙御风而行、自在遨游生活状况的极力渲染和铺写,实际上掩盖、削弱了其讽谕劝诫之旨,因此反而使汉武帝读后龙心大悦,恍若成仙,客观上造成了讽喻、劝诫之写作目的与铺排、炫博之写作手法间的突出矛盾。又《汉书·王褒传》载汉宣帝评辞赋之语:

> 辞赋大者与古诗同义,小者辩丽可喜。辟如女工有绮縠,音乐有郑卫,今世俗犹皆以此虞说耳目。辞赋比之,尚有仁义风谕,鸟兽草木多闻之观,贤于倡优博弈远矣。②

汉宣帝虽然整体上是肯定辞赋写作的必要性的,而且也肯定了辞赋"大者与古诗同义","尚有仁义风谕",但就其表述语气和肯定的具体内容来看,主要还是指辞赋类似于"绮縠"和"郑卫"之乐的"辩丽可喜"的精美形式及"虞说耳目"的娱乐功能。所谓"尚有仁义风谕"云云,也含蓄地表明西汉辞赋中的"仁义风谕"之旨是位居其次的,与其"辩丽可喜""虞说耳目"的精美形式相比并不相称。《汉书·叙传下》评司马相如赋:"文艳用寡,子虚乌有,寓言淫丽,托风终始,多识博物,有可观采。蔚为辞宗,赋颂之首。"③其中表达的基本态度和具体内容,差不多是汉宣帝论赋之语的翻版,"文艳用寡"一语则更简要道出了相如辞赋的内在失衡和矛盾。

西汉末的扬雄将相如辞赋文本中的这种具有典型意义的失衡和矛盾概括为"劝百讽一",语见东汉班固《汉书·司马相如列传》所引:

> "相如虽多虚辞滥说,然要其归引之于节俭,此亦《诗》之风谏何异?"扬雄以为靡丽之赋,劝百而风一,犹骋郑卫之声,曲终而奏雅,不已戏乎!④

---

① (汉)司马迁撰,(宋)裴骃集解,(唐)司马贞索隐,(唐)张守节正义:《史记》,中华书局,2014年版,第3711页。
② (汉)班固撰,(唐)颜师古注:《汉书》,中华书局,1962年版,第2829页。
③ 同上书,第4255页。
④ 同上书,第2609页。

班固站在维护正统的立场整体肯定相如辞赋与《诗》之讽谏相同,而认为扬雄的"劝百讽一"之评不过是"戏"语,但若抛开政治道德立场,仅从二者批评所涉及的相如赋作的内部关系来看,班固称相如之赋"虽多虚辞滥说,然要其归引之于节俭"与扬雄批评相如之赋"靡丽之赋,劝百而风(讽)一,犹骋郑卫之声,曲终而奏雅",实际上都指出了相如赋作中存在的虚滥靡丽之辞与讽喻劝诫之旨不相统一的问题。①

当西晋挚虞的《文章流别论》从已经成熟的六朝"文体"论视野反观汉代赋作时,其文体内部的这种矛盾、失衡便空前尖锐地被揭示出来:

> 古诗之赋,以情义为主,以事类为佐;今之赋,以事形为本,以义正为助。情义为主,则言省而文有例矣;事形为本,则言富而辞无常。文之烦省,辞之险易,盖由于此。夫假象过大,则与类相远;逸辞过壮,则与事相违;辩言过理,则与义相失;丽靡过美,则与情相悖。此四过者,所以背大体而害政教。是以司马迁割相如之浮说,扬雄疾"辞人之赋丽以淫"也。②

挚虞所说的"今之赋"是与"古诗之赋"(即《诗经》之赋与屈原之赋)相对而言的,自然应该包括两汉大部分辞赋作品。他认为"古诗之赋,以情义为主,以事类为佐",而"情义为主,则言省而文有例矣",也即是说,在"古诗之赋"中,因为有充实的情义作为其内容、主旨和灵魂,所以事类选用得当,言辞简要合则,这样的赋作自然是言意统一,情辞完整,形神兼备。"今之赋,以事形为本,以义正为助",而"事形为本,则言富而辞无常",此即是说,西汉及以后的很多赋作以事类材料和丽辞形饰为主,繁富失当的言辞掩盖、压倒了文意和主旨,这样的赋作自然无法实现言与意、情与辞的内在统一和完整,而是造成了文体内部的冲突和分裂。其内部冲突和分裂具体表现为"假象过大,则

---

① 汉代辞赋也有诸如严忌《哀时命》、司马迁《悲士不遇赋》、司马相如《哀秦二世赋》、董仲舒《士不遇赋》、王褒《九怀》、扬雄《反离骚》等怀古伤今、悲己哀时之作,但是一则此类作品数量很少,远不及侈丽闳衍的苑猎宫殿类大赋数量之多,二则从文体角度看,此类赋作实质上更类于骚体,或者说属于"骚体赋",并非汉赋的典型形态。

② 郁沅、张明高编选:《魏晋南北朝文论选》,人民文学出版社,1996年版,第179—180页。

与类相远;逸辞过壮,则与事相违;辩言过理,则与义相失;丽靡过美,则与情相悖",概而言之,就是说这些赋作中浮夸的物象和虚滥的言辞严重违背了事物的真实状况,夸夸其谈的言论和极尽华美的修饰严重背离了真情实意。挚虞在汉人辞赋批评(如司马迁批评相如之赋,扬雄的"丽则丽淫"说等)的基础上,在文体观已充分自觉、文体论已基本成熟的文学语境中,对汉赋中文辞湮没文意、形式压倒内容的文体弊端和局限,作出了更加具体明确的反思和批评。这种从更高发展阶段的文学观念所作的反观和批评,也有助于在比较中更清晰、准确地定位汉代以辞赋创作为基础的"文章"观念的时代特征。

其次,与之相关另一个问题是,作为一种整体上欠缺内在统一性和完整性、缺乏与作者人格精神和情感心灵深刻关联的文体,汉赋为何能在两汉如此兴盛并成为这个朝代的标志性文体?这个问题需要放在汉代更宏观的政治文化系统中来进行思考和理解。依据常理,一个事物的存在既取决于一定的内部条件及内部关系,也依赖于一定的外部条件和外部关系,这两方面的条件和关系是相互依赖、相互依存、相互补充的,因此,分析一个事物存在和发展的原因,也需要将事物的内部关系与外部关系综合起来考察。当我们将汉赋置入其成长壮大的政治文化语境,就会发现:虽然汉赋一体内部普遍存在着因铺排物象、堆砌文辞而损害主题表达和情义寄寓的突出矛盾,损害了其文体结构的统一和完整,但是,这种充满了铺排之盛、夸耀之奇和修饰之美的文体,却恰好成为装点、润色汉帝国宏大政治功业的最华美壮大的"文章",迎合、满足了汉代帝王的政治欲望和审美喜好,从而在一个更为宏观的社会系统中与汉帝国的政治文化本体建立了高度统一的关系。简言之,汉赋一体在汉代兴盛的主要原因不在于其自身内部言与意、情与辞关系的统一和完整,而在于其与汉帝国政治文化这个外在本体之间所建立的统一和协调。这种内部失衡与外部统一的强烈对比,表明汉赋整体上是一种"寄生"于汉代政治文化之上的特殊文体,二者之间是一种附庸与本体的关系。

前引班固《两都赋序》集中论述了汉赋与汉帝国"鸿业"之间的这种关系。序中通篇着眼于汉赋与汉代尤其是武宣之世的政治功业、统治秩序及道德教化之间的外部关系,一面冠冕堂皇地强调汉赋具有"或以抒下情而通讽谕,或以宣上德而尽忠孝"的政教功能,一面也实事求是地道出了汉赋与礼乐制度同属"润色鸿业"之"文章"。班固在序中将狭义之"文章"与广义之"文章"会通,将大汉之"文章"与三代之"文章"贯通,更重要的是将包括汉赋在内的"文章"作为大汉"鸿业"之"润色",使得汉代辞赋作品与汉代"文章"概念相互发明,从两个层面彰显了汉代"文章"依附于汉代政教功业这一外在本体的基本性质和时代特征。

总的来说,西汉一代以辞赋创作为主要现实基础的狭义"文章"概念,一方面是对先秦广义"文章"概念的进一步分化和发展,另一方面,仍然沿续了"文章"观念的基本内涵和意义指向,即仍然突出的是辞赋类文章的形式特征(繁富丽靡)和外饰功能(润色鸿业)。作为西汉"文章"之最的辞赋作品,整体上还未能实现其自身的内在统一和完整。与之相应,以文章自身内在结构的统一和完整为基本内涵的"文体"概念的正式出现及文体论的正式形成,也尚需时日。

第六节 人与文的统一及文的内在统一: 王充文学观的新转向

几乎与班固(32—92)作《两都》撰《汉书》兼论汉赋同时,有位叫王充(27—约97)的学者也正在精心结撰一部名为《论衡》的论著。没有被帝王"倡优蓄之"的"言语侍从"的政治身份,远离纷纷然撰纬书、献图谶、呈祥瑞的浓厚政治文化氛围,王充这位身处"江湖之远"的学者形成了一种那个时代难得的"求实诚"的理性精神和"疾虚妄"的批判勇气,建立了一种有异于汉代官方主流意识形态的文化价值观。体现在"文学"(含承自先秦的儒家经典之学和兴于汉代的文章之学)批评上,王充也与汉代主流文学等级秩序和价值标准针锋相对,确立了一种新的文学等级和新的文学批评标准。

完整地来看,王充的文学批评标准和文学等级观是通过一明一暗两个层面的比较来体现的。首先,明面上的比较视其直接论述即可知晓,《论衡·超奇篇》云:

> 故夫能说一经者为儒生,博览古今者为通人,采掇传书以上书奏记者为文人,能精思著文连结篇章者为鸿儒。故儒生过俗

人,通人胜儒生,文人逾通人,鸿儒超文人。故夫鸿儒,所谓超而又超者也。以超之奇,退与儒生相料,文轩之比于敝车,锦绣之方于缊袍也,其相过,远矣。如与俗人相料,太山之巅墆,长狄之项跖,不足以喻。故夫丘山以土石为体,其有铜铁,山之奇也。铜铁既奇,或出金玉。然鸿儒,世之金玉也,奇而又奇矣。①

王充将除"俗人"之外的"文学"之士分为四类四等:所谓"能说一经者为儒生",是指汉代以解读一种儒家经典为业、从事章句之学的经生;再谓"博览古今者为通人",是指不死守一经而是能通读古今各种书籍且能通晓其文义的读书教授之人;又谓"采掇传书以上书奏记者为文人",是指在学习经典的基础上能写作奏议、章表、书记等各类实用公文的文章之士;至于"能精思著文连结篇章者为鸿儒",则是指那些能够撰写如陆贾《新书》、司马迁《史记》、刘向《新序》、扬雄《法言》、桓谭《新论》等这类体系性著作而成一家言的文士。在上述分类列等中,王充将能写作文章和撰述著作的文士置于通一经的"儒生"和通千卷的"通人"之上,其实质就是将创作者置于阐释者之上。细而言之,同样是阐释和教授,"博览古今"的"通人"又高于"能说一经"的"儒生";同样是创作和著述,能"精思著文连结篇章"的"鸿儒"又高于能"上书奏记"的"文人";"鸿儒"在文士中等级最高,属于"超而又超"的"超奇"之士。

至于暗中比较,则是通过对汉代两种主流"文学"形态的疏离来体现的。王充对汉代文学之士如此分类和分等,与汉代官方性质的主流文学观唱对台戏的意味非常明显。但凡对汉代文化和文学的整体状况有所了解者大概都会知道,在两汉文学版图中,有两类文学活动非常突出:一是以儒家经学为实质内涵的"文学"。这种"文学"从名到实都沿承自先秦儒家,而在汉代经武帝施行"罢黜百家,独尊儒术"之策后,设《诗》《书》《礼》《易》《春秋》五经博士,教授弟子,博士成为官职,经学升为官学,以"文学"入仕进阶者日众。《史记·儒林传》对汉武时期此类"文学"盛况记述甚详:"夫齐鲁之间于文学,自古以来,其天性也。故汉兴,然后诸儒使得修其经艺。……及今上即位,赵绾、王

---

① 黄晖:《论衡校释》,中华书局,1990年版,第607页。

臧之属明儒学,而上亦乡之,于是招方正贤良文学之士。自是之后,言《诗》于鲁则申培公,于齐则辕固生,于燕则韩太傅。言《尚书》自济南伏生。言《礼》自鲁高堂生。言《易》自菑川田生。言《春秋》于齐鲁自胡毋生,于赵自董仲舒。及窦太后崩,武安侯田蚡为丞相,绌黄老、刑名百家之言,延文学儒者数百人,而公孙弘以《春秋》白衣为天子三公,封以平津侯。天下之学士靡然乡风矣。"①这段话中"文学"与"儒学"交错使用,又有"文学儒者"连用,可见此"文学"即为儒学意义上的"文学",与先秦时期"文学"一词外延大致相当。同时,由武帝时"文学"之士四方齐出、田蚡为相时"延文学儒者数百人"等记述,可见西汉儒家"文学"之兴盛。再由"公孙弘以《春秋》白衣为天子三公,封以平津侯",可知儒家"文学"之士地位之隆达。二是以辞赋写作为主要内容的文学活动。在两汉大部分时期,辞赋写作虽然尚无"文学"之名②,但实际上已与儒家"文学"共存。如《史记·平津侯主父列传》载:"儒雅则公孙弘、董仲舒、兒宽……文章则司马迁、相如……"又言:"萧望之、梁丘贺、夏侯胜、韦玄成、严彭祖、尹更始以儒术进,刘向、王褒以文章显。"③班彪《上言选置东宫及诸王国官属》:"汉兴,太宗使晁错导太子以法术,贾谊教梁王以《诗》《书》。及至中宗,亦令刘向、王褒、萧望之、周堪之徒,以文章儒学,保训东宫以下,莫不崇简其人,就成德器。"④其中刘向、王褒二人善"文章",萧望之、周堪二人通"儒学","文章儒学"即是将两类文士合提并称。有汉一代,辞赋写作上为帝王所好,下为世人所赏,作者作品数量众多,可谓繁盛之极。

但是从王充的文学等级论来看,汉代这两个声势显赫的主流"文学"形态,显然都没有得到他的积极认可和评价。按照王充的四级划分,汉代官立"五经博士"制度所培养的儒学之士,只能算是文学中最

---

① (汉)司马迁撰,(宋)裴骃集解,(唐)司马贞索隐,(唐)张守节正义:《史记》,中华书局,2014年版,第3788页。

② 汉末灵帝设"鸿都门学",其中的"鸿都文学"即专习辞赋等文章写作之事;"建安七子"中的徐幹、应玚都曾任"五官将文学",执掌文章写作之职。可见至迟在汉末,辞赋等文章写作已有"文学"之名,甚至已成为"文学"一词的主要所指。晋陈寿《三国志·魏书·王粲传》:"粲……善属文,……及平原侯植皆好文学。"这里的"文学"已明确专指各类文章写作。

③ (汉)司马迁撰,(宋)裴骃集解,(唐)司马贞索隐,(唐)张守节正义:《史记》,中华书局,2014年版,第3589页。

④ (南朝宋)范晔撰,(唐)李贤等注:《后汉书》,中华书局,1965年版,第1328页。

低一级"能说一经"的"儒生",而辞赋写作在王充划分的文学等级中严格说来是没有明确地位的——仅从表面上看,辞赋作者似乎可以归入第二级"文人",但王充所说的"文人"主要是指那些能够写作奏议书疏等有益于实务的文章之士,况且他明确反对过那些只能"雕文饰辞,苟为华叶之言"(《超奇篇》)之人,而后者应当主要即是指汉代的辞赋作者。

王充一方面将擅长创作和著述的"文人"和"鸿儒"置于仅能阐释儒经的"儒生"和博通群书的"通人"之上,尤其将能够"精思著文连结篇章"的"鸿儒"列为文士的最高一级;一方面又将当时主流"文学"形态中的"儒生"置于最低一等,同时淡化或忽略汉代盛极一时的辞赋写作①。王充对汉代文士和文学的一扬一抑、一取一舍,于鲜明对比中体现了其所看重的有别于汉代主流文学价值观的文学品质,要言之即是:与儒生重视经典知识的授受和辞赋家偏爱华丽文辞的铺排相比,王充所推尊的"文人"尤其是"鸿儒"具有超群出众的创造之才和实诚之意,他们所从事的是一种具有高度创造性、真诚性的写作活动,其作品最能全面表现作者丰富美好的精神世界,包括杰出的才能、精妙的心意、真诚的情感和高尚的德行等。

具言之,第一,王充认为"文辞美恶,足以观才"(《论衡·佚文篇》),"文人"写作尤其是"鸿儒"著述是一种创造性的写作活动,充分体现了作者的创造才能。他通过两组比较将这一观点阐述得非常清楚。这是第一组比较:

> 孔子得《史记》(按:指《鲁史记》)以作《春秋》,及其立义创意,褒贬赏诛,不复因《史记》者,眇思自出于胸中也。凡贵通者,贵其能用之也,即徒诵读,读诗讽术,虽千篇以上,鹦鹉能言之类也。(《论衡·超奇篇》)②

孔子作《春秋》虽然也是以之前的"史记"文献为基础,但是《春

---

① 《论衡·佚文篇》提到了"文人"应该学习"《五经》六艺为文,诸子传书为文,造论著说为文,上书奏记为文,文德之操为文",此"五文"中没有提及辞赋之文。但《论衡》论文也并非完全无视辞赋,如《书解》篇有借质疑著作者不能兼顾政事者之口说过"司马长卿不预公卿之事,故能作《子虚》之赋"一语。

② 黄晖:《论衡校释》,中华书局,1990年版,第606页。

秋》一书不是对这些"史记"文献的单纯重述或整理,而是一种再创造,融入了孔子本人的"立义创意"和"褒贬赏诛",体现了孔子自身的历史观点、政治思想和道德评价等,使得《春秋》一书成为"眇思自出于胸中"的真正创作,与此前已有的"史记"文献有了本质区分。至于那些仅靠记忆诵读诗书者,即使能讽读千篇,也不过像"鹦鹉能言之类",停留在简单重复的层次,基本谈不上有什么创造性。这是第二组比较:

> 或抽列古今,纪著行事,若司马子长、刘子政之徒,累积篇第,文以万数,其过子云、子高远矣。然而因成纪前,无胸中之造。若夫陆贾、董仲舒,论说世事,由意而出,不假取于外,然而浅露易见,观读之者,犹曰传记。阳成子长作《乐经》,杨子云作《太玄经》,造于助(眇)思,极窅冥之深,非庶几之才,不能成也。孔子作《春秋》,二子作两经,所谓卓尔蹈孔子之迹,鸿茂参贰圣之才者也。(《论衡·超奇篇》)

> 王公子问于桓君山以杨子云,君山对曰:"汉兴以来,未有此人。"……自君山以来,皆为鸿眇之才,故有嘉令之文。笔能著文,则心能谋论,文由胸中而出,心以文为表。观见其文,奇伟俶傥,可谓得论也。由此言之,繁文之人,人之杰也。(《论衡·超奇篇》)①

在这两段论述中,王充实际上是将已从一般文士中区分、凸显出来的著述类文士及其作品又进一步细分为三个层次,在更为细致的比较中愈加突出了"鸿儒"之辈创造性表达思想的可贵才能。第一细类是指像司马迁、刘向等以"抽列古今,纪著行事"方式所成之著述,第二细类指陆贾、董仲舒等"论说世事"之文,第三细类指孔子之作《春秋》、阳成衡之作《乐经》、扬雄之作《太玄》等一类著作。王充认为,尽管司马迁、刘向等所撰《史记》《说苑》《新序》《列女传》等著作的篇目规模和文字数量,都远远超过了谷子云、唐子高所作的指陈朝政的上书奏议之文,但与后者相比,他们的著作主要是由收集、整理古今文献资料而成(即所谓"因成纪前"),因此(在王充看来)都缺少了真正出

---

① 黄晖:《论衡校释》,中华书局,1990年版,第607—609页。

于作者内在思想和才能的创造品质(即所谓"无胸中之造")。至于第二细类陆贾、董仲舒所写的"论说世事"之文,虽然皆出于己意,而非取自外部现成文献,却又存在着文意浅露的毛病,读来与传记之文相差无几。只有第三细类如孔子之《春秋》、阳成衡之《乐经》、扬雄之《太玄》等纯粹创造性著作,才是真正源于作者深刻、幽微、精妙的思想,由作者非凡超群的才能所特创独造。此类著作,愈复杂则愈可见其思之深,愈繁富则愈能见其才之鸿,即所谓"繁文之人,人之杰也"。在《论衡·效力篇》,王充即着重根据才"力"之大小说明"文儒"优于"儒生"的原因,认为既可通解六经又能博览秦汉的"文儒"才力胜过只通一经的"儒生",而像谷子云、唐子高这样"章奏百上,笔有余力,极言不讳,文不折乏"的"文吏",其才力又胜过"文儒";至于能够"作《春秋》,删五经,秘书微文,无所不定"的孔子,更是周世之"多力之人"(《论衡·效力篇》)。①

第二,王充认为"文人"与"鸿儒"的文章创作之所以尤为可贵,还因为其文章真实表达了作者内心的精诚之思与真挚之情,在思想和情感层面体现了精神世界与文章创作的统一。《论衡·超奇篇》云:

> 有根株于下,有荣叶于上;有实核于内,有皮壳于外。文墨辞说,士之荣叶、皮壳也。实诚在胸臆,文墨著竹帛,外内表里,自相副称。意奋而笔纵,故文见而实露也。②

这段论述直承《易·乾卦·文言》"修辞立其诚"的观点而来。在王充看来,"文墨辞说"虽然类似文士之生命的花叶和皮壳,却植根于其生命的内在心灵。必须内有真实之情和诚挚之意,方能形诸笔墨,发为文章。这样的文章乃是作者真情实意的写照,自然与作者的人格心灵表里一致,内外相称。在《论衡·佚文篇》中,王充又通过多种类型之"文"的比较,进一步说明能"发胸中之思"(即表现内心真实思想和真挚情感)与能写"胸中之造"的"才力"一样,都是决定文章价值高低的重要标准:

> 文人宜遵五经六艺为文,诸子传书为文,造论著说为文,上书

---

① 黄晖:《论衡校释》,中华书局,1990年版,第582页。
② 同上书,第609页。

奏记为文,文德之操为文。立五文在世,皆当贤也。造论著说之文,尤宜劳焉。何则?发胸中之思,论世俗之事,非徒讽古经、续故文也。论发胸臆,文成手中,非说经艺之人所能为也。①

王充将文章创作分为五类,即"遵五经六艺为文,诸子传书为文,造论著说为文,上书奏记为文,文德之操为文"。其中"遵五经六艺为文"应该是指汉代儒生关于《五经》的章句之学,"文德之操为文"则是指君子内在道德修养在操行层面的表现,其他三类"诸子传书为文,造论著说为文,上书奏记为文"都是指不同作者创作的文辞之文。王充认为能以这五类"文章"自立于世,皆堪称"贤"者,但尤以"造论著说之文"最能体现作者的创造和付出。盖因此类文章创作是作者"胸中之思"的真实抒发,蕴含了作者对"世俗之事"的独特议论、深刻见解和丰富思想,其所体现的创造性劳动是那些"说经艺之人""讽古经、续故文"之类的简单重复劳动无法相比的。因此,王充反对那种认为"博览多闻,学问习熟,则能推类兴文"的观点(这是文人、鸿儒与儒生、通人的区别,是阐释、理解与创造、著述的区别),反对所谓"文由外而兴,未必实才学文相副"的偏见。②

第三,在此基础上,王充批驳了那种认为文章著述不能在安危之际"建功"的狭隘观点,强调著述与事功相互统一,指出以著述建功者屡见不鲜:

> 或曰:著书之人,博览多闻,学问习熟,则能推类兴文。文由外而兴,未必实才学文相副也。且浅意于华叶之言,无根核之深,不见大道体要,故立功者希。安危之际,文人不与,无能建功之验,徒能笔说之效也。
>
> 曰:此不然。周世著书之人,皆权谋之臣;汉世直言之士,皆通览之吏,岂谓文非华叶之生,根核推之也?心思为谋,集札为文,情见于辞,意验于言。商鞅相秦,致功于霸,作耕战之书。虞卿为赵,决计定说,行退作□□□□(按:据下文,此处缺文疑为"春秋之思"四字)。春秋之思,起城中之议;耕战之书,秦堂上之

---

① 黄晖:《论衡校释》,中华书局,1990年版,第867页。
② 同上书,第610—611页。

计也。陆贾消吕氏之谋,与《新语》同一意。桓君山易晁错之策,与《新论》共一思。观谷永之陈说,唐林之宜言,刘向之切议,以知为本,笔墨之文,将而送之,岂徒雕文饰辞,苟为华叶之言哉?(《论衡·超奇篇》)①

针对"浅意于华叶之言,无根核之深,不见大道体要,故立功者希"的质疑,王充列举了大量实例以证明著述与政事的统一,属文与建功的统一:如商鞅既相秦"致功于霸",又兼"作耕战之书"②;虞信进则为赵王议定联合楚魏、齐魏以抗强秦之计,退则著《虞氏春秋》总结当时的政治得失③;陆贾在团结陈平、周勃粉碎吕后篡位阴谋过程中的政治智慧,与其所著《新语》中的思想一致;桓谭建议改西汉晁错的"削藩策"为"分封制"以巩固东汉政权,也与其所著《新论》的观点相同。这些人之所以能做到著文与事功统一,正因为著文本身是一个"心思为谋,集扎为文,情见于辞,意验于言"的过程,这些创造性著述乃是著者心灵智慧与思想观念的真实表现。至于"鲁连飞书,燕将自杀;邹阳上疏,梁孝开牢"这类"感动人深""夺于肝心"之事的发生,更能说明鲁连、邹阳二人之书疏乃"精诚由中"之作,而仅靠儒生"博览多闻,学问习熟"的非创造性功夫和知识是不能实现的。《论衡·书解篇》关于著述建功的举例更为丰富集中:"管仲、晏婴,功书并作;商鞅、虞卿,篇治俱为。高祖既得天下,马上之计未败,陆贾造《新语》,高祖粗纳采。吕氏横逆,刘氏将倾,非陆贾之策,帝室不宁。盖材知无不能,在所遭遇,遇乱则知立功,有起则以其材著书者也。出口为言,著文为篇。古以言为功者多,以文为败者希。"④《超奇篇》与《书解篇》的这两段论述可以相互发明。

第四,作为"实诚在胸臆,文墨著竹帛"这一基本观点的自然延伸,王充进一步提出文章著述是作者内在道德修养的表现和彰显,在才

---

① 黄晖:《论衡校释》,中华书局,1990 年版,第 610—612 页。
② 《汉书·艺文志》法家论著类载商鞅著《商君》29 篇,兵家权谋类载商鞅著《公孙鞅》27 篇。《公孙鞅》已佚,《商君书》现存 24 篇,其中第 16 篇《刑约》和第 21 篇《御盗》仅存篇目,内容已失传。
③ 《史记·十二诸侯年表序》:"赵孝成王时,其相虞卿,上采《春秋》,下观近世,亦著八篇,为《虞氏春秋》。"《汉书·艺文志》:"《虞氏春秋》十五篇。《春秋虞氏微传》二篇。"
④ 黄晖:《论衡校释》,中华书局,1990 年版,第 1155—1156 页。

智、思想、情感之外又从道德层面强调了文章写作与作者生命的紧密内在关联。《论衡·书解篇》云:

> 或曰:士之论高,何必以文?
>
> 答曰:夫人有文质乃成。物有华而不实,有实而不华者。《易》曰:"圣人之情见乎辞。"出口为言,集札为文,文辞施设,实情敷烈。夫文德,世服也。空书为文,实行为德,著之于衣为服。故曰:德弥盛者文弥缛,德弥彰者人弥明。大人德扩其文炳,小人德炽其文斑。官尊而文繁,德高而文积。华而睆者,大夫之箦,曾子寝疾,命元起易。由此言之,衣服以品贤,贤以文为差。愚杰不别,须文以立折。……物以文为表,人以文为基。棘(革)子成(城)欲弥文,子贡讥之。谓文不足奇者,子成之徒也。①

王充认为,在文与质的关系上,人与物有所不同:在人之外的一般物体中,文与质往往是不统一的,存在着"华而不实"和"实而不华"两种片面的倾向;但对人而言,则必须有质有文、质文统一,方可谓成人。从《论衡》论文多次引用《周易》"圣人之情见乎辞"一语可以看出王充关于"人"(人之为人的特征在"圣人"身上体现得最为充分)的一个基本观点:人之异于物且高于物的一个重要原因在于,人是一种富有思想和情感且能运用言辞充分表达思想和情感的灵性生命,正是这种"情见乎辞"的品质和能力,使得人能够在各种形式的生命活动中自觉实现内在之质与外在之文的统一。具体到文章创作,这种文质统一性不仅体现为文章与才知、情感、思想的统一,且亦体现为文章与道德的统一。王充详列了"德弥盛者文弥缛,德弥彰者人弥明。大人德扩其文炳,小人德炽其文斑。官尊而文繁,德高而文积"等多种文德统一的具体情形,以示文因德而炳、德因文而彰的道理。因此,文之于人与文之于物的意义大有不同,"物以文为表,人以文为基"——对于物来说,文只是其外在形貌和修饰;对于人而言,文则是人之为人的根本。申而言之,在王充的观念中,文已经被视为人的一种本质规定,是人与其他一切或无生或有生之物的本质区别。从这个意义上说,文本身自然也构成了人之本体一个部分,同样是衡量人之贤愚贵贱的一个必要而

---

① 黄晖:《论衡校释》,中华书局,1990年版,第1149—1150页。

可靠的标准。王充的这种文质观和文德观显然是对《论语·颜渊篇》"文犹质,质犹文"观点的推进和发展。正因为文章与道德关系如此紧密,所以文人创作能"极笔墨之力,定善恶之实",发挥"章善著恶""劝善惩恶"的功能。①

第五,王充在强调文章著述与作者自身才力、思想、情感、道德高度统一关系的基础上,进而在文论史上首次具体分析了文章的多层次结构,形成了关于文章内在结构完整性的论述。《论衡·正说篇》云:

> 或说《尚书》二十九篇者,法曰斗七宿也。四七二十八篇,其一曰斗矣,故二十九。……或说曰:"孔子更选二十九篇,二十九篇独有法也。"盖俗儒之说也,未必传记之明也。二十九篇残而不足,有传之者,因不足之数,立取法之说,失圣人之意,违古今之实。夫经之有篇也,犹有章句也;有章句,犹有文字也。文字有意以立句,句有数以连章,章有体以成篇,篇则章句之大者也。谓篇有所法,是谓章句复有所法也。②

> 或说《春秋》,十二月也。

> 《春秋》十二公,犹《尚书》之百篇,百篇无所法,十二公安得法?……说事者好神道恢义,不肖以遭祸,是故经传篇数,皆有所法。考实根本,论其文义,与彼贤者作书,诗无以异也。故圣人作经,贤者作书,义穷理竟,文辞备足,则为篇矣。其立篇也,种类相从,科条相附。殊种异类,论说不同,更别为篇。意异则文殊,事改则篇更。据事意作,安得法象之义乎?③

综观《正说篇》这两段论述可以发现,王充的文章整体结构论是在批判俗儒的一些牵强附会、故弄玄虚的经解时提出来的,抑或说正是在后者的激发下而得以自觉和彰明的。俗儒解经,认为经书中的文章篇数或其他数字都有"所法",故好对这些数目的成因和意义作牵强附

---

① 《论衡·佚文篇》:"载人之行,传人之名也。善人愿载,思勉为善;邪人恶载,力自禁裁。然则文人之笔,劝善惩恶也。谥法所以章善,即以著恶也。加一字之谥,人犹劝慕,闻知之者,莫不自勉。况极笔墨之力,定善恶之实,言行毕载,文以千数,传流于世,成为丹青,故可尊也。"(黄晖:《论衡校释》,中华书局,1990年版,第869页。)
② 黄晖:《论衡校释》,中华书局,1990年版,第1127—1129页。
③ 同上书,第1129—1131页。

会之解,如谓世传《尚书》二十九篇由孔子从最初的一百篇中精选而成,二十九之数含有"法曰斗七宿"(所谓"四七二十八篇,其一曰斗矣,故二十九")的特殊用义,又谓《春秋》载鲁国十二公事是为了对应一年中的十二个月。作为对俗儒谬说的反拨,王充选择的立场和思路是深入文章的内在结构层次,说明文章写作的自然规律,揭示文章篇目之数形成的内在自然之理。在上引第一段中,王充侧重从一篇文章的内在结构和写作规律层面,说明经书中的各篇皆成于自然,当无所法。王充认为,一部经书包含多少篇目,其中之理与一个篇目由多少章句构成、一个章句由多少文字构成的道理是相通的。从根本上来说,文字构成章句,章句再构成篇目,篇目又构成经书,都源于作者(此处为"圣人")意义表达的需要:文字与意义结合生成"句",一定数量的"句"连结成"章"(文章段落),一定数量的"章"结构为整体就成了"篇","篇"即"章句"的扩展和放大。因此,一句之中有多少字,一章之中有多少句,一篇之中有多少章,一经之中有多少篇,这都是由每个层次意义表达的需要所决定的,其原因在文章著作之内,而非在文章著作之外。如果说一部经书的篇目数量是法象某个天文地理之数,那也就相当于说一篇中章句的数量也是有所取法的——这显然违背了文章写作的真实之理。在上引第二段中,王充又进一步从篇章分类及其文本依据层面,说明经书篇目之数乃缘于事意表达的内在需要,而无"法象之义"。王充认为,无论圣人所作之经,还是贤者所著之书,只要做到"义穷理竟,文辞备足",就自然成为一个完整篇章。所论述的问题和事意种类如若相同就立为一篇,所论述的问题和事意种类如若相异则另立一篇。事意的改变就自然需要写成不同的篇章,文章篇目的多少也就取决于事意种类的多少。在这两段论述中,文章自身内在结构的完整性和统一性都是王充批驳俗儒牵强之论的最基本的学理依据。王充的文章整体结构观既体现为"文字有意以立句,句有数以连章,章有体以成篇"式的多层次组合,也体现为"义穷理竟,文辞备足"这种更为常见的"义理—文辞"二分并列式构成。

王充的文章整体结构论在中国古代文论史上的开创性意义,可以通过纵向和横向两个维度的比较看得更加清楚。从纵向上看,在王充之前,评诗论文多着眼于文章功用与文章创作两个环节,对文章自身的内在结构极少有直接说明。① 先秦典籍中有几则文献似与文章结构有关,如《周易·系辞上》中的"书不尽言,言不尽意"、《系辞下》中的"圣人之情见乎辞"、《礼记·表记》中的"情欲信,辞欲巧"等,其中提到的言与意、情与辞尽管在后来的文论尤其是六朝文体论中普遍指构成文章的两个基本要素,但在这几则先秦文献中,仍然分属于表达过程的两个阶段,其中意与情为作者内心之思,言与辞为口头说出之语。明言之,先秦文献中的言、辞是指已经表达出来的口头语言作品,实已包含了原属作者内心之物的意和情,而六朝文体论中的言、辞一般是指文章结构中与意、情并列相对的语言形式。从横向上看,《西京杂记》所引西汉司马相如论赋之语"合綦组以成文,列锦绣而为质"虽已借譬喻形式言及赋作的构成,但这里的"文"和"质"实际上都还局限于事象和文辞层面,并未明确包含赋作的主旨和文意,因此也还不能算是真正的文章整体结构论。在这种文章功用论和文章创作论占主导的文论语境中,王充第一次非常具体、明确地描述了文章自身的内在结构,并以此为内在根据,阐明文章写作中的立意成篇、集篇成书都有其自身的内在规律,而非为了附会、迎合某些外在的神秘观念。王充的文章整体结构观将文论视角转向文章作品自身,转向文章作品的内部结构及其形成机制,展开了阅读、理解、认识文学活动的另一个重要维度,成为兴起于汉末而繁盛于六朝的文学本体研究和内部研究的先声。这种文学本体研究和内部研究的典型理论形态便是汉末六朝时期的文体论(详见笔者相关论文和专著)。

综而言之,王充在儒学显贵、辞赋大盛的东汉前中期的历史语境中,别具只眼地建立了一个明显背离主流文学等级观的新的文学等级论。在这个新的文学等级中,身为"显贵"的儒学和儒生被置于最低一等,跻身"新宠"的辞赋和辞人则被有意淡化甚至忽略,而那些文风朴实的奏议著述类文章及其作者却被提升至最高一等。王充通过在所有文学活动中将具有创造性质的文章写作置于缺乏创造性的五经章句之上,又在文章创作活动中将系统性著述置于单篇奏议书疏的写作

---

① 如《论语》"兴观群怨"说(春秋)、《孔子诗论》据"情性"解诗(战国),汉代赋论"揄扬讽谕"说、"润色鸿业"说、"虞悦耳目"说等,都主要就诗赋的社会功用立论。又如《尚书·尧典》"诗言志"说,《礼记·乐记》"感物"说,《诗大序》"吟咏情性"说,司马相如"赋家之心"说,扬雄《法言》"心声心画"说等,则主要就诗、乐、赋的创作原理立论。

之上,彰显出一种以实现作者全副精神和心灵(包含才力、思想、情感、道德等)与文学创作相统一并体现为文学作品内在结构之统一为核心目标的文学观念。在王充揭橥的这种文学观念中,文章作者的主体地位和丰富内涵、文章作者与文学作品的紧密关系以及文学作品的内在本体结构等,都得到了前所未有的深入阐发,这些论述和思想已经明显逸出了此前的主流文学观,并与汉末魏时期曹丕《典论·论文》中的"文章不朽"说、"文以气为主"说及"文非一体"说前后呼应,一脉传承,成为以"文体"概念为核心的新文论形态生成的先声。

本 章 小 结

中国古代"文"概念的基本内涵主要由两组关系规定:一是指相对于单一事物或单一形式而言的更为复杂的事物组合或形式结构,二是指相对于事物本体而言的表现形式、外在修饰或后天加工。因此"文"观念既有彰显文之形式结构的内在趋向,又总是指向其所附属的本体之物,并由此获得其意义和价值。在"周文"系统中,周人以"人"之本体存在为中心,内修文德,外备文章,从内在德行和外在制度两个层面建立了华夏"人文"系统。汉代出现的文辞作品意义上的狭义"文章"概念仍然延续着先秦"文章"观念固有的重形式外饰的倾向,突出"文章"的文辞之美和政教功能。其代表性文体汉赋因其铺张扬厉、闳衍侈丽的文风一方面造成了文体内部辞采掩盖文意、事象压倒情志的结构性失衡,另一方面却以"润色鸿业"的方式实现了与外部政教功业的依附性统一,由此导致了内部失衡与外部统一的文体悖论。在东汉王充《论衡》建立的背离汉代主流文学观的"文学四等级"论中,创造性的文章写作位于非创造性的儒家经学之上,连章成书的系统著述又居于单篇奏议书疏的写作之上。这种新文学等级观体现了王充对作者整体精神和心灵与文学创作相互统一以及文学作品结构内在统一的自觉要求,并成为汉末成型的中国古代文体论的先声。

第二章　文体论产生与《典论·论文》文学史意义重评

从概念产生的历史顺序来看，以"体"论文和"文体"概念都产生在"文"和"文章"概念之后；从概念之间的关系来看，以"体"论文的出现和"文体"概念的产生是对"文"和"文章"概念的进一步发展，标志着古人对文学活动和文学现象的认识进入一个新的层次和阶段。因此，考察中国古代文体论的产生，就不仅需要梳理、分析"文"和"文章"概念的演变历史，也同样需要探寻"体"及"文体"概念的历史本原和语义演化，追溯从以"体"论文到形成文体论的发展历程，从历史和逻辑两个维度揭示"文"与"文体"这两个概念之间的联系和区别，明确"文体"概念和文体论在何种意义上发展了此前"文"之概念和文章论，文体论的产生为认识和理解文学现象提供了哪些新的视角和平台，进而又衍生出了哪些新的文论概念和文论话语等。

第一节　"体"义原始："心—体"相对与"异'体'"相对

"体"字在现有甲骨字表中未见，近年有古文字学者推测甲骨文中的字符"𩨳"很可能是人体之"體"的本字。[①] 此字与"骨"相关，但又与"骨"字的甲骨字形"𩩗"明显不同。其字形为带有若干小点的骨骼的象形，可能表示骨骼与血肉相连之意。若依此意，则"體"所包含的人之生命组织较"骨"更为广泛，这也可能是后来以"體"指称人之躯体

---

① 宋华强:《释甲骨文"戾"和"体"》,《语言学论丛》第 43 辑,商务印书馆,2011 年版,第 347 页。

乃至人之生命整体的原始语义根据。从人的生命存在观念的发展来看,"體"是在"人"(甲骨字形为"𠆢")、"身"(甲骨字形为"𠂆")等表示人之具体存在的概念的基础上,对人的生命存在作进一步具体象形。①

考先秦典籍,围绕"人"这个概念所形成的一系列命题和表述,主要反映了人之生命的"类存在"的自觉,如谓:"惟天地万物父母,惟人万物之灵。"(《周书·泰誓上》)②"人者,其天地之德,阴阳之交,鬼神之会,五行之秀气也。"(《礼记·礼运》)③"孝悌也者,其为人之本与?"(《论语·学而》)④而当以"人"表示个体时,则往往会有如此说法:"其尔万方有罪,在予一人;予一人有罪,无以尔万方。"(《商书·汤诰》)⑤"予惟时其迁居西尔,非我一人奉德不康宁,时惟天命。"(《周书·多士》)⑥用"予一人"或"我一人"这种表述形式对"人"这个类概念进行限定,以强调表示个体之"人"。与"人"字相比,"身"(𠂆𠂆𠂆)字虽然只是增添了一画或一画一点,以突出"人"(𠆢)的躯干部分,但在认识层面上,却将对人之生命存在的认识,从一般"类存在"的自觉具体化为对每个人的自身生命存在的自觉。《尔雅》中有关"身"的多个释义,即以"身"字与多个第一人称代词互释,如曰:"卬、吾、台、予、朕、身、甫、余、言,我也。"⑦"朕、余、躬,身也。"⑧"身即我也。"⑨故邢昺

---

① 李孝定谓:"《说文》'身,躬也。象人之身。从人厂身。'契文从人而隆其腹,象人有身之形,当是身之象形初字。许君谓'象人之身'其说是也。"(引自于省吾主编《甲骨文字诂林》第一册,中华书局,1996年版,第35页。)或谓"身"本义为"孕",但在甲骨文字中,"身"(𠂆𠂆𠂆)与"孕"(𠂆𠂆)字形区别甚明:甲骨文"身"字形似人之腹部隆起,盖以示人之躯干,或再于腹中加一点,盖象肚脐之形,非指腹中有孕。甲骨文"孕"字不仅有更明显的圆隆之腹部,且其中含有一象婴儿之形的完整符号,此非"身"字腹中之一点所可相类。以"身"指"孕",当为"身"字的引申义。如甲骨卜辞有"贞,有身,御"(乙 7568),《诗·大雅·大明》:"大任有身,生此文王。"毛传:"身,重也。"郑玄笺:"重,谓怀孕也。"此盖以身中复有身(即《毛传》所谓"重"),以示有孕。因此不宜以"身"字的这一引申用法反证"身"为"孕"之本字。
② (清)阮元校刻:《十三经注疏》,中华书局影印,1980年版,第180页。
③ 同上书,第1423页。
④ 同上书,第2457页。
⑤ 同上书,第162页。
⑥ 同上书,第220页。
⑦ 同上书,第2573页。
⑧ 同上。
⑨ 同上。

《尔雅疏》云:"我者,施身自谓也。"① 但严格说来,"身"并不等同于"吾""予""余"等第一人称代词,因为此类人称代词主要表示的是人我关系,属于关系性范畴,而"身"则呈现了人的自我生命的具体存在,属于实体性范畴。在先秦典籍中,以"身"概念为核心,也形成了诸多有关人对其自身生命存在自觉的表述和命题。如《商书·伊训》:"居上克明,为下克忠,与人不求备,检身若不及,以至于有万邦,兹惟艰哉!"② 语中将"身"(主体自身)与"人"(群体之他人)相对,突出了言说者对自身道德、责任和使命的清醒认识。在先秦儒家话语中,"身"的主体性质更其鲜明,其主体性内涵更加具体,所谓"自天子以至于庶人,一是皆以修身为本"(《礼记·大学》);"正心""诚意""格物""致知"是"修身"的过程,"齐家""治国""平天下"是"修身"的成效③。

"体"这一概念的出现,又从更加具体的结构层面将"人"的生命存在进一步呈现和展开。从原初字义看,属人之"体"还是偏向于指人之生命存在的肉身层面,而非人之生命存在的整体;而当"体"引申指其他非生命事物的存在时,则可直接表示该事物的整体存在。"体"这一表意特征主要是通过对不同事物之"体"的普遍指称、相互并存和彼此区分来体现的。为便于理解,不妨先体会一下现代汉语所说的各种事物之"体"的表意特征。如所有事物都可称为"物体",每个事物都是特殊的"个体";按照事物的主客关系可分为"主体"和"客体",根据事物的性质可分为"无机体"和"有机体",依据事物的物理状态可分为"固体""液体"和"气体";天上有无数"天体"和"星体",地上有众多"山体"和"水体";楼有"楼体",车有"车体",日用品中有"杯体"和"瓶体";社会组织中还存在着诸多"团体""政体""集体""经济体"和"共同体"……从认识角度看,以"×体"为名指称各种事物,会同时产生两个方面的认识作用:一方面将所指称的事物直接完整地呈现在认识主体(人)的直观、感受和认识之中,同时又自然地将此一事物的存在与其他事物的存在相互区别开来。在呈现事物自身的同时相互区别,在相互区别的同时呈现事物自身,这就是"体"概念的认识(含直

---

① (清)阮元校刻:《十三经注疏》,中华书局影印,1980年版,第2573页。
② 同上书,第163页。
③ 同上书,第1673页。

观、感受和体验等)功能和特征。正因为具有这一认识特征和功能,"体"一词在古代汉语和现代汉语中,都一直被广泛用来指称不同事物的具体存在,且难以被其他词语所替代。

征诸传统典籍,"体"的这种用法在先秦两汉已非常普遍。随着人认识范围的扩展以及社会结构、组织愈加丰富和复杂,以"体"指称、呈现和区分各种认识对象自然流行开来,成为一种用词习惯和表述方式。"万物同宇而异体,无宜而有用为人,数也。"(《荀子·富国篇》)①荀子这句话集中反映了"体"一词与"万物"(包括"人")的关系:"物"是宇宙中万事万物的总名,"体"则是对万事万物相互有别的特殊存在的指称,万物各为一"体",人也是万物中之一"体"。由于对人伦和社会的关注胜过对自然的探究,传统典籍中更多的是指称不同社会事物的特殊存在之"体"。以《汉书》为例:

> 古之立太学,将以传先王之业,流化于天下也。儒林之官,四海渊原,宜皆明于古今,温故知新,通达国体,故谓之博士。(《汉书·成帝纪》)②

> 使管子愚人也则可,管子而少知治体,则是岂可不为寒心哉!(《汉书·贾谊传》)③

> 卑君尊臣,非所宜称,失大臣体。(《汉书·赵尹韩张两王传》)④

> 其法律任廷尉有余,经术文雅足以谋王体,断国论。(《汉书·薛宣朱博传》)⑤

上引文献中的"国体""治体""王体""臣体"等词,在具体表述中实已构成了异"体"相对的概念关系,整体上体现了汉人将这些政治性实体各如其是地对待并显示出相互间的自然区分。因为称某物为"×体"即已是对此物之特殊存在的整体呈现,所以"体"观念的自觉自然

---

① (清)王先谦撰,沈啸寰、王星贤点校:《荀子集解》,中华书局,1988年版,第175页。
② (汉)班固撰,(唐)颜师古注:《汉书》,中华书局,1962年版,第313页。
③ 同上书,第2246页。
④ 同上书,第3231页。
⑤ 同上书,第3392页。

会促进对"物体"自身内部关系的认识。如东汉末荀悦《申鉴·政体篇》即有对"政体"的内部整体关系的具体说明:"承天惟允,正身惟常,任贤惟固,恤民惟勤,明制惟典,立业惟敦,是谓政体也。"①曹魏杜恕的《体论》更全面论述了君、臣、言、行、政、法、听察、用兵等八种"体"的具体内涵和内部关系。

"字体"一词在东汉末出现,则反映了古人对不同文字书写方式的自觉。许慎《说文解字序》云:"自尔秦书有八体:一曰大篆,二曰小篆,三曰刻符,四曰虫书,五曰摹印,六曰署书,七曰殳书,八曰隶书。"②蔡邕《篆势》曰:"思字体之俯仰,举大略而论旃。"③"字"虽是一种"形式",但字形本身即是各种"字"的现实而具体的存在,此外无他,因此"字体"仍应是对各种形式书写文字的特殊存在的指称。"字体"一词的出现,还与东汉后期书法艺术的自觉有直接联系——书法艺术自觉的实质即是"字"本身的存在(而非字表示的意义)成为人们感受、体验、认识和表现的对象。

当"体"一词用于人自身时,其表意则呈现出某种特殊性和复杂性。由于"体"本义指人的血肉之躯,故"体"在用于人自身时,常与"心"相对,以"心—体"二分模式描述生命整体的内部构成。如《礼记·大学》:"富润屋,德润身。心广体胖。故君子必诚其意。"④《礼记·缁衣》:"子曰:'民以君为心,君以民为体。心庄则体舒,心肃则容敬。心好之,身必安之;君好之,民必欲之。心以体全,亦以体伤,君以民存,亦以民亡。'"⑤"心—体"二分是先秦两汉时期认识生命内部关系的一种基本模式,也是一种说明政治、伦理和社会等内部关系的普遍的"生命之喻"。"体"与人之生命的这一紧密内在关联,使得"体"很难像指称其他事物的整体存在那样,直接指称不同人之生命的整体存在。

随着东汉后期个体生命意识的觉醒,人物品鉴的标准从社会性的

---

① (汉)荀悦撰,(明)黄省曾注,孙启治校补:《申鉴校补》,中华书局,2012年版,第8页。
② (汉)许慎撰,(清)段玉裁注:《说文解字注》,上海古籍出版社,1988年版,第758页。
③ 叶朗总主编:《中国历代美学文库·秦汉卷》,高等教育出版社,2003年版,第516页。
④ (清)阮元校刻:《十三经注疏》,中华书局影印,1980年版,第1673页。
⑤ 同上书,第1650页。

道德与学问转向个体性的才性与风度,认识和鉴别具有不同生命内涵和特征的个体存在成为一种普遍的士林风气。在这一时期,人们一方面继续发展着关于人之生命的内部关系的认识,另一方面开始对具有不同形貌、体质、秉性、才干和德行的特殊个体的生命存在进行相互区分,个体生命存在成为人们自觉认识的对象。也即是说,人们不仅认识到作为类存在的人之生命的内部关系,而且开始认识到作为不同类型的个体生命存在的彼此关系及不同个体生命自身的内部关系。在这种认识关系中,个体生命的存在如同其他事物的特殊存在一样,成为认识主体需要辨别和指称的对象,像其他各种"物体"一样成为彼此有别之"体"。

合乎情理的是,以"体"直接指称不同类型之人或个体之人的特殊生命存在,首先出现在集汉末人物品鉴理论之大成的刘劭的《人物志·体别篇》中。"体别"即"别体",但并非区别不同人的"躯体",而是区别具有不同德、性、才、质的"人"之存在本身,诸如强毅之人、柔顺之人、雄悍之人、惧慎之人、凌楷之人、辨博之人、弘普之人、狷介之人、休动之人、沉静之人、朴露之人、韬谲之人等①。这里所别之"体"相当于现代汉语中的"个体"之"体",是就个体之人的整体存在而言。不过,总体来看,由于"体"本义的肉身性倾向以及"人"之生命存在有异于一般事物的特殊性,此后的典籍很少像《人物志》这样直接以"体"指称不同人之生命的整体存在,而更习惯于采用像"强毅之人"这种在"人"一词前加以限定和修饰的说法,而属人之"体"还是更多的表示与"心""志""意""神"等相对的躯体。

第二节 "文体"概念的出现及其基本义与偏指义

首先需要说明的是,与一种常识性看法——"文体"之"体"是"人体"之"体"直接譬喻(详见第三节),因此"文体"一词主要是指人的"形体"——有所不同,"文体"概念的最初产生应该与"物体""国体""政体""治体""兵体""字体"等概念的产生遵循同一表意机制。这是

---

① (三国)刘劭撰,梁满仓译注:《人物志》,中华书局,2009年版,第29页。

因为,与人的生命自身相比,"文章"与国家、政治、军事、文字等都属于有异于人的"万物"之一,在主体之人的感受和认识中,更容易被视为一种相对独立完整的事物。因此,从东汉开始逐渐出现的以"体"称"文"现象,首先表达的是一种将不同类型文章的特殊存在直接呈现并彼此区分的经验和认识。这是一种反映不同类型文章自身存在的相对相别之"体",而非表示文章内部结构中与"志""情"等因素二分对待的形体之"体"。这也是古代文章之"体"的基本用法。

在萌芽时期的古代"文体论"中,"体"的这一表意特点即已有所表现。如班固《汉书·地理志》评"齐风":"临菑名营丘,故《齐诗》曰:'子之营兮,遭我乎嶩之间兮。'又曰:'俟我于著乎而。'此亦其舒缓之体也。"①以"舒缓之体"评"齐诗",是为了将"齐诗"与其他风诗区别开来,这里的"体"是对评论对象"齐诗"自身的一种整体指称。汉末卢植《郦文胜诔》言:"自龀未成童,著书十余箱,文体思奥,烂有文章,箴缕百家。"②这里的"文体"即是对郦氏文章之特殊存在的指称,"思奥""文章"则是其"文体"的特征,意为其文章之体具有思致深刻、辞采灿烂的特点。蔡邕《独断》论"策书"之"体":"三公以罪免,亦赐策,文体如上策。"③此处"文体"是对不同类型文章(如"策"等)之特殊存在的指称。在曹丕的《典论·论文》中,文章之"体"对不同类型文章既整体呈现又相互区别的表意特征体现得更为鲜明:"文非一体,鲜能备善。""夫文,本同而末异:盖奏议宜雅,书论宜理,铭诔尚实,诗赋欲丽。此四科不同,故能之者偏也,唯通才能备其体。"④所谓"文非一体",即谓奏、议、书、论、铭、诔、诗、赋等各为一"体",各有其特征(即"雅""理""实""丽"四字所示)。曹丕所谓"文非一体",与荀子所云"万物同宇而异体"为同一思理,借"体"一词自然将不同类型文章作为特殊存在呈现出来。至此,表示各种文章彼此相别之整体存在成为"文体"一词在六朝及整个古代文体论中的基本用法。

---

① (汉)班固撰,(唐)颜师古注:《汉书》,中华书局,1962年版,第1659页。如按照一般理解,此处之"体"很容易被解释为"风格"。但这实际上是混淆了"舒缓"与"体"的关系,将"舒缓"这一齐诗之体相对于其他风诗之体的特征直接当作了"体"本身。
② (清)严可均校辑:《全后汉文》卷八十一,见《全上古三代秦汉三国六朝文》,中华书局,1958年版,第908页。
③ 张少康、卢永璘编选:《先秦两汉文论选》,人民文学出版社,1996年版,第649页。
④ 郁沅、张明高编选:《魏晋南北朝文论选》,人民文学出版社,1996年版,第13页。

随着文体论的发展,文章之"体"的观念在更多维度和层次得到了充分体现,不仅可表示不同文类文章(如诗、赋等)之特殊存在(如谓"诗体""赋体"等),还可表示不同作者文章之特殊存在(如谓"谢灵运体""鲍照体""陶渊明体"等),不同时代文章之特殊存在(如谓"正始体""永明体""盛唐体"等),不同流派文章之特殊存在(如谓"边塞体""田园体""公安体"等),并进而表示一种超越了各种具体区分的一般类型文章之特殊存在(如"典雅体""清丽体""婉转体"等)①。

"文体"观念和文体论的产生实为中国古代文章观念史的一个重大关节。从先秦和西汉流行的"文章"观,到东汉渐起而在三国魏晋成型的"文体"观,其主要历史意义在于实现了从对文章外部功用关系的偏重转向对文章自身内部关系的关注,完成了对文章自身本体存在的高度自觉。具言之,首先是对不同(文类、作者、流派、时代等)文章之特殊存在的自觉,具体表现为对不同文章的分类和区判,对不同文章特征的辨析、概括和描述,其典型话语形态即是古代文论中各种形式的"辨体"论。如《文心雕龙》上篇《明诗》篇以下至《书记》篇20篇区分诗体、赋体等78种文体是一种"辨体",《文心雕龙》下篇中的《体性》篇区分"典雅(体)""远奥(体)"等8种基本类型文体也是一种"辨体"②。至于严羽《沧浪诗话·诗体》一节根据各种具体而微的诗歌特征所区分的"盘中体""反覆体""离合体"等也同样是一种"辨体"③。正是通过这些不同形式的"辨体",呈现了文章不同角度和层面的特征,"辨体"形式愈丰富,则对文章特征的认识愈全面精细。

其次是对文章自身内部整体关系的高度自觉。称某一类或某一篇文章为"×体"或"××体",即含有视其为某类或某个"物体"之意,而任何一类或一个"物体"也自然都是一种整体存在。"文体"概念的"文章整体存在"这层内涵在《文心雕龙》中体现得尤为鲜明集中。如

---

① 参看拙著《中国古代文体论思辨》第一章,北京大学出版社,2012年版。
② 学界多认为此处"体"为"风格"或"体貌"之义,这其实是误将"典雅""远奥"等8种文体特征当成了"体"本身。这段话的完整表述应为"一曰典雅体,二曰远奥体……",因骈语而有所省略。其中"典雅"等词是对"体"的修饰和限定,其义不是指"典雅这种风格",而是指"具有典雅特征的文章(整体)"。刘勰认为"远奥体"的特点是"馥采曲文,经理玄宗","精约体"的特点是"核字省句,剖析毫厘","显附体"的特点是"辞直义畅,切理厌心"等,皆从意与言两方面着笔,也具体表明此处之"体"同样指文章整体存在。
③ (宋)严羽著,郭绍虞校释:《沧浪诗话校释》,人民文学出版社,1961年版,第100页。

《文心》上篇"论文叙笔"详论数十种文体,对每种文体皆从言与意(或情与辞、义与词)的关系着眼,强调这两种基本构成要素间的统一与协调。"文体解散"(《序志》篇)是《文心雕龙》之撰的重要动因,文章整体观是刘勰论文的基本原则,正言体要、雅丽相符、质文相胜、衔华佩实、执正驭奇是刘勰论理想文体的基本标准。内在统一与完整乃是文体的一般要求,这一要求与各种具体的文体分类无关,文类之"体"如此,作者之"体"、时代之"体"、流派之"体"等也是如此。诸多古代文体论的原始文献也一再证明了"文体"概念这一基本内涵的周延性和普遍性①。

"文体"观在直接呈现文章整体存在的同时,也一并呈现了文章整体内部丰富的结构层次和构成要素。意与言、情与辞(采)、义与词等是最基本的文体结构划分,"风骨"与"辞采"(《文心雕龙·风骨》篇)或"风力"与"丹采"(《诗品·序》)是另一种文体结构层次划分,"以情志为神明,事义为骨髓,辞采为肌肤,宫商为声气"(《文心雕龙·附会》篇)则是一种直接比照生命之体而来的更具体的文体结构层次划分。至于那些由"文体"概念衍生的一系列概念如体制、体裁、体式、体势、体略、体要、体意、体料、体格、体调、体韵、体趣、气韵、骨力、骨鲠、骨劲、骨韵、肌理等,表明"文体"观的自觉已将古人对文体内部构成的感受和认识推进到极其精微细腻的程度。

正是根据这些文献及其内在义理和逻辑,笔者认为古代"文体"概念的基本内涵是指呈现了丰富特征、构成和层次的文章自身的整体存在。

不过,也正是在与生命之"体"重建直接关联的过程中,文章之"体"的表意出现了明显的偏指:一方面,刘勰在《文心雕龙》中一再通过譬喻借生命之体的完整性以突出文章之"体"的完整与统一。最集中处如《附会》篇的一系列"生命之喻":

---

① 如钟嵘《诗品》上品之"陆机"条:"才高词赡,举体华美。"[(梁)钟嵘著,曹旭集注:《诗品集注》,上海古籍出版社,2011年版,第162页。]萧子显《南齐书·武陵昭王晔传》:"晔与诸王共作短句诗,学谢灵运体,以呈上,报曰:见汝二十字,诸儿作中最为优者。但康乐放荡,作体不辨有首尾……"[(梁)萧子显:《南齐书》,中华书局,2019年版,第695页。]皎然《诗式·辨体有一十九字》:"评曰:夫诗人之思初发,取境偏高,则一首举体便高;取境偏逸,则一首举体便逸。才性等字亦然。体有所长,故各归功一字。"[(唐)皎然著,李壮鹰校注:《诗式校注》,人民文学出版社,2003年版,第69页。]

> 何谓附会？谓总文理，统首尾，定与夺，合涯际，弥纶一篇，使杂而不越者也。若筑室之须基构，裁衣之待缝缉矣。夫才量学文，宜正体制：必以情志为神明，事义为骨髓，辞采为肌肤，宫商为声气……
>
> 扶阳而出条，顺阴而藏迹，首尾周密，表里一体，此附会之术也。
>
> 若统绪失宗，辞味必乱；义脉不流，则偏枯文体。夫能悬识凑理，然后节文自会，如胶之粘木，豆之合黄矣。
>
> 惟首尾相援，则附会之体，固亦无以加于此矣。①

完整性本为文章之"体"的基本规定，而《附会》篇又旨在阐述"弥纶"全篇的为文之道，因此作为譬喻之本体的文章整体与作为譬喻之喻体的生命整体在此篇都得到了充分彰显。其中"以情志为神明，事义为骨髓，辞采为肌肤，宫商为声气"一节，第一次在文章整体与生命整体间建立了全面具体的同构关系，成为"生命之喻"的经典之论。而"首尾周密，表里一体""义脉不流，则偏枯文体""首尾相援"等语，又反复譬喻，再三致意。不过，细察此篇的具体修辞用语，会发现刘勰并未直接拿生命之"体"一词与文章之"体"一词对应，所谓"宜正体制"之"体制"、"偏枯文体"之"文体"及"表里一体"和"附会之体"之"体"，都是指文章自身之"体"。也即是说，刘勰是以生命整体的具体构成譬喻完整统一的文章之"体"，这些"生命之喻"是在完整统一的文章之"体"观念的统摄之下进行的，其目的是借生命整体的具体构成进一步凸显文章之"体"的内在完整性。

但是另一方面，正如古代典籍中属人之"体"主要是指与"心"相对的肉身性躯体，当刘勰自觉而明确地用生命之"体"来譬喻文章的整体构成时，也不期然使属文之"体"在"文章整体存在"这层基本含义之外，衍出了另一层与躯体对应的"文章形体"之义。如《乐府》篇云："故知诗为乐心，声为乐体，乐体在声，瞽师务调其器；乐心在诗，君子宜正其文。"②以"心—体"二分的生命结构譬喻"乐"的结构，虽意在说

---

① （南朝梁）刘勰著，范文澜注：《文心雕龙注》，人民文学出版社，1958年版，第650—652页。

② 同上书，第102页。

明"乐"的整体构成,但同时也划分出了与内在"乐心"相对的偏向于外在形式的"乐体"。另外几例,看起来也与"心—体"二分结构颇为相类。如:

> 至于潘勖符节,要而失浅;温峤傅臣,博而患繁;王济国子,引多事寡;潘尼乘舆,义正体芜;凡斯继作,鲜有克衷。(《铭箴》篇)①

> 观其虑善辞变,情洞悲苦,叙事如传。结言摹诗,促节四言,鲜有缓句;故能义直而文婉,体旧而趣新,金鹿、泽兰,莫之或继也。(《哀吊》篇)②

> 刘向之奏议,旨切而调缓;赵壹之辞赋,意繁而体疏;孔融气盛于为笔,祢衡思锐于为文,有偏美焉。(《才略》篇)③

第一例中"体"与"义"对(前句有"文"与"事"对),第二例中"体"与"趣"对(前句有"文"与"义"对),第三例中"体"与"意"对(前一句有"旨"与"调"对)。若仅从句式结构和语词关系来看,这几例中"体"似皆指文章中与文意、趣旨等相对的"外在形式"。再看《宗经》篇的这一段:

> 故文能宗经,体有六义:一则情深而不诡,二则风清而不杂,三则事信而不诞,四则义直而不回,五则体约而不芜,六则文丽而不淫。④

此节中两个"体"字的语义对照鲜明:前一个"体"涵括了一篇完整文章中自内而外的所有要素,自然是指文章之整体——这也是《文心雕龙》中"文体"概念的基本语义。第二个"体"被涵盖在第一个"体"之下,属于"体"之"六义"之一,依理似应指文章整体之"体"的一部分。根据"六义"间的关系,"情"与"风"为作者表达之意(清、风名二实一,情动则为风),"事"与"义"(即"事义")为文章所用题材,则"体"与"文"似当指文章的言辞修饰等形式层面。但是,《文心雕龙》

---

① (南朝梁)刘勰著,范文澜注:《文心雕龙注》,人民文学出版社,1958年版,第195页。
② 同上书,第240页。
③ 同上书,第699页。
④ 同上书,第23页。

中也存在着与此相反的情况。如《杂文》篇:

> 蔡邕释诲,体奥而文炳;景纯客傲,情见而采蔚。①

前句中是"体"与"文"相对,且云"体奥而文炳",后句中又是"情"与"采"对,无论怎么看,此例中之"体"都不当指文章中与"意""义"相对的外在形式,但似也不宜随机理解为"文义"。

对于"体"的这种表面上看似相反的用法,与其陷在二分对待的释义思路中左牵右附,不如跳出其外,换一种思路作综合性理解。首先,一则因受"心—体"二分这一初始表意关系的影响,二则因为"文体"本身具有明显的直观性,故"体"可与文章的内在之"意"("义")相对,在具体表意关系中突出文章之"体"的外在直观的一面。其次,因为整体性是文章之"体"的基本规定,故"体"作为一个整体概念可以比较灵活地与另一个表示文章部分的概念相对②,上文"体奥而文炳"即应属于这一用法。再如《哀吊》篇"体同而事核,辞清而理哀"及《章表》篇"体赡而律调,辞清而志显"两例中的"体"与其他几个概念如"事""辞""理""律""志"等的关系,也宜理解为整体与部分之关系,而不宜视之为某个具体的文章因素。最后,将"体"一词直接与其他表示具体文章要素的概念相对,还与《文心雕龙》以骈语为主的表述方式密切相关。如前引《哀吊》篇和《章表》篇两例,后句已分别有"辞—理""辞—志"相对,前句如欲再寻一词分别与"事""律"组对,实属不易,而"体"自然就成了一个最方便组对的概念。至于《体性》篇的"贾生俊发,故文洁而体清"一句,则应该是"文体清洁"说法的骈化改写。

总的来看,"体"因其自身的直观性而可以偏指文章的外在直观,但这并非其基本含义。"体"的这一用法主要发生在这两种情况中:一是在与文章内在之"意"("义")直接相对时,如前引"义正体芜""意繁而体疏"等例。二是在直接以"心—体"二分或类似的生命结构关系譬喻文章构成时,如下文所引徐寅以人之"体象"喻诗之"体",故将

---

① (南朝梁)刘勰著,范文澜注:《文心雕龙注》,人民文学出版社,1958年版,第255页。
② 这种用法在汉语中并不鲜见,如说"家庭与社会",此处的"社会"只是在相对意义上指家庭以外的社会,而就"社会"的基本义来说,当然也包括"家庭"在内;再如说"中国与世界",也并不意味着将中国排除在"世界"之外;又如说"意识与存在",虽然"存在"可在思考和表述中偏指与"意识"相对的客观之存在,但不能由此否定"意识"从根本上说也属于"存在"。

诗之"体"理解为诗之"象",李廌以人之"耳目口鼻"等生理构成喻文章之"体",并与"气""志""韵"等内在因素相对,故其"体"也偏指文章之外在直观形式。但是,我们也不宜根据文章之"体"因二分相对关系而产生的语义偏指而否定"文章整体存在"是"文体"概念的基本内涵。这是因为:一则"文章整体存在"的这一"文体"概念的基本含义在各种"辨体"论中具有广泛的周延性,其偏指义则限于一些具体的二分相对的概念关系;二则"文章整体存在"这一基本意义上的"文体"概念在古代文论中具有不可替代性①,而偏指文章外在形式的"体"一词则可由"文辞""辞采"等诸多概念替代。质言之,文体概念的偏指义与基本义并非同一层次的概念内涵,文章自身的整体存在才是文体的本质规定。因此,欲理解古代"文体"概念的基本内涵及"文体"概念在文学观念史上的意义,当以其广泛的基本义而不应以其具体关系中的偏指义为学理基础。

综上所述,传统文论中的"体"应是一个表示不同文章整体存在的基本概念。"文体"概念的这一基本内涵源于传统文化中的生命整体观。如果说诸多由"生命之喻"而来的文论概念(如"气韵""神韵""神明""风骨""骨力""骨架""筋骨""脉络""气脉""肌理""风貌""面目"等)是从多个具体层面体现了文章本体存在的生命化特征,那么"文体"就应该是一个从整体上体现了文章本体存在生命化的文论概念。

第三节　古代"文体"概念现代阐释的盲点与误区

在传统文体论的现代阐释中,中国古代文论"体"概念的这一基本内涵却一直未能得到自觉揭示和准确阐发。钱锺书那篇被广泛引用

---

① 尽管古代文论中有很多取自生命整体或描述文章整体特征的概念,但绝大多数只关乎文章整体之一面。虽然也不乏统称文章的概念,如"文""文章""篇章""篇制"等,但不能像"文体"概念那样直接、具体而多层次地呈现文章自身的整体存在。

的文章《中国固有的文学批评的一个特点》①,曾详细论述了中国古代文学批评中普遍存在的"人化批评"现象,列举了"气""骨""力""魄""神""脉""髓""文心""句眼""肌理"等"名词",并通过与西方文学批评中类似现象的比较,说明后者虽然也有"文如其人或因文观人的说法",但"都绝对不是人化",而中国"固有的文学批评"的特征则在于直接将描述人之生命的概念转化为文学批评概念,超越了以人喻文的譬喻形式,属于真正的"人化批评",而且是"把文章通盘的人化或生命化"。不过文中有个值得注意的细节是,尽管钱锺书引用了《文心雕龙·风骨》篇的"词之待骨,如体之树骸;情之含风,犹形之包气……瘠义肥词"和《附会》篇的"以情志为神明,事义为骨髓,词采为肌肤,宫商为声气……义脉不流,偏枯文体"两段,却恰恰省去了《附会》篇引文前的"才量学文,宜正体制"一句。而且,实际上他也并未将"文体"概念本身纳入他所说的"人化批评"范畴,未能意识到"文体"一词才是古代文学批评"把文章通盘的人化或生命化"的集中体现。

20世纪90年代中期,吴承学接续前修,撰《生命之喻——论中国古代关于文学艺术人化的批评》一文②。吴文旨在丰富、深化钱锺书的"人化批评"说,但并不像钱文那样留意中西之别,而是将有关批评修辞统称为"生命之喻",着力阐释其中所蕴含的共通的文学艺术生命形式观,注重从整体层面把握中西文艺批评中"生命之喻"的意义:"假如孤立地看,这些片言只语似乎微不足道,随意性很强;然而一旦把它们集中起来,不难发现这并非偶合,而是反映了一种深刻的文学观念——把人的生命形式作为文学艺术结构形式的象征。"吴文将中西常见的"生命之喻"的基本内涵理解为"生命形式"与"艺术形式"的同构,难免与阐释对象发生偏离,或隐或显地在理路和表述中呈现出来:

其一,吴文在拓展和深化钱锺书的"人化批评"说的同时,又明显与之拉开了距离。在钱锺书的"把文章通盘的人化或生命化"的表述

---

① 钱锺书:《中国固有的文学批评的一个特点》,《文学杂志》第1卷第4期,1937年。引自周振甫、冀勤编著《钱锺书〈谈艺录〉读本》,上海教育出版社,1992年版,第391—404页。

② 吴承学:《生命之喻——论中国古代关于文学艺术人化的批评》,《文学评论》1994年第1期。

中,"文章"是"通盘的",而用以譬喻"文章"的人之"生命"也同样是"通盘的",本体与喻体都是作为整体存在而相互同构。但在吴文中,"文章"被悄然置换为"艺术形式","生命化"也悄然变换为"生命形式"或"人体形式"。但实际上这两种说法之间的差异是不宜被忽略的。

其二,为了整合中国传统的"生命之喻"中的"生命整体"观与西方的"生命形式"说,吴文在具体阐释和表述中,出现了一些不尽统一乃至有些矛盾的说法。如一则说"人体形式与艺术形式的相似点首先在于其动态的有机整体性","古人的'生命之喻'实际上反映了传统美学对于艺术本质的某些观念,即把艺术形式视成一种具有内在生命力的有机的动态整体",其中"有机整体性"是指"人体形式"与"艺术形式"的"有机整体性";一则又说"把艺术作品比喻为一个生命体,就意味着它应该具有内在的统一性,成为独立自足并蕴含着情感与生命运动节奏的整体",其中的"整体"又应该是指"艺术作品"和"生命体"的"整体"。这样,前一说中的"艺术形式"换成了后一说中的"艺术作品",前一说中的"生命形式"换成了后一说中的"生命体",而这两组概念的内涵显然是有所不同的。前后两种表述并存于一文,应该与西方美学的"生命形式"观与中国古代文论的"生命整体"观之间实际存在的差异有关:当论者有意根据西方美学中的"生命形式"观阐释中国传统的"生命之喻"时,便会产生前一种说法;而当论者直接根据自身对中国传统文论"生命之喻"的体验和理解表述时,便出现了后一种说法。

其三,尽管吴文注意到了中国古代文体概念中所蕴含的有机生命观,并将文体概念作为"生命之喻"的重要一种,但因受"艺术形式与生命形式同构"这一基本观念影响,在引用有关文体论文献时,带有明显的倾向性和选择性。如根据明代徐寅《雅道机要》中的"体者,诗之象;如人之体象,须使形神丰备,不露风骨,斯为妙手矣"一语,得出"文体如人体,是文之精神的载体"的理解。又根据宋代李鹰《济南集》卷八《答赵士舞德茂宣义论弘词书》中的"文章之无体,譬之无耳目口鼻,不能成人;文章之无志,譬之虽有耳目口鼻,而不知视听臭味之所能,若土木偶人,形质皆具而无所用之;文章之无气,虽知视听臭味,而血气不充于内,手足不卫于外,若奄奄病人,支离憔悴,生意消削;文章之无韵,譬之壮者,其躯干枵然,骨强气盛,而神气昏愦,言动凡浊,则庸俗鄙人而已。有体、有志、有气、有韵,夫是谓成全"一段,得出"体,指作品结构体制"的解释。这种选择性引用和阐释固然有利于印证论文对"生命之喻"的"形式化"理解,却与中国传统文论中的"生命之喻"及"文体"概念的基本内涵出入甚大。

在李廌这段话中,其中"体"一词固然是侧重从"形式"层面譬喻文章的外在形式,但在这段话所展开的四个层次的"生命之喻"中,"体"不过其中的一个层次,并不能体现其"生命之喻"的整体内涵。从整体上看,李廌的这一"生命之喻"并非以人的"生命形式"譬喻文学作品的"艺术形式",而是由体、志、气、韵等内外多层次因素共同构成的人的"生命整体",譬喻同样由体、志、气、韵等多层次因素共同构成的"文章整体"。论者显然也注意到了这一"生命之喻"中的"生命整体观"和"文章整体观",因此在引文后有这样一段分析:"体、志、气、韵四者处于不同的结构层次,但都是呈现在作品的整体之中的。它们各有侧重,在作品中发挥着各自不同但又都是不可或缺的美学功能,从而使作品构成一个完美的整体。任何一方面的缺陷,都会破坏作品的和谐完整。"但在随后的论述中,论者又继续采用"艺术形式"的说法,可见论者未能意识到这里所说的"作品的整体"已不同于前面一再提到的"艺术形式的有机整体性"。

回头再看徐寅《雅道机要》中的那段"生命之喻"。语中以人之"体象"喻诗之"体象",确有偏重直观与表现的倾向,但他又要求诗之"体象"应具有"形神丰备,不露风骨",显然还含有另一层整体性的譬喻,即诗作为整体,是表现之"形神"与内蕴之"风骨"共同构成的。因此,准确地说,在徐寅的这一"生命之喻"中,"体象"乃是人之整体生命的一个层次,而非生命之全体,而"体象"所喻也不过是诗之整体的一个层次(表现层次),而非诗之全体。再比照文中所引旧题贾岛《二南密旨》中的一段"生命之喻":"诗体若人之有身,人生世间,察一元相而成体,中间或风姿峭拔,盖人伦之难,体以象显。"言者先以人之"身"喻诗,再易"身"为"体",即以人之"体"喻"诗体";后又云"体以象显",则是明确将"体"与"象"分为两个层次。如果说"象"为诗之"艺术形式",那么"体"即应与"象"有别,当指诗歌作品之整体。

中国传统文论(包括"文体论")中的诸多"生命之喻"的真正本体并非"艺术形式",而是"文章的有机整体"。但由于受西方美学"生命形式"观和"艺术形式"观的影响,在具体阐释中,中国传统文论中的"生命之喻"所表达的文学观念一定程度上被遮蔽或被变形,而作为"生命之喻"之一的"文体"概念也未能在阐释中呈现属于其自身的完整面目和基本内涵。

概言之,文章之"体"观念的最初产生,并非缘于人体之"体"的直接譬喻,而是由先秦至汉各种称物之"体"类推而来,后者是"体"从文化观念到文学观念的不可忽略的中介。正是由于称物之"体"作为语义中介的转换,确定了文章之"体"的基本表意特征,即首先且主要是指不同文章的特殊而完整的存在,而非仅指文章的外在形式。因此,在文体论产生之后的很长时间里,古人在辨析、品评和论述各种"文体"时,并未直接将"文体"譬喻为人之躯体或人之生命整体,而是根据文章自身的特征与结构(如言辞、情志、事义、物象等)对文体进行描述和评价。据现有文献,自觉而具体地以人的生命之体直接譬喻文体,最早出现在南朝齐成书的《文心雕龙》中。究其原因,一则因文体论发展至此已完全成熟,在文体观念的引发下,人们对文章自身内部的整体关系已由早期文体观中的笼统感受,发展为成熟时期文体论中的具体认识;二则因南朝日趋严重地追求雕饰和新奇而破坏文体内在统一的文坛流风,从反面强化了人们对文体内在完整性的自觉和坚持。因此,与其说《文心雕龙》中对各体文章内在整体性的一以贯之的关注是缘于人之生命整体存在的启发,不如说是刘勰欲借人之生命整体存在对文体观念中隐而未彰的文章整体观予以充分展开和呈现,并以此作为针砭"文体解散"之弊的药石和文章作者的圭臬。文章之"体"在超越了与生命之"体"初始的间接联系后,在一个更具体的层面与生命之"体"重新建立了直接关联。

第四节 文体的自觉:汉末魏晋文学观的历史特质

曹丕的《典论·论文》一般被视为是中国古代第一篇完整的文章专论,但从其论文的具体角度和实际内容看,也可以说是中国古代第一篇完整的文体专论。《典论·论文》的独特文论内涵和文论史意义即主要是由其中有关文体的丰富论述所体现的。

说到《典论·论文》,自然绕不开一个在中国古代文论研究中流行了近百年的说法,即"魏(晋)文学自觉"说。这一观点始于日本学者铃木虎雄的《中国古代文艺论史》,由鲁迅《魏晋风度及文章与药及酒之关系》转述到中国学界,并逐渐被认可和接受,1980年代后又因李泽厚的《美的历程》得到广泛传播。但在转述和传播过程中,这一观点并未保持其原初内涵,而是产生了不同程度的偏离和误解。首先,铃木虎雄所谓的"文学自觉"特指"魏"这一时期;其次,他所理解的"文学自觉"是指文学价值不再取决于作为道德的手段,而是取决于"文学自身"①,但他并未直接说明"文学自身"的价值究竟体现在哪些方面,而在鲁迅的转述中,铃木氏的观点发生了一个很关键的变化,原本含糊的"文学自身的价值",被明确理解为文学"不必寓教训",是"为艺术而艺术"。这种理解显然已偏离了曹丕《典论·论文》的原意,因为所谓"经国之大业,不朽之盛事",即已包含了政教道德的价值在内。尤需注意的是,鲁迅的这种理解在文学自觉说中注入了西方现代审美文学的具体内涵,并成为后来持"魏晋文学自觉"说者的基本思路。如刘大杰《魏晋思想论》评《典论·论文》说:"他对于文学的对象,有离开六艺而注重纯文学的倾向","盖文章经国之大业,不朽之盛事","已经有艺术至上主义的倾向,对于纯文学的发展,是要给予重大的影响的"。②郭绍虞《中国文学批评史》:"迨至魏、晋,始有专门论文之作,而且所论也有专重在纯文学者,盖以进至自觉的时期。"③李泽厚《美的历程》:"文的自觉(形式)和人的主题(内容)同是魏晋的产物。"④1990年代至今,认同"魏晋文学自觉"说者仍然为数不少,并在不断补充和完善着这一观点。⑤

---

① 〔日〕铃木虎雄:《中国古代文艺论史》卷上,孙俍工译,上海北新书局,1928年版,第47页。
② 刘大杰:《魏晋思想论》,《古典文学思想源流》,上海书店出版社,2008年版,第124页。
③ 郭绍虞:《中国文学批评史》,百花文艺出版社,2008年版,第54页。
④ 李泽厚:《美的历程》,文物出版社,1981年版,第97页。
⑤ 范卫平:《"文学自觉"问题论争评述——兼与张少康、李文初先生商榷》,《甘肃社会科学》2001年第5期。

"魏晋文学自觉"说的积极意义在于借用西方现代审美文学观,增进了对中国古代文学特征和思想的了解,揭示出中国古代文学思想与西方现代审美文学观相近的内涵(如重个体、重抒情、重辞采等),醒目地标识出魏晋在中国古代文学史上的转折意义[①]。但颇为吊诡的是,当"文学自觉"的标准被明确为若干审美特征后,中国传统的"文学的自觉"却陷入了被泛化的境地。研究者陆续发现,存在于魏晋文学、文论中的那些审美特征,也可见于更早的两汉文学和文论,甚至已出现在战国后期的文学和文论中。另一方面,这些审美特征在魏晋以后的南北朝文学、唐代文学、宋代文学以至明代文学中,不仅得以延续,甚至发展得更为强烈、鲜明,"文学自觉"的程度也似乎更高。于是,学界对"魏晋文学自觉"说的质疑声渐多,并且以同样的"审美特征"为依据,又提出了"汉代文学自觉"说[②]、"魏晋南北朝文学自觉"说[③]、"宋齐文学自觉"说[④]、"春秋文学自觉"说[⑤]、"文学多阶段自觉"说[⑥]等。当"文学自觉"说可以并在实际上被无限泛化时,它对阐释中国古代文学史的特殊意义和理论价值也就被稀释甚至消解了。

产生这种现象的主要原因,并不纯粹在于诸"文学自觉"说的提出者有意标新立异,而恰恰主要在于"文学自觉"说这一观点本身。持"文学自觉"说者,无论定位于哪个历史时段,对文学性质的理解大多明显受到西方现代审美文学观的影响。不过,且不论这一标准是否契合中国古代文学史的发展特点,即便在二者之间能够找到某些相似或相通之处,是否即可称之为中国文学自身的"自觉"?而且,"文学的自觉"是否仅限于对文学"审美特征"的自觉?"文学自觉"的内涵是否如此单一?即如先秦时期对文学的文化属性和功能的认识,岂不也

---

① 范卫平:《"文学自觉"问题论争评述——兼与张少康、李文初先生商榷》,《甘肃社会科学》2001年第5期。
② 龚克昌:《汉赋——文学自觉时代的起点》,《文史哲》1988年第5期;张少康:《论文学的独立和自觉非自魏晋始》,《北京大学学报》(哲学社会科学版)1996年第2期;詹福瑞:《文士、经生的文士化与文学的自觉》,《河北学刊》1998年第4期;李炳海:《黄钟大吕之音——古代辞赋的文本阐释》,吉林人民出版社,2001年版,第16页。
③ 袁行霈主编:《中国文学史》第2卷,高等教育出版社,1999年版,第3—4页。
④ 刘跃进:《门阀士族与永明文学》,生活·读书·新知三联书店,1996年版。
⑤ 李永祥:《"春秋文学自觉"论——兼与赵敏俐先生〈"魏晋文学自觉说"反思〉商榷》,《汕头大学学报》(人文社会科学版)2010年第2期。
⑥ 崔文恒:《"文学的自觉时代"论理》,《阴山学刊》2003年第6期。

是"文学自觉"的题中应有之义？涂光社的看法殊为通达,他认为:"一旦人们表述了对文学的认识,就必然会在一定层面显示其自觉意识。谁说'诗言志'的论断和'兴观群怨'以及'温柔敦厚'的诗教中没有体现相当程度的文学自觉意识呢？因为文学确实有这些方面的功能,可以产生这样的社会作用。"①

至此,一些向来被具体问题掩盖的基本问题便浮现出来,如:何谓"自觉"？何谓"文学自觉"？如何确定"文学自觉"的标准？"文学自觉"是体现于作品,还是体现于文论？一般说来,所谓"自觉",应是指对自身存在状态的认识和反思。"自觉"不同于"自在",而是对"自在"的明确意识和观念,集中表现为有关理论话语。所谓"文学自觉",也主要体现为作家、文论家对文学活动性质、特点和规律的认识。这种认识可以出现在具体文学作品中,如《诗经·小雅·节南山》中的"家父作诵,以究王讻",屈原《离骚》中的"发愤抒情"说等,而更集中表现为各种形式的文学理论。

依此理解,如果说中国古代文学史确实存在"文学自觉"这一事实,那么这个"自觉"也应该是指中国传统文学观按其自身规律的发展过程,由不同时代对文学不同层面性质的认识共同构成,而非根据某个特殊标准限定于某个特定的历史时期。文学是一种历史性存在,人们对文学的认识也是一个历史过程。倘若把"文学自觉"的内涵仅限于对文学审美特征的认识,同时有意无意地将文学史上对文学的文化特征和社会功能的认识排除在"文学自觉"之外②,这显然是一种非历史的观点。

如果从更深层的动机看,"魏晋文学自觉"说实际上反映了学界为汉末魏晋这一较为特殊的文学时段寻求一种恰当"说法"的努力。不过,在"文学自觉"实际上被泛化为"中国传统文学观自身发展"的同义语后,继续从"文学自觉"的角度解读汉末魏晋文学史已显得泛而不切。"魏晋文学自觉"说凸显了汉末魏晋文学的部分审美特征,完成了对这段文学史的现代包装,但同时也模糊了汉末魏晋文学史的本色与

---

① 涂光社:《"文学自觉时代"泛议》,徐中玉、郭豫适主编:《古代文学理论研究》第23辑,华东师范大学出版社,2005年版,第84页。

② 闫月珍:《文学的自觉:一个命题的预设与延异》,《华南师范大学学报》(社会科学版),2005年第1期。

基调,在长时间内抑制了其他阐释的可能。"魏晋文学自觉"说实已成为推进汉末魏晋文学史研究亟须突破的一个理论围城。学界宜在更深入具体地认识汉末魏晋文学发展特点的基础上,对这一时期"文学自觉"的内涵做出更为恰当的揭示和描述,提出并回答诸如"汉末魏晋'文学自觉'有何特殊内涵?""与前后其他阶段的'文学自觉'有何不同?""汉末魏晋'文学自觉'最突出的理论标志是什么?""哪些概念、范畴最能在整体上反映汉末魏晋'文学自觉'的独特历史品质?"等更加具体的问题。

当我们经历了上述对各种"文学自觉"说的一番反思,再来解读曹丕的《典论·论文》,应该能够获得一种更能准确反映其特殊理论内涵,也更能准确体现其文论史意义的认识。

一篇《典论·论文》,在不同研究者那里往往呈现出不同面目。以其为魏晋文学自觉的理论标志者,多对"诗赋欲丽""文以气为主"等命题情有独钟;以其仍囿于文学功用论者,又特别留意"经国之大业,不朽之盛事"所传达的观念内涵;而不满这种主观倾向过于明显的解读者,则试图从论文写作的具体语境和现实动机去揭示其劝勉邺下文士相互尊重、安心本职的本意。

由《典论·论文》文本中的直接表述可以看出,曹丕写作此文的初衷主要有两点:一是反对"文人相轻"的文坛劣习,说明文士为文各有长短的道理及原因;二是晓谕文章于国于己的重要价值,勉励身边的文士致力于文章事业。通俗点说,就是希望曹魏集团中的一班文人("邺下文人")搞好团结,安心工作,服务国家,成就自己。为了批评"文人相轻",《典论·论文》从客观和主观两方面说明理由。以客观言,因为"文非一体,鲜能备善","文本同而末异",而"能之者偏";如王粲、徐幹擅长辞赋,陈琳、阮瑀精于章表书记,孔融却拙于作论等。以主观言,因为"文以气为主",而"气之清浊有体,不可力强而致",如徐幹有"齐气",孔融有"高妙"之气等。为了激发文士们对文章事业的热情,《典论·论文》把文章的意义提到"经国之大业,不朽之盛事"的高度,将文章之无穷与生命之短促对比,劝导文士们轻功名而惜寸阴,通过文章成就身前身后之名。

细寻《典论·论文》的论述脉络和思理还可发现,无论是批评"文人相轻"的劣习,还是强调文章事业的价值,其中都贯穿着一个基本观念,即对个体差异的尊重和对个体价值的肯定。正是这一观念构成了《典论·论文》的立论基础。具体说来,"文本同而末异"体现的是对不同类型文章特征的自觉,"文非一体,鲜能备善"表达的是对文士于不同文体各有所偏的尊重,"气之清浊有体"反映的是对文士不同气质特征的认识,强调文章乃"不朽之盛事"突出的则是文章对于个体生命的意义。同时,从其诸多表述也可以清楚地看出,"文体"概念是《典论·论文》整体上所体现的对个体差异、特征及价值的自觉与肯定在文论层面的集中表现,正是通过"文体"这一概念,曹丕将其对不同类型文章特征和不同文士文章特征的认识鲜明地表达了出来。

第五节 文体自觉与文体论产生的文学史意义

"文体"观念的自觉与文体论的产生,首先意味着文论的重心已从文章与社会的外部关系转向文章自身,不同类型、不同作者、不同流派甚至不同时代的文章自身的特征得以在比较中进一步凸显。这是汉末魏形成的文体论区别于先秦两汉文论中占主导的文用论的一个最基本的理论特征。

在盛行于先秦两汉的文用论中,关注和谈论的主要是诸如文章于政治何用、于道德何用、于人格养成何用等一类问题。孔门论诗,曰"兴观群怨",曰"思无邪";汉儒注诗,曰"经夫妇,成孝敬,厚人伦,美教化,移风俗"[1],曰"主文谲谏";王逸序骚,曰"上以讽谏,下以自慰"[2];班固论赋,曰"或以抒下情而通讽谕,或以宣上德而尽忠孝",曰"润色鸿业",诸如此类,不一而足。即使论及文章自身的特征,也多着有浓厚的功用色彩,如《毛序》称诗"温柔敦厚",扬雄评赋"诗人之赋丽以则,辞人之赋丽以淫"[3]等。

在以"文体"论文之前的先秦两汉时期,虽然关于各种文类的理论已较为完整、系统,但论者对各种文类的描述仍然着眼于用。如《周礼·春官·大祝》述大祝之职:"作六辞以通上下亲疏远近:一曰祠,二

---

[1] (清)阮元校刻:《十三经注疏》,中华书局影印,1980年版,第270页。
[2] (宋)洪兴祖撰,白化文等点校:《楚辞补注》,中华书局,1983年版,第48页。
[3] 汪荣宝撰,陈仲夫点校:《法言义疏》,中华书局,1987年版,第49页。

曰命,三曰诰,四曰会,五曰祷,六曰诔。"①尽管尚未对祠、命、诰等六类文辞分别说明,但将其统归于"通上下、亲疏、远近"之用。东汉郑玄《周礼注》引郑众语从功用角度对"六辞"作了更详细的描述:"祠当为辞,谓辞令也。命,《论语》所谓为命裨谌草创之。诰,谓《康诰》《盘庚之诰》之属也。盘庚将迁于殷,诰其世臣卿大夫,道其先祖之善功,故曰以通上下亲疏远近。会,谓王官之伯,命事于会,胥命于蒲,主为其命也。祷,谓祷于天地社稷宗庙,主为其辞也。……诔,谓积累生时德行,以锡之命,主为其辞也。……此皆有文雅辞令,难为者也,故大祝官主作六辞。"②郑玄注亦云:"玄谓一曰祠者,交接之辞。《春秋传》曰'古者诸侯相见,号辞必称先君以相接'。辞之辞也。会,谓会同盟誓之辞。祷,贺庆言福祚之辞。"③注者或引典,或举例,对每类文辞的社会功能一一说明,明确其在政事、祭祀、人际、外交、庆吊等现实活动中的具体作用。

汉末刘熙的《释名》在《释书契》与《释典艺》两部分解释了奏、檄、谒、符、传、券、契、策书、册、启、书、告、表、敕、纪、令、诏书、论、赞、叙、铭、诔、碑、词等计24种文章类型,也同样以用释义。如:"檄,激也。下官所以激迎其上之书文也。""谒,诣也。诣,告也。书其姓名于上,以告所至诣者也。""符,付也,书所敕命于上,付使传行之也。""传,转也,转移所在,执以为信。""策书,教令于上,所以驱策诸下也。汉制:约敕封侯曰册。册,赜也,敕使整顺不犯之也。""上敕下曰告。告,觉也,使觉悟知己意也。""下言于上曰表,思之于内,表施于外也。又曰上,示之于上也。又曰言,言其意也。""记,纪也,纪识之也。""诏书。诏,照也,人暗不见事宜,则有所犯,以此照示之,使昭然知所由也。""称人之美曰赞。赞,纂也,纂集其美而叙之也。""铭,名也,述其功美,使可称名也。""诔,累也,累列其事而称之也。"④人们可能对《释名》使用的同音训义的可靠性会有怀疑,但其间对各种类型文章之用的解释则是明确无疑的。

---

① (清)阮元校刻:《十三经注疏》,中华书局影印,1980年版,第809页。
② 同上。
③ 同上。
④ (汉)刘熙撰,(清)毕沅疏证,(清)王先谦补,祝敏彻、孙玉文点校:《释名疏证补》,中华书局,2008年版,第200—219页。

上述两例汉代不同时期的文章类型论都表现出如下特点:一方面从其所论之实看,与后来明确称为"文体论"的如挚虞《文章流别论》、任昉《文章缘起》、刘勰《文心雕龙》之"论文叙笔"等并无二致;但与后一类"文体论"相比,这两例文章类型论对各类文章的注解与释义近乎纯然是对其现实功用的说明,而对各类文章内部特征的概括尚付阙如。汉代文章类型论的这种情形具有明显的从文用论向文体论过渡的特点。其中虽已蕴含着较为自觉的文类文体的区分和辨析意识,但其区分和辨析又还停留于文类的社会功用层面。

汉末蔡邕《独断》对文章类型的说明也还具有这种过渡性质,但明显不同的是,该书不仅论及各文类功用,而且详述各文类体例。如谓"策书":"策者,简也。礼曰:'不满百丈,不书于策。'其制长二尺,短者半之,其次一长一短,两编下附篆书,起年月日,称'皇帝曰',以命诸侯王三公。其诸侯王三公之薨于位者,亦以策书诔谥其行而赐之,如诸侯之策。三公以罪免,亦赐策,文体如上策,而隶书以尺一木两行,唯此为异者也。"①对策书的用纸、格式、称谓等作了详细规定。尤值一提的是,行文中已出现"文体"一词,并以之作为对上述命意、体例的统称。

与上引诸论相比,曹丕的《典论·论文》可称为中国古代第一篇完整的"名实相副"的文体论。甚至可以说,该文作为中国古代第一篇文章专论的意义,很大程度上是借由其作为第一篇文体论显示出来的。首先,《典论·论文》在言及奏议、书论、铭诔、诗赋等文章类型时,已明确以"体"为中心,从"文体"角度认识和定位各类文章。其次,文中之"体"已直接用来指称奏、议、书、论等各类文章。如所谓"文非一体",意即文章已分诗、赋、铭、诔等各种类型;"惟通才能备其体",意为通才方可兼擅从奏议至诗赋等各类文章。"体"的这种用意,表明"文体"意识与"文章"意识已融为一体,而且文体观已成为当时评论文章的一个新的观念平台,研究者的目光也因此更多地集中于各类文章自身的特征。

文体论所蕴含的回到文章自身的意识,典型地体现为《典论·论文》对各类文体特征的概括与区分:"夫文本同而末异。盖奏议宜雅,

---

① 张少康、卢永璘编选:《先秦两汉文论选》,人民文学出版社,1996年版,第649页。

书论宜理,铭诔尚实,诗赋欲丽。此四科不同,故能之者偏也,唯通才能备其体。"① 徐复观曾在《〈文心雕龙〉的文体论》中把此处的"体"理解为"艺术的形相性",认为其具体所指即是奏议之"雅"、书论之"理"、"铭诔"之"实"和诗赋之"丽"。② 这明显是因其对中国古代"文体"一词含义的先入之见而造成的误解。循曹丕文意,此处之"体"当即指奏、议、书、论、铭、诔、诗、赋等八种类型的文章;所谓"唯通才能备其体",也是指对八种类型文章的掌握,绝非指掌握"雅""理""实""丽"等四种文体特征。③

从文体观发展的角度看,更值得关注的是《典论·论文》对八种类型文章特征的确切精炼的概括。在中国文学(文论)史上,《典论·论文》第一次用如此精当、明确的概念标识出当时流行的主要文章类型的整体特征。这种高度概括、恰当的描述只有在对各类文章的题材、语言、功能、性质等有了深入的认识后才能出现,是文章写作经验、阅读经验及批评经验的高度提炼和理论升华。在这个意义上可以说,文体观的自觉和文体论的产生反映了文学主体(包括写作者与批评者)对文章作为一种独特的社会存在的高度自觉;正是在文体论的语境中,各种文章的内部构成和特征得到了前所未有的呈现和描述。此后,文章分类也更多地被称为"区判文体""辨体"等。

以《典论·论文》为标志,中国古代的文章分类论发展到了"辨体"论阶段。自此,文章类别和文类特征的辨析获得了更大的理论空间,分类更加精细、完备,特征描述更加准确、精炼。如《文赋》称文章"体有万殊",称诗体特征为"缘情而绮靡",赋体特征为"体物而浏亮",碑体特征为"披文以相质",诔体特征为"缠绵而凄怆",铭体特征为"博约而温润",箴体特征为"顿挫而清壮",颂体特征为"优游以彬蔚",论体特征为"精微而朗畅",奏体特征为"平彻以闲雅",说体特征为"炜晔而谲诳"。④ 刘勰《文心雕龙》"论文叙笔"20 篇对 30 多类文

---

① (梁)萧统编,(唐)李善注:《文选》,中华书局,1977 年版,第 720 页。
② 徐复观:《〈文心雕龙〉的文体论》,《中国文学精神》,上海书店出版社,2004 年版,第 128 页。
③ 参考拙文《论徐复观〈文心雕龙〉文体论研究的学理缺失》,《文化与诗学》2008 年第 2 辑。
④ (晋)陆机著,张少康集释:《文赋集释》,人民文学出版社,2002 年版,第 99 页。

体的特征既有凝练的概括,又有细致的分析。如以"雅润"称四言,以"清丽"评五言;要求赋有"丽词雅义",颂能"典懿""清铄"等。在《定势》篇又作了集中说明:"章表奏议,则准的乎典雅;赋颂歌诗,则羽仪乎清丽;符檄书移,则楷式于明断;史论序注,则师范于核要;箴铭碑诔,则体制于弘深;连珠七辞,则从事于巧艳。"①

"文体"观念的自觉和文体论的产生又促进了文章观念的分化与审美文学观的成熟。

随着文体论的进一步发展,"文体"范畴广泛用于文论的各个领域。文体论的外延迅速扩大,在文类文体论之外,又产生了作者文体论、时代文体论、流派文体论等,昭示着作者文章特征、时代文章特征、流派文章特征的更高自觉。作者文体论在《典论·论文》中已露端倪,如谓"应玚和而不壮,刘桢壮而不密②",即是对应、刘文章整体特征的评述。《典论》佚文也有"优游按衍,屈原之尚也。穷侈极妙,相如之长也"③,这是对屈原和司马相如辞赋类作品特征的比较与说明。作者文体论多就同一文类的不同文章进行比较,如傅玄《连珠序》:"其文体辞丽而言约,不指说事情,必假喻以达其旨,而贤者微悟,合于古诗劝兴之义。欲使历历如贯珠,易睹而可悦,故谓之连珠也。班固喻美辞壮,文章弘丽,最得其体。蔡邕似论,言质而辞碎,然旨笃矣。贾逵儒而不艳,傅毅有文而不典。"④其中谓班固之连珠"喻美辞壮"、蔡邕之连珠"言质而辞碎"、贾逵之连珠"儒而不艳"、傅毅之连珠"文而不典"等,都是对各家(连珠)文体特征的简洁品评。再如《文心雕龙·诸子》篇:"研夫孟荀所述,理懿而辞雅;管晏属篇,事核而言练;列御寇之书,气伟而采奇;邹子之说,心奢而辞壮;墨翟随巢,意显而语质;尸佼尉缭,术通而文钝;鹖冠绵绵,亟发深言;鬼谷眇眇,每环奥义;情辨以泽,文子擅其能;辞约而精,尹文得其要;慎到析密理之巧,韩非著博喻之富;吕氏鉴远而体周,淮南泛采而文丽:斯则得百氏之华采,

---

① (南朝梁)刘勰著,范文澜注:《文心雕龙注》,人民文学出版社,1958年版,第530页。本章下引《文心雕龙》文均见此书。
② (梁)萧统编,(唐)李善注:《文选》,中华书局,1977年版,第720页。
③ 穆克宏、郭丹编著:《魏晋南北朝文论全编》(修订本),江苏教育出版社,2004年版,第15页。
④ 郁沅、张明高编选:《魏晋南北朝文论选》,人民文学出版社,1996年版,第108页。

而辞气文之大略也。"①纵论战国至西汉的诸子文体,洋洋大观,对各家文体特征的点评则要言不烦,体现了论者对各家文体特征的准确认识和完整把握。钟嵘《诗品》专论各家五言诗体,乃是作者文体论高度成熟的产物,可谓集作者文体(诗体)论之大成。如评曹植"骨气奇高,词彩华茂,情兼雅怨,体被文质",王粲"文秀而质羸",陆机"才高词赡,举体华美",张协"文体华净",左思"文典以怨",张华"其体华艳",郭璞"文体相辉,彪炳可玩",袁宏"鲜明紧健",陶潜"文体省静",颜延之"体裁绮密,情喻渊深",等等②。

文体论发展至一定阶段,有关时代文体特征的论述也自然出现。沈约《宋书·谢灵运传论》这样概述自汉至魏四百多年间的文体变化规律:"自汉至魏,四百余年,辞人才子,文体三变。相如巧为形似之言,班固长于情理之说,子建、仲宣以气质为体,并标能擅美,独映当时。……降及元康,潘、陆特秀,律异班、贾,体变曹、王,缛旨星稠,繁文绮合。……灵运之兴会标举,延年之体裁明密,并方轨前秀,垂范后昆。"③论者以相如的形似之体为西汉文体的典型,以班彪、班固的情理之体为后汉文体的范例,以曹植和王粲的气质之体为三国魏文体的代表。另如刘勰《文心雕龙·通变》篇所谓"黄唐淳而质,虞夏质而辨,商周丽而雅,楚汉侈而艳,魏晋浅而绮,宋初讹而新"④,也可视为对上古至南朝宋的历代文体特征演变的简要概括。

人们又尝试对同时代的文体进行整体划分,标识出不同文体流派。如萧子显《南齐书·文学传论》:"今之文章,作者虽众,总而为论,略有三体。一则启心闲绎,托辞华旷,虽存巧绮,终致迂回,宜登公宴,本非准的。而疏慢阐缓,膏肓之病;典正可采,酷不入情。此体之源,出灵运而成也。次则缉事比类,非对不发,博物可嘉,职成拘制。或全借古语,用申今情,崎岖牵引,直为偶说。唯睹事例,顿失清采。此则傅咸五经,应璩指事,虽不全似,可以类从。次则发唱惊挺,操调险急,雕藻淫艳,倾炫心魂。亦犹五色之有红紫,八音之有郑、卫,斯鲍

---

① (南朝梁)刘勰著,范文澜注:《文心雕龙注》,人民文学出版社,1958年版,第309页。
② 此引《诗品》语,均见《诗品集注》(增订本),(南朝梁)钟嵘著,曹旭集注,上海古籍出版社,2011年版。
③ (梁)沈约撰:《宋书》(修订本),中华书局,2019年版,第1944—1945页。
④ (南朝梁)刘勰著,范文澜注:《文心雕龙注》,人民文学出版社,1958年版,第520页。

照之遗烈也。"①论中把当时文体分为三类,各有其特征,各有其渊源,又各有其代表作家。

如果说文体论的发展标志着文论重心转移到了文章自身,那么作者文体论、时代文体论、流派文体论等的产生,则进而表明人们对文章自身特征的全面自觉。因为回到了文章自身,人们不仅发现并总结出了各种文类文体的特征,亦且发现并总结出了文体(即不同类型文章整体存在)中所包含的作者特征、时代特征、流派特征等。文体的自觉敞开了极其丰富的认识文章的视角,先秦两汉时期文用论的单一视角被文体论的全方位视角所替代,或小或大,或内或外,或远或近,或纵或横,评鉴者从围绕文体形成的各种维度的关系中感受文章的千姿百态,品评文章的雅俗优劣,认识文章的源流通变。

回到文章自身——此即为《典论·论文》文体论和其他文体论的关键意义所在。不过,《典论·论文》所蕴含的回到文章自身的意识仍然是对各类文章特征的自觉,而非特别倾向于"审美特征"更加突出的文章类型如诗赋等的自觉。有研究者为了强调《典论·论文》之于文学"审美自觉"的意义,片面突出"诗赋欲丽"一语在《典论·论文》中的地位②,这显然有点强古人以就己意。其实,即使就《典论·论文》对各体文章特征的揭示而言,其文学史意义已足够显要。正是有了《典论·论文》四科之末的"诗赋欲丽",才会有西晋陆机《文赋》论述十类文体时置"诗缘情而绮靡,赋体物而浏亮"于首。也即是说,文学"审美"意识的增强和"审美"文体的突出,是以各类文章特征的自觉为理论前提的。

文体观的发展首先催生了"文""笔"二体的区分,文章的声韵之美得到特别关注。如《宋书·颜竣传》:"太祖(宋文帝)问延之:'卿诸子谁有卿风?'对曰:'竣得臣笔,测得臣文……'"③《文心雕龙·总术》篇以"无韵者笔也,有韵者文也"④加以总结。因为诗为有韵之文之首,所以又有以"诗""笔"对举。如《南齐书·萧子懋传》:"及文章诗

---

① (梁)萧子显:《南齐书》(修订本),中华书局,2019年版,第1000—1001页。
② 郭绍虞:《中国文学批评史》,百花文艺出版社,2008年版,第55页。其云:"更看出诗赋之欲丽,以见纯文学自不可废去修辞的技巧。"
③ (梁)沈约:《宋书》(修订本),中华书局,2019年版,第2143页。
④ (南朝梁)刘勰著,范文澜注:《文心雕龙注》,人民文学出版社,1958年版,第655页。

笔,乃是佳事。"①《梁书·刘潜传》:"刘潜字孝仪,秘书监孝绰弟也。幼孤,与兄弟相励勤学,并工属文。孝绰常曰'三笔六诗',三即孝仪,六孝威也。"②钟嵘《诗品》:"彦升少年为诗不工,故世称'沈诗任笔'。"③萧纲《与湘东王书》:"至如近世谢朓、沈约之诗,任昉、陆倕之笔,斯实文章之冠冕,述作之楷模。"④

不过,声韵之美还只是"文""笔"分体现象所体现的最直观的一层文学内涵。在此基础上,文章的情思之美与辞藻之美又得以彰显。如梁萧统《文选序》将选文标准归结为"事出于沉思,义归乎翰藻",并以此排除了"姬公之籍,孔父之书"等儒家经典、"以立意为宗,不以能文为本"的诸子著作、记录"贤人之美辞,忠臣之抗直,谋夫之话,辨士之端"的策士之书以及"褒贬是非,纪别异同"的"记事之史,系年之书"。⑤萧绎《金楼子·立言》对"文""笔"特征的规定,较有韵无韵更为丰富:"至如不便为诗如阎纂,善为章奏如伯松,若此之流,泛谓之笔。吟咏风谣,流连哀思者,谓之文。……笔退则非谓成篇,进则不云取义,神其巧惠笔端而已。至如文者,维须绮縠纷披,宫徵靡曼,唇吻适会,情灵摇荡。"⑥萧绎将"文"的特征归之于抒情之美(所谓"吟咏风谣,流连哀思")、辞采之美("绮縠纷披")、声韵之美("宫徵靡曼,唇吻适会")和强烈的感发效果("情灵摇荡")。黄侃《文心雕龙札记》评:"案文笔之别,以此条为最详明。其于声律以外,又增情采二者,合而定之,则曰有情采韵者为文,无情采韵者为笔。"⑦这是对文章审美特征最为全面而鲜明的阐述和主张,也最能反映中国古代审美文学的自觉。

总之,中国文学史从先秦两汉时期占主导的文用论发展到南朝时期的"审美"论,其间汉末魏晋之际的文体观自觉和文体论的形成起到了关键作用。文体观的自觉和文体论的产生标志着人们对文章的认识回到了文章自身,不同类型文章的特征得到了更细致、具体的辨析

---

① (梁)萧子显撰:《南齐书》(修订本),中华书局,2019年版,第788页。
② (唐)姚思廉:《梁书》,中华书局,1973年版,第594页。
③ (南朝梁)钟嵘著,曹旭集注:《诗品集注》(增订本),上海古籍出版社,2011年版,第418页。
④ 郁沅、张明高编选:《魏晋南北朝文论选》,人民文学出版社,1996年版,第352页。
⑤ (梁)萧统编,(唐)李善注:《文选》,上海古籍出版社,1977年版,第2页。
⑥ (梁)萧绎撰,许逸民校笺:《金楼子校笺》,中华书局,2011年版,第966页。
⑦ 黄侃:《文心雕龙札记》,中华书局,1962年版,第214页。

和描述,加上社会风气、文化环境和文学趣味的影响,文章的审美特征逐渐鲜明、集中地被揭示出来,在此基础上才出现了所谓文学"审美"的自觉。要之,中国传统文学的自觉是一个持续的过程,先秦两汉时期的文学自觉主要表现为"文用"的自觉,汉末魏晋时期的文学自觉则主要表现为"文体"的自觉,而南朝时期的文学自觉主要表现为"审美"的自觉。此后文学观的发展,从基本性质看大都不出上述范围。

从更广泛的文化背景看,《典论·论文》中的文体自觉意识是与个体生命的自觉意识密切相关、互为表里的。

学界习惯把《典论·论文》中有关"文以气为主"的论述概称为"文气"论,这自然有其道理,但若从"文气"论与文体论的内在联系看,则更适合称为"气体论"。此非笔者杜撰,《典论·论文》已有明确表述:"文以气为主;气之清浊有体,不可力强而致。譬诸音乐,曲度虽均,节奏同检;至于引气不齐,巧拙有素,虽在父兄,不能以移子弟。"① 这段话虽以"文以气为主"一句冠首,且此句也的确为这段话的总起,但细析其全部论述,应该说"气之清浊有体"一句才是关键,而"文以气为主"更像是一句引论,主要作用是为了导出"气之清浊有体"这一核心观点。"气之清浊有体"以下,都是围绕此句展开,强调气各有"体",有"清""浊"之分,各人所禀不同,无法遗传,更不可传授。②

"气体"论之于"文气"论的关系如同"文体"论之于"文章"论的关系。从一定意义上说,"文体"论是对尚显笼统的"文章"论的进一步分化、细化和深化,文章的诸多性质和特征正是在"文体"论中得到了更充分、更清楚的揭示。同理,"气体"论也是对较为混沌的"文气"论的进一步规定和描述,文气的具体特征和表现也恰是在"气体"论中得到更清晰的说明。

因此,更准确地说,《典论·论文》中的理论格局应该由过去的

---

① (梁)萧统编,(唐)李善注:《文选》,中华书局,1977年版,第720页。
② 考诸古代各类典籍,"气体"一词自汉末至清末,运用颇广,或就人之生命力量言,或就书画、文章之内在构成言。如《魏书·徐謇传》:"心容顿竭,气体赢瘠。"《宋史·程公许传》:"元杰气体魁硕,神采严毅,议论英发。"《明史·文苑列传》《序》:"永、宣以还,作者递兴,皆冲融演迤,不事钩棘,而气体渐弱。"《四库总目提要》之陈姚最《续画品》提要:"凡所论断,多不过五六行,少或止于三四句,而出以俪词,气体雅俊,确为唐以前语,非后人所能依托也。"《清史稿·李慈铭传》附《李稷勋传》:"国藩为文,义法取桐城,益闳以汉赋之气体,尤善裕钊之文。"《清史稿·唐岱传》附《郎世宁传》:"宗苍山水,气体深厚,多以皴擦取韵,一洗画院甜熟之习,被恩遇特厚。"樊志厚《人间词乙稿序》:"白石之词,气体雅健耳,至于意境,则去北宋人远甚。及梦窗玉田出,并不求诸气体,而惟文字之是务,于是词之道息矣。"

"文体"论与"文气"论的前后关联调整为"文体"论与"气体"论的客主对照。这显然不是在做文字游戏,"文体"和"气体"两种观点出现在同一篇文论中,自有其深刻的内在联系和文学史意义。

首先,如果说"文体"观的产生反映的是人们对不同类型文章自身特征的自觉与重视,那么"气体"论的出现则表明了曹丕对不同作家自身禀性的关注和理解。在汉末魏晋这个较为特殊的时代,人们从外发现了文章类型的多样性和差异性,对每种类型文章的特征自觉进行分析和归纳,并在创作中充分尊重不同文类的特征和要求。几乎是同时,人们又自内认识到文章作者气质禀性的多样性与差异性,开始对不同作家的气质特征进行描述和评价,并特别指出作家气质的差异不能成为文人相轻的理由。

申而论之,"文体"论与"气体"论不仅同样体现为对个体特征的自觉及尊重,而且在更深的文化层面相通,这就是"文体"论所蕴含的生命整体观的自觉与"气体"论所反映的个体生命意识的高涨。

在文体论产生之初,"文体"所蕴含的生命整体性特征还较为隐含,主要作为一种语义积淀,存在于论文者经验式的使用之中,处于"日用而不知"的状态。而在文体论发展成熟后,在文学语境和文论语境的激发下,最初的这层无意识语义积淀便逐渐呈现,并由理论话语清楚地表达出来。如《文心雕龙·附会》篇称:"夫才量学文,宜正体制:必以情志为神明,事义为骨髓,辞采为肌肤,宫商为声气。"[①]刘勰直接以生命整体譬喻文章的生命整体,对"文体"内涵的揭示再清楚不过。再如《颜氏家训·文章》:"文章当以理致为心肾,气调为筋骨,事义为皮肤,华丽为冠冕。"[②]二说可能有前后影响,也可能属于巧合。表述虽略有不同,其基本用意则没有变化。又如《文心雕龙·附会》篇云:"若统绪失宗,辞味必乱,义脉不流,则偏枯文体。"[③]借用"偏枯"这一中医用语,很形象地说明"文体"应该如人体一样是一个有机的生命整体。徐复观讲得很好:"'体'就是人的形体,大概在魏晋时代,开始以一篇完整的作品,比拟为人的形体之'体'。人的生命的形体,包含

---

① (南朝梁)刘勰著,范文澜注:《文心雕龙注》,人民文学出版社,1958年版,第650页。
② (北齐)颜之推著,王利器集解:《颜氏家训集解》,中华书局,1993年版,第267页。
③ (南朝梁)刘勰著,范文澜注:《文心雕龙注》,人民文学出版社,1958年版,第651页。

有神明(精神),有骨髓,有肌肤,有声气。……人的形体,是由各部分所构成的有机的统一体;一篇文章,也是由各部分所构成的有机的统一体。形体的各部分没有得到有机的统一,必系残废之人;文章的各部分、各因素没有得到有机的统一,必定系杂乱无章,不配称为一篇文章。所以凡说到文体时,首先要了解,这指的是由各部分所构成的一篇完整而统一的文章,不是指文章的某一部分或某一因素而言。"①虽然这里的观点与他在《〈文心雕龙〉的文体论》中对"文体"含义的理解明显不统一,但更符合"文体"范畴的本义。

一个很有意思的现象是,正是在文体论产生和发展过程中,文论中出现了大量取自汉末魏晋人物品评的概念,如"风格""风貌""风骨""神韵""气韵""气力""气格""气魄""气脉""骨力""骨鲠""骨髓""骨劲""骨韵""格调"等。这些充满生命性的概念,一方面更具体地展现了文章的生命构成与特征,另一方面又表明了文体论与当时勃兴的个体生命的自觉意识关系密切——文体的自觉乃是汉末魏晋个体生命自觉的文化土壤上结出的一颗文论之果。回到文章自身的背后是回到人自身,对不同文类特征的理解与尊重的背后是对不同个体生命特征的理解与尊重。

在社会文化层面,文体论中的生命整体观与汉末魏晋兴起的个体生命的觉醒都与其时的人物品评有直接的渊源。人物品评源于汉代选官任职的察举制,又因曹魏实行的九品中正制而被强化。但在汉末清议之风的影响下,人物品评的政治实用色彩转淡,个体品行、才识、风格、体貌的特征和价值成为品题、标榜的主要对象。如《世说新语·德行》评汉末名士李膺:"李元礼风格秀整,高自标持,欲以天下名教是非为己任。"《赏誉》载:"武元夏目裴、王曰:'戎尚约,楷清通。'"又载:"谢幼舆曰:'友人王眉子清通简畅,嵇延祖弘雅劭长,董仲道卓荦有致度。'"《品藻》:"抚军问孙兴公:'刘真长何如?'曰:'清蔚简令。''王仲祖何如?'曰:'温润恬和。''桓温何如?'曰:'高爽迈出。''谢仁祖何如?'曰:'清易令达。''阮思旷何如?'曰:'弘润通长。''袁

---

① 徐复观:《〈文心雕龙〉浅论之三——能否解开〈文心雕龙〉的死结》,《中国文学精神》,上海书店出版社,2006年版,第225页。但这段话中的"形体"一词表意未确,宜改为"整体"。

羊何如？'曰：'洮洮清便。''殷洪远何如？'曰：'远有致思。''卿自谓何如？'曰：'下官才能所经，悉不如诸贤；至于斟酌时宜，笼罩当世，亦多所不及。然以不才，时复托怀玄胜，远咏《老》《庄》，萧条高寄，不与时务经怀，自谓此心无所与让也。'"①以上所记人物品评，涉及人物众多，每人所题言虽玄远，意却简当，各有特征，不相混同。风气所向，个体生命的特征被反复品味以至欣赏，而其价值也因此得到肯定。

在此背景下，文章的特征与价值也更多地与个体生命联系在一起。如《典论·论文》所论："王粲长于辞赋；徐幹时有齐气，然粲之匹也。如粲之《初征》《登楼》《槐赋》《征思》，幹之《玄猿》《漏卮》《圆扇》《橘赋》，虽张、蔡不过也。然于他文，未能称是。琳、瑀之章表书记，今之隽也。应玚和而不壮，刘桢壮而不密。孔融体气高妙，有过人者，然不能持论，理不胜词，以至乎杂以嘲戏，及其所善，杨、班俦也。"②这段话主要为了说明文士与文体各有所长，难以备善，但已间或论及作家气质与文体的关系。结合曹丕的《与吴质书》，这一观点更加明显。如此段称"王粲长于辞赋"，《与吴质书》则云"仲宣独自善于辞赋，惜其体弱，不足起其文"；又称"刘桢壮而不密"，《与吴质书》则云"公幹有逸气，但未遒耳"，道出了刘桢文体"壮而不密"的主观原因。③ 时至南朝，出现了关于个体独特情性与文体特征关系的专论，这就是《文心雕龙·体性》篇。其云："贾生俊发，故文洁而体清；长卿傲诞，故理侈而辞溢；子云沉寂，故志隐而味深；子政简易，故趣昭而事博；孟坚雅懿，故裁密而思靡；平子淹通，故虑周而藻密；仲宣躁锐，故颖出而才果；公幹气褊，故言壮而情骇；嗣宗俶傥，故响逸而调远；叔夜俊侠，故兴高而采烈；安仁轻敏，故锋发而韵流；士衡矜重，故情繁而辞隐。"④刘勰详列了自西汉至西晋共11位著名作家以说明性情气质与文体特征之间的内在关联。

文章价值的旨归也由政治教化转向个体生命。《典论·论文》中的这段话当作如是观："盖文章经国之大业，不朽之盛事。年寿有时而

---

① （南朝宋）刘义庆著，（南朝梁）刘孝标注，余嘉锡笺疏：《世说新语笺疏》，中华书局，1983年版，第7、505、522、617—618页。
② （梁）萧统编，（唐）李善注：《文选》，中华书局，1977年版，第720页。
③ 郁沅、张明高编选：《魏晋南北朝文论选》，人民文学出版社，1996年版，第10页。
④ （南朝梁）刘勰著，范文澜注：《文心雕龙注》，人民文学出版社，1958年版，第506页。

尽，荣乐止乎其身。二者必至之常期，未若文章之无穷。是以古之作者，寄身于翰墨，见意于篇籍，不假良史之辞，不托飞驰之势，而声名自传于后。故西伯幽而演易，周旦显而制礼，不以隐约而弗务，不以康乐而加思。夫然，则古人贱尺璧而重寸阴，惧乎时之过已。而人多不强力，贫贱则慑于饥寒，富贵则流于逸乐，遂营目前之务，而遗千载之功。日月逝于上，体貌衰于下，忽然与万物迁化，斯志士之大痛也。"①有研究者围绕"经国之大业"大做文章，以此说明曹丕对文章地位的推崇；但正如"文以气为主"乃是"气之清浊有体"的"导入语"，"经国之大业"也不过是在强调"不朽之盛事"之前的门面语。在曹丕心目中，文章已被视为个体生命超越死生、贫贱、富贵、权势乃至肉体存在的重要手段。曹丕不仅颠倒了传统的"立德、立功、立言"的先后次序，将"立言"置于首位，而且改变了"立言不朽"的社会伦理内涵，易之以个体生命的永恒。

本 章 小 结

"体"的本义指骨肉相连、营魄一体的生命之躯。在"人"（人之生命存在的类自觉）和"身"（人之生命存在的主体性自觉）两概念的基础上，"体"概念是对人之生命存在更具体内在层次的自觉。当"体"用于描述人自身时，多指与心相对的肉身性躯体；当"体"引申指人生命以外的其他事物（如文章）时，则是对事物具体存在的整体呈现。由此形成"体"概念的两种表意模式，即"心—体"相对模式与"异'体'"相对模式。"体"用之于文论，称文之"体"多为彼此相对之"文体"，各种辨体理论即是彼此相对的文体关系之体现。据此表意特征并征诸众多文献，可证作为文论关键词"文体"的基本内涵是指文章自身的整体存在，并在具体语境中呈现出丰富的特征、构成及层次。与此同时，当以"心—体"二分关系比照文章内在构成时，"体"也可偏指与文意相对的外在直观形式。曹丕的《典论·论文》既是中国古代第一篇文章专论，也是中国古代第一篇文体专论，标志着中国古代文体观念在汉末魏时代已经充分自觉。从先秦两汉的文用论发展到南朝的文学

---

① （梁）萧统编，（唐）李善注：《文选》，中华书局，1977年版，第720—721页。

"审美"论,汉末魏晋之际的文体自觉起到了关键作用,而文体自觉也成为汉末魏时代文学观的独特标志。文体的自觉与汉末魏晋个体生命的觉醒互为表里,标志着对文章的关注重心回到了文章自身,不同类型文章的特征得到了更细致、具体的辨析和描述。文体论直接促进了文学观念的高度分化,文章的审美特征逐渐被鲜明、集中地揭示出来,由此出现了所谓文学"审美"的自觉。

第三章　诗体节奏的内在矛盾与七言诗体的生成及发展

关于七言诗体起源和生成的观点甚多,但研究思路中都有将诗体起源简化为句式异同及偏重文体外部关系的倾向,有明显的直观性和片面性。作为一种以节奏和韵律为典型特征的文体,其节奏应是由多层次节奏相互作用构成的有机整体,而非仅指语言节奏或句式节奏,其中情感节奏与语义节奏、语体节奏的冲突和调整是诗体发展的内在动力。七言韵语在先秦两汉时已经流行,但复杂的语法关系和语义节奏使其具有很强的表意倾向,并形成了与其语义节奏相统一的单调平直的每句韵式语体节奏,从文体内部阻碍了七言抒情诗体的发展。七言诗体的发展历程即是历代诗人以情感节奏和音乐节奏不断调整、改造其实用化语体节奏的过程。早在《楚辞》中,诗人即借助"兮"字和相关虚词构成的相对独立的情感节奏,较方便地实现了对每句韵式七言诗语义—语体节奏的整合与转化,形成了七言诗早期发展阶段的一种特殊的七言抒情诗体——骚体式七言诗。其后张衡的《四愁诗》、曹丕的《燕歌行二首》、鲍照的《拟行路难》组诗等,以不同形式呈现出七言诗体在产生和发展过程中情感节奏与语体节奏相互冲突、调和的几个标志性阶段。本章即是关于七言诗体源起和演进历程的具体解读。

第一节　诗语节奏论对七言诗体晚熟原因的几种解释

七言歌谣(或曰以七言句式为主的韵文)在中国文学史上出现很

早,但是七言诗体的成熟却较五言诗体的成熟要晚。① 明胡应麟《诗薮》比较过五言与四言、七言之长短:"四言简质,句短而调未舒;七言浮靡,文繁而声易杂。折繁简之衷,居文质之要,盖莫尚于五言。故三代而下,两汉以还,文人艺士平生精力,咸萃斯道。"②余冠英曾在《七言诗起源新论》(1942)中将这一现象归于两个原因:一是两汉的七言诗如张衡《四愁诗》那样的佳作太少,不能引起多数人仿作;二是七言歌谣在汉代未被采入乐府,不能像五言诗那样借助音乐的力量来传播。后者则是最主要的原因。③ 日本学者松浦友久对这两种解释都不满意。针对前者以"浮靡"作为七言不行于汉的原因,他反问:"为什么那'浮靡'的七言在六朝后期以后却又与五言一起盛行起来了呢?"针对后者总结的两个原因,他认为:"与其说是主要原因,不如看作是一个原因为是。这是因为它未能指出汉代七言为什么佳作少而乐府又不采用的更基本的原因。"④

松浦友久根据他本人关于诗歌的基本观念——"所谓诗,是在客观上以抒情性和韵律性为核心的语言表现,在主观上,作为对这一语言表现的共鸣而被体验的自己确认的感动"⑤——试图从五言诗句和七言诗句的"节奏"中,揭示五言诗流行早与七言诗成熟晚的"更基本的原因"。他仔细分析了汉语诗歌句式中包含的各种不同层次的节奏⑥:首先是最基本的以单音节为单位的"音节节奏",这是无论韵散语句都有的一种节奏;其次是以双音节为单位的"拍节节奏"(如"呦呦鹿鸣"包含四个音节节奏,两个拍节节奏),这是中国古典诗歌句式中普遍存在的节奏。"中国诗的节奏"就是"音节节奏"和"拍节节奏"

---

① 或以曹丕的《燕歌行》为标志,或以鲍照《拟行路难》为标志,或以梁元帝萧绎《燕歌行》和王筠《行路难》为标志(陈允吉:《古典文学佛教溯缘十论》"中古七言诗体的发展与佛偈翻译",复旦大学出版社,2002年版)。

② (明)胡应麟:《诗薮》内编卷二《古体中·五言》,见周维德集校《明诗话全编》,齐鲁书社,2005年版,第2500页。

③ 余冠英:《汉魏六朝诗论丛》,商务印书馆,2010年版,第106页。

④ 〔日〕松浦友久:《中国诗歌原理》,孙昌武、郑天刚译,辽宁教育出版社,1990年版,第127—128页。着重号为原文所有。

⑤ 〔日〕松浦友久:《唐诗语汇意象论》,陈植锷、王晓平译,中华书局,1992年版,第2页脚注。

⑥ 以下引松浦友久关于中国诗歌节奏的观点见《中国诗歌原理》下编第五篇"诗与节奏",〔日〕松浦友久著,孙昌武、郑天刚译,辽宁教育出版社,1990年版,第101—144页。

的统一:"在'一字一音'的'音节节奏'的基础之上,'二字一拍'的'拍节节奏'在律动着。""音节节奏"和"拍节节奏"又可统称为"韵律节奏",与此相对是"意义上、概念上"的"意义节奏"。考虑到音乐对诗的影响,他又把诗的节奏分为"读书节奏(语言节奏)"与"音乐节奏(歌唱节奏)"。但是鉴于两个理由,松浦友久认为"读书的节奏"才是诗歌自身的节奏;理由之一是乐曲的歌辞也不经常被歌唱,根据场面与情况也被朗读和默读;理由之二是与语音和音乐的多变性相比,语言自身的节奏具有"不变性",如"在四言、五言、七言等定型诗句中,朗读节奏不受时间、处所的限制"。

其分析比较的结论是,中国古典诗中的最基本、最重要的节奏(韵律)就是以双音节为单位的"拍节节奏"。以这一节奏理论为基础,松浦先生依次分析了中国古典四言、五言、七言以及三言、六言等诗体句式的"语言节奏"①。他认为四言诗的基本语言节奏为"〇〇 〇〇"式节奏。这种节奏"虽然正面产生出安定、浑厚、简洁等等感觉,但另一方面,又有呆板、单调等消极的因素在起作用"。比较而言,五言诗的语言节奏则充满差异和变化,主要原因有四点:其一,"由于一句中总地二分为'〇〇 〇〇〇',下三字再细分为'〇〇 〇',一句之中具有大小(或者强弱、长短)之差的节奏点并存"。其二,"由于句末休音存在,句中的节奏点与句末的节奏点在韵律上、结构上不同"②。其三,"下半的三字由于韵律节奏和意义节奏的差距,

---

① 限于篇幅,这里主要介绍他对四言诗、五言诗和七言诗语言节奏的基本看法。
② "休音"是松浦友久为解决五言诗句、七言诗句的奇数音节与以双音节为单位的"拍节节奏"之间的矛盾提出的一个音节概念。他认为每个五言诗句和七言诗句后面的顿逗,实际上相当于一个单音节(或半个拍节),因为这个音节以顿逗的形式存在着,所以称之为"休音"。补入这个"休音"后,五言诗句的基本节奏就呈现为"〇〇 〇〇 〇×"的形式(×即表示"休音"),而七言诗句的基本节奏则呈现为"〇〇 〇〇 〇〇 〇×"的形式。因为休音的存在,五言诗句就会存在两种节奏点,即"原则上以第二字、第五字为节奏点",而"下三字"又可"用一个较小的节奏点(第四字)细分为'〇〇 〇'"两个节拍。这样加上句末的"休音",五言诗句的节奏就成了"〇〇 〇〇 〇×"形式的三拍子。七言诗句上四字的节奏同四言诗的"〇〇 〇〇"二拍节奏,下三字与五言诗句下三字节拍相同,也因添入"休音"成为两个节拍,前后共成"〇〇 〇〇 〇〇 〇×"四个拍节。

能呈现出多样的节奏变相"①。其四,"由于以'上一拍,下二拍'作为基调,在一句自身之中,奇数与偶数的对比感觉内涵下层次的韵律"②。在非楚调的狭义七言诗中,"其拍节节奏总的二分为上下各二拍,而在意义结构上则二分为'较稳定的上二拍'和'较不稳定的下二拍'",其中"较稳定的上二拍"相当于四言诗句的二拍,"较不稳定的下二拍"则相当于五言诗句的下二拍(分"休音"在后的○○ ○○ ○○ ○×式或相当于"休音"前移的○○ ○○ ○× ○○式)。

在松浦友久看来,五言诗在四言诗之后盛行的原因已如上所述,而七言诗晚熟的原因则可以通过七言诗句节奏与五言诗句节奏、四言诗句节奏的比较得以说明。如果仅从形式上看,七言诗句节奏较五言诗句节奏多一个节拍,而后三个节拍基本相同,因此五言诗句节奏的优点似乎也包含在七言诗句节奏之中。但在实际上,以三拍为基调的五言诗句节奏与以二拍为基调的四言诗句节奏具有本质的不同(见前),而以四拍为基调的七言诗句节奏却恰好与四言诗句的二拍节奏"有很大的共通性、同质性"③。从很多方面看,一个七言诗句的节奏相当于两个四言诗句的节奏:第一,都是四拍;第二,都分为上二拍和下二拍;第三,早期七言诗的每句韵与四言诗的隔句韵都处在四拍的最后(其差别主要是第四拍有无"休音")。由于七言诗节奏与四言诗节奏间存在诸多的相通性和同质性,所以"只要四言诗在社会上流行,大量创作七言诗(特别是每句韵的七言诗),从节奏方面看就没什么特别的必要"。具言之,"由于从最重要的拍节节奏看,二者之间的共通性、同一性过强,就难以发挥相辅的功能。而它具有的独特的句末的

---

① 由于韵律节奏与意义节奏的不同关系,出现了两种情形:第一种情况是韵律节奏与意义节奏统一,如"国破山河在"的节奏为"2 2 1",加入句尾的"休音",便是"○○ ○○ ○×"节奏。第二种情况是韵律节奏与意义节奏并不一致,如"感时花溅泪"的语义节奏为"2 1 2",但在实际朗读时,由于意义节奏对韵律节奏的影响,会读成"感时花—溅泪",形成了近于"○○ ○× ○○"的节奏,相当于"休音"从句尾移至句中。当然,这种句式也可以不管意义节奏而完全按照韵律节奏来读,这样"就产生出一种切分音(syncopation)的表现效果"。
② 如"国破"为上一个节奏,"山河—在"为下二个节奏,这种奇偶对比的特点,可以产生"阴阳对比感觉"。
③ 〔日〕松浦友久:《中国诗歌原理》,孙昌武、郑天刚译,辽宁教育出版社,1990年版,第128页。

休音(相对于四言诗是独特的),因为五言诗存在,也就仅有相对价值了"。① 依此推理,七言诗的流行就需要两个必备的条件:一是四言诗创作的减少,二是七言诗的每句韵变为隔句韵,减少七言诗节奏与四言诗节奏的相通性。②

以上是松浦友久运用其诗句节奏理论对七言诗体晚熟于五言诗体的原因的解释。其诗句节奏论的核心是以双音节为单位的"拍节节奏"和"休音",并将七言诗体晚熟的主要原因归于七言诗句的拍节节奏与两句四言诗句的拍节节奏的相通。松浦友久改变了传统诗论的印象式的宏观分析,建立起一种量化和模式化的微观研究范式,使诗学研究更接近于科学,并引导众多中国学者在此领域继续探索,其理论意义不可谓小。不过,松浦友久的这种研究思路无法解释七言诗发展史上的这一现象:既然七言诗句的拍节节奏与四言诗句的拍节节奏如此相通与同质,为什么四言诗被时人视为"雅体"和"正体",而"七言"却不仅"不名诗",且招致"体小而俗"的讥评(傅玄《拟四愁诗序》)?两种诗体具有近乎相同的诗句节奏,却各居雅俗两端,以松浦友久的节奏理论显然无法自圆其说。

七言诗在汉代的文学史地位和所受评价已经属于一种历史存在,改变的只能是后人的阐释方式。在松浦友久以精细见长的诗句节奏理论中,实际上存在着一些重大而明显的学理漏洞。从他既有的诗句节奏理论看,他过于机械地将中国古典诗的"拍节节奏"的基本单位统一为双音节,并以这一节奏单位为尺度,在五言诗句和七言诗句的句末"度量"出了一个令人费解的"休音"。事实上,松浦友久既然已经意识到汉语最基本的节奏是以单音节为单位的"音节节奏",那么也理应认识到,诗语中同样会存在以单音节为单位的拍节节奏。这种单音节的拍节节奏在诗语中的存在完全是自然的,并不需要再为它添上一个"休音",以凑成一个合乎双音节尺度的标准的拍节节奏③。如"城春—草木—深"中的"深",既可根据朗读习惯与"草木"这个双音节拍

---

① 〔日〕松浦友久:《中国诗歌原理》,孙昌武、郑天刚译,辽宁教育出版社,1990年版,第128—129页。
② 同上书,第130页。
③ "休音"说的主观性还表现在:为什么五言诗语与七言诗语的句末顿逗为"休音",而四言诗语和六言诗语的句末顿则不是"休音"?

节合成一个三音节的"超音步"①,也可视为一个更加细分的相对独立的单音节拍节。松浦友久以"双音节"为标准的拍节节奏观,可能是不自觉地受到了以四言为正统的传统诗体观的影响(但实际上在以四言诗语为主的《诗经》中,单音节的拍节也已有很多)。这样看来,松浦友久提出的那个看似巧妙的"休音"概念也就失去了存在的根据和理论意义。"休音"应该还原为其自身——句间的顿逗。

不过,受松浦友久理论启发的一些中国学者可能意识到了松浦氏"休音"说的不足,所以他们更倾向于将五言诗句的节奏直接划分为"二三"式,将七言诗语的节奏直接划分为"四三"式或"二二三"式,并据此重新解释七言诗体晚熟的原因。如葛晓音认为,七言句式"不仅在四三节奏上与两句四言相当②,就是在意义连属上,也相当于两个四言句,这样每个七言句就自成一个诗行,其篇制就成为各不相属的单行散句的连缀了"。这些句式特征"使早期七言在其成体之初特别适用于那些不需要句意连贯的韵文体",如祝颂类文辞、字书歌诀类韵文、汉代谣谚中的品评人物之语等,但同时也妨碍了抒情类七言诗体的发展,因为"当用于文意复杂、篇制较长的评论和叙述时,单行散句的连缀很难使各句的意脉连贯一气,至于委婉流畅的抒情更是谈不上"③。赵敏俐根据语言学界有关汉语"音步"的研究成果,认为:"汉语的诗体形式必须由标准音步和超音步组成,标准音步是二音节,超音步是三音节。一个句子如果由标准音步与超音步组成,最佳组合方式一定是标准音步在前,超音步在后,这就是标准音步优先的原则。七言诗由两个标准音步与一个超音步组成,其最佳方式必然是'二二三'的三分节奏,如果破坏了这种组合方式,读起来就极为拗口,就不会形成汉语诗歌特殊的节奏韵律之美,所以在汉语七言诗的节奏组合当中,只有'二二三'这种形式常用,而很少出现'二三二'或者'三二二'的节奏。同时,因为在诗的语言当中,节奏韵律总是与它的语言结构之间有着高度的统一性,所以,典型的七言诗总是由两个标准韵律

---

① 参看冯胜利《论三音节音步的历史来源与秦汉诗歌的同步发展》,《语言学论丛》第三十七辑,商务印书馆,2008年版。
② 这种一句七言相当于两句四言的看法,可能源自松浦氏的观点。
③ 葛晓音:《早期七言的体式特征和生成原理——兼论汉魏七言诗发展滞后的原因》,《中国社会科学》2007年第3期。

词和一个超韵律词组合而成,其组合方式同样是'二二三'式,而很少有'二三二'或者'三二二'的方式。"据此他认为,"七言的节奏韵律是中国诗歌节奏韵律的最高组合形式","七言是中国诗歌中最富有音乐感的语言体式",因此七言诗语的产生,"必然建立在其他基本体式的基础之上"。一方面,七言诗语节奏韵律的复杂性是其晚熟的原因,但另一方面,其所蕴含的语言自身的音乐感也是其一旦成型即在民间广为流传的原因。至于七言诗体为何未能在汉代盛行,他认为除了余冠英所说的未被乐府采入的原因之外①,另一个原因是"这种诗体本身的写作难度"。"从中国诗歌的结构形式来讲,七言是最高也是最复杂的终极形式,它的语言表现功能和抒情功能最强,自然也最难以把握。特别是两句相对,偶句押韵的七言诗歌形式更难把握,所以,早期的七言诗往往以单句押韵的方式出现,很少有双句押韵的七言诗体,这正好说明七言诗体难以把握。"②比照之下,葛晓音认为早期七言诗句因为"单行散句"而不便抒情,赵敏俐则以为七言诗语因节奏韵律"最复杂""抒情功能最强"而"最难以把握"。看似对立的两种观点,反映的也许正是七言诗语在早期和成熟两个不同发展阶段所表现出的不同特征。

可以看出,无论是松浦友久的"四拍子"节奏论,还是中国学者的"四三"节奏论和"二二三"节奏论,都能在一定层面说明七言诗晚熟的原因,但是仍然有一些问题是这种注重句式节奏特征的阐释模式难以说明的,如:既然每个七言诗句相当于两个四言诗句,为什么早期七

---

① 赵敏俐:《论七言诗的起源及其在汉代的发展》(《文史哲》2010年第3期):"考察汉代诗歌体式的发展变化我们认为,歌诗与诵诗的分流是汉代诗歌发展的重要特色。这其中,又以歌诗作为汉代诗歌发展的主流方向,形成了郊庙雅乐与新声俗乐两大部分。其中郊庙雅乐主要指汉初的《安世房中歌》与汉武帝时代的《郊祀歌》十九章。它们继承了先秦雅乐的传统,在诗体上虽然略有变化,但总的来说是以四言体和楚辞体为主。而汉代的世俗新声则分成三大流派,分别为楚歌、鼓吹铙歌和相和歌,它们所采用的主要诗歌体式分别为楚歌体、杂言体和五言体,并且各自形成了独特风格,也有着各自的传承关系。由于雅乐本身具有很强的保守性,七言很难纳入其中。汉武帝时代的《郊祀歌》十九章运用新声变曲进行新的创造,所以吸收了部分七言诗句,但是汉哀帝罢乐府之后,雅乐在诗体上再没有新的变化,四言诗成为以后中国历代朝廷雅乐的主要形式,七言诗在雅乐中很难得到发展。而在汉代的世俗新声当中,楚歌来自于先秦楚声,鼓吹来自于异域音乐,本身都不是七言体式;汉代新兴的相和歌辞,则以五言诗作为主体,七言照样没有发展的空间。没有相应的音乐传播手段作为支撑,七言在汉代的歌诗系统中始终找不到它的容身之地。"

② 同上。

言诗句具有"单行散句"倾向,而四言诗句本身却具有回环顿挫的韵律之美①;因"节奏复杂"而"难以把握"的七言诗句为什么在汉代的很多七言谣谚中运用自如;曹丕《燕歌行》的句式节奏与早期七言歌谣的句式节奏基本相同,但又是什么因素使前者成为优秀的抒情诗;仅仅从句式节奏层面能否完整准确地揭示七言诗体发展以至成熟的内在机制?

第二节 诗体的完整性与诗歌节奏的多重性

诗歌句式节奏的特点是一种诗体最直观的标志性的语言特征,也是不同诗体间异同关系最直观的体现。也许正是出于这一原因,很多研究者直接将诗歌句式当成了诗歌文体,将诗歌句式的形式特征当成了诗歌文体的主要特征。但是事实上,任何一种文体(包括诗体)都是一种表达的完整体,以"体"命名各类文章,即蕴含着古人视文章如同人之生命整体的观念。这种表达的完整体呈现于语言,但又不限于语言;体现为节奏,但又不限于单纯的句式节奏。与诗体的完整性相对应,诗歌的节奏也是一个完整的、立体的、多层次的结构。朱光潜在《诗论》中对诗歌节奏的整体结构有过详细分析。他首先认为"诗是一种音乐,也是一种语言。音乐只有纯形式的节奏,没有语言的节奏,诗则兼而有之",这即是将诗的节奏分为音乐节奏和语言节奏。他进而又根据发音器官、理解和情感这三种影响节奏的因素,将语言节奏分为生理的节奏、理解的节奏和情感的节奏三个层次。在第九章"论顿"时,他又区分出"说话的顿"和"读诗的顿",认为"说话的顿注意意义上的自然区分","读诗的顿注重声音上的整齐段落,往往在意义上不连属的字在声音上可连属,例如'采芙蓉'可读成'采芙—蓉','月色好谁看'可读成'月色—好谁看'"等,其中"说话的顿"即相当于前面所说的"理解的节奏",而"读诗的顿"即不同诗体内在规定的基本句式节奏。

综合朱光潜对诗歌整体节奏的具体分析,他实际上是将诗的节奏

---

① 如《诗经·小雅·采薇》之"昔我往矣,杨柳依依。今我来思,雨雪霏霏"。《诗经·卫风·伯兮》之"自伯之东,首如飞蓬。岂无膏沐,谁适为容。"

分成了五个层次,即生理的节奏、理解的节奏(说话的顿)、情感的节奏、声音的节奏(读诗的顿)和音乐的节奏。也就是说,在其心目中诗歌的节奏应该是一个多层次的整体构成,而不仅是"句式节奏"(读诗的顿)这一层次。① 在他所分出的五层次诗歌节奏中,"生理的节奏"是所有语言(包括日常语言和文学语言)都具有的一种最基本的语言节奏,与诗歌文体的关系并非那么直接和密切,鉴于此,也可以说诗歌中的主要节奏可分为理解的节奏、情感的节奏(说话的顿)、声音的节奏(读诗的顿)和音乐的节奏四种。为使表述更加明确简洁,这里将这四层诗歌节奏分别称为语义节奏("理解的节奏"或"说话的顿")、情感节奏、语体节奏("读诗的顿")和音乐节奏。如图所示:

语义节奏是因语义和语法关系的疏密所形成的语言节奏。语义节奏的划分以诗句的语法关系为标准,因此也是诗歌语言中最自然的节奏,是语体节奏的基础。在中国古典诗歌中,由于不同诗体都有其自身的特殊语体节奏,语义节奏与语体节奏便可能存在两种关系:一是语义节奏与语体节奏一致,这是我们在大多数诗歌中看到的情况;一是语义节奏与语体节奏不一,如前引朱光潜所举之例。在后一种情况下,语义节奏整体上会受到语体节奏的主导和同化,同时又会与语体节奏产生一种内在张力,形成特殊的节奏效果。

语体节奏是指符合某种诗体规范的具有相应形式特征的语言节奏,包含由音步关系构成的音步节奏(如四言诗的"二二节奏"、五言诗的"二三节奏"、七言诗的"二二三节奏"等)、由平仄关系构成的音调节奏以及由韵脚关系构成的诗韵节奏。在古体诗中,语体节奏主要即指音步节奏和诗韵节奏;在近体诗中,语体节奏是音步节奏、音调节

---

① 参看朱光潜撰,朱立元导读《诗论》第八、九章,上海古籍出版社,2001年版。

奏和诗韵节奏的统一。朱光潜曾仔细比较过中国古典诗歌中"节奏"（特指音步节奏）、"平仄"和"押韵"三种韵律因素的不同作用，认为韵律的关键在"节奏"和"押韵"，而"平仄"的作用并不明显[①]。中国古典诗歌的语体节奏是以汉语语音特征为内在规定，在长期的诗歌创作实践中逐渐探索凝练而成的富有韵律美的语体节奏。在所有层次的诗歌节奏中，语体节奏是诗歌意义上的基本节奏，是诗歌节奏整体的枢纽和中心；更基础的语义节奏往往以语体节奏为主导，更有个体性和多变性的情感节奏则常常通过一些特殊的词语、语序和句式结构体现出来，而无论是为歌诗所配的音乐节奏还是语言本身的音乐节奏（韵律）都会或显或隐地融汇在语体节奏之中。语体节奏也因此成为不同诗体的标志性节奏，一种诗体得以成为此种诗体，是因为拥有其特殊而稳定的语体节奏。语体节奏一旦形成，便具有高度的规范性和稳定性，与情感节奏相比，其调整与变化具有明显的滞后性。

　　情感节奏不等于情感内涵，而是情感自身运动变化（流动、抑扬、转折等）的规律，是情感最直接的形式。也许因为情感不像语言具有物质性的直观形式，情感节奏也不如语义节奏那样有迹可循，度量分明，研究诗歌节奏者往往没有意识到情感自身的节奏也是诗歌节奏的一个重要层次。事实上，只要有抒情，就会有情感节奏。而且，情感节奏是其他节奏最根本的内在决定力量。在具体创作中，情感节奏一方面能够主动顺应语体节奏的规范，融入其中并以语体节奏的形式表现出来；另一方面也会不同程度地引起语体节奏的调整乃至突破，形成其自身的特殊标志，催生出原规范化语体节奏的变体。与此相应，情感节奏在语体节奏层面有"规范化体现"和"特殊化体现"两个层次。在近体诗中，情感节奏与语体节奏整体上彼此顺应，基本属于"规范化体现"，但仍然会在诗韵节奏的选择安排、音调节奏（平仄要求）的调

[①] 朱光潜认为："在中文诗中，一句可以全是平声，如'关关雎鸠'……一句也可以全是仄声，如'窈窕淑女'……这些诗句虽非平仄相间，仍有起伏节奏，读起来仍很顺口。古诗在句内根本不调平仄，而单就节奏说，古诗大半胜于律诗，因为古诗较自然而律诗往往为格律所束缚。从此可知四声对中国诗的节奏影响甚微。"（朱光潜撰，朱立元导读：《诗论》，上海古籍出版社，2001年版，第143页。）

整等细微之处有部分"特殊化体现"①。在骚体诗和古体诗中,情感节奏的"特殊化体现"则较为突出,常常通过一些突出的词语和句式结构标志出来。如《离骚》:

> 余既不难夫离别兮,伤灵修之数化。
> 余既滋兰之九畹兮,又树蕙之百亩。
> 畦留夷与揭车兮,杂杜衡与芳芷。
> 冀枝叶之峻茂兮,愿俟时乎吾将刈。
> 虽萎绝其亦何伤兮,哀众芳之芜秽。
> 众皆竞进以贪婪兮,凭不厌乎求索。
> 羌内恕己以量人兮,各兴心而嫉妒。
> 忽驰骛以追逐兮,非余心之所急。
> 老冉冉其将至兮,恐修名之不立。
> 朝饮木兰之坠露兮,夕餐秋菊之落英。②

骚体诗的基本特征是情感浓郁而语体节奏富于变化,故其情感节奏的表现也较规范化的五言诗和七言诗更其鲜明,为认识诗歌情感节奏的存在及其在语体节奏层面的表现提供了理想文本。显然,仅凭狭义的"句式节奏"或"拍节节奏"很难充分说明此类骚体诗的节奏特征和抒情特色,因为其情感节奏已在诗中形成其属于自身的语体特征。表现之一是,每组第一句的句末都有一个纯粹抒情性的词语"兮"。"兮"字有调节语言节奏的功能,但最突出的作用体现在抒情效果上:诗人的忠贞与冤屈、忧虑与愤怒、无限的惆怅、不尽的感伤,都因为这一个"兮"字而倍显深长和沉重。表现之二是,每组前后两句的句首都是表示诗人主观意愿或动作的动词,有时还在动词前直接冠以"余""吾"等主语词,如"(余既)滋""树""畦""杂""冀""愿""哀""恐"

---

① "仄起式"七绝体格律规则一般是:"仄仄平平平仄仄,平平仄仄仄平平。平平仄仄平平仄,仄仄平平仄仄平。"但是李白七绝《山中问答》("问余何意栖碧山,笑而不答心自闲。桃花流水窅然去,别有天地非人间")一诗,按"平水韵"有8个字的平仄不尽合律。具体说,诗中第2字"余"应仄实平,第4字"意"应平实仄,第7字"山"应仄实平,第12字"心"应仄实平,第13字"自"应平实仄,第25字"地"应平实仄,第26字"非"可平可仄,建议用仄,实际用平,第27字"人"应仄实平。这些用字虽有违七绝体的格律规范,却恰好是李白那豪放、纵性、摆脱拘束、向往自由的个性化情感在诗歌语体节奏层面的特殊化体现。

② (宋)朱熹撰,蒋立甫校点:《楚辞集注》,上海古籍出版社、安徽教育出版社,2001年版,第10—11页。

"(朝)饮""(夕)餐"等,一以贯之,使整首诗着上了一层强烈的主观抒情色彩。葛晓音曾将《离骚》的基本节奏总结为"三×二"(×表示句子中间的虚词,如"伤灵修之数化"中的"之"等)节奏及其他变形,但这只是指出了其语义节奏(主要是音步节奏)的特征,未能反映其情感节奏的特殊表现。倘若考虑到情感节奏,其节奏模式应该完整地表示为"△二×二◇ △二×二"("△"表示居首的动词,"◇"表示语气词"兮")。与一般五言诗中更近于自然的前轻后重的"二三"式节奏不同,《离骚》中这种"△二×二"式节奏具有前重后轻的特点,句中的虚词有延缓语气的作用,增加了情感抒发的时间,而句末的"兮"字又在音节和情感上起到一种平衡作用。这种节奏所呈现的是诗人的一种情不可遏、急于倾诉的抒情姿态,可称之为"倾诉式语体节奏":始之以强烈的倾诉(前三音节),继之以浓郁的感叹("兮")。表现之三是,前后两个短句中间都有一个虚词(如"老冉冉其将至兮,恐修名之不立"中的"其"和"之"字),这些虚词尽管也有并列、递进等类似连词的语法性质,但它们在诗句中的主要作用显然不在语法层面,而是为了调节诗句的情感节奏和语体节奏,延长抒情时间,增强情感起伏,以极尽诗人内心悱恻缠绵的热情。《诗经》中也有用虚词调节节奏和语气的现象(如《卫风·伯兮》"言树之背,愿言思伯"中的两个"言"字),但主要是为了形成四言诗句的"二二"式语体节奏;而在《楚辞》中,虚词的这种用法已经形成规律和模式,成为情感节奏在语体节奏层面的一个重要体现。凡此种种,都表明情感节奏的相对独立是《楚辞》抒情文体(骚体)的一个标志性特征,也证明在分析抒情诗体特征和考察诗体发展时,区分情感节奏与语体节奏的必要与可能。

  诗歌的音乐节奏有狭义和广义之分。狭义的诗歌音乐节奏是指为乐府古辞或歌诗所配的供歌唱和演奏的音乐节奏,广义的诗歌音乐节奏包括诗歌所配的音乐节奏和诗歌语言自身具有音乐性的韵律。不过,因为我们研究的是语言化的诗歌文本,所以无论广狭音乐节奏,都只有从语体节奏层面来考察它们的具体体现。参之前述情感节奏的表现形式,诗歌音乐节奏在语体节奏层面的体现也可分为"规范化体现"和"特殊化体现"两个层次。所谓诗歌音乐节奏的"规范化体现",主要是指诗句字数有定的四言诗和五七言古今体等诗歌的语体节奏中所体现的音乐节奏(如音步、顿逗、诗韵和平仄等),这是一种与语体节奏完全同化的音乐节奏。所谓诗歌音乐节奏的"特殊化体现",主要是指歌诗、乐府古辞或拟乐府诗中能够间接体现受所配音乐影响的一些特殊的语体节奏(如《诗经》的重章复沓,杂言体乐府的杂言入乐,五言体乐府的从容叙述和叠词、双声、叠韵的使用等)。如《妇病行》的歌辞:

> 妇病连年累岁,传呼丈人前一言。当言未及得言,不知泪下一何翩翩。属累君两三孤子,莫我儿饥且寒,有过慎莫笪笞,行当折摇,思复念之!乱曰:抱时无衣,襦复无里。闭门塞牖,舍孤儿到市。道逢亲交,泣坐不能起。从乞求与孤买饵。对交啼泣,泪不可止。我欲不伤悲不能已。探怀中钱持授交。入门见孤儿,啼索其母抱。徘徊空舍中。行复尔耳!弃置勿复道。①

这首古辞也有其自身的语体节奏,但相对于规范的五言诗、七言诗的语体节奏,往往骈散错杂,不拘一格。如《妇病行》通篇句式为:六言—七言—六言—八言—七言—六言—六言—四言—四言。(乱辞)四言—四言—四言—五言—四言—五言—七言—四言—四言—八言—七言—五言—五言—五言—四言—五言。这种近乎散文叙述语体的形成自然有叙事节奏和情感节奏的影响,但主要的影响还是来自音乐:只有视之为一种"歌辞",才能感受到这种语体节奏的某种协调。

另外,汉乐府中常见的"割辞成曲"现象也表明音乐节奏具有超越语义节奏和语体节奏之上的相对独立性和外在整合作用。如《楚调曲·白头吟》:

> 皑如山上雪,皎如云间月。闻君有两意,故来相决绝。(一解)
> 平生共城中,何尝斗酒会。今日斗酒会,明旦沟水头。蹀躞御沟上,沟水东西流。(二解)
> 郭东亦有樵,郭西亦有樵。两樵相推与,无亲为谁骄。(三解)
> 凄凄重凄凄,嫁娶亦不啼。愿得一心人,白头不相离。(四解)
> 竹竿何袅袅,鱼尾何离簁。男儿欲相知,何用钱刀为。龊如马啖箕,川上高士嬉。今日相对乐,延年万岁期。(五解)②

---

① 逯钦立辑校:《先秦汉魏晋南北朝诗》(上),中华书局,1983年版,第270页。
② 同上书,第274页。

逯钦立认为"此歌直似一解一篇,互无连属。拼合之迹,尤为较著",并据此推论"则割辞成曲,不问文义,是固乐府古辞之特色矣"。其他如《郊祀歌·天马》(合二诗成一章)、《薤露·蒿里》(分一歌为二曲)、《相和歌·鸡鸣篇》(裁改《清调曲·相逢行》)、《长歌行·仙人骑白鹿》(杂凑汉辞魏诗而成)等,都明显有裁割他辞以成曲律的痕迹。[①]

在诗句规范的五言乐府中,虽然音乐节奏的语体标志不是那么明显,但不应忽略一个事实:五言诗体正是借助音乐的推动才逐渐流行并进入文人创作的。也即是说,文人五言诗的语体节奏本身即已融合、积淀了音乐节奏在内,是语体节奏与音乐节奏在当时所达到的理想统一:既充分体现了汉语言自身的韵律之美,又为音乐节奏的结合提供了一个规范而灵动的韵律基础。比较一下乐府五言古辞或《古诗十九首》与两晋以后渐趋格律化的五言诗,不难从前者的语浅情浓的叙述和疏荡往复的节奏中感受到音乐的余韵和回响。五言古诗独步千古的艺术魅力很大程度上缘自音乐的神韵。

由于诗歌中这四个层次的节奏有主从、内外、显隐和变化快慢之别,所以在一种新诗体的形成过程中,不同层次的节奏之间会产生不同程度的矛盾和冲突,如语义节奏与语体节奏的不一,语体节奏与音乐节奏的差异,情感节奏与语体节奏的不谐,音乐节奏与语体节奏的异构等,构成了诗体发展的内部机制和内在动力。在这些矛盾关系中,起决定作用的是情感节奏的抒情性与语义节奏的表意性以及情感节奏的易变性与语体节奏的滞后性之间的矛盾。一种新诗体的形成过程,也主要是情感节奏与语义节奏、语体节奏由相互冲突而相互调适、由相互调适而渐趋统一的过程,其结果是形成一种有独特表现力和形式特征的语体节奏。

第三节 七言韵语的原初实用化倾向与七言诗语体节奏的晚熟

由上述诗歌节奏层次及其关系的分析可知,一种诗体成熟(普遍的文人化写作)的重要条件是形成其特有的语体节奏。前述葛晓音和

---

① 逯钦立:《汉诗别录》,收《逯钦立文存》,中华书局,2010年版,第82—85页。

赵敏俐的解释都多少涉及了这个关键问题:无论是认为七言诗早期阶段因"单行散体"而致的缺乏"意脉连贯""委婉流畅"的节奏感,还是认为因七言诗体式"最为复杂"而致的"最难掌握",实际上都与这样一个问题有关,即在整个汉代以至魏晋两代,诗人们还没有领悟和创造出属于七言诗体的理想的语体节奏——一种以语义节奏为基础并能够充分体现情感节奏且积淀了音乐节奏之美的七言诗的"语体节奏"。

倘若真如松浦友久和葛晓音所言,七言诗句因与四言诗句节奏相通处太多而具有一种与生俱来的缺陷,那么就很难解释在成熟的七言诗体中,其诗语节奏具有一种与四言诗语节奏迥然不同的抒情功能和审美意味。但随之而来的问题是,为什么这样一种在成熟之后毫不逊色于五言诗语体表现力的七言诗语体,却晚熟于前者如此之久,主要是因为句式复杂吗,但这种复杂的七言句式不是在战国和两汉的七言歌谣中就已被熟练运用了吗? 又因为早期七言诗是逐句押韵吗,但形成每句韵的内在原因又是什么,难道仅仅是因为合两个四言句而成吗? 这些现象式和外因式的解释自然会给人以启发,但根本原因还要在七言诗语体节奏的内部关系中去寻找。

林庚曾这样分析《楚辞》语体产生的原因:"诗体上如果要起大的变化,必然是因为在日常的语言文字上普遍的有所变化,那也就是说散文上起了新的变化。从这一个普遍的变化上新的诗体才有所根据,才能够因其普遍性而成为新的格律。《楚辞》处在先秦诸子散文高潮的战国时代,正是由于这一个高潮所带来的新的文学语言,《楚辞》才有条件取得诗体的变化;《楚辞》的纷繁变化、紧张尖锐,与滔滔不绝的长篇大论,无一不是当时散文的形态。"[①]林庚认为诗体(诗语)变化的社会基础是日常语言的变化,的确是探本之论。当然,日常语言影响诗歌语体的具体途径和形式复杂多样,有直接影响,也有间接影响。即如先秦诸子散文语言对《楚辞》语体的影响,在林庚指出的直接影响之外,还有更深层的作用,如使诗人形成更复杂的思维方式、驾驭复杂语言的能力以及运用复杂语言表达的习惯等。七言韵语正是在这样的语境中出现的。如《荀子·成相篇》:

[①] 林庚:《中国文学简史》,北京大学出版社,1995年版,第66页。

> 请成相,世之殃,愚暗愚暗堕贤良。人主无贤,如瞽无相何伥伥!
>
> 请布基,慎圣人,愚而自专事不治。主忌苟胜,群臣莫谏必逢灾。
>
> 论臣过,反其施,尊主安国尚贤义。拒谏饰非,愚而上同国必祸。
>
> 曷谓罢?国多私,比周还主党与施。远贤近谗,忠臣蔽塞主势移。
>
> 曷谓贤?明君臣,上能尊主爱下民。主诚听之,天下为一海内宾。①

再如秦律中的《为吏之道》:

> 凡戾人,表以身,民将望表以戾真。表若不正,民心将移乃难亲。
>
> 操邦柄,慎度量,来者有稽莫敢忘。贤鄙溉(既)辥(乂),禄立(位)有续孰昏上?
>
> 邦之急,在体级,掇民之欲政乃立。上毋间阫(陛),下虽善欲独何急?
>
> 审民能,以赁(任)吏,非以官禄夬(使)助治。不赁(任)其人,及官之昏岂可悔。②

很多研究者注意到,七言韵语不仅在早期产生阶段而且在后世很长一段历史里,都以这种歌诀或谣谚的形式广泛存在着,如司马相如所作识字诀《凡将篇》③,元帝时黄门令史游所作识字诀《急就篇》④,汉代的诸多镜铭、纬书中的谶语,《后汉书》广引的赞评时人的谣谚等。这些主要存在于歌诀或谣谚中的七言韵语有两个值得注意的特点:从内容上看,偏向于实用;从形式上看,多为每句韵。问题是,为什么人

---

① (清)王先谦撰,沈啸寰、王星贤点校:《荀子集解》,中华书局,1988年版,第457—458页。
② 睡虎地秦墓竹简整理小组编:《睡虎地秦墓竹简》,文物出版社,1990年版,第173页。
③ 其残句有:"淮南宋蔡舞嗙喻,黄润纤美宜禅制,钟磬竽笙筑坎侯。"
④ 如《急就篇》第十九:"稻黍秫稷粟麻秔,饼饵麦饭甘豆羹,葵韭葱薤蓼苏姜,芜荑盐豉醯酢酱……"摘自张传官:《急就篇校理》,中华书局,2017年版,第7页。

们更倾向于使用每句韵式七言韵语而不是五言韵语作为此类实用类歌诀和谣谚的主要语体？其主要原因还是在七言韵语本身：

首先，七言韵语具有更复杂的语义节奏和更强的表意性。表意性是各种语言最基本的功能，语义节奏也是各种语言最基本的节奏。七言韵语在以短句为主的古汉语中，无论是与散语比还是与韵语比，都算得上是一种"长句"，可以蕴含更多的语义。这种相对于四言韵语和五言韵语的表意优势，使七言韵语更容易流于实用，而其表意的实用化倾向反过来又对七言韵语的抒情化和审美化产生一定的抑制作用，成为其语体节奏抒情化和审美化的内在阻力。

其次，七言韵语在长期实用化运用过程中又形成了与这种实用化表意功能高度统一的实用化语体节奏，其典型特征即是在"二二三"语义节奏基础上句句押韵，其主要作用是易诵易记易传。如罗振玉《汉两京以来镜铭集录》载"青平镜"铭：

> 青平作竟四夷服，多贺国家人民息，胡虏殄灭天下复，风雨时节五谷孰，传告后世得天福。①

《河图考灵曜》：

> 高皇摄政总万廷，四海归咏理威明，文德道化承天精，元祚兴隆协圣灵。②

《太平经钞》卷三十八丙部之四《师策文》：

> 吾字十一明为止，丙午丁巳为祖始，四口治事万物理，子巾用角治其右，潜龙勿用坎为纪，人得见之寿长久，居天地间活而已，治百万人仙可待，善治病者勿欺绐，乐莫乐乎长安市，使人寿若西王母，比若四时周反始，九十字策传方士。③

有学者认为七言韵语每句押韵是因为合两个四言句之故，不过像这种视长句为短句相加、视长句特征为短句特征之和的理解思路，很容易将不同句式混为一谈，妨碍对不同句式语体特征的特殊生成机制

---

① 罗根泽：《七言诗之起源及其成熟》，《罗根泽古典文学论文集》，上海古籍出版社，2009年版，第195页。
② 同上书，第199页。
③ 王明编：《太平经合校》，中华书局，2014年版，第66页。

的认识。与其仅从形式上说七言韵语的每句韵特征缘于其句式较长而韵距不能过远,不如从根本上说逐句押韵是为了适应其更强的表意功能和更复杂的语义节奏的内在需要。这种与实用化表意相适应的每句韵句式所固有的过于齐整、单调、平易的节奏缺陷,自然不便用于情感节奏曲折变化的抒情诗作。

最后,更强的表意功能、复杂的语体节奏,再加上每句韵形式,使得每一句七言韵语在内涵和形式上都具有明显的自足性和封闭性。这种自足性与封闭性又使七言韵语在使用中呈现出两种看似矛盾的倾向:一是易用于短章(如汉代七言歌谣句数都极少,甚至单句成篇)——当意义简单时,一两句七言即已足够表达;一是易用于铺陈或铺叙(如汉初的《郊祀歌》、有争议的《柏梁诗》、司马相如和史游的《急就章》、张衡《思玄赋》的"系歌"、晋代无名的《白纻舞歌诗》等),因为这种相对自足和封闭的七言韵语如同标准同一的"预制件",很容易"批量生产",方便用于作较为平面化或同质化的铺陈或铺叙,甚至不需要考虑结构和篇幅。七言韵语在实际运用中的这两种相反倾向,恰恰与一般抒情诗的特征相抵牾:易用于短章固然简洁,但不利于表现情感节奏的发展与变化;易用于铺陈与铺叙虽适宜描述空间性横向并列的景物事理,但与抒情诗中情感节奏的时间性纵向流动明显冲突。

早期七言韵语的这些特征,在长期运用中已形成稳固的表达惯例,一方面抑制了七言韵语的抒情功能的发挥,一方面也增加了其语体节奏调整和改变的难度。当诗人尝试用七言韵语抒情言志时,便无形中受到其语义节奏和语体节奏的束缚,造成抒情功能与表意功能、情感节奏与语义节奏之间的冲突。七言诗的发展历史,也就是诗人试图以抒情节奏和音乐节奏调整其语义节奏和语体节奏,直至创造出抒情节奏与语义节奏相协调的新的语体节奏(主要特征是隔句韵)的漫长过程。

第四节 《楚辞》式情感节奏对早期七言韵语的整合与骚体式七言诗的形成

尽管早期七言韵语整体上具有实用化倾向,但实际上早在《诗经》和《楚辞》两类抒情诗中已有不同程度的运用。《诗经·邶风·式微》：

> 式微式微胡不归？微君之故，胡为乎中露！
> 式微式微胡不归？微君之躬，胡为乎泥中！①

《魏风·汾沮洳》：

> 彼汾沮洳，言采其莫。彼其之子美无度。美无度，殊异乎公路。
> 彼汾一方，言采其桑。彼其之子美如英。美如英，殊异乎公行。
> 彼汾一曲，言采其藚。彼其之子美如玉。美如玉，殊异乎公族。②

《秦风·黄鸟》：

> 交交黄鸟止于棘。谁从穆公？子车奄息。维此奄息，百夫之特。临其穴，惴惴其栗。彼苍者天，歼我良人！如可赎兮，人百其身。
> 交交黄鸟止于桑。谁从穆公？子车仲行。维此仲行，百夫之防。临其穴，惴惴其栗。彼苍者天，歼我良人！如可赎兮，人百其身。
> 交交黄鸟止于楚。谁从穆公？子车鍼虎。维此鍼虎，百夫之御。临其穴，惴惴其栗。彼苍者天，歼我良人！如可赎兮，人百其身。③

《大雅·召旻》：

> 如彼岁旱，草不溃茂，如彼栖苴。我相此邦，无不溃止。
> 维昔之富不如时，维今之疚不如兹。彼疏斯粺，胡不自替？职兄斯引。④

《周颂·敬之》：

---

① 周振甫译注：《诗经译注》，中华书局，2002年版，第52—53页。书中句读为"式微式微，胡不归"。
② 同上书，第149—150页。书中句读为"彼其之子，美无度"等。
③ 同上书，第182—184页。书中句读为"交交黄鸟，止于棘"等。
④ 同上书，第493页。

> 敬之敬之,天维显思,命不易哉!无曰高高在上!陟降厥士,日监在兹。
>
> 维予小子,不聪敬止?日就月将,学有缉熙于光明。佛时仔肩,示我显德行。①

学界对上引"七言诗句"的句读可能有不同意见,如第一例中的"式微式微胡不归"很多版本句读为"式微!式微!胡不归?"第二例中的"彼其之子美无度"有的版本句读为"彼其之子,美无度",第三例中的"交交黄鸟止于棘"则常句读为"交交黄鸟,止于棘"等,不过,视之为七言诗句至少在语义节奏层面上也不成问题。综观这些"七言诗句",虽然有早期七言韵语的特征(如前后同韵),但并不影响整首诗的情感节奏和抒情效果。其原因并不复杂:毕竟这些七言诗只是片言只语,其语义节奏和语体节奏因诗中的大多数四言或五言韵语的调节,不仅不会产生如成篇七言韵语那样的效果,而且使诗篇的语体节奏和情感节奏富于变化。这也正是很多民歌和抒情乐府运用七言韵语的主要方式,即将少数七言韵语穿插在较短的韵语之间,借长短韵语之间的映衬和对比,增强诗歌的韵律之美和抒情意味。如汉初的丧歌《薤露》和《蒿里》:

> 薤上露,何易晞?露晞明朝更复落,人死一去何时归?
>
> 蒿里谁家地?聚敛魂魄无贤愚。鬼伯一何相催促,人命不得少踟蹰。②

西汉末有《上郡吏民为冯氏兄弟歌》:

> 大冯君,小冯君,兄弟继踵相因循,聪明贤知惠吏民,政如鲁卫德化钧,周公康叔犹二君。③

东汉桓帝时有童谣:

> 小麦青青大麦枯,谁当获者妇与姑。丈人何在西击胡,吏买马,君具车,请为诸君鼓咙胡。④

---

① 周振甫译注:《诗经译注》,中华书局,2002年版,第518页。
② 逯钦立辑校:《先秦汉魏晋南北朝诗》(上),中华书局,1983年版,第257页。
③ 同上书,第122—123页。
④ (南朝宋)范晔撰,(唐)李贤等注:《后汉书》,中华书局,1965年版,第3281页。

这些含七言韵语的歌谣除《薤露行》用隔句韵外,其他都是每句韵,但因为民间歌谣本就文义单纯,情感质朴,通俗易唱,加之诗句长短参差,错落有致,这种每句韵的七言诗句非但不妨碍其抒情表意,且与之相得益彰。

关于《楚辞》与七言诗的关系,明清以至当下关注者甚多,斟酌其观点异同,大致可分为四种:其一,肯定七言源于《楚辞》。论者一般认为七言诗是由《楚辞》中的一部分类似七言的诗句省去"兮""些""只"等语助词或将其"实化"演变而成。如顾炎武《日知录》卷二十云:"昔人谓《招魂》《大招》去其'些''只',即是七言诗。"①青木正儿《中国文学发凡》云:"七言诗或系楚歌系的变化,即在'□□□兮□□□'的'兮'间填上有意义的字,就产生七言之理。"②萧涤非《汉魏六朝乐府文学史》对这两种思路作了全面总结:"汉人变化《楚辞》而创为七言句之方法或途径,约有四种:其一,代句中'兮'字以实字者。如变'被薜荔兮带女萝''思公子兮徒离忧'而为'被服薜荔带女萝''思念公子徒以忧'之类是也。其二,省去句中羡出之'兮'字者。如变'东风飘飘兮神灵雨'而为'东风飘飘神灵雨"之类是也。……其三,省去句尾剩余之'兮'字者。如《离骚》'朝饮木兰之坠露兮,夕餐秋菊之落英',若将兮字删去,亦即成七言,所异者惟非每句押韵,而为隔句押韵耳。……以上三种,虽皆有其化《楚辞》为七言之可能性,且为已然之事。而其捷径,则仍在第四种,即省去《大招》《招魂》篇中句尾之'些''只'等虚字是也。"③其二,否定七言源于《楚辞》而主张七言源于先秦歌谣。论者多以《楚辞》七言与七言诗句式不类而与先秦歌谣七言句式相同为依据。如余冠英认为以《山鬼》和《国殇》为典型的《楚辞》七言句式与七言诗句式的不同在于,前者句式是"上下各以三字为一截,

---

① (清)顾炎武著,陈垣校注:《日知录校注》,安徽大学出版社,2007年版,第1155页。钱大昕、梁启超、游国恩、罗根泽、逯钦立等直接沿用其说。

② 〔日〕青木正儿:《中国文学发凡》,郭虚中译,商务印书馆,1936年版,第68页。

③ 萧涤非:《汉魏六朝乐府文学史》,人民文学出版社,1984年版,第40页。郭建勋近年来在多篇论文中复倡此说,认为:"在楚骚体的四种句式中,有'○○○○,○○○兮'、'○○○兮○○○'、'○○○○兮○○○'三种,与后世正格的七言诗句在形式上具有同构性,具有衍生七言诗的必要条件,而促使这三种骚体句式衍生出七言诗的动力,则主要源于后人在使用中对'兮'字的虚化或实义化。"(郭建勋:《论楚辞孕育七言诗的独特条件及衍生过程》,《中州学刊》2002年第5期。)

中间用兮字连接起来",而后者节奏应该是"□□—□□—□□□",因此《山鬼》和《国殇》只有变为三言诗的可能,而变为七言诗的可能性不大。① 赵敏俐也认为:"楚辞体与七言诗在文体方面是存在巨大差异的。这种差异有两个方面。从音乐上来讲主要是二分节奏与三分节奏的差异;从语言结构上来讲,则是句首的一个'三字组'与两个'二字组'的差异。"② 其三,认为《楚辞》的部分篇章即是真正的七言诗。如李立信认为:"不论是纯七言或偶尔杂入几句杂言的七言诗,都是从屈原的作品开始。他是七言的开山祖师,尔后的几种七言形式,都是从《国殇》和《山鬼》发展出来的。"③"《楚辞》本身就有七言一体,它是和《楚辞》的其他形式同时出现的,它和《楚辞》同性同体,是《楚辞》的一部分。"④ 其四,认为《楚辞》与先秦谣谚的四三型句式共同酝酿了七言诗句式。如葛晓音认为:"先秦七言句的形成与楚辞和谣谚都有复杂的关系,但楚辞和谣谚并非截然不同的两体,其节奏是随着语言中双音节词的增多而同步发展的。到了战国末年,由于韵文中四言和三言的愈趋实字化,对于四言词组和三言词组之间节奏关系的探索,成为骚诗和民间谣谚的共同现象,这是酝酿七言节奏的主要背景。"⑤

细按上述诸说的依据和思路,其间有一种大体相同的倾向,即多根据《楚辞》或先秦歌谣与七言诗句式特征的异同推测二者之间是否存在渊源关系。但令人费解的是,为什么依据大致相同的诗体特征和研究思路,却得出了差异如此明显甚至绝然对立的结论?其间固然可能有研究者个人学术立场的影响,但根本原因可能还在于其所依据的诗体观念和研究思路本身的偏失:一是将文体起源问题简化为诗句形式(节奏)的关系问题,研究者往往只根据《楚辞》诗句与七言诗句形式层面的同异,肯定或否定《楚辞》文体与七言诗体之间的联系;二是

---

① 余冠英:《七言诗起源新论》,《汉魏六朝诗论丛》,商务印书馆,2010年版,第98—118页。
② 赵敏俐:《七言诗并非源于楚辞体之辨说——从〈相和歌·今有人〉与〈九歌·山鬼〉的比较说起》,《深圳大学学报》(人文社会科学版)2008年第3期。
③ 李立信:《七言诗之起源与发展》,台北新文丰出版有限公司,2001年版,第56页。
④ 同上书,第196页。
⑤ 葛晓音:《早期七言的体式特征和生成原理——兼论汉魏七言诗发展滞后的原因》,《中国社会科学》2007年第3期。

主要从《楚辞》与七言诗的外部关系着眼,或视《楚辞》有关诗句为后世七言诗之源,或视《楚辞》相关诗句与歌谣七言同为后世七言诗的准备,未能根据《楚辞》文体的基本特征和生成机制辩证把握《楚辞》文体与当时七言韵语的内在关联。这种形式化的文体观和外部研究视角,使得上述研究思路带有明显的直观性和片面性,而依此推出结论时也就不可避免地带有明显的主观性和偶然性。若从《楚辞》体(或曰"骚体")不同层次诗歌节奏间的相互作用机制着眼,当能为我们理解《楚辞》文体与七言诗之间的关系提供一个更为内在而切近的研究视角。

从诗歌整体节奏的层次关系来看,《楚辞》体诗歌节奏的一个重要特点是情感节奏的相对突出及其对其他层次节奏尤其是语义节奏所发挥的直接主导作用,并由此形成了《楚辞》体诗歌特有的语体节奏。

《楚辞》体情感节奏的突出首先缘于"兮"字在诗句中普遍而有规律的使用。关于"兮"字在《楚辞》文体中的功能,学界有一种较为普遍的看法,即强调"兮"字的"文法意义",认为"兮"字与诸多虚字的功能相当。闻一多在《楚辞校补》之《九歌·大司命》"君回翔以下"条曾指出,"本篇除《山鬼》《国殇》外,兮字俱兼有文法作用,故皆可以某虚字代之",并提供了两类文献根据。一类是《楚辞》自身的用例:

《湘君》"九嶷缤兮并迎",《离骚》兮作其。《东君》"载云旗兮委蛇",《离骚》兮作之。又《湘君》曰:"邅吾道兮洞庭,"《离骚》曰:"邅吾道夫昆仑兮,"《东君》曰:"杳冥冥兮东行,"《哀郢》:"杳冥冥而薄天,"《大司命》曰:"结桂枝兮延伫,"《离骚》曰:"结幽兰而延伫,"是"兮"字用犹其也,之也,夫也,而也。

另一类是后世注解、类书等所引的"异文",如:

《类聚》八八,《御览》九五三引《湘君》"搴芙蓉兮木末",《海外西经》《注》引"水周于堂下",《史记·夏本纪》《索引》引"遗余佩兮澧浦",《御览》四六八引《少司命》"乐莫乐兮新相知",兮并作于。《文选·叹逝赋》《注》引《湘君》"夕弭节兮北渚",《说文系传》一六引《湘夫人》"遗余褋兮澧浦",兮并作于。重编《朱校昌黎先生集》一《复志赋》方《注》引《湘君》"鼍骋骛兮江皋",《说文系传》二八引《大司命》"导帝之兮九坑",《文选》谢灵运《南楼中望所迟客诗》《注》引"将以遗兮离居"……兮并作乎。《文选·思玄赋》《注》引《大司命》"将以遗兮离居",兮又作夫。……凡此诸兮字,作者本皆用以代替诸虚字,故读者意之所会,临文改写,有不期其然而然者焉。①

在《九歌"兮"字代释略说》一文中,闻一多根据其《楚辞校补》的观点将《九歌》11首诗中的"兮"字逐一替换为而、于、然、以、之、其、夫、乎、与、也、矣、焉、诸、哉、故等一系列虚字。在《怎样读九歌?》中,他又重申了这一观点:"我曾将《九歌》中兮字,除少数例外(详后),都按他们在各句中应具的作用,拿当时通行的虚字代写出来(有时一兮字须释为二虚字),结果发现这里的'兮'竟可说是一切虚字的总替身。"②

不过,闻一多是在强调"兮"字的抒情和音乐功能的同时指出"兮"字"兼有文法作用"的,但在姜亮夫的《楚辞通故》中,与其他虚词相当的"文法意义"就成为《九歌》之"兮"的主要功能,认为"兮字有'于'、'乎'、'其'、'夫'、'之'、'以'、'而'、'与'等义",其所举例也与闻一多大体相同。③

郭绍虞《释"兮"》一文对《楚辞》"兮"的理解也有某种二重性。他一方面认为"不能以后人的文法观点,去凿求以前这些语气词的文法意义说:'兮,以也、而也、与也、于也。'这正像我们不能训'言'为'而'、为'乃'、为'则',是同一的道理",但同时他也承认"兮"字"由极虚转较虚的可能性",并认为"'兮'字可以表达助词外其它虚词的语气"。如谓:"在骈语中间,如《东皇太一》之'吉日兮辰良',《湘君》之'桂棹兮兰枻',《湘夫人》之'桂栋兮兰橑',《少司命》之'绿叶兮紫茎',虽也有'啊'字语气,但已有'与'字意义了。……或者同样是骈语的形式而前后之间可有联系的,那么'而'字的意义比'啊'字的意义要强一些,如《东皇太一》之'扬枹兮拊鼓',《湘君》之'横大江兮扬灵',《东君》之'举长矢兮射天狼',《国殇》之'援玉枹兮击鸣鼓',都是如此。……再进一步,介词'于'字也可以在'啊'的语气中表示出

---

① 闻一多:《楚辞校补》,巴蜀书社,2002年版,第28—29页。
② 闻一多:《怎样读九歌》,《闻一多全集》第5卷,湖北人民出版社,1993年版,第381页。
③ 姜亮夫:《楚辞通故》第4辑,云南人民出版社,1999年版,第279—281页。

来。如《湘君》之'鸟次兮屋上,水周兮堂下',《湘夫人》之'鸟萃兮蘋中,罾何为兮木上'等句……"在闻一多所举例句外,郭绍虞还注意到王逸《楚辞注》、五臣《文选注》、洪兴祖《楚辞补注》等"对于《九歌》中'兮'字的解释,往往采用其它虚词来说明",作为前引闻一多所列文献根据的补充。如:

  《湘君》"搴谁留兮中洲",注言"谁留待于水中之洲乎"?
  《湘夫人》"洞庭波兮木叶下",注言"湘水波而树叶落矣"。
  《湘君》"交不忠兮怨长",注言"朋友相与不厚,则长相怨恨"。
  《湘夫人》"合百草兮实庭",注言"合百草之华以实庭中"。(以上见王逸《楚辞》注)
  《湘夫人》"罔薜荔兮为帷"句云"网结以为帷帐"。(见《文选》五臣注)
  《湘夫人》"观流水兮潺湲",《补注》谓"但见流水之潺湲耳"。
  《湘君》"美要眇兮宜修",注言"二女之貌要眇而好又宜修饰也"。(以上见洪兴祖《楚辞补注》)

郭绍虞据此总结:"根据上面这些例句,证以注解则通,校以异文亦合,核以词例更可相互印证,所以在词气歇宣之间是可以有各式各样的理解的。此后因语言组织日趋严密,于是逐渐产生固定的不同涵义的虚词,而'兮'字这类词遂逐渐处于淘汰地位了。"可见郭绍虞还是更倾向于肯定《楚辞》"兮"字在诗歌特定发展阶段作为其他文法虚词的替代作用。①

  但是,对于把握《楚辞》(包括《九歌》)文体的基本特征和主要功能来说,分析"兮"字"文法作用"的意义是很值得怀疑的,甚至可以说这种分析思路与《九歌》文体的基本特征之间存在明显的错位。《九歌》本质上是一种抒情诗歌文体,抒情性应该是《九歌》文体的基本特征;《九歌》的语言本质上是一种抒情意味很强的诗性语言,抒情功能也应该是《九歌》语言最主要的功能。前文曾述,诗歌文体是语义节

---

① 郭绍虞:《释"兮"》,《照隅室语言文字论集》,上海古籍出版社,2009年版,第317—326页。

奏、语体节奏、情感节奏和音乐节奏的有机统一,其中情感节奏是诗歌整体节奏形成、发展和变化的根本动力,而依据语法关系形成的语义节奏往往要接受情感节奏的引导和整合。也就是说,在抒情性诗歌文体中,语法—语义关系只是一种基础性文体因素,而非标志性文体因素和特征。对诗歌语法—语义关系的理解应以诗歌的抒情功能为旨归,而不宜反过来将诗中的抒情性词语和节奏的表现功能"还原为"某种语法意义——这种解读实是将《九歌》的诗性抒情语言"还原为"一般语言或散文式语言。

被闻一多和郭绍虞等人引以为据的历代学者易《九歌》之"兮"字为其他虚词之例,正是在这种侧重语义分析的语境和文体中发生的。比较《九歌》原文与王逸、五臣、洪兴祖等的注解,后者好像都是"很自然"地在注解中将《九歌》原文中的"兮"替换成了"于、而、则、以、之、又"等文法虚词,这也就很容易让人觉得《九歌》"兮"字与此类文法虚词的意义区别不甚明显。不过,其间有一个关键性差异可能被忽略了,此即,当《九歌》原文之"兮"在王逸注中被替换为文法虚词时,这些词语所在的文体已经由以抒情为目的的诗歌文体转移到了以语义理解为目的的"注解文体"。当王逸将原诗中的"兮"自然替换为文法虚词时,实际上是不自觉地根据"注解文体"求解语义的内在要求对原文抒情之"兮"所作的一种意义和功能的转换。而当闻一多、姜亮夫等明确从"文法意义"角度解读"兮"字时,实际上是与王逸一样再一次将《九歌》的抒情文体转换为注解文体,将"兮"字的抒情意义(意味)转换成了文法意义。但从实际抒情效果来看,这种转换已然破坏了原诗的抒情节奏和情感意味。这是闻一多在《九歌"兮"字代释略说》中对《湘夫人》之"兮"所作的替换,试比较:

> 帝子降(于)北渚,目眇眇(然)愁予。袅袅(之)秋风,洞庭波(而)木叶下。登白薠(以)骋望,与佳期(于)夕张。鸟何萃(于)蘋中?罾何为(于)木上?沅有芷(而)醴有兰,思公子(而)未敢言,荒忽(恍惚)(而)远望,观流水(之)潺湲。……①

---

① 闻一多:《九歌"兮"字代释略说》,《闻一多全集》第5卷,湖北人民出版社,1993年版,第388页。

原诗"兮"字一以贯之的回环复沓的音乐节奏没有了,摇曳荡漾的咏叹意味没有了,诗意的节奏与情感的韵律被不时变换的文法虚词"打断",诗句近乎变成了文句。

其实,闻一多在上述"文法意义"的解读思路之外还曾以诗人的直觉和感受对《九歌》之"兮"的抒情功能作过充分肯定。在《歌与诗》一文中,闻一多将包括"兮"在内的感叹字视为"歌"的第一性的本体语言:"感叹字是情绪的发泄,实字是情绪的形容,分析与解释。前者是冲动的,后者是理智的。由冲动的发泄情绪,到理智的形容,分析,解释情绪,歌者是由主观转入了客观的地位。辨明了感叹字与实字主客的地位,二者的产生谁先谁后,便不言而喻了。……感叹字必须发生在实字之前,如此的明显,后人乃称歌中最主要的感叹字'兮'为语助,语尾,真是车子放在马前面了。"①因此他认为刘勰等人关于"兮"是"语助余声"的说法是先后倒置,也是本末倒置。可见闻一多是很清楚"兮"的"文法作用"与抒情功能之间的区别的:"兮"字的情感功能和音乐功能是第一性的,而其文法作用是第二性的,分析"兮"的"文法作用"不是最终目的,而通过诵读感受"兮"字在《九歌》情感节奏和音乐节奏中所产生的效果才是真谛和旨归。

一旦返回《九歌》抒情文体的内部来感受和把握"兮"字的抒情功能,就自然会转换对"兮"字与其他"文法"虚词关系的看法:在《九歌》这种典型的抒情文体中,真正的问题不是为何"兮"字可以作为所有文法虚词的"总虚词",而是为何在可使用其他虚词的地方实际上都用上了"兮"这个更加纯粹的抒情词语。或者说,我们不应从"文法作用"的角度分析"兮"字相当于哪些文法虚词,而应从抒情功能的角度思考那些所谓文法虚词为什么与"兮"字相当。《九歌》之外的其他《楚辞》篇章如《离骚》和《九章》诸篇为我们提供了重新思考和确立《楚辞》文体中"兮"字与其他虚词文体功能关系的诗例。这是闻一多曾进行对照以说明《九歌》"兮"字相当于其他文法虚词的几组诗例:

《湘君》:九嶷缤兮并迎。《离骚》:百神翳其备降兮,九疑缤其并迎。

---

① 闻一多:《歌与诗》,《闻一多全集》第10卷,湖北人民出版社,1993年版,第6页。

《湘君》:邅吾道兮洞庭。《离骚》:邅吾道夫昆仑兮,路修远以周流。

《东君》:杳冥冥兮东行。《哀郢》:尧舜之抗行兮,杳冥冥而薄天。

《大司命》:结桂枝兮延伫。《离骚》:时暧暧其将罢兮,结幽兰而延伫。

《湘夫人》:聊逍遥兮容与。《离骚》:欲远集而无所止兮,聊浮游以逍遥。

闻、姜两位先生的基本观点是,《九歌》句中之"兮"与《离骚》《哀郢》等句尾之"兮"用法有别,句中之"兮"有文法作用,可替换为其他虚词,而句尾之"兮"为语气助词,无文法作用,不能易为其他虚词。这其实是用"文法"式解读思路割裂了"兮"在《楚辞》这一抒情文体中的统一的抒情功能。应该说不论是像《九歌》那样"兮"在句中,还是像《离骚》《九章》那样"兮"在每组第一句末尾,"兮"字最基本的文体功能都在于强化诗体的情感节奏,扩展诗体的抒情空间,丰富诗体的情感意味。倘若说前后两组诗句中的"兮"字有差异,也主要是因为《九歌》作为民间乐歌,其句式较短而单纯,故"兮"字置于句中,而《离骚》和《哀郢》作为个人抒情之作,其句式较长而复杂,故"兮"字置于每组两句的第一句末尾。如果说《九歌》句中之"兮"通过感叹语气延长了单句的节奏,扩展了单句的抒情空间,那么《离骚》和《哀郢》的句尾之"兮"则是通过感叹语气充实了两个分句之间原有的停顿,使前后分句在情感节奏层面合为一体。[①]

至此也就不难理顺"兮"与其他虚词的关系。在古代汉语中,虚词"其、夫、而、以"等是一类性质比较特殊的词语。正因其"虚",故其可塑性和可容纳性比一般实词更强,往往能够"随体生用"——一方面可以在侧重表意的散文体中充分发挥其"文法"(语法)功能,另一方面

[①] 林庚在《楚辞里"兮"字的性质》一文认为:"《楚辞》里的句法本来十九是上下对称的,换句话说上下的感情是相等的,如:'朝骞阰之木兰兮夕揽洲之宿莽……'这些例子设若上半应当有'兮'字的表情,下半何以就不应当有同样的表情?可见这里的'兮'字原不是一个表情的作用。"因此,"《楚辞》里的'兮'字乃是一个纯粹句逗上的作用,它的目的只在让句子自身的中央得一个较长的休息时间。"(《诗人屈原及其作品研究》,上海古籍出版社,1981年版,第110—111页。)这种观点显然有违《楚辞》文体的基本特征和人们的阅读感受。

也可在侧重抒情的诗歌文体中起着调节语气和情感的作用。因此,当这些虚词被运用在《楚辞》这一典型的抒情文体中时,也就自然成为抒情文体的有机组成部分,其所容纳的就不再是散文语言的"文法意义",而是诗人的情志和咏叹,其文体功能实质上已与"兮"字的文体功能基本相同。① 由于《离骚》和《哀郢》属自道身世、自诉遭际和自我感怀之作,其所表现的题材更加丰富,其所抒发的情感更加沉郁,其所呈现的语体节奏也自然更多顿挫,因此这两首诗歌在每组第一个分句结尾使用"兮"字以表情之外,还在前后分句的句中再分别使用了一个虚词,这些虚词与"兮"字相互呼应而又避免重复,使《楚辞》文体的情感节奏和语体节奏更加复杂而富于变化。

　　"兮"字以及与之相应的其他虚词所构成的情感节奏具有一个鲜明的特点,即相对于语义节奏的独立性。《说文》:"兮,语所稽也。"②意为"兮"是语言的辅助成分。刘勰《文心雕龙·章句》篇对此有更具体说明:"又诗人以'兮'字入于句限,楚辞用之,字出句外。寻兮字成句,乃语助余声,舜咏南风,用之久矣,而魏武弗好,岂不无益文义耶!"③"兮"字作为语气助词,其本身是没有语义的,因此说"无益文义"。但是"无益文义"并不表示"兮"字可有可无,语气助词的主要作用在于强化抒情。"魏武否好",是因为其四言诗已能将情感节奏与语义节奏融为一体,而《诗经》与《楚辞》在语义节奏之外再以"兮"助"余声",也自出于他们表达情感的需要——无论是《诗经》的"入于句限"还是《楚辞》的"字出句外","兮"字都是诗歌情感节奏的重要组成部分。如清人黄生《字诂》所云:"'兮',歌之曳声也。凡《风》、《雅》、《颂》多曳声于句末,如'葛之覃兮'、'螽斯羽,诜诜兮'之类。《楚词》多曳声于句中,如'吉日兮良辰,穆将愉兮上皇'之类。'"④不过,黄生

---

① 廖序东曾分别对《九歌》和《离骚》进行改写,如将《九歌·东皇太一》"兮"字句改为《离骚》式诗句:"吉日而辰良兮,穆将愉夫上皇。抚长剑之玉珥兮,璆锵鸣而琳琅。瑶席而玉瑱兮,盍将把夫琼芳。蕙肴蒸而兰藉兮,奠桂酒与椒浆。……"又将《离骚》诗句改为《九歌》式诗句:"帝高阳兮苗裔,朕皇考兮伯庸。摄提贞兮孟陬,惟庚寅兮吾以降。皇览揆余兮初度,肇锡余兮嘉名:名余兮正则,字余兮灵均。"(《楚辞语法研究》,商务印书馆,2006年版,第69页)。改写的成功也可证明《楚辞》体中的"兮"与其他虚词具有相似的抒情功能。

② (汉)许慎撰,(清)段玉裁注:《说文解字注》,上海古籍出版社,1988年版,第204页。
③ (南朝梁)刘勰著,范文澜注:《文心雕龙注》,人民文学出版社,1958年版,第572页。
④ (清)黄生撰,黄承吉合按,刘宗汉点校:《字诂义府合按》,中华书局,1984年版,第8页。

关于"兮"字在《诗经》和《楚辞》诗句中位置的看法与刘勰正好相反,而据廖序东的分析和归类,刘、黄二人的看法又都过于含糊,事实上《诗经》和《楚辞》中的"兮"都有句中和句外之分。他本人的看法则是:"读一篇《楚辞》,从开头几句'兮'字怎么用,就知道了通篇都怎么用。这就是说《楚辞》使用'兮'字是有规律的。'兮'字于是就成了《楚辞》形式上的特征。而读《诗经》,却不然。《诗经》的用'兮',形式多样,读到前面的使用'兮'字的句子,并不知道后面的句子使用不使用'兮'字,这就是说《诗经》使用'兮'字是无规律的。"①若将廖序东的看法与前人的观点综合起来,可以总结出《楚辞》"兮"字文体功能和表现形式的三个基本特点:一为"语助余声",即具有纯粹的抒情功能;二是"无益文义",即不属于诗句的语义成分,可以相对独立于诗句的语义节奏;三是在各篇中的使用有明显规律,有相对统一的模式。

以"兮"字(包括其他与"兮"字相当的虚词)为标志的情感节奏的这种相对独立性,使它可以与多种形式的诗句(语义节奏)以多种方式相结合:其一是两句一韵,上句尾用"兮",下句尾用韵,两句中多用其他虚词。如《离骚》:"惟草木之零落兮,恐美人之迟暮。"《惜诵》:"惜诵以致愍兮,发愤以抒情。"《涉江》:"余幼好此奇服兮,年既老而不衰。"《哀郢》:"皇天之不纯命兮,何百姓之震愆。"《抽思》:"心郁郁之忧思兮,独咏叹乎增伤。"《怀沙》:"抚情效志兮,冤屈而自抑。"《思美人》:"蹇蹇之烦冤兮,陷滞而不发。"②《惜往日》:"惜往日之曾信兮,受命诏以昭时。"《悲回风》:"悲回风之摇蕙兮,心怨结而内伤。"其二是两句一韵,上下两句中各用一"兮"字。此为《九歌》各篇通例,如《东皇太一》:"灵偃蹇兮姣服,芳菲菲兮满堂。"《云中君》:"浴兰汤兮沐芳,华采衣兮若英。"《山鬼》:"若有人兮山之阿,被薜荔兮带女萝。既含睇兮又宜笑,子慕予兮善窈窕。"《国殇》:"操吾戈兮被犀甲,车错毂兮短兵接。旌蔽日兮敌若云,矢交坠兮士争先。"其三是两句一韵,下句末用"兮"。此型见于《橘颂》《招魂》《大招》和多篇"乱"辞,如《涉江》"乱":"鸾鸟凤皇,日以远兮。燕雀乌鹊,巢堂坛兮。"《抽思》

---

① 廖序东:《释"兮"及〈九歌〉句法结构的分析》,《楚辞语法研究》,商务印书馆,2006年版,第33页。

② 《怀沙》与《思美人》与此组其他篇句式略有不同,每组两句中除"兮"外的其他虚词使用较少,但基本结构相似,故视为一类。

"乱":"长濑湍流,溯江潭兮。狂顾南行,聊以娱心兮。"《怀沙》"乱":"浩浩沅、湘,分流汩兮。修路幽蔽,道远忽兮。"《橘颂》:"后皇嘉树,橘徕服兮。受命不迁,生南国兮。"①

在以上三种句型中,去掉"兮"字和相应虚词,其基本语义和语法关系都几乎不受影响,但抒情的强度和节奏却会大为削弱。如《离骚》原文:

> 日月忽其不淹兮,春与秋其代序。惟草木之零落兮,恐美人之迟暮。不抚壮而弃秽兮,何不改乎此度?②

去"兮"及相应虚词后为:

> 日月忽不淹,春与秋代序。惟草木零落,恐美人迟暮。不抚壮弃秽,何不改此度?

基本语义和语法关系仍然得以保留,但情感意味由饱满变单薄,情感节奏由顿挫变单调,甚至丧失了基本的诗意和诗情。如诸多学者所言,《楚辞》尤其是《离骚》和《九章》诸篇采用了大量当时流行的散文语言入诗③,而这些散文语言之所以能在《楚辞》文体中升华为如此情思浓郁、情致动人、情韵顿挫的诗性语言,从表现环节看,其关键即在于广泛运用由"兮"字及相应虚词所形成的相对独立的情感节奏,实现了对原有的多种形式散文化语义节奏的整合和转化。分言之,《山鬼》和《国殇》是此种情感节奏与原有"三言式"语义节奏的结合,《橘颂》和相关诗篇"乱辞"是此种情感节奏与原有"七言式"语义节奏或"四三式"语义节奏的结合。

情感节奏对语义节奏的调整已见于早期抒情性七言歌谣。如《吕氏春秋·乐成篇》引《邺民歌》:

---

① 以上诗句均引自(宋)朱熹撰,蒋立甫点校:《楚辞集注》,上海古籍出版社、安徽教育出版社,2001年版。
② 同上书,第8页。
③ 如林庚认为:"诗体上如果要起大的变化,必然是因为在日常的语言文字上普遍的有所变化,那也就是说散文上起了新的变化。……《楚辞》处在先秦诸子散文高潮的战国时代,正是由于这一个高潮所带来的新的文学语言,《楚辞》才有条件取得诗体的变化;《楚辞》的纷繁变化、紧张尖锐,与滔滔不绝的长篇大论,无一不是当时散文的形态。"(林庚:《中国文学简史》,北京大学出版社,1995年版,第66页。)

>邺有贤令兮为史公,决漳水兮灌邺旁,终古舄卤兮生稻粮。①(其语义节奏为:邺有贤令为史公,决漳水,灌邺旁,终古舄卤生稻粮。)

《战国策·燕策三》引《易水歌》:

>风萧萧兮易水寒,壮士一去兮不复还。②(其语义节奏为:风萧萧,易水寒,壮士一去不复还。)

这两例歌谣已体现出早期七言抒情诗体的生成方式,即在保留其语义节奏和每句韵式语体节奏的同时,加入"兮"字以增强其情感节奏。

这也应该是持"七言源于《楚辞》说"者引为主要根据的《招魂》和《大招》两篇产生的文体机制。如《招魂》之"乱":

>魂兮归来!入修门些。工祝招君,背行先些。秦篝齐缕,郑绵络些。招具该备,永啸呼些。魂兮归来!反故居些。天地四方,多贼奸些。像设君室,静闲安些。高堂邃宇,槛层轩些。层台累榭,临高山些。网户朱缀,刻方连些。冬有突厦,夏室寒些。川谷径复,流潺湲些。光风转蕙,泛崇兰些。……③

上下句合并再去掉句末之"兮"则成:

>魂兮归来入修门。工祝招君背行先。秦篝齐缕郑绵络。招具该备永啸呼。魂兮归来反故居。天地四方多贼奸。像设君室静闲安。高堂邃宇槛层轩。层台累榭临高山。网户朱缀刻方连。冬有突厦夏室寒。川谷径复流潺湲。光风转蕙泛崇兰。……

后一种诗体应该不是《招魂》诗体将来演变的趋向,而是《招魂》诗体的"原型"④,即诗人一方面充分利用了流行七言韵语长于表意和便于铺叙的特点,一方面又以典型的《楚辞》式情感节奏对原有的过于单调平直的句句押韵的语体节奏进行调整,形成了一种摇曳顿挫的

---

① 逯钦立辑校:《先秦汉魏晋南北朝诗》(上),中华书局,1983年版,第19页。
② 同上书,第25页。
③ (宋)朱熹撰,蒋立甫点校:《楚辞集注》,上海古籍出版社,2001年版,第133页。
④ 《招魂》与《大招》的作者说法多种,但学界多倾向于是屈原后学所作,那么其时每句韵式七言诗当已更为流行,也更有机会被后来的《楚辞》作者吸收和改造。

《楚辞》式语体节奏。

《大招》的情形与《招魂》相同。至于《九辩》第二章中四句(加着重号部分)与七言诗的关系,罗根泽认为这四句省去句中之"兮"即为七言,以此证明《楚辞》部分诗句演成七言诗的可能①。这里不妨将上下文多引一些,这样就可看得更加清楚:

> 燕翩翩其辞归兮,蝉寂漠而无声。雁廱廱而南游兮,鹍鸡啁哳而悲鸣。独申旦而不寐兮,哀蟋蟀之宵征。时亹亹而过中兮,蹇淹留而无成。悲忧穷戚兮独处廓,有美一人兮心不绎。去乡离家兮徕远客,超逍遥兮今焉薄?专思君兮不可化,君不知兮可奈何!②

从这段引文看,中间四句去"兮"的确可以变成一般七言诗。但根据《楚辞》文体的基本特征,这里去"兮"后剩下的语义节奏层面的"七言诗",与上文去"兮"后剩下的语义节奏层面的"五言句"(如"燕翩翩辞归,蝉寂漠无声"),以及下文去"兮"后剩下的语义节奏层面的"三言句"(如"专思君,不可化。君不知,可奈何!"),都是诗人用以加工的基本句型。也就是说,去"兮"后的"七言诗"是《九辩》诗句的"上游产品"而非"下游衍生品"。

再有《山鬼》《国殇》与七言诗的关系。有学者(如郭建勋等)拿《宋书·乐志》中的《今有人》与《山鬼》比较,以示《山鬼》有变成七言诗的可能③,但若从诗体发展的规律看,《今有人》更适合视为后世歌诗作者按照汉代流行的三七言相杂的歌谣文体对《山鬼》的改写④。也即是说,《今有人》的文体范本不是《山鬼》,而是从先秦至两汉魏晋一直流行的自成源流的民间七言歌谣。从《楚辞》体的内部节奏关系来看,《山鬼》和《国殇》式诗句应产生于以"兮"字为标志的情感节奏对两个三言句式的整合,而这种整合又产生了双重效果:一是改变了

---

① 罗根泽:《七言诗之起源及其成熟》,《罗根泽古典文学论文集》,上海古籍出版社,2009年版,第187页。
② (宋)朱熹撰,蒋立甫点校:《楚辞集注》,上海古籍出版社、安徽教育出版社,2001年版,第117页。
③ 郭建勋、闫春红:《再论楚辞体与七言诗之关系》,《中国韵文学刊》2009年第3期。
④ 如前引汉初丧歌《薤露》、西汉末《上郡吏民为冯氏兄弟歌》、东汉桓帝时谣"小麦童谣"等。

原有两个三言句的语义节奏和语体节奏的短促和单调,使诗体节奏有一种舒徐摇荡之美;二是"兮"字在改变情感节奏的同时,也改变了原有的语体节奏,与两个三言句一起形成了一种类七言式语体节奏,而这种以"兮"字为腰的类七言语体,既发挥了七言语体节奏的曲折之长,又避免了一般每句韵式七言语体的平直之短。证之以后世诗体的具体发展情况,与其说《山鬼》和《国殇》是"正格七言诗"之源,倒不如说它们是后世很多"○○○兮○○○"式语体的诗歌的范本①。

综合上述分析,就可重新定位《楚辞》与七言诗这两种文体的历史关系:《楚辞》中的这些诗篇和诗句并非后世七言诗的源头,而应该是七言诗早期发展阶段的一个特殊类型。由于早期每句韵式七言韵语的语义节奏的复杂和语体节奏的单调,相对于四言诗、五言诗而言,要找到一种与情感节奏变化具有内在统一性的隔句韵式七言语体节奏,还需要更长时间的探索(至南朝宋鲍照《拟行路难》始正式成体)。因此,在七言抒情诗发展的早期阶段,采用相对独立的《楚辞》式情感节奏调节每句韵式七言语体以入诗,就成为一种比较方便的创作手法。也许因为这个原因,在五言抒情诗体兴起之前的战国和汉代前期,这类七言抒情诗曾是一种较为流行的抒情诗体。

《楚辞》体七言诗的基本特征是每句韵式七言语体与相对独立的《楚辞》式情感节奏的结合,故可称之为"骚体式七言诗"。在"骚体式七言诗"里,情感节奏对语义节奏起着明显的主导作用,如果削弱这种主导性的情感节奏,一曲慷慨悲壮的《易水歌》"风萧萧兮易水寒,壮士一去兮不复还",就会变成"风萧萧,易水寒,壮士一去不复还"式的歌谣。再如高祖刘邦的《大风歌》:"大风起兮云飞扬,威加海内兮归故乡,安得猛士兮守四方!"如减去以"兮"为标志的情感节奏,则成为:"大风起,云飞扬,威加海内归故乡,安得猛士守四方!"帝王豪气几不复存。又如乌孙公主的《悲愁歌》:"吾家嫁我兮天一方,远托异国兮乌孙王。穹庐为室兮毡为墙,以肉为食兮酪为浆。常思汉土兮心内伤,愿为黄鹄兮还故乡。"罗根泽先生认为这首诗是"最易变成七言者","只要去掉'兮'字,便是很好的七言诗了",但"虽有变成七言诗

---

① 如项羽《垓下歌》《瓠子歌》、汉武帝《秋风辞》、汉乐府《天马歌》《司马相如歌》《宝鼎诗》等。

的可能,而终没有变成七言诗"①。不过真正的问题也许并不是它为什么"终没有变成七言诗",而是它为什么不以一般七言诗的形式出现,却以这种"骚体式七言诗"形式出现。

"骚体式七言诗"构成了七言诗发展过程中一个富有文学史意义的阶段——提供了一种认识早期七言韵语优劣以及《楚辞》式情感节奏与七言韵语原有语义—语体节奏间关系的文本,也使我们更清楚由早期每句韵式七言诗体发展到成熟的隔句韵式七言诗体,还有哪些关键问题需要解决。

第五节　言志、反讽与抒情:汉代非骚体文人七言诗的创作与演进

实际上,在创作骚体式"七言诗歌"的同时,汉代文人也在创作非骚体的七言诗歌。如汉乐府《郊庙歌辞》之《天地》片段:

> 千童罗舞成八溢,合好效欢虞泰一,九歌毕奏斐然殊,鸣琴竽瑟会轩朱。……长丽前掞光耀明。寒暑不忒况皇章。展诗应律铿玉鸣。函宫吐角激徵清。发梁扬羽申以商。造兹新音永久长。声气远条凤鸟翔。神夕奄虞盖孔享。②

《天门》片段:

> 函蒙祉福常若期。寂漻上天知厥时。泛泛滇滇从高斿。殷勤此路胪所求。佻正嘉吉弘以昌。休嘉砰隐溢四方。专精厉意逝九阂。纷云六幕浮大海。③

《景星》片段:

> 空桑琴瑟结信成。四兴递代八风生。殷殷钟石羽籥鸣。河龙供鲤醇牺牲。百末旨酒布兰生。泰尊柘浆析朝酲。微感心攸

---

① 罗根泽认为:"由骚体所变成的七言,不是由将语助词置于两句之间者所蜕化,也不是由将语助词置于句中之短句者所蜕化,乃是由将语助词置于第二句句尾者,及置于句中之长句者所蜕化。"也是肯定《悲愁歌》这种形式的骚体诗歌是七言诗的来源之一。(《七言诗之起源及其成熟》,《罗根泽古典文学论文集》,上海古籍出版社,2009 年版,第 187—189 页。)
② 逯钦立辑校:《先秦汉魏晋南北朝诗》(上),中华书局,1983 年版,第 150 页。
③ 同上书,第 152 页。

通修名。周流常羊思所并。穰穰复正直往宁。冯蠵切和疏写平。上天布施后土成。穰穰丰年四时荣。①

这些都属于皇家祭祀活动中的颂辞,意在铺陈颂美和祈愿,本无关乎真情实感,每句韵式七言韵语的铺排倾向正好满足了这一要求。加之所合为郊祀雅乐,因此对情感节奏和语体节奏自身的要求不是很高。其文学史意义主要在于证实七言韵语已成为时人常用的一种诗歌语言,且已可登大雅之堂。

史载两汉文人作"七言"者很多。除人们熟知的张衡作《四愁诗》外,如《汉书·东方朔传》载其有"《八言》、《七言》上下"②,《后汉书》本传载东汉东平宪王刘苍、杜笃、崔琦、崔瑗、崔寔都作有《七言》,另据《文选》李善注,董仲舒、刘向、崔骃③等也有"七言"之作。其中董仲舒、东方朔、刘向、刘苍、杜笃、崔骃都在张衡之前,崔琦、崔瑗、崔寔诸人也在曹丕之前。汉代文人创作以辞赋文章为主业,诗作无论是正体四言还是新起的五言、七言等都为数不多,能够流传下来的自然更少,且多为片言只语。其中刘向《七言》现存于《文选》注者较多:

博学多识与凡殊。(张衡《西京赋》注引)

时将昏暮白日午。(谢惠连《雪赋》注引)

揭来归耕永自疏。(颜延之《秋胡诗》注引)

宴处从容观诗书。(谢朓《拜中军记室辞隋王笺》注引)

结构野草起屋庐。(诸葛亮《出师表》注引作刘歆诗,逯钦立以为即刘向诗)④

逯钦立认为,这些诗句"押韵相叶,其出于一首,自不必言",且"此类悉句实字之七言,方为当时之七言正格"。⑤ 根据其用韵及诗句

---

① 逯钦立辑校:《先秦汉魏晋南北朝诗》(上),中华书局,1983年版,第152页。
② 《汉书》卷六五《东方朔传》载其射覆云:"臣以为龙又无角,谓之为蛇又有足,跂跂脉脉善缘壁,是非守宫即蜥蜴。"[(汉)班固撰,(唐)颜师古注:《汉书》,中华书局,1962年版,第2843页。]
③ 《太平御览》九一六引崔茵七言云:"鸾鸟高翔时来仪,应治归得(德)合望规,啄食拣(棟)实饮华池。"[(宋)李昉等撰:《太平御览》(四),中华书局影印,1962年版,第4059页。]
④ (梁)萧统编,(唐)李善注:《文选》,中华书局,1977年版,第36、194、302、569、517页。此五句之外,嵇康《赠秀才入军》(三)注还有引刘向七言"山鸟群鸣我心怀"一句。
⑤ 逯钦立:《逯钦立文存》,中华书局,2010年版,第63—64页。

意义间的联系,逯先生此论可从。由这些七言残句也约可推知,汉代文人"七言"之所以不以诗名,不为时人所重,应该与其诗体的矛盾特征关系甚大:虽然这些"七言"之作的情感内涵已经属于抒情言志的范畴,但仍保留着七言歌谣的语体节奏,未能创造出与其抒情言志内涵相适应的语体节奏。这一从实用化七言歌谣沿袭而来的过于单调平易的语体节奏,使这些七言诗作很难脱去"俗气",如同文人雅士着装不够"得体"。

即使为后世文学史家看重的张衡《四愁诗》也仍然有这一诗体缺陷:

> 我所思兮在太山,欲往从之梁父艰,侧身东望涕沾翰。美人赠我金错刀,何以报之英琼瑶,路远莫致倚逍遥,何为怀忧心烦劳。
>
> 我所思兮在桂林,欲往从之湘水深,侧身南望涕沾襟。美人赠我金琅玕,何以报之双玉盘,路远莫致倚惆怅,何为怀忧心烦伤。
>
> 我所思兮在汉阳,欲往从之陇阪长,侧身西望涕沾裳。美人赠我貂襜褕,何以报之明月珠,路远莫致倚踟蹰,何为怀忧心烦纡。
>
> 我所思兮在雁门,欲往从之雪纷纷,侧身北望涕沾巾。美人赠我锦绣段,何以报之青玉案,路远莫致倚增叹,何为怀忧心烦惋。①

《文选》录此诗前有序:"张衡不乐久处机密,阳嘉中(据《后汉书》为永和年间),出为河间相。时国王骄奢,不遵法度,又多豪右并兼之家。衡下车,治威严,能内察属县,奸滑行巧劫,皆密知名,下吏收捕,尽服擒。诸豪侠游客,悉惶惧逃出境,郡中大治,争讼息,狱无系囚。时天下渐弊,郁郁不得志。为《四愁诗》。(效)屈原以美人为君子,以珍宝为仁义,以水深雪纷为小人,思以道术相报,贻于时君,而惧谗邪不得以通。"王观《国学林》考此序为后人伪托②,但序中谓此诗与为屈

---

① (梁)萧统编,(唐)李善注:《文选》,中华书局,1977年版,第414—415页。
② 逯钦立辑校:《先秦汉魏晋南北朝诗》(上),中华书局,1980年版,第180页。

骚同类之作不为无据。其中美人珍宝之喻,水深雪氛之譬,也与《楚辞》同调,甚至每章首句的句式也源出骚体。但即使如此,此诗仍招致傅玄"体小而俗"的讥评,并认为他本人的《拟四愁诗四首》也不过是"聊拟而作之"。傅玄的评价究竟是诗体偏见还是确有根据? 不妨留意这样几点:

其一,张衡作此诗时的处境和心境固然与屈原多有相通,但二人秉性气质区别明显——张衡更偏于理智,故其虽处弊世乱邦,在积极作为的同时,对有心而无力、愤疾而无奈者,能够以理智去调节情感,不至如屈原那样浪漫激烈。读一读《四愁诗》,从其情志结构、设譬取象、节奏语调中是不是能感受到一点无奈和自嘲的意味? 傅玄一面批评其"体小而俗",一面又"聊拟而作",岂非正因为这层意味与他灵犀相通? 其"聊拟而作"是否暗示张衡当初也不过是"聊感而作"?

其二,张衡熟悉四言,也善为骚体,且作有五言①,应该有很自觉的文体意识,此处用七言体也应是其自觉选择:他也许正需要借助七言韵语通俗的歌谣式语体节奏淡化其忧愁与无奈。这样做的结果就在情志内涵与语体节奏之间造成了一种张力,使诗作带上那么一点反讽意味。②

其三,其反讽意味还源于首句《楚辞》抒情语体与后面七言语体的反差与对照。试把第一章全部按骚体诗句式改写:"我所思兮在太山,欲往从之兮梁父艰,侧身东望兮涕沾翰。美人赠我兮金错刀,何以报之兮英琼瑶,路远莫致兮倚逍遥,何为怀忧兮心烦劳。"原诗的反讽意味是否淡了很多?

其四,这种按四个地名和东西南北四个方位分写的手法,表面上看类似《诗经》四言体的重章复沓,但实际上来自每句韵式七言诗句自身铺陈倾向的内在驱动。首先,《诗经》四言诗的重章复沓中往往蕴含着时间的变动和流逝(如《摽有梅》《桃夭》《采葛》《蒹葭》等),《四愁诗》则是一种典型的空间并置和铺排,形成一种高度模式化的空间结构,所以后人极易模仿。另外,《诗经》篇章的重章复沓建立在隔句韵的语体节奏之上,重复中有错落,回环中有宛转,是音乐节奏、情感节奏与语体节奏的统一;《四愁诗》则是诗韵重复与结构重复的叠加,而缺少《诗经》以重复蕴深情的效果。

---

① 逯钦立编《先秦汉魏晋南北朝诗》载张衡五言诗二首《同声歌》与《无题歌》。
② 鲁迅曾拟张衡《四愁诗》作《我的失恋——拟古的新打油诗》以调侃,不为无因。

这些特点表明,与汉代其他"七言"作品不同,张衡的《四愁诗》也许有意利用了早期七言诗句语体节奏的特点,并在实际上通过情志内涵与语体节奏的反差,突出了每句韵式七言语体节奏的特征。傅玄能感受到《四愁诗》"体小而俗"自有其客观原因,但同时,傅玄以及陆机等人的拟作又证明了这种诗体的独特魅力。由此着眼,能更准确定位张衡《四愁诗》在七言诗发展史上的意义。与其根据《四愁诗》各章首句的"兮"字而笼统地认为它是七言诗史的过渡性作品,不如认为它在汉代诸多过渡性"七言诗"中,特别突出了诗歌的抒情言志功能与早期七言韵语固有的语体节奏之间的矛盾。

相对而言,张衡《思玄赋》的"系歌"更近于一首成熟的七言诗:

> 天长地久岁不留,俟河之清祇怀忧。愿得远度以自娱,上下无常穷六区。超逾腾跃绝世俗,飘遥神举逞所欲。天不可阶仙夫希,柏舟悄悄吝不飞。松乔高峙孰能离? 结精远游使心携。回志揭来从玄谋,获我所求夫何思!①

虽然还是每句韵(有三次换韵),但诗意关系已成两句一组(可能受《思玄赋》骚体赋文两句相联的影响)。且全诗有一种内在的情感节奏:一二句叹岁月不居,河清无望;三四句愿高举远世,逍遥六合,五六句继之(这种连续铺叙是早期七言诗的常见现象,与三四五六句同韵的形式相一致,也说明时人还未掌握成熟七言诗两联之间诗意转换的规律);七八句明仙路不通,诗意再转;九十句慕赤松王乔,愿心与之游,诗意又转;最后两句卒章显志,谓志在太玄,不假外求。诗韵的转换与诗意的转折相互统一,表明诗人已逐渐突破早期七言诗句句押韵且一韵到底的单调的语体节奏,尝试一种与情感节奏的变化具有内在同构性的有所变化的语体节奏——尽管这种新的语体节奏仍然带有旧的痕迹。在这种尝试中,可以看到情感节奏虽然一方面受到七言韵语固有语体节奏的制约,但作为诗体发展最根本的内在动力,情感节奏又会自然不断寻求更适合其自身变化的语体节奏,逐渐推动着七言诗句语体节奏的变革。

从语体节奏的特征看,曹丕的《燕歌行》能否视为成熟的七言诗还值得进一步讨论,它在七言诗体发展史上的意义也需要再作评价:

---

① (梁)萧统编,(唐)李善注:《文选》,中华书局,1977年版,第222页。

    秋风萧瑟天气凉。草木摇落露为霜。群燕辞归雁南翔。念君客游多思肠。慊慊思归恋故乡。君何淹留寄他方。贱妾茕茕守空房。忧来思君不敢忘。不觉泪下沾衣裳。援琴鸣弦发清商。短歌微吟不能长。明月皎皎照我床。星汉西流夜未央。牵牛织女遥相望。尔独何辜限河梁。

二

    别日何易会日难。山川悠远路漫漫。郁陶思君未敢言。寄书浮云往不还。涕零雨面毁形颜。谁能怀忧独不叹。耿耿伏枕不能眠。披衣出户步东西。展诗清歌聊自宽。乐往哀来摧心肝。悲风清厉秋气寒。罗帷徐动经秦轩。仰戴星月观云间。飞鸟晨鸣声可怜。留连怀顾不自存。

萧子显《南齐书·文学传论》云:"魏文之丽篆,七言之作,非此谁先?"①可知南朝时即有人以曹丕《燕歌行》为成熟七言诗之首。现代学者也多持此论,如罗根泽认为《燕歌行》在"质的方面"已经是"很成熟的七言诗"②,陈钟凡也认为"至曹子桓作《燕歌行》,七言诗乃完全成立。……可算是七言诗的始祖"③,萧涤非更盛赞"丕对于文学之最大贡献……在其能继《郊祀歌》之后,而完成纯粹之七言诗体。其七言《燕歌行》二篇,不仅为乐府产生一新体制,实亦为吾国诗学界开一新纪元。"④他们肯定《燕歌行》为"成熟""纯粹"文人七言诗的基本标准即全篇皆为不含"兮"字的七言韵语⑤,但这显然是一个很有争议的标

---

① (梁)萧子显撰:《南齐书》(修订本),中华书局,2019年版,第1000页。
② 罗根泽:《七言诗之起源及其成熟》,《罗根泽古典文学论文集》,上海古籍出版社,2009年版,第216页。原载《师大月刊》1933年第2期。
③ 陈钟凡:《汉魏六朝文学》,商务印书馆,1935年版,第62—63页。
④ 萧涤非:《汉魏六朝乐府文学史》,人民文学出版社,1984年版,第133页。
⑤ 对此一标准,萧涤非比较颇细:"按前此歌诗,无全篇七言者。《大风》《垓下》,并带兮字,《安世》《铙歌》,只间有一二,惟《郊祀歌》大衍七言,有连用至十余句者,但亦非全作。《汉书·东方朔传》载朔有'八言、七言上下',晋灼注谓'八言、七言诗各有上下篇。'又《后汉书·东平宪王苍传》:'诏告中傅封上苍自建武以来章奏,及所作书记、赋、颂、七言、别字、歌诗、并集览焉。'所谓七言,是否通体脱尽楚调,其文久佚,难知究竟。《柏梁台诗》虽属通体七言,然系联句,不出一人之手,其真伪复成问题。他如李尤《九曲歌》只存'年岁晚暮时已斜,安得力士腾日车'二句,是否全篇,亦不得而知。至若张衡《四愁》,虽具体而微,然首句尚用'兮'字,究不脱楚调。是故传世七言,不用兮字,且出于一人手笔者,实以曹丕《燕歌行》二首为嚆矢!"(《汉魏六朝乐府文学史》,人民文学出版社,1984年版,第134—135页。)

准。首先，有证据表明，符合这一标准的七言诗很可能在《燕歌行》之前很久即已存在。根据前引刘向等人的七言残篇既有"七言"之名，也有现存残句皆为七言之实，更应该倾向于推论这些"七言"即已是全篇七言之作①。像罗根泽和萧涤非那样严格考辨、筛选现存文献以确定最可靠的七言诗作的态度是必要的，但他们在推出结论时实际上是将现存最早的全篇七言诗(《燕歌行》)等同于历史上最早的全篇七言诗，这种推理思路于历史于逻辑都很不可靠。正如不能根据"七言"残句断定其为最早的七言诗，同样也不能根据某首诗是现存最早的全篇七言诗即认为它为历史上最早的全篇七言诗。此外，以全篇七言韵语为判断成熟七言诗的标准过于笼统，没能将每句韵的七言韵语与隔句韵的七言韵语区别开来——很多学者恰恰就是主张以隔句韵的出现作为判断七言诗体成熟的基本标准②。

既然仅以全篇七言韵语判断《燕歌行》为七言诗"成熟""纯粹"之作并不可靠，那么较稳妥的做法还是像对待更早一些的汉代"七言"那样，也将《燕歌行》置于七言诗的发展过程中，根据其诗体的内外关系，尤其是不同层次的节奏间关系，分析其诗体特征，确定其历史意义。

与此前文人七言诗相比，《燕歌行》的一个重要特征是其具有汉末时代气息的情感内涵。汉末盛行的五言乐府和成熟的文人五言诗，为曹丕的七言诗写作提供了一个新的诗体平台，这种影响又自然首先在诗的内涵层面体现出来——曹丕尝试将流行于五言诗中的游子之思和思妇之叹引入了七言诗体之中，从而改变了刘向、张衡等人七言诗的言志倾向。与抒情内涵改变同时发生的是情感节奏的改变。

---

① 另外，《诗纪》载有王逸《琴思楚歌》一首，也为全篇七言，且远早于曹丕《燕歌行》。诗曰："盛阴修夜何难晓，思念纠戾肠摧绕，时节晚莫年齿老。冬夏更运去若颓，寒来暑往难逐追，形容减少颜色亏。时忽晻晻若鹜驰，意中私喜施用为，内无所恃失本义。志愿不得心肝涕，忧怀感激重叹嘻。岁月已尽去奄忽，亡官失禄去家室。思想君命幸复位，久处无成卒放弃。"但罗根泽认为此诗"《后汉书·王逸传》、《文选》、《古文苑》、《乐府诗集》等书都不载，以故颇有后人伪托的嫌疑"。见《七言诗之起源及其成熟》，《罗根泽古典文学论文集》，上海古籍出版社，2009年版，第215页。

② 如葛晓音《早期七言的体式特征和生成原理——兼论汉魏七言诗发展滞后的原因》，《中国社会科学》2007年第3期；戴建业《论元嘉七言古诗诗体的成熟——兼论七古艺术形式的演进》，《文艺研究》2008年第8期；赵敏俐《论七言诗的起源及其在汉代的发展》，《文史哲》2010年第3期。

也许因为别离之苦和相思之悲更容易激起诗人的共鸣，游子思妇是汉末五言诗作者经常吟咏的一种题材。一方面诗人本人即是游子，他们生命中的很多时光都消逝在古道西风、瘦马残阳的困顿和凄苦之中；另一方面夫妇之别通于朋友之别，夫妇之情又挚于朋友之情，故游子思妇题材更易入诗，也更能动人。这是一种普通人的情感，有着更广泛的社会和人性基础，也蕴蓄着更强烈的生气和活力。它自然产生，又自然流动，一旦入诗，这种流动的力量便形成了一种内在的情感节奏。无论是五言还是七言，只要有这种情感就会有这种流动的力量，也就会有这种流动的情感节奏。如《燕歌行》第一首先由"秋风萧瑟""草木摇落""群燕辞归"感受到时节渐晚，念及良人客游之苦，想他逢此节候，也一定同此况味，思归心切，但既如此，又为何久滞他乡，迟迟不归？哀怨之情益增孤栖之意，空房独守，思念无时，泪不觉而下，衣不觉而湿；转而自我排解，清商轻发，短歌微吟，低回流连，情不能已，唯有皎皎明月，伴我孤枕无眠；星汉悄然西流，长夜漫漫难逝，举首问天：牛女尚可遥遥相望，你我何故远隔河山？全诗设想亲切，语随情转，一气而下，流荡深婉。

从表达效果看，尽管这首诗仍然沿用了早期七言诗的每句韵形式，却不显单调迫促之感。这是因为，跟张衡《四愁诗》中的屈骚式严肃情志与每句韵式重复单调语体之间的紧张关系相反，《燕歌行》较好地实现了情感节奏与每句韵式七言语体节奏的协调。首先，诗中的情感节奏本身是自然流动的，中间没有跳跃，没有激荡，也没有反转，恰好符合每句韵的七言语体节奏连贯流利的特点，七言韵语的语体节奏便成为情感节奏的自然体现。其次，《燕歌行》本为乐府歌辞，清商乐委婉曲折的音乐节奏要求这首乐府七言具有类似乐府五言的情感节奏和语体节奏。最后，诗中大量化用五言诗中的意象、词法和句法（如口语化、多用叠词等），避免了早期文人七言诗构词造句的生硬，使七言语体节奏由造语生硬与韵脚平易的混杂变为整体一贯的自然流利。

情感节奏的自然流动与语体节奏的连贯流利的统一，使诗歌首尾几成全帛一匹，浑然一体，又如水流成溪，宛转无痕，以致这两首诗的

句读成为一个分歧颇多的难题。以第一首为例,沈约《宋书·乐志三》①按乐府歌辞分为"七解":

> 秋风萧瑟天气凉,草木摇落露为霜。(一解)
> 群燕辞归鹄(《文选》作"雁")南翔。念君客游多思肠(《文选》作"思断肠")。(二解)
> 慊慊思归恋故乡,君何淹留寄他方。(三解)
> 贱妾茕茕守空房,忧来思君不敢忘。(四解)
> 不觉泪下沾衣裳。援瑟(《文选》作"琴")鸣弦发清商。(五解)
> 短歌微吟不能长。明月皎皎照我床。(六解)
> 星汉西流夜未央。牵牛织女遥相望。尔独何辜限河梁?(七解)

此种分解被宋郭茂倩《乐府诗集》(卷三二"平调曲")所沿用②,也被一些现当代学者所认可③。而余冠英的《汉魏六朝诗选》则句读为:

> 秋风萧瑟天气凉,草木摇落露为霜。群燕辞归雁南翔,念君客游多思肠。慊慊思归恋故乡,君为淹留寄他方?贱妾茕茕守空房,忧来思君不敢忘,不觉泪下沾衣裳。援琴鸣弦发清商,短歌微吟不能长。明月皎皎照我床,星汉西流夜未央。牵牛织女遥相望,尔独何辜限河梁。④

叶嘉莹的《汉魏六朝诗讲录》也如此例⑤。罗根泽则断为:⑥

> 秋风萧瑟天气凉,草木摇落露为霜,群燕辞归雁南翔,念君客游多思肠。慊慊思归恋故乡,君何淹留寄他方?贱妾茕茕守空房,忧来思君不敢忘。不觉泪下沾衣裳,援琴鸣弦发清商。短歌微吟不能长,明月皎皎照我床。星汉西流夜未央,牵牛、织女遥相望,尔独何辜限河梁!

---

① (梁)沈约撰:《宋书》(修订本),中华书局,2019年版,第661页。
② (宋)郭茂倩编:《乐府诗集》,中华书局,1998年版,第469页。
③ 如萧涤非:《汉魏六朝乐府文学史》,人民文学出版社,1984年版,第134页;黄节:《汉魏乐府风笺》,中华书局,2008年版,第143页。
④ 余冠英选注:《汉魏六朝诗选》,人民文学出版社,1978年版,第99页。
⑤ 叶嘉莹:《汉魏六朝诗讲录》,河北教育出版社,2000年版,第158—159页。
⑥ 罗根泽:《七言诗之起源及其成熟》,《罗根泽古典文学论文集》,上海古籍出版社,2009年版,第215页。

后又有学者根据汉魏乐府中流行的"三句体",认为此诗为"三句一解"的结构:①

> 秋风萧瑟天气凉,草木摇落露为霜,群燕辞归雁南翔。
> 念君客游多思肠,慊慊思归恋故乡,君何淹留寄他方。
> 贱妾茕茕守空房,忧来思君不敢忘,不觉泪下沾衣裳。
> 援琴鸣弦发清商,短歌微吟不能长,明月皎皎照我床。
> 星汉西流夜未央,牵牛织女遥相望,尔独何辜限河梁。

句读上的分歧固然有理解角度的差异,客观上却与《燕歌行》流水式情感节奏和语体节奏关系甚大。诗中的一些语句从内容上看的确可上可下,而且由于句句押韵,不存在韵脚对应的问题。即使如最后一种按乐曲"三句一解"句读,虽符合音乐演奏的层次②,但并不意味着其意义层次可明确区分。比较一下曹丕另一首内涵相近的五言诗《杂诗二首》(其一),《燕歌行》节奏的这种特点可以看得更加清楚:

> 漫漫秋夜长,烈烈北风凉。展转不能寐,披衣起彷徨。彷徨忽已久,白露沾我裳。俯视清水波,仰看明月光。天汉回西流,三五正纵横。草虫鸣何悲,孤雁独南翔。郁郁多悲思,绵绵思故乡。愿飞安得翼,欲济河无梁。向风长叹息,断绝我中肠。③

在这首诗中,诗意与情感的节奏完全适应了五言诗两句一组、隔句押韵的语体节奏。如第一联写感物,第二联写起居,第三联写情态,第四联写视线转换,第五联写天象,第六联写物态,第七联写悲思,第八联写心愿,第九联写苦痛。与五言诗内情感节奏与语体节奏的高度适应相比,七言诗《燕歌行》尚处在情感节奏与语体节奏的试验与磨合阶段,二者结合形式具有明显的偶然性与特殊性。

---

① 如倪祥保《〈燕歌行〉的断句分解及其他》,《苏州大学学报》(哲学社会科学版)1998年第4期;李胜利《曹丕〈燕歌行〉的断句问题与三句体诗歌——中国古代诗体研究之一》,《兰州文理学院学报》(社会科学版)2014年第5期。

② 陆机拟写的《燕歌行》节奏也类此,可旁证三句一组可能更合乎作者原意:"四时代序逝不追,寒风习习落叶飞,蟋蟀在堂露盈墀。念君远游常苦悲,君何缅然久不归,贱妾悠悠心无违。白日既没明灯辉,夜禽赴林匹鸟栖,双鸠关关宿河湄。忧来感物涕不晞,非君之念思为谁,别日何早会何迟。"

③ (梁)萧统编,(唐)李善注:《文选》,上海古籍出版社,1977年版,第415页。

概言之，曹丕《燕歌行》的成功之处在于，诗人将其乐府五言的创作经验（包括情感节奏、音乐节奏和语体节奏等方面）融入七言诗创作之中，同时将七言韵语每句韵的单调循环转化为一种绵绵不绝的流动韵律，实现了情感节奏与语体节奏在自然流动中的统一，并创造出一种颇具动感的三句一组的诗体结构。因此，《燕歌行》于七言诗史的特殊意义并不在于对早期七言诗语体节奏的变革或突破（它仍然沿用了七言每句韵的形式），而在于通过情感节奏、音乐节奏与七言韵语原有语体节奏的相互调整和适应，避免了每句韵形式的不足，并充分发挥了这种语体节奏在特定情境中的表现潜能。《燕歌行》可称是每句韵式七言诗的最好作品，但还不是完全成熟的七言诗作。故其诗虽饶流动之感，尚欠曲折之致[①]。

第六节 "立体益孤，含情益博"：鲍照隔句韵七言诗体的特创

判断某种诗体成熟于何时，无疑都是一种以后视前的行为。人们判断七言诗体的成熟时间，眼光和标准自然是来自隋唐以后实现定型规范的七言体诗。但是，隋唐后的七言诗体的基本特征也并不统一：能够同时具备隔句押韵和全篇七言的只是七言近体和部分七言古体，还有不少七言古体只能说是以隔句押韵和七言诗句为主。因此，判断七言诗体成熟的标准就有了宽严之别：一是仅以全篇七言为标准，断在曹丕《燕歌行》；二是要求以隔句押韵和七言诗句为主但不必全篇皆是，断在鲍照《拟行路难》；三是要求隔句押韵与全篇七言同时具备，断在梁元帝萧绎《燕歌行》与王筠《行路难》[②]。前两个标准较宽，后一个标准较严。但相对而言，第二个标准颇类折中，故主张者较多。

[①] 如有学者认为："曹丕《燕歌行》那种以诗中情感发展的时空顺序来展开诗歌的结构，章法特点是没有中断没有反复的直线抽绎，这种章法善于委婉地抒写情感的发展，善于倾诉细腻幽微的意绪，但难以表现飘逸起落的诗兴，难以表现波澜壮阔的情怀，其末流则失于气缓势孱、平衍无力。"（戴建业《论元嘉七言古诗诗体的成熟——兼论七古艺术形式的演进》，《文艺研究》2008年第8期。）需要补充的是，《燕歌行》的这种结构特点和情感表现缺陷与其每句韵的语体节奏有密切关系。

[②] 陈允吉：《中古七言诗体的发展与佛偈翻译》，《古典文学佛教溯缘十论》，复旦大学出版社，2002年版，第35页。

现存鲍照七言诗按用韵形式可分为两类:一类仍沿用逐句押韵,如《代白纻舞歌词四首》《代白纻曲二首》《代鸣雁行》《代淮南王二首》《代雉朝飞》《代北风凉行》《代夜坐吟》等;另一类即多用隔句韵的《拟行路难十八首》。这里包含着一个重要信息,即鲍照不仅在七言诗史上第一个大量创作隔句韵七言体诗,而且其隔句韵七言诗都集中在同一组诗中。值得探究的是:为什么是鲍照第一个在七言诗中大量使用隔句韵,为什么鲍照在《拟行路难十八首》中不使用其本人也熟悉的传统每句韵式七言,为什么要在《拟行路难十八首》中集中使用隔句韵?

西哲有言,"天才"是一种能够为艺术提供规则的内心素质①。在七言诗的发展历史中,鲍照就是这样一个具有"天才"的人,或者按一般说法鲍照就是这样一个天才。陆时雍《诗镜总论》称许鲍照:"材力标举,凌厉当年,如五丁凿山,开人世之所未有。当其得意时,直前挥霍,目无坚壁矣。骏马轻貂,雕弓短剑,秋风落日,驰骋平冈,可以想此君意气所在。"②在他之前,屈宋曾"天才"地将战国流行的七言韵语与骚体式抒情节奏结合起来,创造了浓郁顿挫的骚体七言;张衡曾"天才"地将楚骚式忠怨比兴与每句韵式七言的平语俗韵合为一篇,尝试了一种反讽意味的七言;曹丕也曾"天才"地将通篇七言与乐府清商的委婉曲折、抒情五言的清新流丽地融为一体,达到了每句韵式"正体七言"的极致。

历史发展到鲍照这里,一方面传统的每句韵式七言经过傅玄等人的拟写,在他手里更加娴熟。如《白纻舞歌词四首》之三:

> 三星参差露沾湿,弦悲管清月将入,寒光萧条候虫急。荆王流叹楚妃泣,红颜难长时易戢。凝华结彩久延立,非君之故岂安集?③

《代鸣雁行》:

> 邕邕鸣雁鸣始旦,齐行命侣入云汉,中夜相失群离乱,留连徘

---

① 〔德〕康德:《审美判断力批判》,邓晓芒译,人民出版社,2000年版,第151页。
② (明)陆时雍:《诗镜总论》,周维德集校:《明诗话全编》(六),齐鲁书社出版社,2005年版,第5110页。
③ (南朝宋)鲍照著,丁福林、丛玲玲校注:《鲍照集校注》,中华书局,2016年版,第293—294页。

徊不忍散。憔悴容仪君不知,辛苦风霜亦何为?①

又如《代北风凉行》:

> 北风凉,雨雪雱,京洛女儿多严妆。遥艳帷中自悲伤,沉吟不语若有忘。问君得行何当归?苦使妾坐自伤悲。虑年至,虑颜衰,情易远(一作"复"),恨难追。②

但是,这类或奉诏应景或代言虚写之作,既不能尽其情,也不能骋其才。另一方面,鲍照也擅写成熟的五言体,五言诗是现存鲍照诗作中数量最多的一体。但是,当五言已成为诗坛的流行之体,其艺术形式自然会趋向定型和规范,其表现的情感也自然更为时人所熟悉。这是因为一种诗体的成熟不仅是其形式的成熟,也是其所表现的情感内涵的成熟;一种诗体的流行,不仅是其形式的流行,也是其所表现的情感内涵的流行。因此,在鲍照的五言体诗作中,更多地呈现着鲍照作为一个在外部现实世界中生活的臣子、下属、同僚、朋友、亲人等身份中的经验和情感,随驾、奉和、唱和、送别、忆远、纪行等题材占了很大比例,虽然也不乏感物抒情之作,但多为一时一事一景之感。这些题材的诗作未尝不是鲍照个人经验、情感、人格和才能的体现,但总体而言,其所体现的内涵和形式具有更明显的外在性、普遍性和规范性。

但是,因出身寒微而才高受屈、有志难伸的身世与遭际,使鲍照始终秉持着一份"孤直"之性。这份"孤直"之性构成了鲍照人格和情感世界的核心,既无法被当时的外部世界所同化,也无法通过内在调节而实现心灵世界的平衡。这种"孤直"之性及其在生活和情感层面的具体表现,只能在艺术中才能找到表现之所,而且只有一种自出机杼的艺术形式才是其最恰当的表现之所。七言古体《拟行路难十八首》就是鲍照"孤直"之心体与"天才"之诗体融合而成的精神世界与艺术世界的合一。在这个世界里,鲍照热切关注着自我的内心,持守着属于自己的人格、志向和情感,不用在立意上从人,不用在才思上屈己③,

---

① (南朝宋)鲍照著,丁福林、丛玲玲校注:《鲍照集校注》,中华书局,2016年版,第211页。
② 同上书,第215页。
③ 《宋书·临川王传》附《鲍照传》载:"上(宋世祖)好为文章,自谓物莫能及,照悟其旨,为文多鄙言累句,当时咸谓照才尽,实不然也。"(梁)沈约:《宋书》(修订本),中华书局,2019年版,第1612页。

摆脱拘束,往来纵横,壮志烟高,健笔凌云。

王夫之《古诗评选》云:"《行路难》诸篇,一以天才天韵,吹宕而成。独唱千秋,更无和者。"①"天才"指鲍照为七言诗体确立新规则之才,"天韵"可理解为鲍照所创立的如"春烟弥漫""秋水盈溢"②的天籁般七言古体的语体节奏。有此"天才",故有此"天韵"。"天才"一旦创造出与其相契的"天韵"(以隔句韵为主要标志的七言古体),发而为诗便如"吹宕而成"。"独唱千秋,更无和者",则从侧面证明了《拟行路难十八首》难以模仿的"天才"性质——其通篇"隔句韵"的声律技巧,在几十年后梁元帝萧绎《燕歌行》和王筠《行路难》等七言诗中才得到呼应。

单独来看,七言诗早已成体,隔句韵也早已是四言和五言的常例,而且七言与隔句韵的结合并非没有先例,如汉初《薤露行》、汉乐府吟叹曲《王子乔》、陈琳《饮马长城窟行》等诗中都曾多少出现,但七言诗句在这些诗作中尚占少数,所以不能算是完整的七言诗。鲍照的独特贡献是史上首次将隔句韵用于成篇的七言诗。七言诗句与隔句韵的结合,自然会引起诗歌语体节奏和抒情节奏的一系列变化:

首先,由每句韵到隔句韵,最直接的变化是七言诗的基本表意单位从七字单句变为两个七字单句构成的复句,相当于将一个相对完整的语义节奏延了两倍。伴随着语义节奏的成倍延长,情感节奏的运行时间与语体节奏的变化空间骤然开阔,情感得以按自身的规律发展、扬抑和承转,七言古体因此成为一种地道的抒情诗体。为适应情感节奏的特点,过去每句韵式七言诗中一句可尽的诗意,现在往往化为两句。如《拟行路难十八首》其九:

> 剉檗染黄丝,黄丝历乱不可治。昔我与君始相值,尔时自谓可君意,结带与我言,死生好恶不相置。今日见我颜色衰,意中索寞与先异。还君金钗玳瑁簪,不忍见此益愁思。③

---

① (清)王夫之评选,张国星点校:《古诗评选》,河北大学出版社,2008 年版,第 51 页。
② (清)王夫之评《拟行路难·君不见冰上霜》:"看明远乐府,别是一味,急切觅佳处,早已失之。吟咏往来,觉蓬勃如春烟弥漫,如秋水溢目盈心,斯得之矣。"同上书,第 54 页。
③ 本章此处及以下所引鲍照《拟行路难十八首》诗句,均见《鲍照集校注》,(南朝宋)鲍照著,丁福林、丛玲玲校注,中华书局,2016 年版,第 657—705 页。

倘若按每句韵式七言体例,此诗每组两句都可括为一句①。但是在这里,抒情而非单纯的表意成为七言诗的主要功能,感情节奏而非一般的语义节奏成为语体节奏的内在依据。一般表意要求的是言简意赅,追求的是意义的密度,而情感节奏的展开则需要充裕的时间和空间,与之相应的应该是一种从容余裕的语体节奏。因此,一句意化为两句诗,看似降低了语义的密度,却正给情感活动留下了足够的空间。

为了化实为虚,从容抒情,《拟行路难十八首》与每句韵式七言相比的另一个突出特征是较多使用体现主观态度、情感和语气的虚词或实词(介词、连词、助词、能愿动词等)。如下列诗句中着重号所示:

愿君裁悲且减思,听我抵节行路吟。不见柏梁、铜雀上,宁闻古时清吹音!(其一)

如今君心一朝异,对此长叹终百年。(其二)

宁作野中之双凫,不愿云间之别鹤。(其三)

人生亦有命,安能行叹复坐愁!……心非木石岂无感,吞声踯躅不敢言。(其四)

今我何时当得然?一去永灭入黄泉。……且愿得志数相就,床头恒有沽酒钱。(其五)

丈夫生世会几时?安能蹀躞垂羽翼?……自古圣贤尽贫贱,何况我辈孤且直!(其六)

举头四顾望,但见松柏园……飞走树间逐(一作"啄")虫蚁,岂忆往日天子尊?(其七)

但闻风声野鸟吟,岂忆平生盛年时。为此令人多悲悒,君当纵意自熙怡。(其十)

但令纵意存高尚,旨酒嘉肴相胥宴。持此从朝竟夕暮,差得亡忧消愁怖。胡为惆怅不能已?难尽此曲令君忄。(其十一)

每怀旧乡野,念我旧人多悲声。忽见客过问何我,宁知我家在南城?答云我曾居君乡。……亦云朝悲泣闲房,又闻暮思泪沾裳。形容憔悴非昔悦,蓬鬓衰颜不复妆。见此令人有余悲,当愿

---

① 试改如下:"刬襞染丝乱不治,与君相值可君意,昔言死生不相置,今我色衰君心异,还君金钗免愁思。"虽未尽当,差可比较。

君怀不暂忘！（其十三）

　　歌妓舞女今谁在？高坟垒垒满山隅。……随酒逐乐任意去，莫令含叹下黄垆。（其十五）

　　莫言草木委冬雪，会应苏息遇阳春。对酒叙长篇，穷途运命委皇天。但愿樽中九酝满，莫惜床头百个钱。直须优游卒一岁，何劳辛苦事百年。（其十八）

这些用义偏虚的词，虽然只占全诗用词的一小部分，但往往位于诗歌情感节奏和语体节奏的"节点"上，对这两重节奏的发展变化起着起、承、转、合的关键作用，对诗中的其他实义词语也能产生"点化""着色"和"渲染"的效果，使诗意、诗情、诗语实而不密，虚而不空，消除了每句韵式七言诗句的促迫与单调，诗篇因此显得情灵跌宕，生气流动。

其次，七言诗句与隔句韵的结合，使早期每句韵七言整体上的横向铺排倾向转为整体上的纵向流宕，而且，整篇诗意的展开和情感的运动更富有层次，避免了每句韵式七言诗首尾鱼贯、层次不明的弊端。如《拟行路难十八首》其四：

　　泻水置平地，各自东西南北流。人生亦有命，安能行叹复坐愁！酌酒以自宽，举杯断绝歌路难。心非木石岂无感？吞声踯躅不敢言。

全诗八句，转折分明：前两组四句作自我排解之语，感悟人生有命，愁叹无益，这是试图对紧张情绪进行缓解，如水泻平地，其势稍减；五六句承前转后，本想酌酒自宽，举杯之际却伤心欲绝，作者情感又如外物相激，其势再起；七八句顺势上扬，诗人满怀感愤，却只能忍气吞声，其情绪重新回到紧张状态。

再次，诗歌的基本表意单位由单行散句变为偶对双句，在一组两句内部，情感节奏与语体节奏自然会形成更丰富的对应关系。可以是顺接，如"愿君裁悲且减思，听我抵节行路吟"，"含歌揽涕恒抱愁，人生几时得为乐"；可以是转折，如"心非木石岂无感，吞声踯躅不敢言"；可以是对比，如"宁作野中之双凫，不愿云间之别鹤"，"歌妓舞女今谁在？高坟垒垒满山隅"；可以是递进，如"自古圣贤尽贫贱，何况我辈孤且直"；可以是因果相推，如"丈夫生世会几时？安能蹀躞垂羽翼";可以是虚实互映,如"人生不得恒称意,惆怅徙倚至夜半"……几凡所有两两对待的关系都可在一韵两句内得到体现。此外,还出现过一个单句与一组偶句结合成三句一组的情形,如"但见松柏荆棘郁蹲蹲,中有一鸟名杜鹃,言是古时望帝魂"(其七)。

最后,诗歌整体情感节奏和语体节奏的纵向流宕与微观层面偶对双句内的多种对应关系,共同形成了诗体内部的立体结构。如《拟行路难十八首》其二:

> 洛阳名工铸为金博山,千斫复万镂,上刻秦女携手仙。承君清夜之欢娱,列置帏里明烛前。外发龙鳞之丹彩,内含麝芬之紫烟。如今君心一朝异,对此长叹终百年。

王夫之评此诗:"但一事物,说得恁相经纬,立体益孤,含情益博也。"①所谓"相经纬",意谓此诗既有纵向的层递,又有横向的展开。诗中前四组七句为横向铺排,极状香炉铸造之辛苦,刻镂之精细,装饰之华美,陈列之妥帖,但铺陈又自有层次,其中自然蕴含了此物备受荣宠的幸运。卒二句写此物一朝见弃,徒剩长叹,由横向铺排转为情感的陡转直下,余恨不已。诗歌这种经纬纵横的结构方式,相当于将早期每句韵式七言的铺排与隔句韵式七言的流宕融于一篇。这种诗体不仅未见于鲍照前后其他诗人的七言诗作,即在其本人的七言诗作中也属罕见,因此船山有"立体益孤"之评。但是这一独特的诗体因为各取前后两种七言诗体之长,所以又能"含情益博":前面的铺排并非外饰,而是诗情的铺垫和蓄势,最后两句正面破题的同时,也使前段所蓄之势倾泻而出,流宕不尽,动人无际。

"立体益孤,含情益博"一定意义上也可视为对鲍照《拟行路难十八首》的整体评价。鲍照首创隔句韵式七言古体,其流宕宛转的语体节奏与自由开阔的抒情空间,不仅是其本人情感世界和艺术才能的完满体现,且为后人创造了一种极富表现力的新的抒情诗体。

本 章 小 结

七言晚熟于五言,学界多从句式节奏的异同、单复、易难等层面寻

---

① (清)王夫之评选,张国星点校:《古诗评选》,河北大学出版社,2008年版,第52页。

找原因,忽略了诗歌节奏是由语义节奏、语体节奏、情感节奏和音乐节奏等构成的立体完整的动态系统,其中情感节奏与语体节奏的矛盾构成新诗体产生、发展以至成熟的主要内在动力。七言诗晚熟的根本原因在于早期七言韵语的实用表意倾向及其与每句韵形式相互强化所形成的单句自足封闭特征。七言诗体的发展即是历代诗人以情感节奏和音乐节奏不断调整、改造其实用化语体节奏的过程。其间《楚辞》骚体七言、张衡《四愁诗》、曹丕《燕歌行》、鲍照《拟行路难》等,以不同形式呈现出七言诗体在产生和发展过程中,情感节奏与语体节奏相互冲突、调和的几个标志性阶段。

第四章　刘勰文学"通变"论的意义建构与整体解读

《文心雕龙》文论概念研究中的热点和争议很多,《通变》篇核心概念"通变"一词内涵的阐释也是其中之一,举其大端已有"新变"说①、"复古"说②、"继承与革新"说③、"会通与适变"说④、"通则与变化"说⑤等等。这些理解或比较接近,或相差很远,甚或相互对立。这种研究状况一方面表明《文心雕龙·通变》篇文本自身的复杂性和丰富性,另一方面也表明学界至今未能对刘勰文学"通变"论形成一种融会贯通的整体把握和理解。

从整体上看,以《文心雕龙·通变》篇为核心的刘勰文学"通变"论,可以视为源于《周易》的传统一般"通变"论与《文心雕龙》基本文

---

① 吴圣昔:《评以"变"论文——〈文心雕龙〉综论之一》,《中南民族学院学报》1981年第2期;牟世金:《文律运周　日新其业——〈文心雕龙·通变〉新探》,《文史哲》1989年第3期;石家宜:《〈通变〉:并非"通""变"对举,而是以"变"求"通"》,《〈文心雕龙〉系统观》,江苏古籍出版社,2001年版。

② 纪晓岚:《文心雕龙·通变》篇评注,(南朝梁)刘勰著,(清)纪晓岚评《纪晓岚评文心雕龙》,江苏广陵古籍刻印社,1997年版,第265页;黄侃:《文心雕龙札记》,上海古籍出版社,2000年版,第104页;范文澜:《文心雕龙注》,人民文学出版社,1958年版,第521页;郭绍虞:《中国文学批评史》,百花文艺出版社,2008年版,第149页。

③ 程天祜:《〈文心雕龙〉的"通变"论》,《吉林大学社会科学学报》1962年第3期;邱世友:《"变则可久,通则不乏"的通变观——〈文心雕龙〉探究之三》,《水明楼小集》,花城出版社,1984年版;缪俊杰:《"变则可久,通则不乏"——刘勰"通变"说的理论意义》,《文心雕龙美学》,文化艺术出版社,1987年版;钟子翱、黄安桢:《凭情以会通　负气以适变——谈〈通变〉》,《刘勰论写作之道》,长征出版社,1984年版。

④ 祖保泉:《〈文心·通变〉通解》,《艺谭》1985年第2期;贾树新:《试释通变》,《松辽学刊》1992年第4期。

⑤ 马茂元:《说通变》,《江海学刊》1961年11月号;詹锳:《刘勰与〈文心雕龙〉》,中华书局,1980年版,第66页;郭晋稀:《文心雕龙译注十八篇》,甘肃人民出版社,1963年版,第103页。

学观相结合的产物。因此,欲完整把握《文心雕龙》文学"通变"论的要义,须弄清楚这样三个基本问题:其一,源于《周易》的传统一般"通变"论的基本内涵是什么?其二,《文心雕龙》全书的基本文学观念(如问题指向、论文立场、批评标准等)是什么?其三,传统一般"通变"论与《文心雕龙》的基本文学观念在《通变》篇是如何结合并形成刘勰本人的文学"通变"论的?

其中的关键,是要正确理解传统一般"通变"论与《文心雕龙》基本文学观在刘勰文学"通变"论建构过程中的关系。过去研究中一种比较常见的观点和思路是,《文心雕龙》的文学"通变"论源于《周易》的"通变"论,所以理解了《周易》的"通变"论,也就大体理解了《文心雕龙》的文学"通变"论。但是,这种观点和思路中实际上隐含着一个很大的认识偏差,即研究者过于看重《周易》"通变"论对《文心雕龙》文学"通变"论的影响,甚至把这种影响看成是理解《文心雕龙》文学"通变"论的决定性因素,却没能充分认识到刘勰的文学"通变"论首先是《文心雕龙》整体文论话语的一个有机组成部分,而根据整体决定部分的原则,刘勰文学"通变"论的具体内涵首先应该从《文心雕龙》全书的基本文学观念(包含其问题指向、文章观念、批评标准等)得到定位、定性和理解。而且,作为一部"体大而虑周"(章学诚《文史通义·诗话》评《文心雕龙》语)的文论专著,《文心雕龙》的文学观念和论文立场较一般诗文评著作具有更自觉的一贯性和系统性,其各篇具体问题的阐发和论述与《文心雕龙》全书的基本文学观念应当具有更直接、更内在的联系,甚至可以说在很大程度上正是由后者所决定的。

据此可以明确,在直接影响刘勰文学"通变"论建构的传统一般"通变"论与《文心雕龙》基本文学观念这一组关系中,《文心雕龙》自身的文学观念是起决定作用的主导因素。在刘勰撰写《通变》篇、建构其文学"通变"论之前,《文心雕龙》论文的基本立场、整体思路和阐释框架已经形成并充分展开,这些立场、思路和框架构成了刘勰撰写《通变》篇、建构其文学"通变"论的本体论和方法论基础。至于源于《周易》的传统一般"通变"论,虽然在参与建构《文心雕龙》文学"通变"论之前,也已形成其自身的理论内涵和意义结构,但是一旦作为理论资源被刘勰纳入《文心雕龙》论文的整体立场、思路和框架之中,就会被吸收、整合为《文心雕龙》文论体系的有机组成部分,融入《文心雕龙》

的理论话语之中。在这一融入过程中,为了适应刘勰论文的整体思路和基本框架,传统"通变"论的理论内涵和意义结构多少都会发生一些改变,而这些改变也多少会在《通变》篇的具体论述中留下印迹。

综上,本章的研究思路就是在分别厘清《文心雕龙》整体论文立场、思路和框架以及传统"通变"论基本内涵的基础上,细致考察、分析二者在《通变》篇逐渐融合并生成文学"通变"论的具体过程,从而完整呈现刘勰文学"通变"论的理论要义。

第一节 "变而通"与"通其变":《周易》"通变"论的基本内涵

刘勰"通变"论的源头是《周易》"通变"论。"夫易者,变化之总名,改换之殊称"①,"变化"和"变动"是《周易》的基本精神。"《易》之为书也不可远。为道也屡迁,变动不居,周流六虚,上下无常,刚柔相易,不可为典要,唯变所适。"(《系辞下》)②《周易》之道并不玄远,就在六合之内万事万物永不停息的变动之中;《周易》之道也不可固化为某种典则和纲要,只有变动和变化才是其存身之所。"道有变动,故曰爻","爻也者,效天下之动者也"(《系辞下》)③,爻象是"道"之变动的直观显现;"刚柔相推,变在其中矣;系辞焉而命之,动在其中矣"(《系辞下》)④,刚爻(—)与柔爻(- -)的推移是"道"之变动的基本形式,而卦爻所系之辞则是对"道"之变动规律的说明。

若谓"变"是《周易》的基本精神,则"通变"与"变通"就是对《周易》基本精神内涵的进一步说明和展开。但作为双音节词的"通变"和"变通"在《周易》中实际使用次数很少,用得最多的是单音节的"变"和"通"。如《周易·系辞上》:

> 是故,阖户之谓坤,辟户之谓乾,一阖一辟谓之<u>变</u>,往来不穷谓之<u>通</u>。⑤

---

① (清)阮元校刻:《十三经注疏》,中华书局影印,1980年版,第7页。
② 同上书,第89—90页。
③ 同上书,第87页。
④ 同上书,第85页。
⑤ 同上书,第82页。

> 是故,形而上者谓之道,形而下者谓之器,化而裁之谓之变,推而行之谓之通,举而错之天下之民,谓之事业。①
>
> 极天下之赜者存乎卦;鼓天下之动者存乎辞;化而裁之存乎变;推而行之存乎通;神而明之,存乎其人;默而成之,不言而信,存乎德行。②
>
> 子曰:圣人立象以尽意,设卦以尽情伪,系辞焉以尽其言,变而通之以尽利,鼓之舞之以尽神。③

《周易·系辞下》:

> 易穷则变,变则通,通则久,是以自天祐之,吉无不利。④

不过,也正是原始文献中这些相互关联的单音节的"变"和"通",有助于我们更真切地了解"变"与"通"的原初内涵及其关系:

第一,"变"与"通"用义有别,《周易》对"变"与"通"分别描述,赋予二者明显不同的具体内涵。

第二,在"变"与"通"的关系中,一般是"变"在前,"通"在后,"变"为主,"通"为辅,"变"是指事物的运动、发展、更改、损益、增减等状态,"通"是指"变"的结果和成效。也就是说,"变"是为了"通","通"则需要"变"。事物"一阖一辟""化而裁之"的变化、变动,是为了使事物的发展"往来不穷",是为了将事业"推而行之"。

第三,"变"与"通"的这种关系集中体现在"变而通之以尽利"这一概述中,《周易》中的双音节词"变通"即是"变而通之"的词语式、概念式表达。

第四,从《周易》中的相关表述可以看出,"变"是相对事物过去状态的更改而言,而"通"作为"变"的目的和效果,则是明显指向未来的。如果将事物的发展分为过去、现在和将来三个阶段,那么"变通"就主要是针对现在和将来两个阶段而言。此即所谓"变通者,趣时者也"⑤,"变通"之道,在于趋向适宜的时机。由此也可看出,将《周易》

---

① (清)阮元校刻:《十三经注疏》,中华书局影印,1980年版,第83页。
② 同上。
③ 同上书,第82页。
④ 同上书,第86页。
⑤ 同上书,第85页。

之"通变"理解为"通指继承,变指革新",显然与其本义相差甚远:一则《周易》中的"通"与"变"的含义是正面相关,而非相反;二则《周易》中"通"与"变"的时间维度都是指向现在和未来,而非指向过去,"通"是指"变"之效果,而非指对传统的继承。

第五,在《周易》"系辞上"和"系辞下"中,双音节的"通变"("通"在前"变"在后)一词仅出现一次,而细辨其义,既非"变通"一词的字序颠倒,也非"通"与"变"的并列合成,更无"继承与革新"之义。准确地说,此例中的"通变"是"通其变"的词语式和概念式表达,恰如"变通"一词是"变而通之"的词语式和概念式表达。《周易·系辞上》云:

> 生生之谓易,成象之谓乾,效法之谓坤,极数知来之为占,通变之谓事,阴阳不测之谓神。①
> 参伍以变,错综其数:通其变,遂成天地之文;极其数,遂定天下之象。非天下之至变,其孰能与于此?②

《周易·系辞下》:

> 神农氏没,黄帝尧舜氏作,通其变,使民不倦;神而化之,使民宜之。③

《文心雕龙·通变》篇的研究者经常引述《周易·系辞上》中的"通变之谓事"一句,作为刘勰"通变"论源于《周易》"通变"论的文献根据。而从孔颖达《正义》来看,又明显是将这里的"通变"等同于前面所说的"变通":"物之穷极,欲使开通,须知其变化乃得通也。凡天下之事,穷则须变,万事乃生,故云'通变之谓事'。"④的确,若单就"通变之谓事"这一个分句看,很难认定其中"通变"一词是什么结构,但若仔细对照同组其他分句中与"通变"一词对应的那些词语的结构,则不难对此处"通变"一词的内在结构和词义获得比较准确的理解。同组第一个分句"生生之谓易"中的"生生",第二个分句"成象之谓乾"中的"成象",第三个分句"效法之谓神"中的"效法",第四个分句"极

---

① (清)阮元校刻:《十三经注疏》,中华书局影印,1980年版,第78页。
② 同上书,第81页。
③ 同上书,第86页。
④ 同上书,第78页。

数知来之为占"中的"极数"和"知来",这些双音节合成词都属于动宾式结构;其后的第六个分句"阴阳不测之谓神"中与"通变"对应的是一个词组"阴阳不测",可以视为"不测阴阳"的倒装,本质上也同样属于动宾式结构。在这样一个词语结构和句式结构都很有规律的排比式表述中,"通变"一词除了被理解为"通其变"(意为"通晓其变化规律"),恐怕不会有其他更合乎逻辑的解释。再参考另外两例中直接出现的"通其变",理应能够明确,《周易》中的"通变"一词即"通其变"的词语式和概念式表达。

综上所论,在《周易》文本中,无论是"变通"还是"通变",其中的"通"与"变"之义皆非并列关系(包括正面相关和反面相对)。在"变通"一词中,"通"是对"变"之结果的补充说明,意为"变而通之";在"通变"一词中,"通"意为"通晓","变"是"通"的对象,意为"通晓其变化之道"。"变通"侧重事物自身的变化及其效果而言,"通变"侧重主体对事物变化规律的认识和掌握而言。在这两个词中,"变"都是语义的关键和核心,看不出其含义自身与"继承传统"有何直接关系。

在后世文献中,"变通"一词的含义未发生明显变化,而"通变"一词却衍生出两种不同的结构和词义:

第一种仍然是《周易》之"通晓变化"意义上的"通变"。如《汉书·循吏传》:"汉家承敝通变,造起律令,即以劝善禁奸,条贯详备,不可复加。"[1]其中"承敝"与"通变"皆为动宾结构,意为"在承接前朝敝政的情况下,通晓新变之道"。《后汉书·崔骃传》:"君子通变,各审所履。"[2]其中"通变"所含"通晓变化"之义甚明。阮瑀《为曹公作书与孙权》称伍子胥、辅智果、穆生、邹阳等四位古人:"此四士者,岂圣人哉?徒通变思深,以微知著耳。"[3]其中"通变思深"意为"通晓变化,思致深刻"。南朝宋鲍照《鲍明远集》卷十:"复礼归仁,观恒通变。"[4]其后一句意为"观省恒常之道,通晓变化之术"。在有关此类"通变"的

---

[1] (汉)班固撰,(唐)颜师古注:《汉书》,中华书局,1962年版,第3633页。
[2] (南朝宋)范晔撰,(唐)李贤等注:《后汉书》,中华书局,1965年版,第1711页。
[3] 俞绍初辑校:《建安七子集》,中华书局,2005年版,第167页。
[4] (南朝宋)鲍照著,钱仲联增补集说校:《鲍参军集注》,上海古籍出版社,2008年版,第97页。

表述中,主语多为人。

第二种"通变"从词义上看其实与《周易》中"变通"一词更为接近,相当于"变通"一词字序颠倒所成。如《后汉书·礼仪下》:"质文通变,哀敬交从,元序斯立,家邦乃隆。"① 此句意为,或质或文,适时变化,或哀或敬,交替相从,建立了这些基本的伦理秩序,家国便可兴隆。《宋书·颜竣传》:"民富国实,教立化光。及时移俗易,则通变适用,是以周、汉俶迁,随世轻重。"② 意思是说,人民富足,国家殷实,教化也开始兴起并光大,根据时代的推移和风俗的变易,(政策和教化)也不断变通以适合实际运用。郭象《庄子·在宥》篇注云:"皇王之称,随世之上下耳。其于得通变之道,以应无穷,一也。"③ 意思是说,称"皇"或称"王",随世代变化而定,但在遵循变通之道以应对事物的无穷变化这一点上,二者是一样的。在有关此类"通变"的表述中,主语多为客观事物。

由此可见,后世文献中的"通变"一词很多时候即相当于《周易》中的"变通",是"变通"一词的变形,而非《周易》原有的"通晓其变化"意义上的"通变"。

不过,我们不能因此将《文心雕龙》"通变"论视为《周易》"通变"("变通")论在文论中的直接运用,不能将其基本含义同样理解为"变而通之"。一个概念的具体含义首先是由其所在的具体文本决定的。作为一部体系完整的文论著作,《文心雕龙》的撰著本身就是一个系统的意义建构过程,诸多早先习用的词语一旦被纳入这一完整的话语体系和意义结构,其原有词义往往会发生一定程度的改变,生成一种与《文心雕龙》话语体系及意义结构相统一的概念内涵。与此相应,研究者即应首先着眼于《通变》全篇与《文心雕龙》全书的关系以及《文心雕龙》全书与文学历史语境的联系,通过分析不同层次文本的内外关系,整体把握《文心雕龙》全书和《通变》全篇的问题指向、文学观念、批评标准、论述思路及现实根据,以期对刘勰"通变"论内涵获得一种基于原始文本和原始语境的理解,在此基础上再重新认识从《周易》

---

① (南朝宋)范晔撰,(唐)李贤等注:《后汉书》,中华书局,1965年版,第3153页。
② (梁)沈约撰,(唐)《宋书》(修订本),中华书局,2019年版,第2145页。
③ (晋)郭象注,(唐)成玄英疏:《庄子注疏》,中华书局,2011年版,第209页。

"通变"论到《文心雕龙》"通变"论所发生的意义转换过程及其原因。

第二节 文体分化与规范偏离:南朝文学"新变"的两种基本倾向

《文心雕龙》"通变"论与南朝文坛的文学新变现象及文学新变观直接相关,后者是《文心雕龙》"通变"论产生的现实基础和问题指向。

说到刘勰生活的齐梁时代的文学"新变",研究者往往以一整体视之。论及刘勰对当时文学"新变"的态度,研究者也往往概而言之,如认为刘勰论文的基本立场是对当时文坛"新变"派与"复古"派的折中等。此类整体性认识和判断固然大体不差,却也在一定程度上含混了齐梁文坛"新变"现象内部的复杂性,模糊了刘勰对文学"新变"的具体态度。若从其内部作细致分析,则不难发现,不唯齐梁时期的文学"新变"自身呈现出不同的具体倾向,而且当时批评者对这些不同倾向的文学"新变"也表露出不同的态度。综合当时文学"新变"的具体内容及评论者的态度而观之,主要有三种情形:

第一种情形即以萧统、萧绎、萧子显为代表的文学"新变"派。就其主要特征来看,可称为"整体新变"派。这是因为:第一,他们视"新变"为文学的基本特征,对文学"新变"持整体肯定甚至欣赏的态度。如萧统《文选序》云:"文之时义远矣哉!若夫椎轮为大辂之始,大辂宁有椎轮之质?增冰为积水所成,积水曾微增冰之凛?何哉?盖踵其事而增华,变其本而加厉。物既有之,文亦宜然。随时变改,难可详悉。"[1]萧统由物理推及文理,认为"随时改变"是文章的基本性质,"踵事增华""变本加厉"是文"变"的基本规律,意谓文章的整体变化趋势就是使原有之"质"变得更加丰富、复杂、深刻、精美的过程。萧子显《南齐书·文学传论》云:"习玩为理,事久则渎,在乎文章,弥患凡旧。若无新变,不能代雄。建安一体,《典论》短长互出;潘、陆齐名,机、岳之文永异。江左风味,盛道家之言,郭璞举其灵变,许询极其名理,仲

---

[1] (梁)萧统编,(唐)李善注:《文选》,上海古籍出版社,1977年版,第1页。

文玄气,犹不尽除,谢混情新,得名未盛。颜、谢并起,乃各擅奇,休、鲍后出,咸亦标世。朱蓝共妍,不相祖述。"①萧子显将文章之理与习玩之理类比,认为相较一般的习玩,文章写作更应该力避平凡与陈旧,而是否能够与时"新变",被视为文章能否称雄一个时代的决定条件。从萧子显所列的建安以来文章诸家来看,他不仅强调不同时代的文章"不相祖述",而且着意突出同一时代不同作者文体间的个性差异,如谓建安七子文章"短长互出",陆机与潘岳的文体永远不会混同,郭璞和许询的玄言诗有"举其灵变"和"极其名理"之异,颜延之与谢灵运齐名但又各擅其奇……他的这篇《文学传论》从纵横两个维度将文学"新变"观推向极致。第二,他们的文学"新变"观主要是通过宏观层面对"文"之外延与内涵的严格辨析来体现的,也即是说,他们所说的"新变",并非指单个文章因素的新变,而是文体类型意义上的新变。在《文选序》中,萧统是这样逐步辨析以推出符合其新变文学观的文体类型:

若夫姬公之籍,孔父之书,与日月俱悬,鬼神争奥,孝敬之准式,人伦之师友,岂可重以芟夷,加之剪截?老、庄之作,管、孟之流,盖以立意为宗,不以能文为本,今之所撰,又以略诸。若贤人之美辞,忠臣之抗直,谋夫之话,辨士之端,冰释泉涌,金相玉振,所谓坐狙丘,议稷下,仲连之却秦军,食其之下齐国,留侯之发八难,曲逆之吐六奇,盖乃事美一时,语流千载,概见坟籍,旁出子史,若斯之流,又亦繁博。虽传之简牍,而事异篇章,今之所集,亦所不取。至于记事之史,系年之书,所以褒贬是非,纪别异同,方之篇翰,亦已不同。若其赞论之综缉辞采,序述之错比文华,事出于沉思,义归乎翰藻,故与夫篇什,杂而集之。②

萧统首先将地位尊崇、旨在人伦教化的儒家经典"请出"其选文范围,接着将"以立意为宗,不以能文为本"的诸子之文排除在外,进而又将"事异篇章"的策士之语归入不取之列。在对待史书时,萧统一方面因其主要内容为"褒贬是非,纪别异同"而认为史书在整体上与"篇

---

① (梁)萧子显:《南齐书》(修订本),中华书局,2019年版,第1000页。
② (梁)萧统编,(唐)李善注:《文选》,上海古籍出版社,1977年版,第2页。

翰"不同,另一方面又因为其中的"赞论"和"序述"部分具有"综缉辞采""错比文华"以及"事出于深思,义归乎翰藻"等特点而将其单独归为"篇什"一类。综观萧统的四次取舍,首先可以明确的一点是,萧统所选的主要类型为"篇章"(或称"篇翰""篇什"等)之文,即相对独立、篇幅完整、文义自足的单篇文章,也即后来与经、史、子相并列的"集"类文章。其次,借由萧统关于史书之文一舍一取的对照,可以看出其选文所依据的一些具体而关键的标准:词采错综,文辞华美,即使是其中的"事义"也需要融入作者的深沉之思,并以丰富而美丽的辞藻表现出来①。综而言之,萧统的文学"新变"观主要体现为对那些思想感情深沉、辞采丰富华美的篇章之文的青睐。

在《金楼子·立言》篇中,萧绎则通过另一种方式的辨析,系统完整地表述了其"新变"文学观:

> 然而古人之学者有二,今人之学者有四。夫子门徒,转相师受,通圣人之经者,谓之儒,屈原、宋玉、枚乘、长卿之徒,止于辞赋,则谓之文。今之儒,博穷子史,但能识其事,不能通其理者,谓之学。至如不便为诗如阎纂,善为章奏如伯松,若此之流,泛谓之笔。吟咏风谣,流连哀思者,谓之文。而学者率多不便属辞,守其章句,迟于通变,质于心用。学者不能定礼乐之是非,辩经教之宗旨,徒能扬榷前言,抵掌多识。然而挹源知流,亦足可贵。笔退则非谓成篇,进则不云取义,神其巧惠笔端而已。至如文者,惟须绮縠纷披,宫徵靡曼,唇吻适会,情灵摇荡。而古之文笔,今之文笔,其源又异。②

这是一段引用率很高的文字,研究者在分析时多会留意其中包含的一些基本内容,如从"儒""文"二分的"古人之学"到"儒""学""文""笔"四分的"今人之学"的演变,"儒"与"学"及"文"与"笔"之间的辨

---

① 此处"事出于沉思,义归乎翰藻"其本义是针对史书中的"赞论"和"序述"部分而言,并非直接作为其选文的一般标准被提出来的,但是,萧统针对史书中"赞论"和"序述"部分文体特征的这一表述,也应该在很大程度上体现了他选文的一般标准。另外,这两句为互文见义,意为"赞论"和"序述"中的"事义"都是经过了作者的"沉思"并被表现于"翰藻"。其中的"沉思"与"翰藻"其本义也非直接指称文章中的意与言两个构成要素,但是从更高一层来看,也完全可以视为萧统对所选文章中意与言两个要素的一般要求。

② (梁)萧绎撰,许逸民校笺:《金楼子校笺》,中华书局,2011年版,第966页。

析,"今日之文"的基本特征等,但是,这并不意味着其中所有重要问题都已得到足够关注和恰当阐释。如在辨析"儒"与"学"及"文"与"笔"(尤其是后一组)之间的差异时,研究者多在具体特征层面进行比较,却忽略了具体特征背后的深层结构上的差异。不妨再对照一下萧子显关于"今日之学"的两组关键性表述。先看"儒"与"学":

> 夫子门徒,转相师受,通圣人之经者,谓之儒。
> 今之儒,博穷子史,但能识其事,不能通其理者,谓之学。

"儒"的本质特征在于"通圣人之经",这种"通"应该是全面的"通",既能"通"其文、"通"其事,又能"通"其理;而"学"虽然"博穷子史","但能识其事,不能通其理"。显然,"学"相对于"儒"并非别是一家,而是"儒"的某种退化,这种退化的本质表现就是"学"不再具有"儒"原初的完整性。要言之,"儒"之于"学","儒"是原初的、完整的,而"学"是退化的、残缺的。另外,相对于"文","学者率多不便属辞,守其章句,迟于通变,质于心用",也就是说,"学者"因为拘守着经文章句,缺少适时随事灵活变通的能力和心思,所以大多不善于写作文章。这实际上又是从另一个角度指出了"学"的不完整性。再看"文"与"笔":

> 屈原、宋玉、枚乘、长卿之徒,止于辞赋,则谓之文。
> 不便为诗如阎纂,善为章奏如伯松,若此之流,泛谓之笔。
> 吟咏风谣,流连哀思者,谓之文。
> 笔退则非谓成篇,进则不云取义,神其巧惠笔端而已。
> 至如文者,维须绮縠纷披,宫徵靡曼,唇吻适会,情灵摇荡。

萧绎实际上是从纵向和横向两个维度实现了对"今日之文"的论述和界定。从纵向看,萧绎将"今日之文"的直接源头归于楚汉时期屈原、宋玉、枚乘、司马相如等所创作的辞赋之文。这些作品的特点是长于抒情、言志和体物,文辞丰富,有韵律之美,后世产生的那些"吟咏风谣,流连哀思"之文,以及那些"绮縠纷披,宫徵靡曼,唇吻适会,情灵摇荡"之作,正是对此类楚汉辞赋文体的继承和发扬。通过揭示和勾连"文"的这一历史脉络,萧绎就为体现其"新变"文学观的"今日之文"确立了历史根基。从横向看,萧绎接过南朝流行的"文笔"之辨这个话题,在两个层面比较了"文"和"笔",并实现以"笔"衬"文"。其第一步是从文体范围上将"文"与"笔"区分开来:"文"的代表性文体是"吟咏风谣,流连哀思"的诗歌,"笔"主要是指章表奏议等公文之体。其第二步比较的内涵更加具体,意味也更加丰富。其中最容易被研究者关注的是萧绎关于"文"的这一著名的正面描述:"至如文者,维须绮縠纷披,宫徵靡曼,唇吻适会,情灵摇荡。"现有关于萧绎所谓"今日之文"基本特征的解读也主要是以这句表述为文本依据,如黄侃的"有情采韵者为文,无情采韵者为笔"①之说即由分析此句得出。不过,研究者倘能再进一步通过萧绎关于"笔"的具体评价反观其关于"文"的这些表述,还可获得更深一层的认识。萧绎关于"笔"的描述和评价是否定性的:所谓"退则非谓成篇",意为"笔"一类的作品从较低标准来看甚至无法构成真正意义上的完整篇章;所谓"进则不云取义",意为"笔"一类的制作从较高标准来看更缺乏一篇文章必备的思想和情感;而"笔"所真正擅长的不过是"神其巧惠笔端",意为只能在笔法层面穷极其灵巧和聪明。萧绎的描述和评价表明,"笔"一类作品的真正要害在于其文体自身的不完整性,其文意是欠缺的,其内容是空洞的,即使在语言层面也缺乏真正的文采和韵律之美,徒剩一些笔法上技巧②;而与之相对的"文"则是情感、辞采和韵律兼备,文质相胜,形神兼美。这样,"笔"类之体的残缺与贫乏更衬托出"文"类之体的完整与丰富。

与萧统、萧绎所肯定的这种内容与形式完整统一的文学"新变"相比,齐梁文学"新变"中的另外几种倾向则因破坏了文章结构的整体性而受到论文者的批评。——接下来看齐梁文学"新变"的第二种情形,这种情形表现为在文章结构诸要素中尤其热衷于"四声"格律化这一语言形式层面的新变因素。《南齐书·陆厥传》载:"永明末,盛为文章。吴兴沈约、陈郡谢朓、琅邪王融以气类相推毂。汝南周颙善识声韵。约等文皆用宫商,以平上去入为四声,以此制韵,不可增减,世呼

---

① 黄侃:《文心雕龙札记》,上海古籍出版社,2000年版,第213页。
② 在盛行于古代朝廷、官府的章表奏议类官样文章中,的确充斥着大量的套话、虚词和应景之语,很多文章并无实质性内涵,也并非为了解决实质性问题,纯粹是为了虚应故事,为了履行一个因循的程序,填充一个规定的环节。与那些有感而发、缘情而作的抒情、言志、咏物类诗赋作品相比,这些徒具形式的公文的确算不上言意具足的完整篇章。

为'永明体'。"①《梁书·庾肩吾传》亦载:"齐永明中,文士王融、谢朓、沈约文章始用四声,以为新变,至是转拘声韵,弥尚丽靡,复逾于往时。"②"四声"的自觉及其格律化与齐梁时代"盛为文章"的风气密切相关,文章写作规模的扩大,作品数量的剧增,专业程度的提升,交流品评的密切,都促使作者穷尽智慧在文体各个层面出新求变,逐奇好异,力图在竞争激烈的文坛出人一头,以获得关注。作者们"情必极貌以写物,辞必穷力而追新"(《文心雕龙·明诗》)③,一方面"窥情风景之上,钻貌草木之中"(《文心雕龙·物色》)④,将笔触伸向他们本不算开阔丰富的社会生活的方方面面,角角落落,竭力发掘一切可以入诗的题材;另一方面"俪采百字之偶,争价一句之奇"(《文心雕龙·明诗》)⑤,"四声"理论的形成和流行,为他们在语言技巧层面追新逐奇提供了一个前所未有的发挥空间。"四声"格律化技巧对当时文士的巨大吸引力,可从钟嵘《诗品序》中的描述见其一斑:"王元长创其首,谢朓、沈约扬其波。三贤咸贵公子孙,幼有文辨。于是士流景慕,务为精密,襞绩细微,专相凌架。"⑥与"四声"论相提并论的所谓"八病"说,与其说是诗歌本身表达情感和协调声韵的需要,不如说体现了当时作者对这一新开发的语言技巧的极端迷恋,以及他们希望凭借掌握这一时新而又复杂的语言技巧以取胜文场的强烈欲望。因此他们不惮烦琐,务求精细和精巧,一次次将诗歌创作转化成高难度的语言文字的游戏和杂技,也导致诗歌"文多拘忌,伤其真美"。

第三种情形表现为在诗歌写作中"竞须新事"而违背了诗歌"吟咏情性"的基本文体要求。这一问题也以钟嵘《诗品序》的论述和批评最为集中:

> 夫属词比事,乃为通谈。若乃经国文符,应资博古;撰德驳奏,宜穷往烈。至乎吟咏情性,亦何贵于用事?"思君如流水",既

---

① (梁)萧子显:《南齐书》(修订本),中华书局,2019年版,第990页。
② (唐)姚思廉:《梁书》,中华书局,1973年版,第690页。
③ (南朝梁)刘勰著,范文澜注:《文心雕龙注》,人民文学出版社,1958年版,第67页。
④ 同上书,第694页。
⑤ 同上书,第67页。
⑥ (南朝梁)钟嵘著,曹旭集注:《诗品集注》(增订本),上海古籍出版社,2011年版,第452页。

是即目;"高台多悲风",亦惟所见;"清晨登陇首",羌无故实;"明月照积雪",讵出经史?观古今胜语,多非补假,皆由直寻。

颜延、谢庄,尤为繁密,于时化之。故大明、泰始中,文章殆同书抄。近任昉、王元长等,词不贵奇,竞须新事。尔来作者,浸以成俗。遂乃句无虚语,语无虚字,拘挛补纳,蠹文已甚。但自然英旨,罕值其人。词既失高,则宜加事义。虽谢天才,且表学问,亦一理乎![①]

钟嵘认为文章"用事"是个人所共知的话题,但能否"用事"则要根据文体类型而定:宜用者为"经国文符"和"撰德驳奏"一类的朝廷公文,忌用者为本当"吟咏情性"的诗歌。钟嵘认为古今诗歌中的胜语秀句皆由"即目""直寻"所得,而与"故实""经史"无关。可是自刘宋以降,诗歌中的"用事"现象竟愈演愈烈,在颜延之、谢庄、任昉、王融等人先后影响下,诗坛形成了竞相使用新事的流俗之风,以致出现了诸多"句无虚语,语无虚字,拘挛补纳,蠹文已甚"的堆垛事类的诗作。这些诗人无法凭借天才写出蕴含"自然英旨"的优秀词句,就只能以炫耀学问为能事,在诗作中添加越来越多的"事义"。这种所谓的创新显然背离了诗歌文体的内在要求。

以上两种情形的文学"新变",或拘忌于声律病犯,或炫博于用事之多,都偏离了诗歌写作正道,破坏了诗歌文体的内在统一,因此批评者都通过强调诗体的基本特征如"吟咏情性""自然英旨""清浊通流""口吻调利"等以匡正纠偏。如果说前述第一种情形中的萧统、萧绎的文学"新变"观主要体现为对文体类型自然分化的客观总结,那么这后两种所谓"新变"则主要反映了部分作者的主观偏好与文体基本规范之间的冲突。作为自然分化形成的新的文体类型,仍然保持了文体自身的完整性(如情、采、韵兼备),因此论者整体上是予以肯定的;而作为主观偏好的表达技巧和语言形式层面的求新求异,则因背离了文体的基本规范,破坏了文体的完整统一,自然会引发论者的不满和批评。

---

① (南朝梁)钟嵘著,曹旭集注:《诗品集注》(增订本),上海古籍出版社,2011年版,第220—228页。

第三节　以经典"体要"驭新变"奇辞"：
　　　　刘勰论文的基本立场

在刘勰看来，"变"乃是贯穿古今文章写作的普遍现象，而着眼于文章写作古今之"变"的梳理、分析、评价和总结，也是贯穿于《文心雕龙》全书的一项基本内容："文之枢纽"部分有"楚骚"相对于"五经"之变；"论文叙笔"各篇的主要篇幅即是对不同文体之变的历史考察（"原始以表末"）；"剖情析采"各篇也在论述一般创作方法时融入了历史视角，其中《通变》《风骨》《情采》等篇，包含了对文章写作之变的基本原则和方法的总结；其后的《时序》《物色》两篇进一步从社会和自然两个角度揭示了文章之变的规律和动因。

在《文心雕龙·序志》篇中，刘勰集中指出了南朝文学"新变"中存在的主要问题，明确表达了他对这一文学"新变"问题的基本态度：

> 唯文章之用，实经典枝条，五礼资之以成，六典因之致用，君臣所以炳焕，军国所以昭明。详其本源，莫非经典。而去圣久远，文体解散，辞人爱奇，言贵浮诡，饰羽尚画，文绣鞶帨，离本弥甚，将遂讹滥。盖周书论辞，贵乎体要；尼父陈训，恶乎异端：辞训之异，宜体于要。于是搦笔和墨，乃始论文。①

《序志》篇的这段论述反映了刘勰对近代文坛弊病的基本诊断和应对策略，明确了刘勰论文的问题指向和主要标准，也提示了阅读者、阐释者及研究者理解《文心雕龙》所论诸多具体问题的基本思路。刘勰认为近代文学"新变"中出现的言辞浮诡、文采讹滥的不良倾向，直接导致了"文体解散"的严重后果；而要恢复文体的完整统一，就必须通过加强"体要"以防止浮诡讹滥之奇辞的产生。要言之，刘勰论文的主要目的就是要求为文者在文学"新变"趋势中通过学习经典文章的"体要"防范"浮诡讹滥"的"奇辞"，以维护文体的内在完整和统一。

如何通过"体要"防范"奇辞"？刘勰在《文心雕龙》不同篇目中提

---

① （南朝梁）刘勰著，范文澜注：《文心雕龙注》，人民文学出版社，1958年版，第726页。

出了多个方案,大体可以概括为这样几个层次和类型:

其一是在"情—辞""意—辞"或"义—词"等二分式文体内在结构框架中,强调以"性情""情理"作为"文辞""文采"之本,以克服"采滥"之弊。此方案以《情采》篇所论最为集中深入。刘勰此篇针对由《庄子》《韩非子》所开启的"绮丽以艳说,藻饰以辩雕"的"文辞之变",明确了"文采所以饰言,而辩丽本于情性"这一文体内在结构要素间的基本关系,强调"文采""辩丽"作为言语的修饰皆应以"情性"为本,确立了"情者,文之经;辞者,理之纬;经正而后纬成,理定而后辞畅"这一"立文之本源",要求文章写作应以"情理"为经,以"文辞"为纬①。以此文体结构要求为基础,刘勰又对比了"为情而造文"的"诗人什篇"与"为文而造情"的"辞人赋颂",指出"为情者"的文体特征是"要约而写真","为文者"的文体特征是"淫丽而烦滥"。而究其实质,盖前者以"述志为本",其内心有"风雅之兴,志思蓄愤",其用意是"吟咏情性,以讽其上";而后者"言与志反",其内里"心非郁陶",缺乏真情,其目的是"苟驰夸饰,鬻声钓世"。而之所以出现"体情之制日疏,逐文之篇愈盛"的状况,盖因"后之作者,采滥忽真,远弃风雅,近师辞赋",只以辞赋之作为师,放弃了对传统"风雅"经典文体的学习。② 刘勰在《情采》篇不仅确立了以"情性"为"文采"之本、以"情理"为"文辞"之经这一从文体内部防范"采滥"的机制,而且指出了远师传统"风雅"之体这一制约"淫丽"的根本途径——这实已提示了通过"体要"防范"奇辞"另一个方案(详见第三个方案)。

其二是通过严辨和谨守不同文体的基本规范以控制"奇辞"。这一方案集中见于《定势》篇。所谓"定势",即刘勰所说的"因情立体,即体成势",意谓各种类型的文体都是根据不同情志的表达需要形成的,写作具体文章时应遵循不同文体的规范和要求。简言之,文类文体的建立以不同情志为本,具体文章写作则以不同文类文体为本。相

---

① "情者,文之经;辞者,理之纬"这两句互文见义,首先可以补足为两组四句:"情者,文之经;文者,情之纬。理者,辞之经;辞者,理之纬。"然后分别将一三两句、二四两句合而言之,即成"情理者,文辞之经;文辞者,情理之纬"。这应该是这两个互文见义句所包含的完整意思。

② (南朝梁)刘勰著,范文澜注:《文心雕龙注》,人民文学出版社,1958年版,第537—538页。

对于《情采》篇着重在文章结构内部以情性约束文采,防范"采滥",《定势》篇要求作者在写作具体文章时,自觉遵循文类文体的基本规范,从而避免因"好诡""逐奇"所致的"讹势"。与一种非常流行的看法不同,刘勰所说的文类意义上的文体(相当于现在所说的"体裁"),同时包含了对某一类型文章形式和内容两个方面的基本要求,而不仅仅限于语言形式①。因此,在刘勰这里,文类文体对具体文章写作的规范作用既体现在形式层面,也体现在内容层面,既在大体上规范了怎么写,也在大体上规范了写什么,甚至可以说对内容的规范作用更为根本,因为文体本来就是因情而立的。刘勰认为,如果作者能够多向传统典范作品学习,遵循文体规范,就可做到"执正以驭奇";反之,如果作者"率好诡巧""厌黩旧式""穿凿取新",喜欢在写作中玩弄"颠倒文句""上字而抑下""中辞而出外"等"反正"之术,则会导致"逐奇而失正",并引发文体的衰弊。② 如果说《情采》篇侧重在具体文章写作层面强调以作者的真情实感克服"文辞之变"中的"淫丽而烦滥",那么《定势》篇则侧重从文类文体规范的高度,借助文类文体中所积淀的具有深厚历史感和普遍性的情感内容与语言形式,以引导厌旧喜新、好诡逐奇的"讹势"返归正途。

其三是要求学习"经典之范"与"子史之术",分别从文体规范和文辞之变两端制约文章中的"新变"因素。这一方案见于《风骨》篇:

> 若夫镕铸经典之范,翔集子史之术,洞晓情变,曲昭文体,然后能孚甲新意,雕画奇辞。昭体故意新而不乱,晓变故辞奇而不黩。若骨采未圆,风辞未练,而跨略旧规,驰骛新作,虽获巧意,危败亦多,岂空结奇字,纰缪而成经矣。周书云,辞尚体要,弗惟好异。盖防文滥也。③

与《定势》篇的方案相比,《风骨》篇的方案有两个特色:第一,刘勰此篇要规范和约束的不仅有导致"文滥"的"奇辞",而且包括易致"危败"的"新意",也即是说要同时在文章整体层面杜绝"新变"之弊。

---

① 详见本章第四节,或参考拙著《中国古代文体论思辨》(北京大学出版社,2012年版)有关内容。
② (南朝梁)刘勰著,范文澜注:《文心雕龙注》,人民文学出版社,1958年版,第531页。
③ 同上书,第514页。

第二,与此相应,刘勰的对策也各有针对,一方面强调在具体写作中镕铸经典之范以从文体层面正确引导"新意",另一方面主张通过学习"子史之术"以从文变层面恰当雕画"奇辞"。刘勰关于经典与子史关系的论述,体现了这样一种思想:儒家经典是文章之源,为后世文章写作确立了最基本的规范,也成为后世一切文章的规范之源。子史类文章则是由经典文章派生的距离经典最近的"流",是一种相对于经典的"新变"之文,其情志更其广博,其事义更其纷杂,其体式更其多变,其文辞更其繁富,但因直接派生于经典,所以仍然保持着与经典的密切联系,保留着经典文体的基本品质。因此,广泛参阅子史之书,有助于通晓文情变化的一般规律,掌握文辞新变的恰当方法。这样,当文章作者既能在写作中昭示经典文体的规范,又能通晓文章新变之道,自然就可将"新意""奇辞"控制在适当的范围,避免其陷入邪乱与污黩。刘勰分别从"新意"与"奇辞"两个方面规范文学"新变",与本篇特别的整体立意直接相关。本篇名曰"风骨",即要求文章之情当如"风"一般骏爽有力,文章之辞应像"骨"一样端直凝练,"风骨"之上再恰当饰以文采,便成"风清骨峻,篇体光华"之文。① 文章"风骨"的形成,从正面来看固然要做到"述情必显""析辞必精",从反面来看还应该对过分追求"新意""奇辞"的倾向加以规范和引导。

综合《序志》《情采》《定势》《风骨》诸篇所论,刘勰的文学"新变"观体现出三个鲜明特征:第一,如何应对文学发展中的"新变"趋势和不良倾向,是刘勰"搦笔和翰"以论文的一个根本任务,也是贯穿《文心雕龙》全书的一个理论主题,书中大多数篇目都或直接或间接、或集中或随机地论及这一问题,而不同篇目切入这一问题的视角和具体应对策略也各有特色。第二,刘勰对文学"新变"有接受有防范,而防范之意更为突出;刘勰的防范既针对"新意"也针对"奇辞",但重点是针对"奇辞"所导致的淫丽、浮诡、采滥等文体之弊。第三,刘勰规范"奇辞"、杜绝"淫丽"、防止"采滥"的方式有层次之分,或着眼于文体内部的情采统一,或重视文类文体的规范制约,或强调经典文体的正本清源,但是,无论是从刘勰对"择源于泾渭之流,按辔于邪正之路"(《情

---

① 参看拙文《生命之"骨"的特殊位置与刘勰"风骨"论的特殊内涵》,《文艺理论研究》2016年第1期。

采》)、"旧练之才,则执正以驭奇"(《定势》)、"镕铸经典之范,翔集子史之术"的要求中,还是从刘勰对"远弃风雅,近师辞赋"(《情采》)、"厌黩旧式,穿凿取新"(《定势》)、"跨略旧规,驰骛新作"(《风骨》)的批评中,都可看出刘勰对来自历史传统的文体规范的珍视和倚重,这些源自经典、成于历史、化为传统的文体规范,堪称刘勰应对文学新变的"定海神针"。

据此,就可以比较清晰地标画出刘勰文学"新变"观的两端:一端是易生流弊的文辞之变,一端是源自传统的文体规范。如何处理这"两端"之间的关系,也成为《文心雕龙·通变》篇的主旨所在和论述主线。

第四节 化"讹变"①为"通变":刘勰文学"通变"论重心的转向

刘勰"通变"论的内涵首先是在《通变》篇的具体论述中得以说明和规定的,因此欲准确理解刘勰"通变"论,就必须整体解读和细致辨析《通变》篇的内在文理。

首先,《通变》篇论述的是文学"新变"问题,但为什么要以"通变"为题,刘勰为什么要在"通变"名下论述文学"新变"问题?其关键原因在于,"通变"一词不仅明确了刘勰的批评对象——"变",而且体现了刘勰对文学"新变"的基本态度——"通"。在刘勰看来,汉以后尤其是南朝以来的文学新变中已经产生了太多的爱奇之风、浮诡之言和淫丽之词,导致"文体解散"的严重弊端,这种倾向显然妨害了文学的健康发展,使文章写作日益趋向衰败。也就是说,这种性质的"新变"并没有保证文学发展道路的"通",乃是一种"不通"之变。刘勰从《周易》引入的"通变"观念和概念,意在为近代辞人所热衷的文学"新变"增加一个"通"的要求,要求文章之"变"应该是可"通"之变,是"变而通之以尽利"之"变",从而避免出现"离本弥甚,将遂讹滥"的后果。因此,刘勰"通变"论是一种包含着价值指向的文学"新变"论,是一种体现着历史与价值双重规定性的文学"新变"论。这也是刘勰"通变"

---

① 此处"讹变"一词是对上文提到的《定势》篇"讹势所变"一语的进一步概括。"讹"字由"化"字引申而来,分指错误的变化。

论相较其他"新变"论的丰富和深刻之处。

其次,文章之"变"如何才能是一种可"通"之"变"?在刘勰看来,"变"并不必然会"通",近代以来的文章之"变",在辞人"爱奇""适俗"心理的驱使下,已经"新"得过度,"奇"得过头,滑向了"浮诡"和"讹滥",导致了"文体解散"。这意味着刘勰所面对的文坛现实问题不是缺少"变",而是已经"变"得颇为过分(即他常常批评的"滥"),这种过度的"变"已不再是文学发展("通")的动力,反而导致很多文章写作陷入了困境。因此,刘勰《通变》篇的主要任务就不再是正面论述"变"和提倡"变",而是要规范"变"和节制"变"。正是这一现实问题与主要任务从根本上决定了《通变》篇论述文章之"变"的基本思路:

> 夫设文之体有常,变文之数无方,何以明其然耶?凡诗赋书记,名理相因,此有常之体也;文辞气力,通变则久,此无方之数也。名理有常,体必资于故实;通变无方,数必酌于新声;故能骋无穷之路,饮不竭之源。然绠短者衔渴,足疲者辍途,非文理之数尽,乃通变之术疏耳。故论文之方,譬诸草木,根干丽土而同性,臭味睎阳而异品矣。①

一方面,刘勰将文章之"变"主要定位在"文辞气力"层面。其中"文辞"就文章结构中的变化因素言,"气力"就作者主观能力中的变化因素言,"气力"推动着"文辞"之变。这既是刘勰对近代文学"新变"主要倾向的总结,也反映了刘勰对文章写作中主要可变因素的认识。从表面上看,刘勰的表述似乎把"文意"排除在了可变因素之外,但从前引《风骨》篇的论述来看,刘勰其实也肯定过文章写作可以有"新意",既要求"辞奇而不黩",也要求"意新而不乱"。此处不提"文意"之变而只论"文辞"之变,应该是刘勰在针砭文学"新变"之弊时所采取的一种有主有次、有重有轻的现实策略——毕竟,近代文学"新变"中产生的最突出、最严重的弊端是出现在"文辞"层面的"好奇""浮诡"和"采滥"等现象。另一方面,刘勰将文章写作中对"有常之体"(如诗赋书记)的"名理相因",确立为"文辞气力"之变的一个重要

---

① (南朝梁)刘勰著,范文澜注:《文心雕龙注》,人民文学出版社,1958年版,第519页。

的前提条件,以"有常之体"规范"无方之数",以"故实"约束"新声",以"不变"支撑"变化",从而将"常"与"变"、"故"与"新"结合成一个类似草木根干与花果关系的有机整体,将单向度的文学"新变"观转化为内在辩证统一的文学"通变"观。

那么,何谓"有常之体","有常之体"为什么能够使"文辞气力"之变成为一种"通变"? 其内在根据和机制是什么?"有常之体"的具体所指其实非常清楚,即是指"诗赋书记"等各种文类之体,但如何准确理解"有常之体"的具体内涵,尤其是如何理解刘勰对"有常之体"的具体论述,还需要我们转变关于"文体"和"体裁"的一些习惯性看法。一种影响广泛的观点认为,文体主要是指文学作品的语言形式,体裁主要是指文类层面的语言形式,但征诸刘勰本人及六朝诸人乃至历代论文者有关文体的基本论述,这一关于文体和体裁内涵的流行之见都是非常片面的。笔者已有专著及多篇论文对此进行辨正和阐述,这里想强调如下几点:

第一,古代文论中的"文体"概念就其最基本的内涵来说,应该是指不同类型、不同特征的文学作品自身的整体存在。至于更为具体的文类文体(如"诗体""赋体"等)、作者文体(如"谢灵运体""陶渊明体"等)、时代文体(如"盛唐体""晚唐体"等)、流派文体(如"边塞体""竟陵体"等)等,实为从不同角度对作为文学作品整体存在的文体进行分类所得,其间差异只是各种类型层面的特征,至于"文体"概念本身的基本内涵乃是统一的,并无"体裁"与"风格"之异。刘勰在《文心雕龙》中多次从一般层面(超越各种具体分类)揭示了文体的内在完整性,如《宗经》篇"体有六义"说:"故文能宗经,体有六义:一则情深而不诡,二则风清而不杂,三则事信而不诞,四则义直而不回,五则体约而不芜,六则文丽而不淫。"[①]其中一、二两点是对文章情志方面的要求,三、四两点是对文章事义(事类)方面的要求,五、六两点是对文辞方面的要求(其中"体"为"形体"之义),情志、事义、文辞三要素合一即构成了文章之整体。再如《附会》篇的"体制"说:"夫才量学文,宜正体制:必以情志为神明,事义为骨髓,辞采为肌肤,宫商为声气;然

---

① (南朝梁)刘勰著,范文澜注:《文心雕龙注》,人民文学出版社,1958年版,第23页。

后品藻玄黄,摛振金玉,献可替否,以裁厥中:斯缀思之恒数也。"①"体制"即指文体的构成。刘勰此处直接将文体构成与人之生命结构的各个层次一一对应,更凸显了文体概念所蕴含的文章生命整体观。在刘勰看来,文体(或"体制")一词所示的文章整体结构乃是一切文章写作的基础,只有以此文章整体结构为基底,才可进一步搭配辞藻,协调韵律,讲究修饰之美。从这个意义上说,文体包含的文章整体结构就是具体文章写作应当遵循的最基本的规范和要求。

第二,把握文体概念的上述基本含义,有助于更好地理解"有常之体"的内涵及意义。刘勰关于"有常之体"的论述非常丰富:《文心雕龙》"论文叙笔"20篇所论皆为"有常之体","剖情析采"部分(从《神思》到《总术》20篇)的《定势》篇也是"有常之体"之专论。其中《明诗》至《书记》20篇中的"敷理以举统"一节乃是对各种"有常之体"特征的概要,更清楚地昭示了各"有常之体"的内在整体结构及其对各类文章写作的规范意义。如《诠赋》篇论赋之"有常之体":"情以物兴,故义必明雅;物以情观,故词必巧丽。丽词雅义,符采相胜,如组织之品朱紫,画绘之著玄黄,文虽新而有质,色虽糅而有本,此立赋之大体也。"《颂赞》篇论赞之"有常之体":"约举以尽情,昭灼以送文,此其体也。"②《议论》篇总结论之"有常之体":"原夫论之为体,所以辨正然否……故其义贵圆通,辞忌枝碎,必使心与理合,弥缝莫见其隙;辞共心密,敌人不知所乘;斯其要也。"③观其所论,皆着眼于构成各体的"义"与"词"或"情"与"文"这两个基本要素的统一,实质上体现了对此体文章写作的整体要求。

综而言之,"有常之体"乃是相对于具体文章写作而言的,其基本特征体现为整体性与规范性的统一。这种规范性保证了具体文章写作千变万化而不离其宗,革新创造而不失其体。同时,这又是一种整体性的规范,既要求文章内部结构的完整统一,又对文章整体结构中的每个构成要素提出了明确要求。规范性与整体性统一的"有常之体",成为各体文章发展新变中相对稳定的因素,文章之"变"因此不

---

① (南朝梁)刘勰著,范文澜注:《文心雕龙注》,人民文学出版社,1958年版,第650页。
② 同上书,第159页。
③ 同上书,第328页。

会成为无本之木、无源之水。

不过,与此同时,《通变》篇首段论述也将"通变"概念的传统用义与刘勰"通变"论实际理论内涵之间的错位直接呈现了出来。一方面,仅就"通变"概念的具体使用来看,刘勰仍然沿续了"通变"一词以"变"为主的传统用法,将"通变"一词直接用于说明文章中"变数无方"的"文辞气力"。① 但另一方面就《通变》首段的实际论述来看,刘勰又根据《文心雕龙》论述文学新变的基本思路(即学习典范文体与追求文辞创新的统一),为"文辞气力"之"通变"加上了"有常之体"之"相因"这一必不可少的前提条件,使其所说的文学"通变"事实上成为"有常之体"与"文辞气力"的对立统一,"相因"与"通变"的对立统一,"故实"与"新声"的对立统一。

这样,刘勰在《通变》篇首段初步展开的文学"通变"论就表现出与传统"通变"论的明显差异:传统"通变"论的重点在"变",且笼统地就事物整体而言;但刘勰"通变"论所涉及的对象——文章写作——并非一个笼统单一的整体,而是一个内在矛盾关系已经充分展开的整体,是一个由传统文体规范与作者个人创新等对立因素构成的矛盾统一体。因此,刘勰所说的"通变"就不再是指单纯的文章之"变",而是实际包含了"常"与"变"的对立统一。甚至为了克服文章之"变"产生的弊端,刘勰更突出了"有常之体"之"相因"在文学"通变"中的重要性。

由《通变》篇首段也可看出,刘勰文学"通变"论的整体理论内涵实际上已经超出了传统"通变"概念的语义范围,但因为刘勰在初步呈现其文学"通变"论整体思路和框架的同时,还没来得及完成对传统"通变"概念意义结构的改造和语义范围的扩展,所以在《通变》篇首段的"通变"论中尚存在着实大于名、名不副实的阶段性矛盾,而这一

---

① 下面一例也可印证"通变"一词的这种普遍用义。唐皎然《诗式》卷五"复古通变体"条:"作者须知复、变之道。反古曰复,不滞曰变。若惟复不变,则陷于相似之格,其状如驽骥同厩,非造父不能辨。能知复、变之手,亦诗人之造父也。……陈子昂复多而变少,沈、宋复少而变多。今代作者,不能尽举。"皎然在小标题中直接将"通变"与"复古"相对;在具体阐述中,又简化为"复"与"变"相对。而且,皎然还分别对"复"与"变"的内涵作了明确界定:"反古曰复,不滞曰变。""变"(即"通变")就是指事物不停留在过去和当下的状态,能够通过变化向前运动发展。[(唐)皎然著,李壮鹰校注:《诗式校注》,人民文学出版社,2003年版,第330页。]

矛盾也是引发《通变》篇研究中诸多争议的一个直接原因。"通变"概念的意义结构与刘勰文学"通变"论实际理论内涵之间的真正统一,要到《通变》篇的最后一层论述中才得以完成。

第五节 "矫讹翻浅,还宗经诰":《通变》篇的主旨与主线

一旦理解了刘勰"通变"论的上述基本特点,明白了刘勰"通变"论的主要目的是要以具有规范性和整体性的"有常之体"克服因"文辞气力"过度"新变"而导致的"浮诡""淫丽""采滥"之弊,《通变》篇第二段具体论述中的文理也就豁然贯通了。先看第二段论述:

> 是以九代咏歌,志合文则①。黄歌断竹,质之至也;唐歌在昔,则广于黄世;虞歌卿云,则文于唐时;夏歌雕墙,缛于虞代;商周篇什,丽于夏年。至于序志述时,其揆一也。暨楚之骚文,矩式周人;汉之赋颂,影写楚世;魏之策制,顾慕汉风;晋之辞章,瞻望魏采。榷而论之,则黄唐淳而质,虞夏质而辨,商周丽而雅,楚汉侈而艳,魏晋浅而绮,宋初讹而新。从质及讹,弥近弥淡。何则?竞今疏古,风味气衰也。②

综观此段文理,首句"是以九代咏歌,志合文则"为一段总领,其中"志合"与"文别"又各有所指。刘勰认为,自黄帝至宋初九个朝代的文章,可分为两个不同阶段。第一阶段为黄帝至商周六个朝代的"咏歌"之变,尽管其变化趋势是由质渐文,由文而缛,又由缛而丽,但总的来看,"序志述时,其揆一也",即都合乎"有常之体"的"名理"。第二阶段为楚汉至宋初的文章之变。这一阶段的文章写作出现了"竞今疏

---

① "志合文则",元至正本作"志合文财",明王惟俭《文心雕龙训故》亦作"财",明杨升庵批点曹学佺评《文心雕龙》作"则",其眉批云"则元作财,许改"(按许指许延祖,字无念)。明杨升庵批点梅庆生音注《文心雕龙》"志合文则"下注亦云"元作财,许无念改"。黄叔琳注本、范文澜注本、杨明照校注本等皆因之作"志合文则"。刘永济《文心雕龙校释·通变》云:"按当作'别',所谓变也。"笔者以为,刘校作"志合文别",于此段文义层次安排更合,详见正文分析。

② (南朝梁)刘勰著,范文澜注:《文心雕龙注》,人民文学出版社,1958年版,第519—520页。

古"的倾向,"楚之骚文,矩式周人;汉之赋颂,影写楚世;魏之篇制,顾慕汉风;晋之辞章,瞻望魏采",尽管其中每一时代的作者也向前人学习,可是主要模仿对象都是最近那个时代("今")的文章,因追求文辞之变(即所谓"文别")而疏远了商周以前的经典文章,其结果是出现了从"楚汉侈而艳"到"魏晋浅而奇"再到"宋初讹而新"的"风昧气衰"倾向。在刘勰对自楚至晋文章之变的这段评述中,除了"楚之骚文,矩式周人"的说法还具有比较直接的肯定意味,接下来所说的汉代赋颂对楚世之"影写",魏代篇制对汉风之"顾慕",晋代辞章对魏采之"瞻望"等,都带有明显的贬义①。刘勰通过一正一反两个阶段的对比,强调后世文章写作不能满足于模仿近世之文,而应取法于更早乃至商周以前的典范作品,因为后者更有资格作为文学通变中的"有常之体"。

再看第三段的文理:

> 今才颖之士,刻意学文,多略汉篇,师范宋集,虽古今备阅,然近附而远疏矣。夫青生于蓝,绛生于蒨,虽逾本色,不能复化。桓君山云:予见新进丽文,美而无采;及见刘扬言辞,常辄有得;此其验也。故练青濯绛,必归蓝蒨,矫讹翻浅,还宗经诰。斯斟酌乎质文之间,而櫽括乎雅俗之际,可与言通变矣。②

刘勰认为,当今才士学文也存在类似"竞今疏古"的"近附而远疏"的现象,其具体表现是"多略汉篇,师范宋集"。刘勰的意思很明显,正确做法应该是"师范汉篇"而"多略宋集"。不过,刘勰的这种说法会造成一些理解上的困惑:一方面,"汉篇"远较"宋集"为古,更适合作为今人学文的"有常之体",因此刘勰强调学习"汉篇"自有其道理;但是另一方面,"汉篇"毕竟已有"侈而艳"的倾向,不仅难及"雅而丽"的商周之文,而且与后世"淫丽""采滥"的文风难脱干系,可刘勰为什么不要求今人直接学习商周经典,而仍然主张学习缺点已比较明显的"汉篇",商周之文岂不是最理想的"有常之体"?

如何看待刘勰表述中的这些看似矛盾之处,会直接影响到对下一

---

① 周兴陆曾结合《文心雕龙》全书对这些词语及相关表述中所含贬义做过详细论证。见周兴陆《〈文心雕龙·通变〉辨正》,《中国文学研究》(辑刊)2014年第2期。
② (南朝梁)刘勰著,范文澜注:《文心雕龙注》,人民文学出版社,1958年版,第520页。

段以汉赋"夸张声貌"之例说明"通变之数"的理解,而且事实上也引发了学界的一些争论(详见后文)。我想,从下面两个角度思考,应该有助于认识刘勰"矛盾"表述背后的统一性及其根据:第一,尽管刘勰认为楚骚汉赋开启了繁缛、艳丽的倾向,但一则汉代文章毕竟去圣未远,遗泽多有,相对近代文章的"浅而绮""讹而新",其丽未淫,其采未滥,整体上是值得取法的;二则与以五经、诸子、史传为主的先秦之文相比,汉代"文章"外延明显扩大,诸多单篇文章之体如章、表、奏、议、书、论等,都是在这一历史阶段发展成熟,作者日繁,佳作琳琅,成为后世此类文体写作的典范。《文心雕龙》中举例甚多,周兴陆也有过详细梳理和归纳,他认为"刘勰评述各种文体的历代流变,除了颂、赞、祝、盟、封禅几种特殊文体定型于先秦,诏、策、章、表等文体因为朝廷专职或制度的原因(如'两汉诏诰,职在尚书','自魏晋诏策,职在中书';'后汉察举,必试章奏')各有其胜,诗、赋体制的历代演化情况复杂以外",铭、箴、诔、碑、哀、吊、对问、七发、连珠、论、驳议、对策等"各种文体的体制规范都是在汉代完备的,每种文体的典型作家、典范作品也都出现在汉代。虽然后世也曾出现了若干中规甚至精美的作品,只是'后发前至'(《铭箴》)、'隔代相望'(《诔碑》),也还是以汉代为典型的"①。在其所列之外,这里还可再补充几例。如《明诗》篇称汉代产生的五言体"古诗""结体散文,直而不野,婉转附物,怊怅切情",为"五言之冠冕"②;《诠赋》篇称汉代枚乘《菟园赋》、相如《上林赋》、贾谊《鵩鸟赋》、王褒《洞箫赋》、班固《两都赋》、张衡《二京赋》、扬雄《甘泉赋》、王延寿《鲁灵光殿赋》等,为"辞赋之英杰"③;《奏启》篇称汉人贾谊、晁错、匡衡、王吉、温舒、谷永等人之奏,"理既切至,辞亦通畅,可谓识大体"④等。刘勰在《文心雕龙》全书有关汉篇的丰富论述,表明汉代文体在其心目中居于一个比较特殊的位置:对六朝文士来说,汉篇虽不及古典之源,却是距经典最近之流;文体分化成熟的汉篇所奠定的"有常之体"较混沌初开的经典之体,显然更方便为当今文士所习。

---

① 周兴陆:《〈文心雕龙·通变〉辨正》,《中国文学研究》(辑刊)2014年第2期。
② (南朝梁)刘勰著,范文澜注:《文心雕龙注》,人民文学出版社,1958年版,第66页。
③ 同上书,第135页。
④ 同上书,第422页。

这已涉及看待刘勰表述中这一"矛盾"之处的第二个角度——通观此段的整体论述会发现,刘勰所说的"有常之体"其本身也有层次之分。根据此段前面所论,刘勰的确将"汉篇"立为今人写作文章所依据的"有常之体"。而且,为论证其观点的合理性,刘勰先是巧妙地以"青绛"二色取自"蓝蒨"二草而又胜于"蓝蒨"二草的关系,譬喻"宋集"取法"汉篇"但彩丽更甚,又以变化颜色不能在已提取的"青绛"二色基础上进行而只能重新从"蓝蒨"二草提取,譬喻文章创新只能以更远的"汉篇"为本而不可以最近的"宋集"为范,然后又引桓谭称赞"刘扬言辞"而批评"新进丽文"之语作为进一步的验证。在此基础上,刘勰本段后文借"青绛"与"蓝蒨"之喻,又自然引出了另一层"有常之体":"故练青濯绛,必归蓝蒨,矫讹翻浅,还宗经诰。"说到底,"经诰"才是矫正讹滥浮浅文风最有力的"有常之体",才是各色新变之文之所从出的真正的"蓝蒨"。

这样,刘勰在此段实际上就承认了"有常之体"可以分为"经诰"与"汉篇"两个层次。这两个层次的"有常之体",一为理想之高标,一为现实之取径,是理想"有常之体"与现实"有常之体"的辩证统一,"汉篇"也因此构成了今人文章远绍经典文体的历史中介。这些分析也再次表明,刘勰文学"通变"论的重点不在"变"本身,而在以"有常之体"规范"变"的性质和方向;同时又再次印证,刘勰文学"通变"观乃是其以正驭奇、以质济文、以雅化俗的基本文学观在文学发展问题上的具体表现。此段最后所说的"斯斟酌乎质文之间,而櫽括乎雅俗之际,可与言通变矣"一句,其主要意义即在于明确地将刘勰"通变"观纳入"櫽括雅俗""斟酌质文"这一贯穿《文心雕龙》全书的论文框架之中。

下面这段争议较多的文字就是在这个时候出现的。依据上文所论之理,其义也应不再难以理解:

> 夫夸张声貌,则汉初已极,自兹厥后,循环相因,虽轩翥出辙,而终入笼内。枚乘七发云:通望兮东海,虹洞兮苍天。相如上林云:视之无端,察之无涯,日出东沼,月生西陂。马融广成云:天地虹洞,固无端涯,大明出东,月生西陂。扬雄校猎云:出入日月,天与地杳。张衡西京云:日月于是乎出入,象扶桑于蒙汜。此并广

寓极状,而五家如一。诸如此类,莫不相循,参伍因革,通变之数也。①

这段文字也是《通变》篇研究中的一个争论焦点,相关观点依其态度可分为两大类型:一类认为这是刘勰关于其"通变"观的正面举例。但其中对这一"正面举例"的评价又有不同:一些学者整体肯定刘勰所举之例,如纪昀评曰:"此段言前代佳篇,虽巨手不能凌越,以见汉篇之当师,非教人以因袭,宜善会之。"②黄侃《札记》引申纪说,认为:"明古有善作,虽工变者不能越其范围,知此,则通变之为复古,更无疑义矣。"③范注接受纪昀和黄侃之说并加以补充:"彦和虽举此五家为例,然非教人屋下架屋,模拟取笑也。"④周振甫《文心雕龙注释》会其意云:"要是刘勰用辞意不相袭的例子来说明通变,不是更符合通变的理论吗?可是刘勰用了辞意相袭的例子。从这些例子看,那末他的通变不正是模仿而不是新变吗?原来在理论上,刘勰是主张新变的;在矫讹翻浅上,为了救弊,他可能认为与其崇尚新奇而陷于讹浅,还不如谨守规矩而不妨相袭,所以他要引五家如一的例。"⑤另有学者认为刘勰举例虽意在说明其"通变"观,但实际上又与其"通变"观相互矛盾:"就他所举的对于大海和天地日月的描写来看,变化是不大的,所以他才得出'五家如一'、'莫不相循'的结论。他也说'参伍因革,通变之数也',就是说通变的方术是有因袭,有革新,继承与创造交替运用,但在他举出的'五家如一'的例子里,并没有把创造的因素显示出来。"⑥另一类认为这是刘勰对其"通变"观的反面举例,表示他反对在夸张声貌方面如此"循环相因"。如牟世金在《文心雕龙研究》中指出,"从本篇逻辑上说,刘勰对文辞方面的'循环相因'是否定的;从所用语意上

---

① (南朝梁)刘勰著,范文澜注:《文心雕龙注》,人民文学出版社,1958年版,第520—521页。范注:据《上林赋》"月生西陂"当作"入乎西陂"。
② (南朝梁)刘勰著,(清)纪晓岚评:《纪晓岚评文心雕龙》,江苏广陵古籍刻印社,1997年版,第267页。
③ 黄侃:《文心雕龙札记》,上海古籍出版社,2000年版,第104—105页。
④ (南朝梁)刘勰著,范文澜注:《文心雕龙注》,人民文学出版社,1958年版,第527页。
⑤ (南朝梁)刘勰著,周振甫注:《文心雕龙注释》,人民文学出版社,1981年版,第337页。
⑥ (南朝梁)刘勰著,詹锳义证:《文心雕龙义证》,上海古籍出版社,1989年版,第1100页。

看,对'夸张声貌'而又'五家如一'是批判的;从'通变'论的主旨看,是要求'骋无穷之路,饮不竭之源',而'循环相因'者,不过是'庭间之回骤,岂万里之逸步哉'",并认为"参伍因革,通变之数也"两句不是"上文的总结",而是"下文的领句"。①

为了切实了解刘勰举例的本意,不妨暂且将上述争议搁置一边,再次回到《通变》篇自身的整体思路。诚如持不同观点的学者都认可的,这段文字从举例到论述,其重点都在说明汉赋中"夸张声貌"的手法从汉初到东汉是"循环相因"的。在举例之前,刘勰先有一个整体判断:"夫夸张声貌,则汉初已极,自兹厥后,循环相因,虽轩翥出辙,而终入笼内。"举例之后,刘勰又有一个总的评价:"此并广寓极状,而五家如一。诸如此类,莫不相循。"中间所举五家"夸张声貌"辞例,不仅文意相同,文辞与物象也大相类似。若从一般文章写作要求来看,这种辞、象、意前后相袭的做法似乎并不值得称道,更不值得举以为范。可是,若从刘勰前文已经阐明的其本人文学"通变"观的基本理念来看,其所举之例及前后论述又与其文学"通变"观完全契合。据前所论,刘勰"通变"论的研究对象虽然是历代文学新变问题,但其"通变"论的重点并不在"变"本身,而是在如何通过来自经典和传统的"有常之体"对"新变"因素进行规范和限制,以防走向浮诡和采滥。换言之,刘勰论述文学"通变"的目的不是为了推动"变"("通变无方"的"文辞气力"),而是为了学习"常"("名理相因"的"有常之体")——这是刘勰"通变"论与《周易》"通变"论以及南朝其他文学"新变"论一个重要差异,同时也造成了刘勰《通变》篇的论述思路与人们习惯观念的差异。但是,刘勰"通变"论重点的这种转向,从其所欲解决的现实问题来看的确是必要的,从其理论自身的论述来看也是完整自洽的。在此段之前,刘勰已从一般原理和历史发展两个层面论证且验证了"有常之体"之"相因"在文学"通变"中的重要意义,明确了今人应学的"有常之体"可分为理想性的"经诰"之体与现实性的"汉篇"之体这两个层次。此段论述紧承其后,其义甚明,即是要为已在上文被确立为"有常之体"的"汉篇"举一例证,向今天的学文之士明示"汉篇"在"夸张声貌"这一点上是如何做到"名理相因"的。故此,段中举例强调"广

---

① 牟世金:《文心雕龙研究》,人民文学出版社,1995年版,第405页。

寓极状,五家如一";论理强调"循环相因""莫不相循";设喻强调"虽轩翥出辙,而终入笼内"。

若离开《通变》整篇语境,此段中的一些字眼如"循环相因"等,在已普遍视"创新"为正面价值的今人看来,很容易被认为带有贬义,这也是关于此段解读争议颇多的一个重要原因:或认为刘勰举例不够准确,不能全面体现其"通变"之义;或认为刘勰举此以为"通变"之反例,以示"循环相因"并非真正意义上的"通变"。但是,对刘勰此处及全篇所言"循环相因"等字眼,一不可依今人习惯观点来理解,二不可脱离其所处的整体语境来理解。在《通变》一篇,刘勰所言"循环相因"者非他,皆指作为文章写作规范的"有常之体"。其首段所言"凡诗赋书记,名理相因,此有常之体也",明言"相因"的对象是"诗赋书记"之"名理",而非"变数无方"的"文辞";其后段所言"夫夸张声貌,则汉初已极,自兹厥后,循环相因,虽轩翥出辙,而终入笼内",乃是举一例以代"汉篇",其"循环相因"者也是指汉代辞赋中一脉相承的写作范型——"夸张声貌"本是汉代赋体的一个基本特征。如刘永济所释:"至举后世文例相循者五家,正示人以通变之术,非教人模拟古人之文也。"①刘勰对此五家"夸张声貌"之语皆是作为"文例"加以引用的,并非仅仅在一般文辞层面措意。② "文辞气力"自当求其变化,"有常之体"则应重在"相因",此亦为文之通例,作者之通识。

此段最后一句"参伍因革,通变之数也",也是使解读产生争议的一个文本层面的原因。本段前面太半篇幅既已反复强调"循环相因"之道在文学"通变"中的重要意义,为何后面复缀以此句,称"参伍因革"为"通变之数"?若以此句为前文总结,"参伍因革"所含之义也已超出"循环相因"范围。面对这一"矛盾",牟世金曾主张此句"应该是最后一段的领句"③,认为依此划分,则上段专论"循环相因"乃是从反

---

① 刘永济校释:《文心雕龙校释》,中华书局,2007年版,第101页。
② 牟世金之所以判断刘勰此处所举为"通变"之反例,主要原因就在于他将刘勰的这些"夸张声貌"之例理解为是在"有常之体"的对立面"文辞气力"层面列举反例,以说明"有常之体"层面的"循环相因"是应该的,而"文辞描写"层面的"循环相因"是"从质及讹"的另一个极端,都是应该反对的。(牟世金:《文心雕龙研究》,人民文学出版社,1995年版,第404页。)
③ (南朝梁)刘勰著,陆侃如、牟世金译注:《文心雕龙译注》,齐鲁书社,1996年版,第71页。

面举例,下段兼论"因"与"革"、"会通"与"适变"方为正面阐述。这一解决方案看似利索,毋乃牺牲太大——整个"夸张声貌"之论就必须从学习汉篇"有常之体"的范例变成文章"通变"应避免的反例,更重要的是这种阐释有悖《通变》全篇的文理。其实,若根据《通变》全篇的基本理路及"夸张声貌"一段的语义脉络,此句的段落归属和意义关联会得到一个更融通的理解。首先从语气句式上看,此句置于上段之末,与上一句合为"诸如此类,莫不相循,参伍因革,通变之数也"一个完整的"也"字居尾的判断句式,形成对本段析论的自然总结。若置于下段之首,则其语气和句式都显得比较突兀。且下段以"是以"冠首,"是以规略文统,宜宏大体"一句,其引领全篇总结段的意味已非常明显,并且也与本篇第二段首句"是以九代咏歌,志合文别"的句式遥相呼应。其次从句意文理上看,《通变》篇前文的"九代咏歌"至"可与言通变"一段与后文的"夸张声貌"一段,都是具体说明"有常之体"之"名理相因"对于文学"通变"的重要意义,而这两段的结尾句,无论是前者的结尾句"斯斟酌乎质文之间,而櫽括乎雅俗之际,可与言通变矣",还是后者的结尾句"参伍因革,通变之数也",又都是将其所强调的"名理相因"自觉纳入其文学"通变"观的整体结构之中,从而将分别属于"有常之体"与"文辞气力"的"质"与"文"、"雅"与"俗"、"因"与"革"统一起来,避免因过于强调"有常之体"之"相因"而忽略了"文辞气力"之变化。《通变》篇段落内部的这种结构,体现了刘勰文学"通变"观的"辩证法":一方面刘勰针对现实弊端一再强调在变化中要因循"有常之体"的基本规范,另一方面又积极肯定在遵循"有常之体"规范基础上的革新。因此,此段最后一句"参伍因革,通变之数也"与前段最后一句"斯斟酌乎质文之间,而櫽括乎雅俗之际,可与言通变矣"一样,都不单纯是对本段论述的总结,而是着眼于全篇思路对本段文意的整合与提升。

如此理解"夫夸张声貌"一段,不仅合乎《通变》整篇文理,而且也可察知今人争议的原因及其得失所在。其中认为刘勰从反面举例及举例不当的看法固然不合刘勰"通变"之理,而即使一些完全从正面理解刘勰"夸张声貌"之例者,其所言也未为通解。如纪昀称"此段言前代佳篇,虽巨手不能凌越,以见汉篇之当师,非教人以因袭"云云,其意不离,但其解未透。刘勰倡导学习"汉篇",但重点不在其佳篇,而在佳篇所示的"有常之体";刘勰认为汉篇当师,但并不反对"相因",他主张师范汉篇的目的正在于"相因"其"有常之体"。黄侃视刘勰所言"通变"为"复古",固然抓住了刘勰此篇及此段命意的重点,却未见刘勰"通变"论的全貌——刘勰意在以"经诰"和"汉篇"规范新变,并非一味提倡复古。范注虽合理指出刘勰所举"五家如一"之例"非教人屋下架屋,模拟取笑",但对刘勰举例的正面用意未能阐明。① 相对而言,周振甫的解释更能得刘勰之实际用心,但他又将"谨守规矩"与"辞意相袭"视为一体,有些过于拘泥刘勰所举之例本身,未能从更高处察其整体立意——刘勰此处举例意在"以斑窥豹",借五家如一的"夸张声貌"之例以明汉篇相因之理,而非示人以具体修辞之术,因此"辞意相袭"只是其语象,辞赋之体的"名理相因"才是其要旨。

不过,与很多伟大的理论家一样,刘勰的举例说理也难以尽当,例证与理论之间多少存在一些距离和错位。如其《风骨》篇单举含"风"之例(潘勖《册魏公九锡文》)与含"骨"之例(司马相如《大人赋》),却未举兼具"风骨"之文,更未举"风骨"与"采"兼备之文,不过这并未妨碍研究者能够就刘勰本人的文理和思路理解"风骨"论的基本内涵和用意,所谓"不以文害辞,不以辞害志,以意逆志"(《孟子·万章上》),其斯之谓也。

第六节 从"变则通,通则久"到"变则可久,通则不乏":"通变"论意义结构的重建与刘勰"通变"论的完成

由以上分析可见,在《通变》篇已经展开的多层次论述中,刘勰文学"通变"论的基本用意和思路应该说是很清晰的:他一方面沿续"通变"一词以"变"为主的传统用法,认为文章写作中需要"通变"的因素主要是文章层面的"文辞"和作者层面的"气力",一方面为防止作者过分"好奇"所导致的浮诡、采滥之弊,又强调在"通变"中要重视对历

---

① 牟世金先生对刘勰所谓"古"之实质有确解:"其所谓'古',实指'诗、赋、书、记'的'名理'。而'名理有常',本无古今,无论古人今人,'诗言志'的原则都不能违背。'古'的实质既明,其所'疏'者自不待言。不究其实而遽言'复古',失之远矣。"(牟世金:《文心雕龙研究》,人民文学出版社,1995年版,第401页。)

史传统中形成的"诗赋书记"等"有常之体"的学习和因循——这一方面也在事实上构成了《通变》篇的论述重点。刘勰的这种立意和思路使得《通变》篇开始的理论表述中存在着"通变"之"名"与"通变"之"实"错位的阶段性矛盾,即"通变"一词本来含有的对"变"的侧重与刘勰"通变"论实际上对"常""变"统一、"因""革"相参的强调,构成了一种近乎"名不副实"的关系。但是,从《通变》篇的整个论理过程来看,刘勰在"通变"之名下对"有常之体"与"文辞气力"、"名理相因"与"通变无方"、"因"与"革"、"质"与"文"、"雅"与"俗"等对立因素间相互统一关系的反复强调和论述,反过来也对"通变"一词的传统"一元"意义结构(以"变"为主,"通"为"变"的效果)产生了越来越大的反作用力,并最终在此篇的结尾一段,同时从形式结构与内涵意义两个层面突破了"通变"一词原有的一元结构,使刘勰的文学"通变"论实现了"名实相副":

> 是以规略文统,宜宏大体,先博览以精阅,总纲纪而摄契;然后拓衢路,置关键,长辔远驭,从容按节,凭情以会通,负气以适变,采如宛虹之奋鬐,光若长离之振翼,乃颖脱之文矣。若乃龌龊于偏解,矜激乎一致,此庭间之回骤,岂万里之逸步哉!①

刘勰以"是以规略文统,宜宏大体"为首起句,表明此段仍然沿续了《通变》全篇对"有常之体"之"名理相因"的重视。接下来的"先博览以精阅,总纲纪而摄契",进一步指明了掌握"文统"与"大体"的基本途径。"然后拓衢路"至"乃颖脱之文矣"一气而下,乃是描述具体写作中如何以"文统"和"大体"规范引导"文辞气力"之"变"的过程及其结果。刘勰认为,只有以"文体"与"大体"作为文章写作的"纲纪",才能为文章写作开辟广阔的道路,掌握文章创新变化的关键要领;就像骑马行路,如能张弛有度地控制好缰绳与辔头,就可从容有节地沿着通衢大道行驶下去。

正是在这里,《通变》篇第一次出现了"通"与"变"分用的情形。其中"负气以适变"一句显然还是在首段"文辞气力,通变则久"意义上说的,但是"凭情以会通"一句的"会通"一词却一改前文双音节词

---

① (南朝梁)刘勰著,范文澜注:《文心雕龙注》,人民文学出版社,1958年版,第521页。

"通变"中的"通"一词表意含糊的状态,被赋予了有别于"变"的明确内涵。参照《定势》篇"因情立体,即体成势"的说法,刘勰所说的"凭情以会通"的对象应当即是"因情"而立的"常体"和"大体";而所谓"会通",参照《体性》篇的"八体虽殊,会通合数,得其环中,则辐辏相成"①及《物色》篇的"古来辞人,异代接武,莫不参伍以相变,因革以为功,物色尽而情有余者,晓会通也"②两例中"会通"一词的用法,应当理解为在以自己之情理解古人之情的基础上,将古人所确立的"文统"和"大体"与自己的文章写作会合贯通起来。至此,《通变》篇文首提出的"相因—通变"相对的概念关系就自然转换为《通变》篇文末形成的"会通—适变"相对的概念关系。"会通—适变"相对的概念关系较文中出现过的"斯斟酌乎质文之间,而櫽括乎雅俗之际,可与言通变矣"及"参伍因革,通变之数也"两种笼统的说法,同时在概念的形式和意义层面扩展了"通变"一词的原有用法,使"通"由原指事"变"的目的与效果,转而指向文"变"的基础与前提(即"有常之体"),刘勰的"通变"论也由此完成了从"名不副实"到"名实相副"的逻辑历程。

在《通变》篇之"赞"中,刘勰通过调整《周易》"通变"论中的一个经典表述,更明确地体现了他对"通变"一词的创造性使用:

> 赞曰:文律运周,日新其业。变则其久,通则不乏。趋时必果,乘机无怯。望今制奇,参古定法。③

与这里带着重号的字对应的《周易》"通变"论的原文是:"易,穷则变,变则通,通则久。"在原句中,"通"是"变"的结果,"久"是"通"的结果,"变"—"通"—"久"构成了一个前因后果的线性关系。但是经刘勰调整后,"变"是指"望今制奇","通"是指"参古定法";"变"的结果是"可久","通"的结果是"不乏";"可久"指向未来(与首段"骋无穷之路"呼应),"不乏"源自传统(与首段"饮无穷之源"呼应),而且"通则不乏"又成为"变则可久"的前提条件。

就这样,"相因—通变"相对转换成了"会通—适变"相对,"变则通,通则久"调整成了"变则可久,通则不乏"。这两处表述形式的改

---

① (南朝梁)刘勰著,范文澜注:《文心雕龙注》,人民文学出版社,1958年版,第506页。
② 同上书,第694页。
③ 同上书,第521页。

变,标志着刘勰将《周易》"变而通之"意义上的一般"通变"论,转化成了《通变》篇"通而变之"(或曰"会通适变")意义上的文学"通变"论,完成了《文心雕龙》文学"通变"论的独特建构。

本 章 小 结

《文心雕龙》"通变"论并非《周易》"通变"论在文论中的直接运用。在《周易》"通变"论中,"变"是天然合理的,"变"是"通"的条件,"通"是"变"的结果。但在刘勰看来,由于南朝以来的文学"新变"产生了太多的"爱奇"之风、"浮诡"之言和"淫丽"之辞,导致了"文体解散"的严重弊端,使文章之"变"成为需要反思和批判的对象。由此形成了刘勰文学"通变"论的独特思路和特殊内涵:其论述重点不是如何鼓励和推动文章之"变",而是怎样通过对源于经典的"有常之体"之"相因"来规范文章之"变",以克服"新变"之弊;其所说的"通"也主要不是指向文章之"变"的结果,而主要指向文章之"变"的前提,即对传统"有常之体"的"会通"。① 刘勰通过将传统"通变"论置入《文心雕龙》"以正驭奇、以常驭变"的整体论文思路,并经由对"通变"一词的创造性使用,重建了"通变"概念的意义结构和具体内涵,从而将《周易》"变而通之"意义上的一般"通变"论,转换成了《文心雕龙·通变》篇"会通—适变"意义上的文学"通变"论。

---

① 〔苏联〕巴赫金《陀思妥耶夫斯基诗学问题》第四章"陀思妥耶夫斯基作品的体裁特点和情节布局特点"有一段关于"体裁"(相当于刘勰所说的"有常之体")性质和功能的一般论述,可与刘勰"通变"论中的文体观相互参照、印证和发明:"文学体裁就其本质来说,反映着较为稳定的、'经久不衰'的文学发展倾向。一种体裁中,总是保留有已在消亡的陈旧的因素。自然,这种陈旧的东西所以能保存下来,就是靠不断更新它,或者叫现代化。一种体裁总是既如此又非如此,总是同时既老又新。一种体裁在每个文学发展阶段上,在这一体裁的每部具体作品中,都得到重生和更新。体裁的生命就在这里。因此,体裁中保留的陈旧成分,并非是僵死的而是永远鲜活的;换言之,陈旧成分善于更新。体裁过着现今的生活,但总是记着自己的过去,自己的开端。在文学发展过程中,体裁是创造性记忆的代表。正因为如此,体裁才可能保证文学发展的统一性和连续性。"(《巴赫金全集》第5卷,白春仁、顾亚玲译,河北教育出版社,2009年版,第137页。)

第五章 文体论视野中的诸"风骨"说内涵解读与比较

——从刘勰、钟嵘到陈子昂

刘勰《文心雕龙》中的"风骨"说、钟嵘《诗品》中的"风力"说以及陈子昂《与东方左史虬修竹篇序》(下文简称《修竹篇序》)中的"风骨"说是中国古代文学风骨论中的三个重要个案。在这三者中,尤以对刘勰《文心雕龙·风骨》篇中"风骨"一词研究成果最为众多,释义也最为纷杂。① 直至当下,"风骨"概念的阐释整体上在仍处于言人人殊的状态。但正如邓仕樑《"能研诸虑,何远之有哉"——〈文心雕龙·风骨〉九虑》一文所言,"《文心雕龙》撰写的目的,是为初习文章者提供学文的坦途,属于教人写文章的入门书,而非修身教科书,也不是研究圣人思想的著作",而《风骨》篇作为文章写作教科书中的一篇,其基本含义应该不会"深奥难懂"。② 古代文论概念阐释中不时遭遇的一些看似难解的困局,其主要原因很多时候并不在概念本身,而在于研究者未能理清概念的内外关系,未能在观念语境和概念体系中对研究对象进行准确定位,从而找到分析概念的正确思路。

---

① 据戚良德《文心雕龙学索引》(上海古籍出版社,2005年版)一书统计,迄至2005年,中国发表的研究刘勰"风骨"说的单篇论文已有224篇之多,如果再计入专著中论及刘勰"风骨"说的内容,其数量更为可观。2005年至今,仅大陆学界又新增研究"风骨"说论文60多篇(据"中国知网"等检索)。关于"风骨"一词的内涵,陈耀南《〈文心〉"风骨"群说辨疑》(《求索》1988年第3期)一文已梳理出64家10类说法,汪涌豪在为《文心雕龙学综览》(杨明照主编:《文心雕龙学综览》,上海书店出版社,1995年版)一书所写的"风骨"专题中列举了12种有关"风骨"的释义,童庆炳《〈文心雕龙〉"风清骨峻"说》(《文艺研究》1999年第6期)又将"影响较大的"有关"风骨"的解说归纳为10种。

② 邓仕樑:《能研诸虑,何远之有哉! ——〈文心雕龙·风骨〉九虑》,台北"中研院"中国文哲研究所编:《中国文哲研究集刊》第12期,1998年3月。

第一节　亦内亦外,喻义多样:从"骨"在生命结构中的特殊位置说起

郁沅在《〈文心雕龙〉"风骨"诸家说辩正》一文中认为,理解《文心雕龙》"风骨"概念"最主要的分歧是在对'骨'的不同理解上"①。这一判断道出了《文心雕龙·风骨》篇研究中的一个重要事实,即研究者对刘勰有关"骨"之论述的不同选择和偏重,在很大程度上影响了他们对"风骨"论内涵的理解。这一事实也提醒我们,要想有效解读刘勰"风骨"论的内涵,就不能回避对《文心雕龙》中有关"骨"的诸多用法和用义的深入考察。疑难之处很可能就是答案的藏身之处。因此,如果从这一难点入手,重新全面梳理《文心雕龙》中有关"骨"的论述,探究在"骨"的诸多用法和喻义中隐含的修辞规律,也许能够找到那个最接近刘勰"风骨"论真相的突破口。

《文心雕龙》中关于"骨"的诸多论述(《风骨》篇外另有17例),呈现出两个比较明显的基本特征:其一,这些"骨"字(或称"骨鲠""骨髓")都属于比喻性用法,研究者如果明确了"骨"所譬喻的本体,也就等于解释了这些"骨"字的基本含义。其二,"骨"和"骨鲠""骨髓"等词在《文心雕龙》中的喻义又不尽一致,有的明显譬喻文意(《辨骚》:"观其骨鲠所树,肌肤所附,虽取镕经意,亦自铸伟辞。"②)有的则明显譬喻"事义"(《附会》:"必以情志为神明,事义为骨髓,辞采为肌肤,宫商为声气。")研究者选择和依据不同表述,自然就会对"骨"的含义有不同解释。学界至少有三种影响较大的"风骨"释义都与《文心》中"骨"的不同喻义直接相关:一是认为"风"属于"文意","骨"属于"文辞"。这一观点为黄侃首倡,其基本思路即根据《风骨》篇的有关论述,认为"风骨　二者皆假于物以为喻。文之有意,所以宣达思理,纲维全篇,譬之于物,则犹风也。文之有辞,所以摅写中怀,显明条贯,譬之于物,则犹骨也"③。赞同这一观点的还有范文澜、商又今、庄适、张

---

① 郁沅:《〈文心雕龙〉"风骨"诸家说辩正》,《文艺理论研究》1998年第6期。
② (南朝梁)刘勰著,范文澜注:《文心雕龙注》,人民文学出版社,1958年版,第47页。本章引《文心雕龙》原文均出自于此书,个别地方参考其他版本调整。
③ 黄侃:《文心雕龙札记》,上海古籍出版社,2000年版,第101页。

严、廖蔚卿、陈友琴、傅庚生、牟世金、张文勋等。二是认为"风"指情志,是文章的主观内容;"骨"指事义,是文章的客观内容。这一观点为刘永济首倡,廖仲安、刘国盈、潘辰、郭晋稀、张少康、邱言曦等学者也赞成此说。其主要根据即是《镕裁》篇所说的"履端于始,则设情以位体;举正于中,则酌事以取类;归余于终,则撮辞以举要"①一节以及《附会》篇所说的"以情志为神明,事义为骨髓,辞采为肌肤,宫商为声气"一句。三是认为"风"指文章形式,"骨"指文章的思想情感。此说以舒直为代表,朱恕之和黄海章等人的看法也很接近。其主要根据即是《体性》篇"志实骨髓"和《附会》篇"事义为骨髓"两句。②

后来的研究者对于"风骨"释义中出现的这些不同观点及其依据,也有不同反思和应对。一种反思观点聚焦于在把握"风骨"概念内涵时究竟应该以《风骨》篇关于"风骨"的论述为主要根据,还是能够以《文心雕龙》其他篇关于"风""骨"(主要是"骨")的表述为主要依据,并大多倾向于应该以《风骨》篇的论述为主要依据,而以其他各篇的论述为参考。③ 另一种应对方法则试图用一种解释将《文心雕龙》中各种关于"骨"的表述(包括《风骨》篇)贯穿起来,证明"骨"和"风骨"的含义在《文心雕龙》中是统一的。④

不过,如果我们的眼光能够透过上述反思和应对中的不同范围的取舍,直接面对《文心雕龙》全书中关于"骨"的种种不同用法和喻义,或者说,如果我们不急于将《文心雕龙》中关于"骨"的这些表述作为证明某种"风骨"释义的根据,而是先就《文心雕龙》中"骨"的这些不同用法和喻义自身来看,那么这些有关"骨"的丰富表述就会向研究者提示另外一些更带有根本性质的问题,吁求一种更本真的追问和探究。

---

① (南朝梁)刘勰著,范文澜注:《文心雕龙注》,人民文学出版社,1958年版,第543页。
② 参看舒直《略谈刘勰的风骨论》,《光明日报》1959年8月16日;朱恕之《文心雕龙研究》,1944年南郑县立民生工厂印;黄海章《论刘勰的文学主张——文心雕龙研究之一》,《中山大学学报》(社会科学版)1956年第3期。
③ 童庆炳:《〈文心雕龙〉"风清骨峻"说》,《文艺研究》1999年第6期。
④ 张少康:《刘勰及其〈文心雕龙〉研究》第五章第三节《文心雕龙》的风骨论——论文学的精神风貌与物质形式美",北京大学出版社,2010年版,第139—141页。

这些更具有根本性质的问题包括：为什么"骨"一词在《文心雕龙》中能够有这么多不同的喻义；"骨"的这些不同譬喻性用法之间究竟是什么关系；它们之间究竟是一种简单的多义并列，还是存在某种内在联系和转换机制？显然，学术研究中的概念阐释不同于词典释义，不能满足于多种义项的举例和罗列，而是要在差异和变化中寻求融会贯通。

《文心雕龙》中"骨"之喻义多样性的现实基础，一是"骨"本身的坚实之性和支撑作用，二是"骨"在生命整体结构中所处的特殊位置。其中生命之"骨"位置的特殊性与文论之"骨"语义多样性的关系更为直接。

就其本身来看，"骨"在生命整体结构中处在一个比较特殊的层次。首先，相对于最内在的精神、神明而言，"骨"与肌肤、毛发都同属于生命整体结构的外在层次；但在外在结构层次中，"骨"相对于最外在的肌肤、毛发而言，又处于比较内在的层次。如表5-1：

表 5-1

生命结构的内在层次	生命结构的外在层次	
	外在结构的里层	外在结构的表层
精神、神明	骨（骨髓、骨鲠）	肌肤、毛发等

其次，因为相对于外在直观的肌肤、毛发而言，"骨"又隐含在生命整体结构的内部，所以"骨"又可与"神明"一起归入生命整体结构的内在层次；但在内在结构层次中，"骨"相对于最内在的"神明"而言，又处于比较外在的层次。如表5-2：

表 5-2

生命结构的内在层次		生命结构的外在层次
内在结构的里层	内在结构的外层	肌肤、毛发等
精神、神明	骨（骨髓、骨鲠）	

最后，又因为"骨"（或"骨鲠""骨髓"）相对于肌肤、毛发的内在性和隐含性，有时就可以直接用"骨"（或"骨鲠""骨髓"）与肌肤、毛发相对，以譬喻文章结构的内外两层。如表5-3：

表 5-3

生命结构的内在层次	生命结构的外在层次
骨(骨髓、骨鲠)	肌肤、毛发等

正由于"骨"在生命结构中所处的这种亦内亦外、内层居外、外层居内的特殊位置,刘勰在《文心雕龙》中才能够根据表意的需要,非常灵活地赋予"骨"多种喻义。在《风骨》篇以外,刘勰用"骨"计 17 例(《奏启》篇两处"次骨"视为一例),其中只有《杂文》篇"甘意摇骨体,艳词洞魂识"①一例中的"骨体"用其本义,其余 16 例中的"骨"(或"骨鲠""骨髓")都属于譬喻性用法。

在"骨"的这 16 例譬喻性用法中,最常见的一种情况是将文章结构分为内在的情(志、意)和外在的辞(言、词)两层,然后以"骨""骨鲠""骨髓"等词譬喻文章内在的情、志、意等。如下面几例:

> 观其骨鲠所树,肌肤所附,虽取镕经意,亦自铸伟辞。(《辨骚》)
>
> 然逐末之俦,蔑弃其本,虽读千赋,愈惑体要,遂使繁华损枝,膏腴害骨,无贵风轨,莫益劝戒。(《诠赋》)
>
> 观剧秦为文,影写长卿,诡言遁辞,故兼包神怪。然骨制靡密,辞贯圆通,自称极思,无遗力矣。
>
> 构位之始,宜明大体,树骨于训典之区,选言于宏富之路;使意古而不晦于深,文今而不坠于浅,义吐光芒,辞成廉锷,则为伟矣。(《封禅》)
>
> 辞为肌肤,志实骨髓。(《体性》)
>
> 虽复轻采毛发,深极骨髓,或有曲意密源,似近而远,辞所不载,亦不胜数矣。(《序志》)②

其中喻体和喻义的对应关系见表 5-4:

---

① (南朝梁)刘勰著,范文澜注:《文心雕龙注》,人民文学出版社,1958 年版,第 255—256 页。
② 同上书,第 47、136、394—395、506、727 页。据周振甫《文心雕龙注释》第 313 页注,改"肤根"为"肌肤"。

表 5-4

篇目	喻体	喻义
《辨骚》	肌肤	辞
	骨鲠	旨
《诠赋》	膏腴(繁华)	(缺,应指多余之辞)
	骨(枝)	体要(文体要义)
《封禅》	(缺)	辞、言
	骨	(缺,应指文意)
《体性》	肌肤	辞
	骨髓	志
《序志》	毛发	辞
	骨髓	意

在上面这些例子中,所呈现的都是最基本的"意(志、旨)—辞(言)"二分式文章结构,因此刘勰采用的主要是"骨鲠(骨髓)—肌肤(毛发)"这对喻体组合(有时刘勰也会采用"骨—辞"相对这种看起来更简洁的组合,如《封禅》篇之例)。如果需要对文章结构作更细致的分析和说明,刘勰便会选择一种更具体的喻体组合进行譬喻,而"骨"的位置和喻义也就会随之发生变化。如学界常引的《附会》篇中的这个例子:

> 夫才量学文,宜正体制:必以情志为神明,事义为骨髓,辞采为肌肤,宫商为声气。

与前面的"意—辞"二分式文章结构相比,这里的"情志—事义—辞采—宫商"四分式文章结构相当于将"意"再分为"情志"和"事义"两层,将"辞"再分为"辞采"和"宫商"两层。因此,"骨髓"一词在这里就被刘勰用来譬喻文意中的较外一层——"事义",而最内在的一层文意——"情志"则直接以生命结构中最内在的一个层次"神明"来譬喻。与此相同的还有《诔碑》篇中的这个"骨鲠":

> 观杨赐之碑,骨鲠训典,陈郭二文,词无择言。周胡众碑,莫非清允。其叙事也该而要,其缀采也雅而泽。清词转而不穷,巧

义出而卓立。察其为才,自然而至。①

所谓"骨鲠训典",意即"以训典为骨鲠",指的是蔡邕在为杨赐撰写的碑文中恰当地引用了《尚书》之《伊训》《舜典》中的一些语句,使碑文显得很坚实、精要。这里的"骨鲠"即譬喻碑文所引用的《伊训》《舜典》中的语句和语义,后者属于"事义"一类。

除此之外,"骨"有时还用来譬喻文章写作的根本要求和优秀品质,而不仅指文中之意。如下面两个例子:

> 经也者,恒久之至道,不刊之鸿教也。故象天地,效鬼神,参物序,制人纪,洞性灵之奥区,极文章之骨髓者也。(《宗经》)

> 相如之难蜀老,文晓而喻博,有移檄之骨焉。及刘歆之移太常,辞刚而义辨,文移之首也。陆机之移百官,言约而事显,武移之要者也。(《檄移》)②

表面上看来,这两例中的"骨髓""骨"的用法和喻义似乎与上述第一类例子中的"骨"相同,但仔细琢磨就会发现并不一样。《宗经》篇中的这句话是从文章写作角度对经典之文的一个整体评价,所谓"极文章之骨髓",意思是说五经之文是文章中的精华,体现了文章最根本、最优秀的品质和要求。这些最根本、最优秀的文章品质显然不局限于文意,应该涵盖了构成文章的所有基本要素和结构层次。《宗经》篇后文所总结的"一则情深而不诡,二则风清而不杂,三则事信而不诞,四则义直而不回,五则体约而不芜,六则文丽而不淫"一段,即可视为对"文章之骨髓"的具体说明。《檄移》篇所说的"移檄之骨"与此同理,也应该理解为司马相如的《难蜀父老》一文体现了"移"体之文的根本要求和优秀品质。后文所说的"文移之首"和"武移之要"也都是就所举作品在同类作品中的地位而言。③

---

① (南朝梁)刘勰著,范文澜注:《文心雕龙注》,人民文学出版社,1958年版,第214页。
② 同上书,第21、379页。
③ 如陆侃如所说:"所谓'极文章之骨髓',就是充分理解或彻底掌握了写作的最根本的东西;所谓'有移檄之骨焉',就是说司马相如的《难蜀父老》一篇具有檄文最主要的特征。"(见氏著:《〈文心雕龙〉术语用法举例——书〈释"风骨"〉后》,《文学评论》1962年第2期。)

《文心雕龙》中还有一类"骨"或"骨鲠"与人物品评中的"骨"或"骨鲠"喻义相近,都是譬喻一种耿介正直、坚贞不屈的人格。如下面两个例子:

> 陈琳之檄豫州,壮有骨鲠,虽奸阉携养,章密太甚,发丘摸金,诬过其虐;然抗辞书衅,皦然露骨矣。(《檄移》)
> 杨秉耿介于灾异,陈蕃愤懑于尺一,骨鲠得焉。(《奏启》)①

第一例中的"壮有骨鲠"和"皦然露骨",是指陈琳《为袁绍檄豫州》一文揭露、讨伐曹操之恶,语气慷慨激昂,显示出强烈的义愤。第二例是说杨秉和陈蕃都能直言上谏,面陈汉帝之过,表现了一种耿介不平、忠直敢言的志气。不过由于这种勇气和人格仍然是通过其文章体现出来的,所以从另一个角度来看,这两例中的"骨鲠"也可视为对文章所表现的作者情志的譬喻。

《奏启》篇还有一例,"骨"之喻义又与上例不同:

> 是以世人为文,竞于诋诃,吹毛取瑕,次骨为戾,复似善骂,多失折衷。(赞语中又再次提到"虽有次骨,无或肤浸"。)②

句中或"毛—骨"相对,或"肤—骨"相对,其喻体组合形式与前述第一类相同,但用在这里却并非譬喻文章的内外两个结构层次,而是比喻诋诃者对他人从外到内各个方面的挑剔、指责和攻击。

最后还有两个例子:

> 章以造阙,风矩应明,表以致禁,骨采宜耀。(《章表》)
> 及陆机断议,亦有锋颖,而谀辞弗剪,颇累文骨。(《议对》)③

至于这两例中"骨采"和"文骨"的喻义,则需与《风骨》篇放在一起说明。

---

① (南朝梁)刘勰著,范文澜注:《文心雕龙注》,人民文学出版社,1958年版,第378、422页。
② 同上书,第423—424页。
③ 同上书,第408、438页。

第二节 端直之言,骏爽之情:完整理解黄侃《风骨》札记及其意义

在上文已经分析过的15例中,至少有7例中的"骨"都是直接譬喻文意(其中有情志与事义之别),另有5例中的"骨"虽然所喻不属于文意,但同样也是对事物内在结构层次的譬喻。这种情况也在相当程度上说明:从品评人物到评论文章,"骨"一词无论在前人那里还是在刘勰这里,都曾被广泛用来譬喻生命结构和文章结构的内在层次。

当研究者带着对"骨"的这样一种印象和前见来面对《风骨》篇中如此之多将"骨"与"辞"相联系的论述时,其困惑、纠结、分歧乃至误判可想而知:

> 是以怊怅述情,必始乎风,沉吟铺辞,莫先于骨。故辞之待骨,如体之树骸;情之含风,犹形之包气。结言端直,则文骨成焉;意气骏爽,则文风清焉。若丰藻克赡,风骨不飞,则振采失鲜,负声无力。……故练于骨者,析辞必精;深乎风者,述情必显。捶字坚而难移,结响凝而不滞,此风骨之力也。若瘠义肥辞,繁杂失统,则无骨之征也。思不环周,牵课乏气,则无风之验也。①

《风骨》篇中这些与前引诸例明显不同的关于"骨"的表述,正是"风骨"释义中很多分歧和争持的焦点所在。面对这种差异,研究者们选择了多种不同的阐释策略。有的学者竭力淡化《风骨》篇中的这些论述,转而从《文心雕龙》其他篇目中收集有关"骨"的论述作为论据,以证明"风骨"之"骨"仍然表示文章的情志或义理②;有的学者则努力将"骨"与文辞所表达的思想内容联系起来,从而将"骨"之喻义的重点引申到文辞所表达的思想内容上③;还有的学者否定《风骨》篇与其

---

① (南朝梁)刘勰著,范文澜注:《文心雕龙注》,人民文学出版社,1958年版,第513页。据周振甫《文心雕龙注释》第323页注,改"索莫"为"牵课"。

② 参看刘永济《文心雕龙校释》"风骨"释义,中华书局,2007年版,第97—98页。

③ 〔日〕目加田诚认为:"'骨'在文艺理论中可以说指文辞的结构,同时也与义理即内容、思想有关,因此当然是通过内容、精神以及文辞的组合来表现的。所谓'有骨',就是把确凿的事实用适切简炼的言辞表达出来。'辞中有骨'来源于相当充实的思想内容,所以这两者决非截然不同的两回事。"(见氏著《刘勰的〈风骨〉论》,1966年,彭恩华译,王元化编选:《日本研究〈文心雕龙〉论文集》,齐鲁书社,1983年版,第240页。)

他各篇"骨"之喻义的差异性,坚持以其他篇目中"骨"的用法和喻义作为基准和依据,并将"风骨"之"骨"的内涵与其他篇目"骨"之喻义统一起来,认为"风"是指作家的主观情感和气质特征在作品的体现,"骨"是指作品的客观内容所表现的思想力量。① 但是,淡化《风骨》篇的论述有逃避之嫌,从文辞引申到思想内容又会制造新的混淆,强求《风骨》篇与其他篇中"骨"之喻义的统一则会严重削弱甚至取消《风骨》篇的特殊意义。

问题是,如果"风骨"之"骨"同样是譬喻情志、事义,刘勰为什么要一而再、再而三地强调"骨"与"辞"的联系?为什么《风骨》篇中没有一句直接说明"骨"与情志、事义的直接关系?如果"风骨"之"骨"确实意在强调文辞所表达的思想内容而非文辞本身,刘勰又为什么偏偏要"躲在"文辞后面指指点点,而不是直接予以说明?这似乎也并不符合刘勰一贯的"务求辞达"的文风。如果"风骨"之"骨"与其他各篇之"骨"喻义相同或相近,为什么《风骨》篇不采用与其他各篇相同或相近的表述而是另说一套,一再将"骨"与"辞"联系在一起?

进言之,为什么当刘勰以"骨"譬喻"情志""事义"等不同层次的文意时,研究者并不难以理解和接受,也未出现分歧和争论?而为什么当刘勰将"骨"与"辞"直接联系起来,有明显的以"骨"喻"辞"的倾向时,研究者却产生了如此之多的困惑、分歧与争论?

说到底,刘勰在《风骨》篇中是否确实以"骨"喻"辞"?如果确实是,刘勰为什么要在以"骨"喻"志"、以"骨"喻"事义"的同时,还要以"骨"喻"辞"?他又是在什么具体意义上以"骨"喻"辞"的?

其实,只要研究者不持双重标准,就难以否定《文心雕龙·风骨》篇在"骨"与"辞"之间自觉建立的譬喻关系。当研究者能够根据"观其骨鲠所树,肌肤所附,虽取镕经意,亦自铸伟辞"(《辨骚》)一句得出刘勰是以"骨鲠"喻"经旨",能够根据"辞为肌肤,志实骨髓"一句判断刘勰是以"骨髓"喻"志",还能够根据"以情志为神明,事义为骨髓,辞采为肌肤,宫商为声气"一句看出刘勰是以"骨髓"喻"事义",又怎么能够在面对《风骨》篇中"沉吟铺辞,莫先于骨""辞之待骨,如体之树骸""结言端直,则文骨成焉""故练于骨者,析辞必精"等一系列"骨"

---

① 张少康:《刘勰及其〈文心雕龙〉研究》,北京大学出版社,2010年版,第139—141页。

"辞"紧密关联的表述时,还竟然无视"骨"与"辞"之间明显存在的对应关系和譬喻关系呢?

在这一问题上,相较于后世诸多在"骨""辞"关系上反复纠结的研究者,黄侃在近一个世纪前撰写的《风骨》篇札记,却体现出一种难得的通达和理性。其《风骨》篇札记一开头即声明"风骨二者皆假于物以为喻"云云,接下来以此判断为基础,层层剖析,逐段解读,思路条贯缜密,论证透彻圆融。

因此,对于《风骨》篇的阐释者来说,研究重点不应该再停留于争论"骨"与"辞"之间是否存在譬喻关系,而应该在正视"骨"与"辞"之间实际存在的譬喻关系的基础上,进一步思考这样一个问题:刘勰为什么在其他篇目中大多以"肌肤"或"毛发"譬喻文辞,而在《风骨》篇中却要别具一格地以"骨"譬喻文辞,其根据是什么,其目的又是什么?

首先要说明的问题是刘勰可不可以"骨"譬喻文辞。参照本章第一节所列的表5-1,如果对生命整体作"形—神"二分,"骨"和"肌肤"其实都属于生命之"形",这样一来,"骨"就完全可以对应于"意—辞"(或"情—辞")二分式文章结构中的"辞"这一层次。文章结构与生命结构的这一对应关系正是刘勰能够以"骨"喻"辞"的现实基础。研究者既然能够理解"骨"在"肌肤"之内,又为什么不能理解"骨"与"肌肤"皆在"神明"之外?

还要进一步明确的是,同样属于生命整体结构中广义的外形,"骨"又毕竟有异于"肌肤",处于一个较内在的层次。正是由于"骨"在生命结构外形中这种"外而内"的特殊位置,刘勰在《风骨》篇并非以"骨"泛喻一般文辞,而是以"骨"专门譬喻那种经过反复锤炼的精练、端直的文辞——这种精练、端直之辞构成了文辞中坚实的骨骼。

除了"外而内""内而外"这一位置特征之外,"骨"在《文心雕龙》中之所以能够并在实际上被用作志气、经旨、事义及端直之辞等多种文体构成因素的喻体,还与其所具有的另一个基本特征——坚实——直接相关。"骨"可以譬喻文意中的"志"和"经旨",但不能譬喻文意中的"情"。因为"志"和"经旨"是经过长期沉淀、反复提炼过的坚牢、密实之意,而"情"性属温柔,态易流动,所以最合适的喻体自然就是"风"。"骨"所譬喻的"事义"(即事类、典故)也是历史故事和文本的浓缩,是文中一种"信息密度"很高的材料,具有言简义丰的特点,而

"骨"所譬喻的"端直之辞"也恰恰多与"事义"的使用密切相关。

分析至此,特别需要澄清一下学界对黄侃"风骨"释义颇为流行的一个误解。不少研究者在提及黄侃的"风骨"释义时,往往摘出其中的"风即文意,骨即文辞"一句,视之为黄侃对"风骨"概念的基本理解,并进而质疑这一观点的合理性和理论意义——或认为这一解释与《文心雕龙》其他诸篇"骨"之用法和喻义不符,或认为这一解释不够确切,未能揭示"风骨"概念的特殊内涵。但是,仅仅摘出这一句作为黄侃对"风骨"概念的解释,实际上是对《风骨》篇札记的断章取义。要准确、完整地把握黄侃的本意,至少要注意《风骨》篇札记中的这两段话:

> 风骨 二者皆假于物以为喻。文之有意,所以宣达思理,纲维全篇,譬之于物,则犹风也。文之有辞,所以摅写中怀,显明条贯,譬之于物,则犹骨也。必知风即文意,骨即文辞,然后不蹈空虚之弊。或者舍辞意而别求风骨,言之愈高,即之愈渺,彦和本意不如此也。……其曰结言端直,则文骨成焉,意气骏爽,则文风清焉者,明言外无骨,结言之端直者,即文骨也;意外无风,意气之骏爽者,即文风也。①

将两段解说放在一起,可以很清楚地看出黄侃的阐释思路和过程:他首先指明"风""骨"二词就其本身而言只是两个"喻体",因此理解"风骨"含义的第一步就是要找到相应的"本体"。黄侃根据《风骨》篇的具体论述及贯穿《文心雕龙》全书的"情—辞"二分式文章结构,认为"风""骨"这两个喻体分别对应于"情""辞"这两个文章基本构成要素。正是在这个基本意义上,黄侃首先明确了"风即文意,骨即文辞"。但是,这又并非黄侃关于"风骨"之义的完整理解和结论,而应是他为"风""骨"二喻划定的一个基本范围,以使解读不至于偏离大的方向。这层用意更清楚地体现在"必知风即文意,骨即文辞,然后不蹈空虚之弊"这一完整表述中:之所以强调"风即文意,骨即文辞",是为了使人们对"风骨"的理解"不蹈空虚之弊",能够将"风骨"的要求落到文体结构和文章写作的实处。因此,"风即文意,骨即文辞"这一

---

① 黄侃:《文心雕龙札记》,上海古籍出版社,2000年版,第101页。

判断与其说是对"风骨"内涵的准确界定,不如说是对"风骨"概念内涵的初步描述。这种表述类似于说"柳是植物,牛是动物"——这两个判断在逻辑上完全可以成立,而且也有其认识作用,但这种判断又显然不同于严格定义式的判断。

第二段解说在"风即文意,骨即文辞"这一初步判断的基础上,对"风骨"概念有了一个更准确、更具体的说明:"其曰结言端直,则文骨成焉,意气骏爽,则文风清焉者,明言外无骨,结言之端直者,即文骨也;意外无风,意气之骏爽者,即文风也。"这里所说的"言外无骨"和"意外无风"与前文所说的"风即文意,骨即文辞"大意相同,但这种表述方式更加合乎逻辑,也提醒研究者不能把"风即文意"理解为"风等于文意",把"骨即文辞"理解为"骨等于文辞"。那么,"风"与"情"(一种最强烈、最感人的"意")、"骨"与"辞"究竟是一种什么关系呢?黄侃在这里实际上已经分别作了一个相当准确且不至于引发歧义的判断:"结言之端直者,即文骨也","意气之骏爽者,即文风也"。换言之,所谓"文骨",就是文章语言中端直的那一部分(简单说即"端直之言");所谓"文风",就是文章情意中骏爽的那一部分(简单说即"骏爽之情")。这才应该是黄侃对"风骨"含义比较完整、准确的解释。

由此也可见,黄侃的这篇《风骨》篇札记实际上在现代《文心雕龙》学开端就已对"风骨"概念的一般规定性和特殊规定性作了颇为准确、完整的解说。但后来的情况是,尽管黄侃的"风骨"释义也被不少学者接受,却一直未能获得更普遍的认可,质疑者和反对者不乏其人。质疑者一方面对其解说断章取义,一方面对所断取的观点进行大幅度修正乃至较彻底的否定。导致这种情况的原因有很多,但是很重要的一点就是:无论质疑者还是黄侃本人,都未能从"骨"在生命整体结构中亦内亦外、居内而外、居外而内的特殊位置入手,从"骨"一词的表意机制层面解释清楚《风骨》篇"骨"之喻义有异于其他篇"骨"之喻义的深层原因。在后来的"风骨"释义中出现的很多"非此即彼"的取舍、"亦此亦彼"的调和以及"不分彼此"的牵强,应该都与这一原因有关。

如果说黄侃以其客观严谨的态度和精细条理的分析,从《风骨》篇的整体论述中领会并把握住了"风骨"概念的准确内涵,那么本章所做的就是要进一步分析清楚:为什么"骨"一词在《文心雕龙》其他诸篇可以譬喻情志,譬喻事义,而在《风骨》篇中又可以用来譬喻文辞(准确说是譬喻内在于一般文辞中的端直之辞)。只有解释清楚了这一问题,才能真正超越《风骨》篇"骨"之喻义与其他诸篇"骨"之喻义的表面差异,在一个更基本的层面将《文心雕龙》中诸多有关"骨"的用法和喻义联系起来,实现对这些用法和喻义的融会贯通的理解;同时也才能为黄侃的"风骨"释义奠定更坚实的学理基础,从根本上澄清研究者根据《文心雕龙》其他诸篇"骨"之喻义对黄侃"风骨"释义的质疑。

下面再回到《风骨》篇原文,细致梳理一下刘勰关于"风骨"的几个比较关键的论述:

第一个关键论述是"怊怅述情,必始乎风,沉吟铺辞,莫先于骨"一句,说明的是"风骨"在文学作品中的重要性,强调有"风"是对抒情的基本要求,有"骨"是对措辞的基本要求。

第二个关键论述是"辞之待骨,如体之树骸;情之含风,犹形之包气"一句,进一步明确了"风"与"情"、"骨"与"辞"的具体关系。刘勰很清楚地指出:"骨"内在于"辞"就像骨骸坚立在躯体里,"风"内在于"情"就像"气"包含在形体中。刘勰用一种还原式譬喻把"风骨"概念所蕴含的譬喻关系加以挑明,同时也就指明了"情"与"风"、"辞"与"骨"之间包含与被包含的关系。

第三个关键表述是"结言端直,则文骨成焉;意气骏爽,则文风清焉"一句,又更具体地说明了包含于"情辞"中的"风骨"还具有哪些不同于一般情辞的特殊性质。言辞端直了,就成了"文骨",所以"文骨"就是那种端直的言辞;情意骏爽了,就成了"文风",所以"文风"就是那种骏爽的情意。刘勰后文又说:"故练于骨者,析辞必精;深乎风者,述情必显。"这句话所包含的两个判断与前引"结言端直"一句所包含的两个判断,实际上构成了两组"互逆命题":前面说言辞结构端直有力了,就形成了"文骨";这里说要练成"文骨",就必须精炼地运用文辞。前面说文意表达骏爽有力了,就生成了"文风";这里说要使"文风"深厚,就必须充分地抒发情感。这两组"互逆命题"式表述,更确凿地阐明"风"即深厚骏爽之情,"骨"即端直精练之辞。论述至此,刘勰笔下的"风骨"已经不仅可以义解,甚至仿佛已直接可感。文辞锤炼精练,安排端直了,自然触之如有骨骼;文意酝酿充足,表达骏爽了,自然感之如沐清风。如此"风骨",既不失美好,又历历可感。无须弄得云山雾罩,才显出"风骨"的高妙。

以上三个关键论述是刘勰对"风骨"的正面说明。接下来的第四步,刘勰又从反面对文章缺乏"风骨"的表现和成因作了分析。所谓"若丰藻克赡,风骨不飞,则振采失鲜,负声无力",是说缺乏"风骨"的作品尽管辞藻丰赡,但却不够鲜明,不能振起(此为骨力不足),其声调节奏也没有生气和力量(此为风力不足)。所谓"若瘠义肥辞,繁杂失统,则无骨之征也。思不环周,牵课乏气,则无风之验也",是对文章"无骨""无风"病因的具体诊断:文意贫瘠却堆砌过多的辞藻,文辞繁多芜杂但缺少条理和整体安排,这是文章"无骨"的表现;文思贫乏破碎,文气不能连贯周融,勉强拼凑堆叠成文,这是验证文章"无风"的根据。刘勰的这些论述也表明,"无风"的主要原因在于文意不足,而"无骨"的主要原因则在于文辞过多。

第五步,刘勰还从正反两方面对"骨"在辞中的特殊位置作了更精确的规定。刘勰认为,在"骨"这种端直、精练的文辞之外,还有两类文辞:一种是与"骨"相对立的"肥辞",一种是与"骨"相统一的"采"。"肥辞"不仅不属于"骨",而且有害于"骨"。范文澜对此区分甚明:"辞之端直者谓之辞,而肥辞繁杂亦谓之辞,惟前者始得文骨之称,肥辞不与焉。"[①]前引《议对》篇也说:"及陆机断议,亦有锋颖,而谀辞弗剪,颇累文骨。""谀辞"即"肥辞"。如果不能适当地删减"谀辞","文骨"就要受累,就像一个人过于肥胖,必然使骨骼不堪重负。这里的"文骨"显然不是用来譬喻更内在的文意(前面已有"锋颖"譬喻陆机《晋书限断议》中提出的鲜明尖锐的观点),而是特指文辞中的骨干。

文章有了"风骨",就如同生命有了充沛旺盛的精神和结实端正的骨架,但对于一个完整美好的生命来说,仅有此二者显然还不足够,此外还需要健康美丽的肌肤和恰当精致的修饰。刘勰把文章整体中与此对应的层次称为"采"。如果说"肥辞"对"骨"来说是多余的,那么"采"对"骨"来说就是必要的。所谓"若风骨乏采,则鸷集翰林;采乏风骨,则雉窜文囿;唯藻耀而高翔,固文笔之鸣凤也"[②]。无论"风骨乏

---

① (南朝梁)刘勰著,范文澜注:《文心雕龙注》,人民文学出版社,1958年版,第516页。
② 同上书,第514页。

采"的"鹰隼"式文章,还是"采乏风骨"的"翚翟"式文章,都有明显不足;而只有风骨兼采、力与美兼备的"鸣凤"式文章,才符合理想。因为"骨""采"是正面相关的两种文辞,所以刘勰又将"骨""采"合成了"骨采"一词,这也即是将文辞的内外两层(坚实的骨干和美丽的修饰)合为一体。如前引《章表》篇"章以造阙,风矩应明;表以致禁,骨采宜耀"一例即以"骨采"一词概括文辞的主干和修饰两层。这句话中的"风矩"对应于"情","风"为情之体,"矩"为情之用;"骨采"对应于"辞","骨"为辞之干,"采"为辞之饰。刘勰以"骨采"代"辞",更鲜明地体现了他对章表体文章之辞的要求。①

这样,刘勰实际上就在《风骨》篇建构了一种特殊的文体结构,即"风+骨+采"的三分式文体结构。

以上通过对《文心雕龙·风骨》篇及相关篇目的整体解读,明确了"风骨"概念具体所指及其与其他概念间的联系,同时也清晰地呈现了"风骨"所处的文体结构关系,并水到渠成地揭示了刘勰"风骨"说与文体论的内在关联。就其具体所指来看,刘勰所说的"风"和"骨"乃是对两种文体结构要素(骏爽之情和端直之辞)的譬喻式指称,绝非什么模糊不定、难以名状之物;从其文论修辞来说,刘勰的"风骨"说体现的是生命整体结构与文章整体结构之间的同构类比关系,是生命结构与文体结构相互融合的理论表达。

从《文心雕龙》全书来看,刘勰"风骨"论实为其一系列文章整体论和文体结构论的一个特殊层次和类型。贯穿《文心雕龙》全书的文章整体观最直观、鲜明地体现为多次以人或其他动植物的有机生命整体譬喻文章(文体)的整体构成。如《附会》篇谓:"夫才量学文,宜正体制;必以情志为神明,事义为骨髓,辞采为肌肤,宫商为声气。"这是以人之生命整体的构成层次——譬喻文章整体的每一个构成层次(这里的"体制"即指文体构成),体现了文体构成与生命整体之间的高度同构关系。又谓"首尾周密,表里一体",这是以生命整体的首尾和表里关系譬喻文体的完整和统一。又谓"若统绪失宗,辞味必乱,义脉不

---

① 《风骨》篇也提到了"骨采":"若骨采未圆,风辞未练,而跨略旧规,驰骛新作,虽获巧意,危败亦多,岂空结奇字,纰缪而成经矣?"但是这里所说的"骨采未圆,风辞未练"更像是一句互文,应该合为"风骨辞采未能圆练"。如果单独理解,"骨采"自然可以成词,但"风辞"则缺少具体所指。

流,则偏枯文体",这是从反面说明如果文义不能贯通会使文体(文章整体)像偏枯的人之生命。他篇也有类似表述,如《章句》篇谓"外文绮交,内义脉注,跗萼相衔,首尾一体",这是以动植物生命内外首尾的统一喻文体的有机统一。

受六朝盛行的文章观念的影响,刘勰在具体论文时也习惯于在整体上将文体结构二分为"意"与"言"、"情"与"辞"、"义"与"辞"、"情"与"采"等,以此为框架描述不同类型或不同作者文章的特征,总结文章写作的普遍规范或不同类型文章写作的特殊要求。比较而言,《文心雕龙》上篇"论文叙笔"主要体现了刘勰分论各类文体时所贯穿的二分式结构意识。如《诠赋》篇论赋体:"情以物兴,故义必明雅;物以情观,故词必巧丽。"《颂赞》篇论赞体:"约举以尽情,昭灼以送文,此其体也。"《杂文》篇论连珠体:"足使义明而词净,事圆而音泽,磊磊自转,可称珠耳。"《论说》篇谈论体:"故其义贵圆通,辞忌枝碎。"下篇综论文术主要是从一般层面体现了刘勰对二分式文章整体结构的理解。如谓"意翻空而易奇,言征实而难巧也"(《神思》),"拙辞或孕于巧义,庸事或萌于新意"(《神思》),"夫情动而言形,理发而文见,盖沿隐以至显,因内而符外者也"(《体性》),"怊怅述情,必始乎风,沉吟铺辞,莫先于骨"(《风骨》)"情者,文之经;辞者,理之纬。……经正而后纬成,理定而后辞畅,此立文之本源也"(《情采》),"理资配主,辞忌失朋"(《章句》),"或义华而声悴,或理拙而文泽"(《总术》),"情以物迁,辞以情发"(《物色》),"夫缀文者情动而辞发,观文者披文以入情"(《知音》)等。要言之,刘勰关于"文体"的内在整体结构的观点与其对"文章"的内在整体结构的认识是相互统一的,前者是对后者更高程度的自觉。

以文体结构的二分式模式为基础,刘勰又根据不同目的和具体论文语境衍生出若干种更具体的文体结构划分。其一如《附会》篇提出的"情志(神明)—事义(骨髓)—辞采(肌肤)—宫商(声气)"四分式文体结构。在这种文体结构划分模式中,广义上的文章之"意"被划分为更为抽象、内在的"情志"和较为具体、外在的"事义"两个层次,而文章的语言形式则依据视觉和听觉被细分为"辞采"和"宫商"两种形式,充分体现了六朝文章对语言声律美的自觉追求。其二如《宗经》篇"体有六义"说所呈现的由"情""风""事""义""体""辞"构成的六分式文体结构。这一结构实际上又可合并为"情风—事义—体辞"三分式结构:其中"情"与"风"为一组,"风"为"情"之用,是发挥感染教化作用时的"情";"事"与"义"为一组,可合称"事义",指文章中征引的事类及其义理;"体"与"文"为一组,主要指文体的表现形式和语言修饰①。这"六义""三组"又可再概括为两大类:前四"义"可归入广义的"文意",后二"义"偏指"文辞"。这"六义""三组""两类"正是一篇完整文章的基本构成要素。由此也可看出,作为文体之基本规定性的完整统一性,并非文体仅有的某种特殊之物,也非文体概念的某种特殊内涵,其实质是文章自身内在基本规定性的另一种表现。作为人之心灵的创造物,"文章"不仅具有如一般人工制品那样的完整结构,更有如其创造者一样的有机生命结构。因此,有机的完整统一本来就是一篇合格"文章"的基本要求,刘勰论文也自当以这一基本要求为基础。

通过与《文心雕龙》中所描述的多种文体结构模式比较,能够更明显地看出《风骨》篇所描述的文体结构的特殊性及其现实意义何在。《风骨》篇所建构的"风+骨+采"三分式文体结构既不同于六朝文论(包括《文心雕龙》)中习见的"情—辞"二分,也不同于《附会》篇所沿用的南朝流行的对文辞作"辞采—宫商"二分②,而是将文辞分为内在的"骨"和外在的"采"(反面为"肥辞")两个层次,然后又将作为文辞主干的"骨"与作为骏爽之意的"风"合为一个层次,用"风骨"一词加以突出,组合成"风骨+采"这种特殊的二分式文体结构。与此同时,"骨"与"采"又可合为"骨采",从而又可组合成"风+骨采"这另一种特殊的二分式文体结构。与其他模式的文体结构相比,"风+骨+采"式文体结构对南朝文坛普遍存在的"采滥忽真""文绣鞶帨""言贵浮诡""文体解散"之弊有更明确的针砭作用。刘勰一方面以"风"规定"文意",喻骏爽感人之情,以防"忽真";一方面再分"文辞"为"骨""采"两层,"骨"喻端直之言,作为"采"之本体,以防"采滥"。而刘勰对"采"的适度肯定又体现了南朝时期要求文章文质兼备、雅丽相胜的

---

① "体约而不芜"之"体"偏指文章整体的外在直观,相当于与"心"相对的人之外在"形体",而与"体有六义"之"体"有异,后者宜属于"异体"相对之"体"。

② 萧绎《金楼子》卷四《立言篇》:"至如文者,维须绮縠纷披,宫徵靡曼,唇吻适会,情灵摇荡。"其中"绮縠纷披"指辞藻繁盛,"宫徵靡曼"即指音节华美。引自(南朝梁)萧绎撰,许逸民校笺:《金楼子校笺》,中华书局,2011年版,第966页。

主流文章观念对他的影响。总体而言,"情—辞"二分式文体结构(全书)、"情风—事义—体辞"三分式文体结构(《宗经》篇)和"情志—事义—辞采—宫商"四分式文体结构(《附会》篇)都侧重对文体结构作客观中性的描述,着重确立文章写作的基本规范,而《风骨》篇的这种"风骨—采"式文体结构一方面对"情"和"辞"作了更立体的细分,一方面在细分中又表现了明显的价值倾向,对当时文坛普遍存在的"采滥忽真""文体解散"之弊有更明确的针砭作用。

第三节 脚踏实地,慎选明辨:寻找走出"风骨"论迷宫的金线

从人物品评携带而来的多以心会的直觉与妙赏,给"风骨"二字罩上了一层模糊笼统而又似乎意味丰富的神秘光晕。这层光晕对接触"风骨"一词并试图理解其含义的研究者具有一种近乎催眠的作用,使人们很难从直觉性的品味转入逻辑性的分析,难以从笼统的感受上升到学理的思辨。在这种印象和心态的影响下,研究者甚至担心严谨的理性分析会破坏"风骨"在人们心中留下的难以名状而又颇为美妙的体验。一些关于《风骨》篇的研究,与其说是为了理清刘勰论述"风骨"的思路,揭示刘勰使用"风骨"论文的独特用心,明确刘勰所用"风骨"概念的特殊内涵,不如说是为了不断印证"风骨"一词在其心目中留下的"朦胧之美"。于是,有学者认为"风骨"之意"难以捉摸"[1],有学者认为"风骨"是文章中各种因素的"浑化"[2],甚至有学者干脆认为"风骨"之义"不可说,不可说"[3]。

"风骨"释义中的这种倾向比较普遍,也很容易"蛊惑人心"。大凡做学术研究尤其是做理论研究的人,都不乏这样一种治学经验:理论思考是很费心费力的,是非常折磨人的。在纷繁多变的现象和材料面前,理性分析常常会显得力不从心,甚至无能为力,研究者往往会因此自觉或不自觉地生出退缩之念。但是,理论研究的魅力不正是在于

---

[1] 〔日〕目加田诚:《刘勰的〈风骨〉论》,彭恩华译,王元化编选:《日本研究〈文心雕龙〉论文集》,齐鲁书社,1983年版,第235页。
[2] 李旭:《高度成熟的中国诗学范畴:风骨》,《文艺研究》2000年第6期。
[3] 陈耀南:《〈文心〉"风骨"群说辨疑》,《求索》1988年第3期。

"从看似无解处求其解",在于寻求"山重水复"之后的"柳暗花明",在于经历"众里寻他千百度"之后"蓦然回首"?因此,研究者与其把很多心思用于证明刘勰"风骨"论内涵的"模糊性""浑化性"甚至"不可知性",倒不如以更大的信心和更多的精力来认真梳理、分析刘勰以"风骨"论文的根据、思路和目的,寻求更合理、更有效的解读"风骨"内涵的方法。

很多人都有过走迷宫的经历。迷宫游戏最吸引人也最为难人的地方就在于行走者要"脚踏实地"地找到那条(也可能不止一条)通向迷宫出口的道路。可要"脚踏实地"地走出迷宫,困难又确实不小,因为迷宫中有很多岔路,而且很多岔路看起来非常像是捷径,心急者往往将很多时间和精力都花在尝试这些看似捷径的岔路上了。但即使存在这些困难,参与游戏者既不能因为多次走错就沮丧绝望地否定这个迷宫有出口存在,更不能用拆除迷宫墙的方法直接闯出迷宫。如何才能正确地走出迷宫?有效的方法主要有两个:一是通过不断尝试,包括试对和试错,一点一点摸索,记住正确的线路,排除错误的歧路,最后依靠耐心、细心和记忆力走通那条通向迷宫出口的路径。另一个效率更高的方法是首先站到一个较高较远的地方,对迷宫内部的路线和布局获得一个整体的、通盘的了解,再绘成一张迷宫路线图,然后循着这个路线图曲曲折折而又有条不紊地走出来。但无论用哪种方法,都需要弄清迷宫自身内部的路线,了解不同线路间的关系。也就是说,需要找到那条设计者留下的导出迷宫的"金线"。也只有这样走迷宫,才能真正体现迷宫游戏的特殊用心和价值。

走过迷宫的人还会知道:一旦认清并熟悉了迷宫中那条正确的线路,记住了那些容易迷失的岔口和死路,这座迷宫便不复是真正的迷宫,而是被"简化"为一条(或几条)比较曲折、岔路较多的道路。由此我们也就可以想到一种相反的情况:一条比较曲折、岔口较多的道路,其实也很容易被一些缺乏整体感和方向感、缺少分析力和判断力的人走成一座"迷宫"。

《风骨》篇研究中存在的诸多困惑和迷失更像是后一种情况。研究者在"风骨"释义过程中常常"迷路",可能并非主要缘于《风骨》篇自身的复杂性、多义性和模糊性,而是主要由于研究者在几个比较重要的"岔口"迷失了正确的方向。

第一个"岔口":"风骨"究竟应该合解还是应该分解?选择"风骨"合解者往往会将刘勰的"风骨"论与此前的人物品评中的"风骨"概念以及此后陈子昂的"风骨"说一概而论。倾向于"风""骨"分解的,则会进而将"风""骨"分别与有关文章构成因素联系起来,并寻求界定两个概念的不同内涵。不过,具体会将"风""骨"分别与哪个文章构成因素相联系,不同研究者又会有不同选择。如解释"骨"一词,有人会联系"情志"来理解,有人会联系"事义"来理解,有人则会联系"文辞"来理解。

从《风骨》篇的具体论述来看,刘勰分用"风""骨"之意甚明,而且很明显是分别联系"情"和"辞"这两个文章基本构成要素来说明的。受六朝盛行的文章观念的影响,刘勰在具体论文时也习惯于将文章基本构成要素二分为"意"与"言"、"情"与"辞"、"义"与"辞"、"情"与"采"等,并以此为框架描述不同类型或不同作者文章的特征,总结文章写作的普遍规律或不同类型文章写作的特殊规范。① 正是以这种"情—辞"二分式文章结构和论文框架为依据,或者说正是受这种六朝论文者普遍遵循的二分式文章结构的主导,刘勰在选择以"风骨"论文时,便很自然地将曾经混言的"风骨"分而用之,分别与情、辞对应起来,赋予"风骨"一词新的内涵。"风骨"的这种用法和用义是刘勰的首创,是刘勰在特定的论文语境和文章结构观念中对"风骨"一词的创造性使用。因此,《风骨》篇中"风骨"一词的用法首先是遵循刘勰论文的一贯思路和基本框架的,其内涵也应该首先根据刘勰论文的一贯思路和基本框架进行具体分析,而不应直接附会于人物品评中混言的"风骨",也不能混同于唐初陈子昂的"风骨"说。将"风—骨"结构与"情—辞"二分联系起来理解,尽管看起来似乎少了一点期望中的精妙和深刻,但其实质性内涵实际上一点也不单薄。盖因"情辞"二物本为一切篇章的基本构成,无论多么丰富的作者人格思想,多么复杂的文化意蕴,多么微妙的读者感受,都必然要表现于情辞,凝聚于情辞,作用于情辞。反之,如果离情辞而言"风骨",则一切丰富、复杂和微妙皆

---

① 邓仕樑对《文心雕龙》中"情—辞"二分式文章结构有详细梳理。参看氏著:《"能研诸虑,何远之有哉"——〈文心雕龙·风骨〉九虑》,台北"中研院"中国文哲研究所编:《中国文哲研究集刊》第12期,1998年3月。

无处着落，无从谈起。"风骨"之说固然有其妙用，但不可因玩赏其妙用而遗落其本体。

第二个"岔口"："风"与"情"、"骨"与"辞"之间是否存在譬喻关系？如果能肯定这两组概念间存在譬喻关系，便会将"风""骨"分别落实到"情""辞"这两个文章构成要素的范围内作进一步考察。反之，如果无视或否定它们之间的譬喻关系，就往往会将"风骨"引申至"风貌""体貌"等比较虚化笼统的概念上去。

黄侃与刘勰一样都是作文与论文兼擅之人，因此他很能领会刘勰文论修辞中所蕴含的着眼于实践的为文之道。他之所以一再强调"风骨"与"情辞"之间的紧密对应关系，正是要提醒后世之习文者和论文者不要被"风骨"这一(组)概念的譬喻形式所迷惑："综览刘氏之论，风骨与意辞，初非有二。然则察前文者，欲求其风骨，不能舍意与辞也；自为文者，欲健其风骨，不能无注意于命意与修辞也。风骨之名，比也，意辞之实，所比也。今舍其实而求其名，则适令人迷罔而不得所归宿，海气之楼台，可以践历乎？病眼之空花，可以把玩乎？彼舍意与辞而别求风骨者，其亦海气、空花之类也。"① 遗憾的是，黄侃的担忧在后来的"风骨"说研究中却一再成为事实，后世学人提出的很多高妙之解，恰恰是将本为一般文章之士都能够"践历"的作文之道，一次又一次虚化为"海气之楼台"和"病眼之空花"。

范文澜曾在《文心雕龙注》中对黄侃的"风骨"释义作了更详切的推阐："风即文意，骨即文辞，黄先生论之详矣。窃复推明其义曰，此篇所云风情气意，其实一也，而四名之间，又有虚实之分。风虚而气实，风气虚而情意实，可于篇中体会得之。辞之与骨，则辞实而骨虚。"② 黄侃通过喻体与本体之辨，明确了"风骨"之"喻"的本体是"文意"和"文辞"。范文澜又通过虚实之辨，以虚喻实，由实见虚，进一步坐实了"风气"与情意、"骨"与辞之间的对应关系，而且用更清晰的逻辑区分了"辞"与"骨"两个概念外延之间的大小包含关系。

第三个"岔口"："风"和"骨"是否即分别等于"情"和"辞"？如果

---

① 黄侃：《文心雕龙札记》，上海古籍出版社，2000年版，第102页。
② (南朝梁)刘勰著，范文澜注：《文心雕龙注》，人民文学出版社，1958年版，第516页。

认识到"风"对应于"情"但不等于一般之"情","骨"对应于"辞"但不等于一般之"辞",便会进一步分析"风""骨"与一般"情""辞"相比还具有哪些特殊性质,从而更完整地把握黄侃所揭示的"风骨"概念的两层内涵。反之,如果认为"风"即等于"情","骨"即等于"辞",就会怀疑黄侃"风骨"释义的合理性和理论意义,并进而放弃这个正确的思考方向。

这个"路口"甚为关键。很多研究者正是由于只看到黄侃所说的"风即文意,骨即文辞"这层一般性说明,而未能注意到他接下来对"风""骨"的特殊性质的解析,而背离了这条合理的阐释路线。

第四个"岔口":《风骨》篇中的"骏爽""端直""清""峻""遒"等词是表示"风骨"的特征还是即"风骨"的具体所指?如果认识到这些形容词表示的是"风骨"的特征,是对"风骨"特征的具体描述和规定,就不至于混淆这些概念与"风骨"之间的层次关系,也不会混淆这些概念与"情""辞"之间的层次关系。反之,如果认为这些概念即表示"风骨"的具体所指,就往往会得出"风骨"是某种特殊"风格"的结论。

在《风骨》篇中,"风骨"与"骏爽""端直""清""峻""遒"等概念的区别本来十分清楚。"风"和"骨"譬喻的是文章中的两种实体性结构因素"情"和"辞",而"骏爽""端直""清""峻""遒"等词则是对"风骨"特征的描述,是对"风""骨"及其所譬喻的"情""辞"的具体规定。我们可以说"风骨"具有"骏爽""端直"等特征,但不能说这些特征就等于"风骨"。"风骨"与"风骨"的特征显然属于两个不同层次。很多研究者之所以将"风骨"理解为"风格"或"风貌",一个重要原因就是把"风骨"的这些特征当成了"风骨"本身。在这些研究者看来,因为"骏爽""端直""清""峻""遒"属于"风格"范畴,所以"风骨"也自然就是指"风格"。

第五个"岔口":"风骨"与"气"是一回事还是两回事?认为"风骨"与"气"是一回事的,一般就不太注意"风""骨"相互有别的特殊内涵;而留心到"气"与"风骨"间差异的,就会细致辨析"气"与"风骨"之间存在的虚与实、本与末之别。

"风骨"与"气"的关系的确非常密切。黄叔琳认为"气是风骨之

第五章　文体论视野中的诸"风骨"说内涵解读与比较　191

本",而纪昀干脆视二者为一物,认为"气即风骨,更无本末"。① 不过,像纪昀这样不分彼此,实无助于增进对二者关系的理解,而黄叔琳之评既反映了"气"与"风骨"的相通(不等于相同)之处,又点明了"气"与"风骨"的区别,显得更为精确。正如"风骨"与其具体特征不在同一层次,"风骨"与"气"也不在同一层次:"气"隐而"风骨"显,"气"虚而"风骨"实,"风骨"是"气"在文体中的具体表现。

第六个"岔口":"风骨"与"力"是一回事还是两回事? 认为二者是一回事的,往往把"风骨"解释为"艺术感染力"与"艺术表现力",或解释为"情感的力"与"逻辑之力"。如果认为二者不是一回事,就需要作更精细的辨析。

无论是在读者的感受中还是研究者的分析中,"风骨"与"力"的确都比较容易混淆,但若作细致辨析,其间区别仍然是不难发现的。"风骨"是文章的构成因素,"力"则是"风骨"这种文章构成因素对读者所发生的作用。因此,"风骨"有刚健、遒劲之"力",但"风骨"并不就等于"力"。"风骨"为文体结构,"力"为风骨之作用。参考段玉裁《说文》"力"字注,有助于理解"风骨"与"力"的这层关系。《说文》云:"力,筋也,象人筋之形。"段注云:"'筋'下曰:肉之力也。二篆为转注,筋者其体,肉者其用也。非有二物。"②

不过,由于人们往往是通过"风骨"之"力"(即读者所受到的感发、激动或震撼等)而感受到文章中"风骨"的存在,所以就很容易产生一种心理印象,觉得"力"就是"风骨","风骨"就是"力"。这也应该是不少研究者将"风骨"理解为一种"艺术感染力"和"艺术表现力"的原因。由此也可知,像这样在感受层面将作为本体的"风骨"与本体作用的"力"合为一体是有其心理基础的,也多少有其合理性。实际上,"风力"合成一词早已在人物品评中出现,刘勰同时代的钟嵘也在《诗品》中以"风力"评诗。

总之,"风骨"释义过程中的这六个"岔口",既提示了准确、完整

---

① (南朝梁)刘勰著,纪晓岚评:《纪晓岚评文心雕龙》,江苏广陵古籍刻印社,1997年版,第262页。
② (汉)许慎著,(清)段玉裁注:《说文解字注》,上海古籍出版社,1988年版,第699页。

地把握"风骨"内涵的正确路线,也使得对"风骨"概念的理解可能并在实际上产生了多种多样的偏离。正是通过在每一个释义"岔口"的审慎选择和细致辨析,我们逐步接近了一个关于刘勰"风骨"概念内涵的更加准确、完整的说明:

刘勰所说的"风骨",分别指文章中以主体之气为根源、具有刚健之力的骏爽之情和端直之辞。"风骨"是理想文章的内在基本构成要素,而理想文章还应该是"风骨"与"采"的结合。

学界似乎有一种担心,即担心一旦把"风骨"一词的含义和所指明确下来,就成了"执意'还原'刘勰所表述的思想内涵,追求绝对唯一的'合理性'理解"①。平心而论,"执意还原"某个概念在具体文本中的内涵,"追求"这个概念在具体语境中的"唯一的合理性"解释,自有其本身的合理性和可能性。只要这个概念所处的理论文本是完整的,所表达的内在经验是贯通的,相关的基本表述是合乎逻辑的,那么它在这些具体语境和关系中的基本内涵应该是可以确定下来的。这里有必要作一些区分,即应该对一个概念的内涵在具体文本和具体语境中的确定性与同一名词在不同语境和不同文本中表意的差异性和多样性有所区分,不能用后一种情形去否定前一种情形;应该对具体语境和具体文本中某个概念的"原初含义"与研究者以此为基础自觉进行的创造性阐释有所区分,不能以后者的主观创造性否定前者的历史客观性。具体到文论概念,还应该自觉区分从文学的不同维度(如作者维度、社会历史维度、读者接受维度、文章内部维度)对同一个概念内涵所作的不同阐释,而不能对这些不同维度阐释之间的联系和区别不作反思,也不宜对这些不同维度的阐释采取非此即彼的态度。要言之有二:一方面应明确被解说的概念在理论体系和概念关系中处于什么位置,所反映的和所解决的是什么问题;另一方面要意识到自己是在什么层面(基本内涵还是引申内涵、文学内涵还是文化内涵、历史内涵还是现代内涵等)、从什么角度(文章内部还是文章外部等)解说这个概念。解说文论概念,既要警惕那种追求无条件的、非语境化的"原

---

① 谭佳:《从"风骨"研究看古代文论的困境》,《文学遗产》2005年第4期。

初唯一"含义的倾向,也要防止滑向一种无可无不可的相对主义①。

第四节　钟嵘"风力"说:"风"情"骨"志,润饰"丹彩"

比较刘勰《文心雕龙·风骨》篇、钟嵘《诗品》和陈子昂《修竹篇序》三个具体文本,可对阐释古代文论概念内涵的方法多一层认识。相对而言,《文心雕龙·风骨》篇是概论各体文章写作的论文,论点鲜明,论证充分,体系完整,对"风骨"概念有比较直接明确的界定、描述和分析,因此研究者基本上可以通过逻辑分析把握"风骨"概念的内涵。钟嵘《诗品》和陈子昂《修竹篇序》则属于诗歌评论,其重点不在于直接阐明"风力"和"风骨"这两个概念的内外关系,而主要是运用这两个现成的文论概念进行具体文学批评,其内涵是在具体批评中呈现的,属于"用中见义",因此研究者需用心体会这两个概念使用的特点,追踪作者运思的轨迹,逐层分析其用中之义,并用学理语言辩证地表述出来。但总的来看,无论是刘勰系统化的"风骨"论还是钟嵘和陈子昂批评式的"风力"("风骨")说,都并非饾饤杂凑之文,而是有其内在经验的统一性和理论表述的完整性,研究者宜以充分的同情、足够的耐心和恰当的方法,将其"喻中之理"和"用中之义"通过一种深入

---

①　陈耀南在《〈文心〉"风骨"群说辨疑》(载《求索》1988年第3期)一文最后引述的两位台湾地区学者的感慨,很能反映《文心雕龙》概念释义中两种对比鲜明的观点。一是沈谦之语,谓《文心雕龙》"语意模棱,言辞游移","文辞美则美矣,然词义不稳,界说欠明——或一词数义,或义同辞异,致使读者如坠五里雾中,须用心揣摩,方能领略"(见氏著《文心雕龙批评论发微》,台北联经出版公司,1977年版,第137页)。一是王礼卿之语,谓"彦和行文下笔,文理整然。即字可以界义,观义可以明旨,是但存其人耳"(见氏著《文心雕龙解》,台北黎明文化事业公司,1986年版,第551—552页)。陈耀南本人的观点则有点近于"不可知论":"谁是真正的'其人'呢? 恐怕要请彦和回来示现,以破迷惑而广知见。不过,晚年皈佛的他,可能早就拈花微笑,默照无言,对自己三十多岁之时归宗儒学的旧作,恍同隔世,'不可说,不可说'了。"对陈先生这段话,视为打趣之语犹可,若解作严肃之论则误人太多。且不说刘勰之世尚未产生"拈花微笑,默照无言"之佛学禅宗,即以"不可说"加诸务求"辞达"的"归宗儒学"之作,也难逃"张冠李戴"之讥。朱东润《论刘勰》(载《复旦学报》[社会科学版]2013年第6期)一文曾明确指出刘勰接触的佛教思想不可能是禅宗:"刘勰不但是接触到佛教思想,而且是接受了佛教思想的。不过在他的时候,所谓佛教思想和后来一般人所称的佛教思想有所不同。达摩至建康在梁大通元年(527),其时刘勰已死,所以他没有接触到禅宗。禅宗未来以前,南朝人言佛,主要重在谈玄。"

浅出的现代学术话语转换出来。

钟嵘与刘勰是同一时代的文学批评家,相同的文学语境和文化语境使得他们拥有很多相通的文章经验和文论话语。

欲理解钟嵘的"风力"说有必要先了解钟嵘关于诗歌文体结构的基本观点。作为同一时期的文论家和批评家,钟嵘和刘勰很自然地分享了流行于六朝文论和文评中的二分式文体结构观。在《文心雕龙》中,这种二分式文体结构观具体表现为"情—辞""言—意"或"词—义"等二分模式。在《诗品》中,也有近乎同样的二分式文体结构,如谓"若专用比兴,则患在意深,意深则词踬。"(《诗品序》)"言在耳目之内,情寄八荒之表"(上品阮籍条),"词密于范,意浅于江"(中品沈约条),"词藻意深"(下品齐高帝条)等①。但钟嵘似乎更喜欢用"文—意"二分模式品评诗作,如曰"夫四言,文约意广,取效《风》《骚》,便可多得。每苦文烦而意少,故世罕习焉"(《诗品序》),"文已尽而意有余,兴也"(《诗品序》)等。② 其中与"意"相对的"文"应该是指"文辞"之"文",而非指"文章"之"文"。

较之一般性的"言"和"词","文"一词显然含有更鲜明的藻饰意味,而这一选择又与钟嵘对五言诗体之"词"的一个基本观点密切相关。钟嵘虽然在诗歌创作机制上崇尚"天才""自然""即目""直寻""直致"等,在诗歌文体层面上也欣赏"清刚""清捷""清远""清拔""清靡""清雅""清便""清怨""清上""清润"之美,并反对雕镂过甚所致的"繁密""繁芜""细密""华艳""妍冶"等倾向,但总的来看,他对五言诗体之"词"的评价标准还是与其所处时代的主流喜好相统一的,即重视文采之美,要求有适当的藻饰。这一标准和趣味在《诗品序》中已作为批评纲领被确立下来,即所谓"干之以风力,润之以丹彩"③。在具体品评中又体现得非常充分,如谓"文温以丽,意悲而远"(上品古诗条),"辞旨清捷,怨深文绮"(上品班婕妤条),"骨气奇高,词彩华茂,情兼雅怨,体被文质"(上品曹植条),"气过其文,雕润恨少"(上品刘桢条),"发愀怆之词,文秀而质羸"(上品王粲条),"才高辞赡,举体

---

① (南朝梁)钟嵘著,曹旭集注:《诗品集注》(增订本),上海古籍出版社,2011年版,第53、151、426、568页。

② 同上书,第43、47页。

③ 同上书,第47页。

华美。气少于公幹,文劣于仲宣"(上品陆机条),"《翰林》叹其翩翩奕奕如翔禽之有羽毛,衣被之有绡縠"(上品潘岳条),"潘诗烂若舒锦,无处不佳"(潘岳条引谢混语),"词采葱蒨,音韵铿锵,使人味之,亹亹不倦"(上品张协条),"宪章潘岳,文体相辉,彪炳可玩。始变中原平淡之体,故称中兴第一"(中品郭璞条),"新歌百许篇,率皆鄙直如偶语。唯'西北有浮云'十余首,殊美赡可玩,始见其工矣"(中品曹丕条),中原"指事殷勤,雅意深笃,得诗人激刺之旨。至于'济济今日所',华靡可讽味焉"(中品应璩条),"体裁绮密。然情喻渊深"(中品颜延之条),"又工为绮丽歌谣,风人第一"(中品谢惠连条),"虽文不至,其功丽,亦一时之选也"(中品沈约条),"文为雕饰"(下品孔稚珪条),"词藻意深"(下品齐高帝条)等。① 钟嵘不仅从"上品"至"下品"始终一贯地正面肯定文词之"华茂""华美""美赡""华靡""绮密""绮丽""工丽""雕饰"者,而且对文采不足的"平淡""鄙质"之诗表示不满。把握住了钟嵘五言诗体观中这一方面的标准和趣味,也就不难理解:为什么尽管他对陶潜诗体与"人德"的高度统一叹赏有加,但仍然置其诗于"中品"。这是因为对辞采之美的追求乃是他和那个时代("世叹其质直")评诗的一个基本标准,陶诗自不能"例外"。较之一般性的用语要求,如准确、恰当、明晰等,追求辞采的"华茂""华美""绮丽"等,是一种更能体现言辞自身之美的"积极修辞"②。这种"积极修辞"既见用于一般文体,也见用于诗体,但在诗体中使用更为广泛,更为突出,也更为典型。因此,这种为呈现文词自身之美的"积极修辞"被钟嵘视为优秀五言诗体的一种内在基本要求,并在《诗品》中径以"丹彩"("词彩")譬喻这种美的诗歌之词。

如果再完整地解读上述品评,还可发现:当钟嵘对五言诗体之

---

① (南朝梁)钟嵘著,曹旭集注:《诗品集注》(增订本),上海古籍出版社,2011年版,第91、113、117、133、142、162、174、185—186、318—319、256、296—297、351、372、426、598、568页。

② 陈望道认为修辞有"消极修辞"和"积极修辞"两大分野:"在消极方面,使当时想要表达的表达得极明白,没有丝毫的模糊,也没有丝毫的歧解。这种修辞大体是抽象的、概念的。""在积极的方面,要它有力,要它动人。同一切艺术的手法相仿,不止用心在概念明白地表出。大体是具体的、体验的。"(见氏著《修辞学发凡》,上海人民出版社,2001年版,第46—47页。)若作辩证理解和使用,"消极修辞"与"积极修辞"还可作更具体的区分,在概念表达和艺术表现内部,也有进一步区分"积极修辞"与"消极修辞"的必要。

"词"确立了一个较一般文体更高的标准,而径以意指华美之词的"丹彩"概称五言诗体之词时,他也相应地对五言诗体之"意"确立了更高的品评标准。具言之,钟嵘对五言诗之"意"的"高标准"和"严要求"主要体现在两个维度上:一方面,钟嵘在具体品评中一再强调了诗"意"的深度。如称"古诗"的"意悲而远",赞班婕妤诗"怨深文绮",夸应璩诗"雅意深笃",赏颜延之诗"情喻渊深"等。研究《诗品》者多会注意到钟嵘在各种类型的诗"意"和诗"情"中特别青睐"怨"情。如《诗品序》引孔子语"《诗》可以群,可以怨"为《诗品》评诗张目,又评李陵诗"文多凄怆,怨者之流",评阮籍诗"颇多感慨之词",评左思诗"文典以怨",评秦嘉和徐淑夫妇诗"夫妻事既可伤,文亦凄怨",评郭泰机诗"孤怨宜恨",评刘琨诗"善为凄戾之词……多感恨之词",评沈约诗"长于清怨",评班固《咏史》诗"有感叹之词",评曹操诗"甚有悲凉之句",评毛伯成诗"亦多惆怅",等等。① 其原因可从多方面分析,但以诗体内部结构而言,"怨"情显然较一般平和之情、喜悦之情更能显示生命情感的深度和力度,更能体现诗人在困境中所激发出来的情感内涵和精神力量。

另一方面,钟嵘在品评中又着意拓展了对诗"意"广度也即诗"意"具体类型的认识。在《文心雕龙》中,刘勰泛论所有文体,主要目的是为从一般到特殊的不同层次的文体确立基本规范,因此刘勰经常在一般意义上以"情"概指文章之意,而《风骨》篇中的"风"也以"情"为其实指,刘勰并未对"情"本身再进一步细分。但在《诗品》中,钟嵘不仅专评五言诗一体,而且在确立五言诗体基本规范的基础上,更以品评不同诗人五言诗体的优劣作为主要任务。这样就在《诗品》中形成了两个诗体批评维度:一是论述五言诗体一般规范的"横向"维度,二是品第不同诗人文体优劣的"纵向"维度。这两个维度相互融合,又各有侧重:一方面,五言诗体的一般规范体现在不同诗人文体之中,品评不同诗人文体优劣也需要以一般规范为基础;另一方面,在五言诗体的一般规范中不需要体现不同诗人文体的个性特质,而品第诗人文体优劣则需要自觉突出不同诗人文体的个体特征。这样,在诗"意"层

---

① (南朝梁)钟嵘著,曹旭集注:《诗品集注》(增订本),上海古籍出版社,2011年版,第56、106、151、193、249、330、310、426、471、478、585页。

面也就实际存在着"横向"和"纵向"两个维度,即广泛存在于具体诗作中、作为五言诗体一般性内容的"意"(具体内涵及深浅多少也因人而异)和最能体现不同诗人特殊生命内涵的"意"。

在《诗品》中,作为五言诗体一般内容的"意",具体说就是五言诗中普遍表达的"情性",与之对应的譬喻式概念是"风力";而最能够体现诗人特殊生命内涵和力量的"意",具体说就是体现于部分优秀诗作中的人格志气,与之对应的譬喻式概念是"骨气"(或"气")。"风力"一词在钟嵘《诗品》中出现了三次,其中《诗品序》出现两次,中品"陶潜"条出现一次。这三处关于"风力"的评论,可以理出一个层次来。其中《诗品序》一处涉及钟嵘对优秀五言诗体的认识(同时也是为五言诗体确立普遍规范):"故诗有六义焉:一曰兴,二曰比,三曰赋。文已尽而意有余,兴也;因物喻志,比也;直书其事,寓言写物,赋也。弘斯三义,酌而用之,干之以风力,润之以丹彩,使咏之者无极,闻之者动心,是诗之至也。若专用比兴,则患在意深,意深则词踬。若但用赋体,则患在意浮,意浮则文散。嬉成流移,文无止泊,有芜漫之累矣。"①《诗品序》另一处涉及钟嵘对一个特定时代(建安)诗体的评价:"爰及江表,微波尚传:孙绰、许询、桓、庾诸公诗,皆平典似《道德论》。建安风力尽矣。"②中品"宋征士陶潜"条一处则涉及钟嵘对具体诗人(左思)诗体的评价:"其源出于应璩,又协左思风力。文体省静,殆无长语。笃意真古,辞兴婉惬。每观其文,想其人德。"③

上引第一例分三层语义:开头至"寓言写物,赋也"为第一层,说明"兴、赋、比"三种诗歌创作方法各自的特征。"弘斯三义"至"是诗之至也"为第二层,说明"三义"使用恰当会产生的结果和作用。"若专用比兴"至"有芜漫之累矣"为第三层,说明"三义"使用不当会产生的结果。其中第二层与第三层是正反对比关系,分别从正反两个方面对比"兴、赋、比"三义的不同使用及所形成的不同文体特征和所产生的不同阅读感受。"三义"的恰当用法和效果是:"弘斯三义,酌而用之,干之以风力,润之以丹彩,使咏之者无极,闻之者动心,是诗之至也。"

---

① (南朝梁)钟嵘著,曹旭集注:《诗品集注》(增订本),上海古籍出版社,2011年版,第47—53页。
② 同上书,第28页。
③ 同上书,第336—337页。

前一句"弘斯三义,酌而用之"侧重说明创作方法的运用,后一句"使味之者无极,闻之者动心"侧重描述阅读者的欣赏和感动,而中间一句"干之以风力,润之以丹彩"则侧重描述优秀五言诗体的特征。"三义"的不恰当使用和效果又分两种情况:一是"专用比兴",由此产生的文体具有"意深"而"词踬"的缺点;二是"但用赋体",由此产生的文体具有"意浮"而"文散"的欠缺。通过分析和对比可以看出,钟嵘对优秀五言诗体特征的描述——"干之以风力,润之以丹彩"与他对两种有欠缺的五言诗体的描述——"意深则词踬"和"意浮则文散",虽然具体说法不同,但都以二分式文体结构为基础,其中"风力"与"意"同类,属于文体结构的内在层次,"丹彩"与"词"(或"文")同类,属于文体结构的外在层次。据此,再参照黄侃解读"风骨"概念的思路,首先可以明确"风力"和"丹彩"这对譬喻式概念实指的文体要素分别是"意"和"词",进而又可以更准确地说明:"风力"属于"意",但并非一般之"意",具有"风力"的"意"不能过"深",更不能过"浮",而应该恰到好处;"丹彩"属于"词",但并非一般之"词",堪称"丹彩"的"词"不可失之"踬",更不可失之"芜",而应该润饰有度。

再结合上引第二例和第三例的品评,可以更加具体地理解"风力"概念的内涵。在第二例关于"建安风力"的品评中,"建安风力"的特征一方面通过与"平典"正反对比得以体现,一方面通过对建安诗作的具体评价得以体现。如评曹操诗"古直悲凉",评曹植诗"情兼雅怨",评王粲诗"发愀怆之词"等。尽管这几家诗作的词采各有短长,但共同点是皆富于情感,有情感就会有"风力"。第三例中的"左思风力"兼评左思诗和陶潜诗。钟嵘认为陶潜诗与应璩和左思两位前代诗人都有渊源。他评应璩诗谓"善为古语,指事殷勤,雅意深笃,得诗人激刺之旨",评左思诗谓"文典以怨,颇为精切,得讽谕之致",评陶潜诗谓"笃意真古,辞兴婉惬",其间相通之处在于三人之诗都远接风雅,有讽谕,善寄托,情致真挚,意兴深婉,故能感人而至于深远。

分析至此,就可对《诗品》中"风力"概念的基本内涵作一个比较确切的概括:《诗品》中的"风力"一词与《文心雕龙·风骨》篇中的"风"一词相当,都属于"情—辞"二分式文体结构中的"情"("意")这一层次,是一种具有较强感染力的动人之情。"风力"和"风"又分别与文体结构中"词"("辞")这一层次的"丹彩"和"骨采"构成了文章整体。

虽然"风力"属于优秀五言诗体的构成要素,但由于五言诗本身即是一种"吟咏情性"之体,所以不乏情意渊深、雅怨动人之作,前文的分析也充分印证了这一点。这也即是说,"风力"这种品质优秀的文体要素,在钟嵘所品评的五言诗作中实际上是比较常见的,不仅普遍存在于上品和中品诗人之作中,在下品诗作中也并不罕见。由此也可进一步看出,钟嵘的"风力"概念是侧重从一般五言诗体结构层面(即诗体的"横向"之维)对诗中之"意"所作的具体规定和说明。

与"风力"的普遍存在区别明显的是,"骨气"在《诗品》中则是一种比较罕见的诗体品质。当然,仅从字面看,"骨气"(或"贞骨")一词在《诗品》出现的次数固然很少(一到两次),而"风力"一词在《诗品》中出现的次数也并不算多(三次),因此若仅以此为据,难以真正区分何者普遍,何者罕见。但是,如果充分考虑到名实关系,那么这两个词所表示的诗体品质在《诗品》中存在的范围大小和数量多少就有了明显区别:"风力"之名虽只出现过三次,但作为"风力"之实的渊深动人之情则被钟嵘屡屡言及;而"骨气"之名仅完整出现过一次,即使考虑到名实皆与之相近的概念如"贞骨""骨节""气"(部分)等,也是屈指可数。

差异背后的主要原因是:"风力"主要关乎作为五言诗体一般构成因素的"情意",自然会比较常见;而"骨气"则主要关乎少数优秀诗人的人格志气在五言诗体中的特殊表现,自然就比较罕见。试看钟嵘的具体品评。如评曹植诗:"骨气奇高,词彩华茂。情兼雅怨,体被文质。粲溢今古,卓尔不群。"评刘桢诗:"仗气爱奇,动多振绝。贞骨凌霜,高风跨俗。但气过其文,雕润恨少。然自陈思已下,桢称独步。"评陆机诗:"气少于公幹,文劣于仲宣。"评张华诗:"犹恨其儿女情多,风云气少。"评刘琨诗:"善为凄戾之词,自有清拔之气。"(又《诗品序》云:"刘越石仗清刚之气,赞成厥美。")评鲍照诗:"骨节强于谢混,驱迈疾于颜延。"①钟嵘对曹植五言诗体的品评,实际上包含着两组内部并列的

---

① (南朝梁)钟嵘著,曹旭集注:《诗品集注》(增订本),上海古籍出版社,2011年版,第117—118、133、162、275、310、34、381页。

文体要素关系:一组是"骨气奇高,词彩华茂",以"骨气"与"词彩"相对;一组是"情兼雅怨,体被文质",以"情"与"体"(形体)相对。这两组内部的两个文体要素是并列关系,但这两组之间又是一种层次关系,即"骨气"与"情"是五言诗之"意"的两个层次,而"词彩"和"体"是五言诗之"词"的两个层次(至少表面上如此)。这样看来,似乎表明钟嵘在"意—词"二分式五言诗体结构的基础上,又进一步将五言诗体结构分成了四个层次,即将"意"和"词"又各一分为二,颇似《文心雕龙·附会》篇中的"情志—事义—辞采—宫商"四层次文体结构。

但正是通过与《文心雕龙·附会》篇四层次文体结构比较,我们会发现曹植诗评中所呈现的"四层次"诗体结构实际上是名不副实的。先看《文心雕龙·附会》篇所说的这四个文体结构层次的名称,每个名称都能在文章整体中找到其具体实指。无论是将文体之"意"区分为"情志"和"事义",还是将文体之"辞"区分为"辞采"和"宫商",都有其文体根据和认识价值:尽管"情志"和"事义"都属于文体中的"意",但"情志"偏向于较"虚"的意义而"事义"偏向于较实的题材;尽管"辞采"和"宫商"都属于文体之"言",但"辞采"偏向于言辞的视觉特征而"宫商"偏向于言辞的听觉特征。但是,如果把钟嵘在评曹植诗时所提到的四个表示文体层次的名称也按照从文意到文辞的顺序排列为"骨气—情—词彩—体",就会发现:其中将五言诗之"意"分为"骨气"和"情"不难找到其内在根据,即"骨气"偏向于诗人的人格志气,而"情"偏向于五言诗的一般表现内容,但将五言诗之"词"分为"词彩"和"体"却并无实质意义。这是因为,"词彩"一词本已将五言诗体之"词"尽数涵盖,而"体"一词如果用"形体"义,也只是对作为五言诗体外层结构之"词彩"的一种譬喻,其所指与"词彩"本身并无不同。如果说"骨气"与"情"是两个不同维度诗体内容的对应,那么这里的"词彩"与"体"只是本体与其喻体的对应。①

既然"词彩"与"体"这一对名词并没有在实质上将五言诗之"词"

---

① 如果此处"体"取"生命整体"义,则属于以文章整体与部分("情")相对,虽然也符合语言习惯(如常以"身"与"心"相对,但"身"本可包含"心"),却同样不具有区分"词彩"的作用。

分为两层,那么钟嵘所描述的这两组关系就有实与虚之分,重与轻之分。钟嵘真正要区分的应该是"骨气"与"情",而非"词彩"与"体"。作为"词彩"这一本体的喻体,"体"的出现并非为了再次细分"词彩",而是为了与其本体"词彩"在表述结构形式上对应,补足这一分组评述的完整形式,从而在一个形式完整的两组两两相对的文体要素关系中,将五言诗体两个维度之"意"的内涵鲜明有序地呈现出来。"情"与"骨气"的区分,表明钟嵘不仅注意到了曹植五言诗中丰富感人的情致,而且强烈感受到了其诗中郁勃着的一种高远的理想志气和不屈抗争的人格精神。这种理想志气和人格精神是诗人先天的才华气质与其后天的命运遭际相互激荡磨砺的结果,因此成为衡量其个体生命品质和精神力量的最本质的标准,也被视为衡量其诗体高下优劣的更内在的依据。有"骨气"之人是人伦英杰,有"骨气"之诗是文苑凤麟。①

如果说曹植之诗几乎在每一个诗体结构层面都实现了完美统一(如"情"本身兼有"雅怨","情"又和"骨气"统一为整体诗意,内在之"情"和"骨气"又与外在之"词彩"统一为完整的诗歌文体),是一种近乎理想的完备之体,那么刘桢的诗就只是一种偏胜之体,一种缺点和优点同样鲜明的诗体。"气过其文,雕润恨少"是对其诗体之优缺相互依存关系最贴切的品评:其优点是造成其缺点的原因,其缺点又是其优点得以突出的条件。首先,按照钟嵘"风力"与"丹彩"并重的基本评诗标准,刘桢诗体的"丹彩"明显不足,因此钟嵘"恨"其"雕润"过少。但是,这一不足又与其诗中"骨"高"气"奇的优点直接相关。在刘桢的那些优秀诗作中,超奇的志气和嶙峋的风骨几乎要冲破文词形式而直接表露自身,巨大的人格力量甚至无须假借词彩的修饰就能展示出足够的魅力。如果说在曹植诗中"骨气"是在与其他层次诸多文体因素(雅怨之情、华茂词彩)的张力平衡中体现其特殊内涵和意义,那么在刘桢诗中"骨气"则是在摆脱其他层次文体因素(主要是词彩)的约束和限制中淋漓尽致地表现其自身的纯粹和超绝。因此,从曹刘

---

① 《诗品》一书要完成两重任务:首先要从大量词人作者中筛选出"预此宗流"的120名"才子",其次还要品第这些筛选出的诗人诗作的优劣。钟嵘初步筛选的标准主要是五言诗体的基本要求(如"吟咏情性"等),而要品第其优劣,他就必须再确立一个尤能评价诗中所表现的主体生命品质高下和人格境界高低的标准。

二人评语关系来说,钟嵘评刘桢诗的"仗气爱奇,动多振绝。贞骨凌霜,高风跨俗"一句即是对其评曹植诗的"骨气奇高"一语的具体展开,而从曹刘二人诗体关系来说,刘桢诗乃是对曹植诗中"骨气"品质的一种淋漓尽致的表现。几乎全以"骨气"胜的刘桢之诗,竟得到钟嵘如此之高的评价,也可见"骨气"这一诗体品质在钟嵘心目中的重要地位和特殊意义。

认识到了刘桢诗与曹植诗的这层关系,我们在理解"仗气爱奇,动多振绝。贞骨凌霜,高风跨俗"这一评语内涵时,就不宜逐句切割,而应该作整体把握。如"贞骨凌霜,高风跨俗"一句,虽然提到了"骨"又提到了"风",看起来很像刘勰在《风骨》篇对"风"和"骨"的不同用法,但是在这里"贞骨凌霜"与"高风跨俗"两句用意在合而不在分,是一种换词不换意的重复和强调(骈偶句式中多见),意在充分渲染一种刚强坚贞、高出流俗的人格志气。其中的"风"是与"骨气"相近的"风格"之"风",而非"风情"之"风"。

此外,钟嵘在评其他诗人之作时也多次用到"气"这个词,会其用意,与其评曹植诗和刘桢诗所用"骨气"一词颇为相类。如评陆机诗谓"气少于公干,文劣于仲宣",其中的"气"和"文"即相当于曹植诗评中的"骨气"与"辞采";评张华诗谓"儿女情多,风云气少",其中的"风云之气",应该是指异于"儿女之情"的高远志向和进取精神;评刘琨诗提到的"清刚之气"和"清拔之气",也应是指洋溢在刘琨诗中的积极有为的丈夫气概和英雄志气;称鲍照诗"骨节强于谢混,驱迈疾于颜延",其中"骨节"之"强"与"趋迈"之"疾"也是对鲍照诗中梗概不平之志气的嘉许。①

综上所论,钟嵘的"风力"说中蕴含着这样一种五言诗体观念:一方面从整体上对体中之"词"提出了更高要求,要求"词"直接以"丹彩""词彩"的形式呈现出来,须具有鲜明的雕润之美;另一方面对体中之"意"也提出了更高要求,要求"意"具有深厚的内涵和丰富的层次,不仅能体现五言诗体对"吟咏情性"(即"风力")的一般要求,而且

---

① 如曹植的《白马篇》意气风发,抒发建功之志,刘桢的代表作《赠从弟·其二》以松柏喻自己的人格与操守,鲍照的《拟行路难》组诗充满了志士之悲,这些诗歌既有包含一种动人的感情,又体现出一种坚贞的人格精神。

能体现不同作者的生命精神和人格志气(即"骨气")。这样,美丽精致的词彩与渊深丰富的诗意就在五言诗体中构成了一种更高层次的内在平衡。较之《文心雕龙·风骨》篇中所描述的"风骨"与"采"或"风"与"骨采"所构成的文体结构,"风力"兼"骨气"与"丹彩"或"词彩"构成的五言诗体结构显然是一种更精致、更凝练、更富有表现力的文体结构。

　　经由这番分析比较,钟嵘"风力"说与刘勰"风骨"说之间的异同也就清晰地呈现了出来:其一,"风"在两说中都属于文体之"意"(尽管二者对"风"之内涵和特征的要求各有偏重,如刘尚"骏爽",钟尚"渊深"等);其二,刘勰"风骨"说中的文体之"意"只有"风"这一个层次(骏爽之情),而钟嵘"风力"说中的文体之"意"兼有"风力"和"骨气"这两个层次,其中"风力"指一般性情感,为五言诗体之"干","骨气"指个体人格志气,能显天才诗体之"高";其三,与第二点相反,钟嵘"风力"说中的优秀五言诗体之"词"直接以"丹彩"("词彩"与"丹彩"同义)形式呈现,而刘勰"风骨"说中的理想文体之"辞"则可分为"骨"和"采"两个层次(内在端直之言和外饰华美之辞)。由此也可见,两说差异的焦点是"骨"(或"骨气")一词的不同喻义:刘勰"风骨"说中是以"骨"喻"辞",钟嵘"风力"说中则以"骨"喻"意"。

　　为什么两说中"骨"一词的用义会有如此差别?原因可以从两个层面分析。首先,如前文所析,"骨"在生命整体结构中既内在又外在,因此"骨"所譬喻的文体结构层次也可内可外。这是差异产生的语义基础。再者,这种差异与《文心雕龙》《诗品》两书论评的文体类型广狭也大有关系。《文心雕龙》概论"文""笔",诗只是其中一种文体——尽管是一种非常重要的文体,此外还论及赋、颂、章、表、奏、议、论、说、传、序、书、记等大量或韵或散、或侧重抒情或主于实用的文体类型。诗体之外的这些文体尤其是辞赋体,一般都是篇幅较长,易于铺陈,文辞繁多,这就为一些喜雕琢、好烦滥的作者提供了客观条件,而事实上雕琢过甚、文辞泛滥确已成为南朝文坛流风。针对这一现象及其背后的文体层面的客观原因,刘勰特撰《风骨》篇,一方面对"情"提出明确的正面要求,一方面又着意将"辞"分为内在之"骨"与外饰之"采"两层,以更有效地防止"采滥",为学文者提供更具体的指南。

相对而言,《诗品》所论五言诗体的诗句长度固定,句数也比较有限,没有除诗体外的一般文体中常见的复杂结构和丰富语言。且五言诗旨在"吟咏情性",所以在钟嵘看来,五言诗与其说是一种"文章",不如说更近于歌唱("非长歌何以骋其情"),能够直接吟咏诗人的思之所系、志之所至和情之所感。因此,相较于一般文体之"词",五言诗体之"词"以精美为上而不以丰富见长;与此相关的是,相较于一般文体之"意",五言诗之"意"具有更大的密度和更高的浓度。这样,本来在生命整体中既可归于外也可归于内的"骨",就被钟嵘拿来与"风"一道表示五言诗体中多层次的诗意内涵(参见表5-5)。

表 5-5 钟嵘"风力"说中品评五言诗体的两个维度

品评五言诗体的两个维度	两个维度的诗体特征	两个维度的诗体结构				两个维度诗体特征形成条件
		内质		外饰		
		喻体	本体	喻体	本体	
一般优秀五言诗体品评(横向维度)	干之以风力润之以丹彩	风力	动人之情	丹彩	雕润之词	兴赋比三义酌而用之
少数天才五言诗体品评(纵向维度)	骨气奇高词彩华茂	骨气	人格志气	词彩		卓尔不群仗气爱奇

第五节 陈子昂"风骨"说:"风""骨"一维,情志共体

陈子昂的"风骨"说出自《修竹篇序》,其云:"文章道弊五百年矣。汉、魏风骨,晋、宋莫传,然而文献有可征者。仆尝暇时观齐、梁间诗,彩丽竞繁,而兴寄都绝。每以永叹,思古人常恐逶迤颓靡,风雅不作,以耿耿也。一昨于解三处见明公《咏孤桐》篇,骨气端翔,音情顿挫,光英朗练,有金石声,遂用洗心饰视,发挥幽郁。不图正始之音,复睹于兹,可使建安作者相视而笑。解君云:'张茂先、何敬祖,东方生与其比肩。'仆亦以为知言也。故感叹雅制,作《修竹》诗一篇,当有知音以传

示之。"①

这段文字并非严格的诗歌理论,而是对汉魏至唐初诗歌史及东方虬《咏孤桐》一诗的批评。此序文意可以在"以耿耿也"处分为前后两层。第一部分用三个论断批评前代诗史,从不同层面具体评述了"文章道弊"的历史过程和主要表现。在其评述中出现了两组内涵和价值相互对立的概念:一组是具有积极内涵和价值的"风骨""兴寄"和"风雅",一组是含有消极内涵和价值的"彩丽竞繁"和"逶迤颓靡"。在前一组中,"风骨"一词主要从诗体构成角度肯定了以汉魏诗歌为典范的诗体中所蕴含的具有旺盛精神力量的构成要素,"兴寄"一词则侧重从主体创作角度评价诗作中情志内容的表达,"风雅"一词则又从与经典文体关系的角度说明"风骨"和"兴寄"之作对《诗三百》篇优秀文体品质的继承。再通过与第二组的"彩丽竞繁"和"逶迤颓靡"两个短语对比,不难看出"风骨""兴寄"和"风雅"三个概念乃是从不同角度和层面说明了同一个问题。第二部分是正面称赞东方虬的诗作。其中"骨气端翔"一语是关键性评价,其历史和逻辑前提即是上文所说的"汉魏风骨",其意又与钟嵘评曹植诗的"骨气奇高"相通,而"端翔"即可视为对"高"的另一种表述。"音情顿挫"形容东方虬之诗声调于抑扬中体现情感的顿挫,"光英朗练"形容其诗言辞明白凝练,"有金石声"复以其诗之声调暗示其诗体具有金石一般坚实贞刚的质地。

综观序中所评,陈子昂所说的"风骨"和"骨气"两个概念的内涵,整体上与钟嵘《诗品》中"风力"和"骨气"两个概念的内涵相当,都是指表现于诗体中的深厚强烈的情感意绪和坚贞高迈的人格志气。其区别则在于:在钟嵘那里,"风"与"骨"分别成词("风力"与"骨气"),表意也各有侧重("风力"偏指诗中有感染力之情,"骨气"偏指诗中有感染力之志,前者主要关乎情感,后者主要关乎人格);在陈子昂那里,"风骨"一词相当于钟嵘"风力"和"骨气"两个概念形式及内涵的合一,也即是将"风力"所表示的有感染力之情与"骨气"所表示的"有感染力之志"二义融于一词。

进言之,"风力"与"骨气"合为一词并不仅是一次单纯的概念合

---

① (唐)陈子昂撰,徐鹏校点:《陈子昂集》(修订本),上海古籍出版社,2013年版,第16页。

并,其中还蕴含着诗体观念发展的重要信息。在钟嵘《诗品》中,"风力"与"骨气"不仅在具体内涵上有明显差异,而且在诗体维度上有不同侧重:其中"风力"主要是作为优秀五言诗体一般内容要素提出来的(钟嵘在《诗品序》中总论优秀五言诗体结构时主要是以"风力"与"丹彩"并列),"风骨"则主要存在于杰出的诗人文体之中,体现的是五言诗体中个体生命之维的卓绝特异。但是,在陈子昂的"风骨"说中,"风"与"骨"之间曾有这种明显的诗体维度上的差异消融了,侧重诗人个体生命人格志气的"骨"与侧重一般情感意绪的"风"都被作为优秀诗体的基本品质被标举出来,成为陈子昂衡量优秀诗体的普遍性标准。由比较可以看出,从钟嵘的"风力(骨气)"说到陈子昂的"风骨"说,最突出的变化发生在"骨"这个概念上,也即"骨"从"纵向的"诗体的个人生命之维沉淀到了"横向的"诗体的一般优秀品质之维。个体的特创被提升为一般规范,特殊的文体品质被泛化为普遍要求,此乃诗体和其他文体发展的一般规律。

由此我们也可发现,陈子昂《修竹篇序》中的"风骨"一词尽管字面上与刘勰《风骨》篇中的"风骨"一词完全相同,但二者在具体语境的用义却存在着明显的差异。具言之,刘勰所说的"风骨"分别指骏爽之情和端直之言,并与"采"相对,主要用义在于对文体之"辞"进行二分,对"辞"的使用提出更具体明确、更有现实针对性的要求,以克服南朝文坛的"采滥"之弊。当然,刘勰之所以将注意力更多地放在"文辞"层面,除了防"文滥"的现实原因外,还与"风骨"说所涵盖的文体类型的多样性有关,这一点前文已有详论。陈子昂所说的"风骨"则主要是对诗中所表现的情感意绪和人格志气的总称,并不涉及诗中之"辞"的内在部分。尽管陈子昂也同样要以"风骨"之力克服"彩丽竞繁"之弊,但他并未在"情"和"辞"两端发力,而是侧重通过丰富和强化"意"这一层次的内涵和力量,从诗体的内在根本上制约词彩的过度使用,以防"彩丽竞繁"现象的发生。当然,陈子昂也并未忽略词彩自身的必要性,其效慕"汉魏风骨"而作的《修竹篇》诗,按照钟嵘的评诗标准也可称得上"风力""骨气"与"丹彩"兼备。

分析陈子昂的《修竹篇》诗并比照有关汉魏诗歌,能够对其"风骨"概念的所指和内涵获得更具体的感受和理解。《修竹篇》首句"龙种生南岳,孤翠郁亭亭"气势不凡,定下了咏竹寄志的基调。接下来

"峰岭上崇崒"至"白露已清泠",用生长环境的超凡脱俗映衬修竹之高洁。"哀响激金奏"至"此节无凋零"具体描写修竹的质地和品性。诗中称修竹"羞比春木荣",与刘桢《赠从弟·其三》称凤凰"羞与黄雀群"同一志趣,而陈子昂对修竹不惧"岁寒霜雪苦"的咏叹又与刘桢《赠从弟·其二》全诗立意相近。诗的后半部分叙写修竹被加工成"箫",并在仙界实现自我价值的过程,寄托着诗人的抱负和志向。整首诗写得明白流畅,在写物中言志,在言志中抒情,情发志显,含蓄雅致,也不乏文采。"情志"的融合也就是"风骨"的融合,而事实上抒情与叙志也的确难以判分。陈子昂的"风骨"说少了刘勰"风骨"说的谨细划分,又将钟嵘的"风力"与"骨气"两个概念融为一词,反而具有了刘、钟之说所不具备的包容性与灵活性。这也成为陈子昂意义上"风骨"说而非刘勰意义上"风骨"说在后世更为流行的重要原因。而陈子昂"风骨"说的影响又反过来在一定程度上妨碍了后世学者准确理解刘勰"风骨"说的原初内涵。

陈子昂崇尚"风骨",反对"彩丽竞繁",而其本人诗作也大多比较质实,体现了他在《修竹篇序》所标举的崇尚"风骨"的诗体观。这使得后世对其"风骨"说意义和诗歌创作成就的评价颇不一致。一方面后人几乎一致肯定陈子昂振起"风骨"扫除齐梁绮靡文风的历史功绩,但另一方面其创作层面偏向质实的"矫枉过正",又并不符合"文质彬彬"式的传统主流文章观,所以也招致"不足"之评。如唐代独孤及虽然推崇陈子昂,认为他诗作"以雅易郑,学者浸而向方",但在评述诗歌发展史时,并没有提到陈子昂,甚至认为(陈子昂标举的)"汉魏"之诗是"质有余而文不足"。[①] 这实际上是对陈子昂"破"的功绩与"立"的不足做了一分为二式的历史评价。

就这样,在钟嵘"风力"说基础上,陈子昂的"风骨"说将曾经被钟嵘视为少数优秀诗人文体品质的"骨气"(人格志气)与作为一般优秀诗体品质的"风力"并于一维,合为一体,共同列为优秀诗体的基本要求,从而为唐代诗歌创作确立了一个更高的诗体观念平台。

[①] 独孤及的两则诗论分别为《检校尚书吏部员外郎赵郡李公中集序》和《唐故左补阙安定皇甫公集序》中语,见叶朗总主编:《中国历代美学文库·隋唐五代卷》(上),高等教育出版社,2003年版,第561、565页。

本 章 小 结

刘勰"风骨"说、钟嵘"风力"说和陈子昂"风骨"说是中国古代"风骨"论的三个著名个案。从概论"文笔"到专论诗体,"风骨"说的内涵变化体现了六朝到唐初文体观念的发展。"风骨""风力""骨气"等概念从人物品评进入文论,反映了评论者对生命整体结构与文章整体结构间同构关系的自觉。作为一种譬喻性概念,"风骨""风力""骨气"的具体内涵须在具体文论语境和文体结构观念中才可确定。因为"骨"原本在生命整体结构中既内又外的特殊位置及其本有的坚实质地和支撑功能,使之既可譬喻文体中的端直精练之辞(相当于文辞中的坚实支撑部分),又可譬喻文体中的坚贞高迈之志(相当于文意中的坚实支撑部分),所以"风骨"概念实际上就有了多种喻义。刘勰针对南朝文坛普遍存在的"采滥忽真""文体解散"之弊,将理想的文体结构分为"风""骨"和"采"三层:一方面以"风"规定"文意",喻骏爽感人之情,以防"忽真";一方面再分"文辞"为"骨""采"两层,"骨"喻端直之言,作为"采"之本体,以防"采滥"。钟嵘《诗品》则专评不同作者五言诗体的优劣高下,由此形成与刘勰"风骨"说的两点差异:一是将诗体内容分为两层,即作为五言诗体一般内容的"风力"(动人之情)和源自作者独特生命精神的"骨气"(人格志气);二是以"丹彩"("词彩")概指诗中之词,而不似《风骨》篇再分文词为"骨"和"采"。陈子昂《修竹篇序》中的"风骨"尽管与刘勰所说"风骨"字面相同,其内涵却相当于钟嵘"风力"与"骨气"两个概念的统一。在钟嵘"风力"说的基础上,陈子昂的"风骨"说将曾被钟嵘视为少数天才诗体品质的"骨气"与作为一般优秀诗体品质的"风力"并于一维,合为一体,共同列为优秀诗体的基本要求,为唐代诗歌创作确立了一个更高的诗体观念平台(参考表5-6)。

表 5-6　刘勰、钟嵘、陈子昂"风骨"说中的文体结构比较

人物	文体范围	文体构成		外饰	理想文体
		内质			
		喻体	本体		
刘勰	一般文体	风	骏爽之情	采	风清骨峻　篇体光华
		骨	端直之辞		
钟嵘	五言诗体	风力	动人之情	丹彩	干之以风力　润之以丹彩
		骨气	人格志气		骨气奇高　词彩华茂
陈子昂	一般诗体	风骨	情感与志气	彩丽	骨气端翔　音情顿挫
					光英朗练　有金石声

第六章　文体论视野中的刘勰、钟嵘文学观比较

——以《文心雕龙》和《诗品》之"奇"概念为例

关于刘勰《文心雕龙》(以下或称《文心》)与钟嵘《诗品》文学观的异同,中日学者间曾有过一场延续30多年、参与人数较多的学术论争,论争的焦点是《文心》与《诗品》中"奇"一词所表达的文学观是否对立。论争始于1982年第2期《文艺理论研究》发表的日本学者兴膳宏的论文《〈文心雕龙〉与〈诗品〉在文学观上的对立》(彭恩华译,以下称《对立》)[①],其后若干年内有萧华荣、邬国平、谭帆、张明非、王运熙、吴林伯、蒋祖怡、贾树新、禹克坤、石家宜、梁临川等中国学者,先后撰文或直接或间接回应兴膳氏的观点,同时更广泛深入地比较了《文心》与《诗品》文学观的异同。[②] 除谭文和梁文外,大部分文章都对兴膳氏的"对立"说持否定态度,而倾向于认为刘、钟文学观基本相同或大同小异。1993年日本学者清水凯夫氏又撰《中国1980年以后钟嵘〈诗品〉研究概观——以〈诗品〉〈文心雕龙〉文学观异同之争论为中心》

---

① 原载《吉川博士退休纪念中国文学论集》,1968年3月。另有台湾学者陈鸿森在1985年译成中文发表于《幼狮学志》第18卷。
② 萧华荣:《刘勰与钟嵘文学思想的差异》(《中州学刊》1983年第6期);邬国平:《刘勰与钟嵘文学观"对立说"商榷》(《文艺理论研究》1984年第3期);谭帆:《刘勰和钟嵘文学批评方法的比较》(《学术月刊》1985年第4期);张明非:《从〈文心雕龙〉、〈诗品〉的局限性看时代风气对文学批评的影响》(《广西师范大学学报》1986年第3期);王运熙:《钟嵘〈诗品〉论"奇"》(《光明日报·文学遗产》1986年7月29日)与《钟嵘诗论与刘勰诗论的比较》(《文学评论》1988年第4期);蒋祖怡:《试析刘勰与钟嵘的诗论》(《文心雕龙学刊》第4辑,齐鲁书社,1986年版);贾树新:《〈诗品〉的"奇"》(《松辽学刊》1988年第3期);禹克坤:《〈文心雕龙〉与〈诗品〉》(人民出版社,1989年版);梁临川:《〈文心雕龙〉与〈诗品〉的分歧》(《上海大学学报》1991年第2期)等。

(周文海译,日本《中国文学报》第 45 册)一文,对年来中日学者围绕刘、钟文学观是否对立的论争作了详细介绍和评点,其赞同兴膳氏"对立"说的立场非常明确,而评析中国学者观点和论述时则不乏直率和尖锐。清水氏自道其用心,是担心"日中之间好不容易引起的争论将要半途而废",希望以这种"突出"的方式激发论争者对这一问题继续探讨交流的热情。但清水氏"激将法"的效果并不明显,中国学界并未对他这篇挑战意味甚浓的文章作直接回应。2000 年,此文主要部分又以《与兴膳宏之钟嵘刘勰文学观对立说论争概观》为题再次发表在当年第 1 期的《许昌师专学报》(张继之译)。作者显然心有不甘,认为这一问题并未尘埃落定,还有继续论争的必要。2000 年至今,比较《文心》与《诗品》异同并涉及刘、钟论"奇"的文章仍时有发表,如石家宜、王承斌等人的相关论文①,其中对兴膳氏"对立"说也有肯否之别,如石文将二人论"奇"的对立视为二者诗学观整体差异的重要体现,王文则从整体层面证明刘、钟包括"奇"论在内的诗学观的性质应该基本相同。

综观 30 多年来直接或间接参与这场论争的双方的文章,笔者虽不赞同清水氏的基本论断和"裁决",但和他一样认为这场论争确有接续的必要。尽管整体上看论争双方尤其是回应方的中国学者已经从宏观到微观对《文心》与《诗品》作了较兴膳氏所论更为广泛、细致的比较,但与此相关的一些甚为关键的学理问题并未得到关注和探讨,以至论争双方虽然看起来都有各自的根据和逻辑,却又难以从学理上说服对方。撇开具体观点的是是非非,单从论述逻辑来看,双方文章整体上都存在一些明显的粗疏。如兴膳氏之文直接根据《文心》和《诗品》中"奇"这一具体概念所表达的评价态度的差异,推导出两书基本文学观念的"对立",而对"奇"及其他具体概念与两书理论体系、基本观念、概念关系之间的密切联系却未详察细辨。这实质上是以部分作为整体的逻辑前提,以单个概念内涵的表面差异作为体系对立的

---

① 石家宜:《〈文心雕龙〉与〈诗品〉比较》(《南京师范大学文学院学报》2007 年第 1 期);王承斌:《〈诗品〉与〈文心雕龙〉诗学观之比较》(《思茅师范高等专科学校学报》2007 年第 4 期)。

主要根据。在持"相同"说或"大同小异"说的诸多中国学者的文章中,则有着与兴膳氏论文相反的逻辑缺陷,即习惯于先确立两书形上层面文学观念(如认为两书同属于儒家文学观)的相同之处,或者将两书产生时代的共同的"文学风气"作为理论前提(即清水氏所批评的"简单套用公式性的观点"),再分析"相同之处"的具体表现,以此反证兴膳氏的"对立"说不能成立。这种论述方式存在的问题是,儒家文学观是包括《文心》和《诗品》在内的很多传统文论著作的基本观念,如果在比较某些具体文论的文学观念和概念内涵时都直接以这一形上观念为大前提进行推论,就很容易将具体研究对象同质化、普泛化,不能准确把握这些文论著作的特殊内涵,也无法呈现其理论体系和概念关系的内在逻辑,结果往往只能停留于看似全面实则浮浅的平面罗列以及看似辩证实则简单的"一分为二"式划分。另有一类中国学者的回应文章,直接就兴膳氏文的主要论据"奇"一词在两书中的意义关系作重新阐释,更具体审慎地辨析了"奇"的不同含义,也更具体地说明了两书"奇"义的异同关系及可比性,但其论述思路仍主要是就"奇"一词本身而论,而未能自觉将"奇"纳入两书的理论体系和概念关系中进行定位、定义和定性,因此也同样难以避免兴膳氏论文的简单与片面。

只有从文论自身的理论体系和概念关系出发,确立其核心理论问题和主线,将形上观念和具体概念等不同层次的思想内容融会贯通,才能准确理解不同文论的特殊内涵,并据此对不同文论进行比较,确认彼此是否存在相同、差异或对立。因此,欲知《文心》与《诗品》之"奇"有何含义、能否比较及是否对立,则须知晓"奇"在两书理论体系和概念关系中的位置;欲知《文心》与《诗品》文学观的异同,则须知两著的基本理论内涵和主要概念关系。

第一节 "文体解散"之弊与刘勰对文体完整统一性的坚持

在当前"龙学"语境中人们更倾向于认为《文心雕龙》是一部"文章学"著作,即一部论述文章写作之道,指导文章写作的文论著作。① 不过,"文章学"这一笼统的说法只是给《文心》的理论性质划定了一个范围,尚未反映其特殊内涵。一种理论的特殊内涵是由其所欲解决的主要问题和解决问题的方法所决定的。从理论所关注的问题入手较从理论的逻辑前提开始,能够直接切入理论核心,揭示理论的本质。《文心雕龙》一书想要解决的核心问题是什么?刘勰在《序志》篇已经说得很明白:"去圣久远,文体解散,辞人爱奇,言贵浮诡,饰羽尚画,文绣鞶帨,离本弥甚,将遂讹滥。"其核心是"文体解散"一语,这是刘勰对楚汉以降文章之弊的高度概括,是他"搦笔和翰"撰著《文心》要解决的主要问题。"去圣久远"是"文体解散"的历史根源,"辞人爱奇"是"文体解散"的现实原因,"言贵浮诡,饰羽尚画,文绣鞶帨,离本弥甚,将遂讹滥"是"文体解散"的具体表现。"文体解散"也因此成为理解《文心》理论内涵的关键。所谓"文体解散",其字面意思是说文体已遭分解、破碎,不再完整、统一,但这句话同时也提示了文体的另外一面,即正常的文体应该是完整的、统一的,完整与统一应该是文体最基本的内在规定——这一问题在前面两章中已有充分阐释和论述。

一部《文心雕龙》正是在"文章整体存在"这个基本层面确立其全部论述的。整体性是文章写作的基本要义,文体的完整统一也自然是刘勰确立文章写作规范、衡评文章写作利弊的基本标准。围绕这一基本标准,刘勰在《文心雕龙》中主要做了两个方面的工作:一是说明内在完整统一的文体应该是什么样的,怎样才能写出完整统一的文体?二是说明"文体解散"是如何导致的,有何具体表现,应该如何克服?"完整统一之文体"与"解散破碎之文体"是刘勰论文的两端,很多具体问题即在这两端之间展开。

---

① 持此看法者甚多,如王运熙《文心雕龙探索》(上海古籍出版社,1986年版)、罗宗强《魏晋南北朝文学思想史》之"刘勰的文学思想(上)(中)(下)"三章(中华书局,1996年版)、黄春贵《文心雕龙之创作论》(台北:文史哲出版社,1978年版)、杨柳桥《〈文心雕龙〉文章理论的唯心主义本质》(《文史哲》1980年第1期)、赵兴明《〈文心雕龙〉是一部文章学概论》(《殷都学刊》1989年第4期)、蒋寅《关于中国古代文章学理论体系——从〈文心雕龙〉谈起》(《文学遗产》1986年第6期)、卢永璘《美文的写作原理——也谈〈文心雕龙〉的性质》(中国《文心雕龙》学会编:《文心雕龙研究》第四辑,北京大学出版社,2000年版)、赵昌平《回归文章学——兼谈〈文心雕龙〉的文章学架构》(《文学遗产》2003年第6期)、吴承学《中国文章学成立与古文之学的兴起》(《中国社会科学》2012年第12期)等。

文体的完整统一在《文心》中并非笼统的规定,而是有多层次内涵和丰富的具体形态。从文体的内在结构来看,"完整"的基本要求是言与意、情与辞的统一,这是刘勰论文一以贯之的理念和思路(见前章)。但在不同类型的文章中,言与意或情与辞的统一又有其具体的呈现方式。首先,作为文体典范的五经文体内的言与意、情与辞是高度理想的完整统一。如谓"志足而言文,情信而辞巧,乃含章之玉牒,秉文之金科矣"(《征圣》篇),"体要与微辞偕通,正言共精义并用;圣人之文章,亦可见也"(《征圣》篇),"义既极性情,辞亦匠于文理"(《宗经》篇),"辞约而旨丰,事近而喻远"(《宗经》篇),"故文能宗经,体有六义:一则情深而不诡,二则风清而不杂,三则事信而不诞,四则义直而不回,五则体约而不芜,六则文丽而不淫"(《宗经》篇)等。① 其次,一般文体的完整统一要求合乎不同类型文体的特殊规范。此在"论文叙笔"各篇的"敷理以举统"部分有集中总结和明确规定(见前章引)。但在刘勰的观念中,与经典文体的完整统一相比,对一般文体的内在统一关系的总结带有明显的理想性质——与其说是对现实文章特征的总结,不如说是刘勰针对现实问题提出的理想标准和要求。因为至少在刘勰看来,现实情况是,自楚汉以后,各体文章(以辞赋最为典型)都不同程度上出现了"文体解散"的弊病。第一种"解散"之病可称为"繁华损枝,膏腴害骨",即过分堆砌的辞藻压倒、湮没了主旨。如《诠赋》篇所责:"然逐末之俦,蔑弃其本,虽读千赋,愈惑体要,遂使繁华损枝,膏腴害骨,无贵风轨,莫益劝戒,此扬子所以追悔于雕虫,贻诮于雾縠者也。"② 第二种"解散"之病可称为"厌黩旧式,穿凿取新",即厌弃传统文体的基本规范,刻意追求新词奇语。如《定势》篇所斥:"自近代辞人,率好诡巧,原其为体,讹势所变,厌黩旧式,故穿凿取新,察其讹意,似难而实无他术也,反正而已。""夫通衢夷坦,而多行捷径者,趋近故也;正文明白,而常务反言者,适俗故也。然密会者以意新得巧,苟异者以失体成怪。旧练之才,则执正以驭奇;新学之锐,则逐奇而失正;势流不反,则文体遂弊。"③ 第三种"解散"之病可称为"为文造情,

---

① (南朝梁)刘勰著,范文澜注.《文心雕龙注》,人民文学出版社,1958年版,第15、16、21、22、23页。
② 同上书,第136页。
③ 同上书,第531页。

采滥忽真",即文章辞采泛滥而缺乏真情实感。如《情采》篇所讥:"昔诗人什篇,为情而造文;辞人赋颂,为文而造情。何以明其然?盖风雅之兴,志思蓄愤,而吟咏情性,以讽其上,此为情而造文也;诸子之徒,心非郁陶,苟驰夸饰,鬻声钓世,此为文而造情也;故为情者要约而写真,为文者淫丽而烦滥。而后之作者,采滥忽真,远弃风雅,近师辞赋,故体情之制日疏,逐文之篇愈盛。故有志深轩冕,而泛咏皋壤,心缠几务,而虚述人外,真宰弗存,翩其反矣。"①总之,"文体解散"之弊是刘勰论文的靶的,只要有机会就会对此痛砭一番。

刘勰的这些论述,相当清楚地说明了文体的完整统一和"文体解散"的具体内涵。完整统一之文体以五经文体为极则,其特点可概括为:其一,完整统一文体的内在基本结构关系是"意"(或志、义、情、理、旨等)与"言"(或辞)的统一。其二,完整统一的文体要求文义真实可信,真挚深刻,合乎道德,充实精要;要求文辞端直精约,表达准确,条理清晰,修饰恰当。简言之曰"正言要本",即用端正规范、准确精练且修饰恰当的言辞表达真挚的情志和精深的事义。"文体解散"的现象在楚汉以后的辞赋中最为常见,其表现可概括为:其一,"文体解散"同样与"言"和"意"两个文体基本要素有关,是二者统一关系的偏离和破坏。其二,"文体解散"的问题在"言"和"意"两个方面各有表现:一方面是"逐末",一方面是"弃本";一方面是"采滥",一方面是"忽真";一方面是"心非郁陶",一方面是"苟驰夸饰"……简言之,即一方面缺乏真情实感,无深刻事义,不合乎道德教化;一方面过分追求辞采,滥施雕饰,夸大其词,炫耀技巧。

就这样,通过正反对比,刘勰将文章演变过程中产生的问题集中到文体的内在关系中来讨论,将文章的纵向衍变转换成文体的横向结构,在意与言、情与辞的相互关系中展开具体论述,根据意与言、情与辞关系的不同状态评价其价值的正反,表达自己的臧否。

由此也可知,刘勰要解决的"文体解散"问题乃是文章写作中最基本、最普遍的问题。他要总结的是一篇"好文章"的基本规范,他所提出的是一篇"好文章"的基本要求,他为所有的"好文章"划出了一条底线,即文体不能"解散",文体至少要完整统一。这条底线为我们理

---

① (南朝梁)刘勰著,范文澜注:《文心雕龙注》,人民文学出版社,1958年版,第538页。

解《文心》中的诸多评价性概念的关系、含义和性质提供了明确的基准,也是我们理解"奇"一词性质与含义的基准。

第二节　《文心雕龙》之"奇"与刘勰对一般文体规范的重构

在刘勰的文章观念中,作为众体之源的五经文体是最初的"正体",所谓"经正纬奇""四言正体"等即含此义,而后世那些以五经文体为楷式的一般文体也会被纳入"正体"之列,如谓"至石渠论艺,白虎通讲,述圣通经,论家之正体也"(《论议》)。五经"正体"的特点是义与言、情与辞的高度统一。刘勰对此有两种描述方式:其一是结构性描述,如谓"志足而言文,情信而辞巧","体要与微辞偕通,正言共精义并用"等;其二是评价性描述,如谓"商周丽而雅","圣文之雅丽,固衔华而佩实"等①。"正体"不只有真实、端正、精深的文义,也有恰当精美的修饰。与之相对,"奇"是作为五经"正体"的异数而出现的。"奇"本义为"异"(《说文》),故在《文心》中凡异于"正体"的因素和倾向基本都可以归入"奇"之类。纬异于经,故曰"经正纬奇"②;《楚辞》异于五经,故称《离骚》的出现为"奇文郁起"③。相对而言,《楚辞》对后世文章的影响较纬书大得多,为后世辞赋之祖,辞人之渊薮,故《楚辞》之"奇"也成为后世文体之"奇"的重要渊源。"奇"的出现,对以高度完整统一为要求的"正体"文章观形成了挑战甚至威胁,并造成了实际上的破坏。不过,刘勰论文一直采取"唯务折衷"的谨慎态度,使得他并未对"奇"这个"正体"的异数一概否定。刘勰倡导文章"宗经",以经体为正,但其目的不在复古,而在纠偏;刘勰不满因"辞人爱奇"造成的浮诡、穿凿、怪诞的文风,但他并不因此逢"奇"必反,而意在戒其淫滥,导之入正。

兴膳宏《对立》一文曾说"奇"一词在《文心》中的含义"具有循环小数那样不可分割的特征",以喻《文心》中"奇"义的复杂性与不确定

---

① (南朝梁)刘勰著,范文澜注:《文心雕龙注》,人民文学出版社,1958年版,第16页。
② 同上书,第30页。
③ 同上书,第45页。

性。大略看去,似乎的确如此。但倘若以刘勰论文的"底线"(即文体不可解散,文体内部应该完整统一)来衡量,会发现在"奇"的看似模糊难辨的用法中自有区分其含义性质的内在根据:如果"奇"的因素和倾向被控制在一定程度,并未破坏文体的完整统一而导致"文体解散",那么这一类"奇"就至少不含有负面价值。如"凭轼以倚雅颂,悬辔以驭楚篇,酌奇而不失其真,玩华而不坠其实"(《辨骚》),"昭体故意新而不乱,晓变故辞奇而不黩"(《风骨》)等例中之"奇"。反之,如果"奇"的因素和倾向突破了文体完整统一的"底线"而致"文体解散",那么这一类"奇"就具有明显的反面价值。如"新奇者,摈古竞今,危侧趣诡者也"(《体性》),"岂空结奇字,纰缪而成经矣"(《风骨》),"故知晔烨之奇意,出乎纵横之诡俗也"(《时序》),"浮慧者观绮而跃心,爱奇者闻诡而惊听"(《知音》),"辞人爱奇,言贵浮诡"(《序志》)等。①

这样,根据"奇"与"正体"的不同关系,《文心》中的"奇"在意义和价值上可区分为两类:一类"奇"可为"正体"驾驭和控制,在不破坏文体完整统一的前提下,还可增加文体的内在张力,增强文体的表现力和生命力。另一类"奇"则已走得太远,违背了文体的基本规范和要求,破坏了文体的基本结构。因此,依据刘勰确立的文体底线,不仅可以恰当区分《文心》之"奇"的不同价值与含义,且可以从文体的内在结构关系的变化揭示"奇"之不同价值和含义的产生机制。以此再反观兴膳氏的"不可分解"说,也就能够看出其含糊所在。另外,兴膳氏对《文心》中"奇"义两用的解释是:"立足于正统性的基础之上,'奇'能转化为崭新与独创性;在偏离正统性时,就会沦于反常一途。"乍看似乎很明白,但何谓"立足于正统性基础之上",又何谓"偏离正统性",仍语焉不详,因未从"正体"的内在关系说明"立足于正统性"及"偏离正统性"的具体机制。又,谓"偏离正统性"为"反常",但"崭新与独创性"也同样是"反常",为何二者价值又有正反之分?据前文所论,《文心》"奇"义两用的实质不是"立足于正统性"与"偏离正统性"的对立,而是"偏离正统性"的程度有别:能为"正体"(即正统性文体)

---

① (南朝梁)刘勰著,范文澜注:《文心雕龙注》,人民文学出版社,1958年版,第48、514、505、514、672、714、726页。

吸纳、驾驭之"偏离"为利,而不能为"正体"所控制、反而破坏文体完整统一之"偏离"为弊。

分析"奇"作为一般用词的语义特点和规律,更有助于理解《文心》"奇"一词的用法和含义。《说文》释"奇"有二义,一为"异",一为"不耦"①。两义之间有一定关联,但兴膳氏及后来论争者所讨论的"奇"主要与"异"这一意义相关。所谓"异",即不同于一般事物、状况和特征。如《淮南子·主术》篇:"夫释职事而听非誉,弃公劳而用朋党,则奇材佻长而干次,守官者雍遏而不进。"高诱注"奇材"之"奇"曰"非常之材"②。因此"奇"本身即包含了比较的性质,相对性、比较性是"奇"一词的基本规定。不过,"奇"之异于一般、正常或平常之事物、状态和特征,只是一种中性的规定,其本身无所谓褒贬。"异"这一中性含义使得"奇"在具体使用中能借助语境或与其他概念的关系,生成很多有具体规定和确定价值倾向的含义。如《老子》第57章:"以正治国,以奇用兵。"《孙子·势篇》:"凡战者,以正合,以奇胜。"司马迁《报任少卿书》:"然仆观其为人,自守奇士。"《汉书·王褒传》:"诏使褒等皆之太子宫虞侍太子,朝夕诵读奇文及所自造作。"此类例中奇兵、奇战、"奇士""奇文"以及前引《淮南子》"奇材"之"奇",显然都表示不同一般、有异平常且值得肯定的事物品质。在此语境中,"奇"之"异"具体化为手法超常、不拘陈规、卓越杰出之"异"。又如《礼记·曲礼上》:"国君不乘奇车。"《管子·任法》:"植固而不动,奇邪乃恐,奇革而邪化,令往而民移。"《国语·晋语一》:"君赐之奇,奇生怪,怪生无常,无常不立。"这几例中的"奇车""奇邪""奇怪"之"奇",则具有明显的贬义,所指为有异正常的应予否定的性质。

"奇"一词表意的这种相对性与其词性直接相关。"奇"解作"异"时,其基本词性应为现代所说的形容词。从其所说明的事物来说,"奇"是对该事物性质的一种形容;从其使用者来说,"奇"反映的用者对该事物的评价和情感态度。因此,"奇"一词究竟是褒义还是贬义,取决于"奇"所评价的事物自身的内在关系和使用者对该事物内在关

---

① (汉)许慎撰,(清)段玉裁注:《说文解字注》,上海古籍出版社,1988年版,第204页。

② 何宁:《淮南子集释》,中华书局,1998年版,第667页。

系的认识和评价(一体两面,实不可分)。这是确定"奇"一词在具体语境中所体现的价值倾向的关键。如前引《孙子·势篇》之"凡战者,以正合,以奇胜",若仅看到"奇"与"正"对,尚无法确定"奇"的性质是褒是贬,甚至可能认为"奇"有贬义。但如果注意到"奇"与"正"都是对战法性质的形容,而战法的内在要求是以"胜"为佳,那么能制胜的战法之"奇"自然是值得肯定的。其他如"奇士""奇材""奇文"等词中之"奇",是对超出常人才能或超出一般文章品质的形容和评价,故亦为褒义。而《礼记·曲礼上》之"国君不乘奇车",此"奇"所以为贬义,究其根本是因为不合乎国君之车的正常礼制。下面两例能让我们看得更显明。《周礼·天官·阍人》:"奇服怪民不入宫。"《九章·涉江》:"余幼好此奇服兮,年既老而不衰。"同为"奇服",但前贬而后褒,其根由在于前例"奇服"之"奇"为不合乎正常服饰规范和礼制之"异",后例"奇服"之"奇"体现的是较一般服饰更显主人公情志美好高洁之"异"。因此,欲区分和确定"奇"义之褒贬,既要看使用者的态度和倾向,还要看"奇"与所形容、评价之事物的内在关系。从认识"奇"的角度来说,使用者的态度和倾向可作为确定"奇"义褒贬的直接依据,而"奇"所评价之事物的内在关系和要求则是决定"奇"义正反的根据,能够让我们理解为什么此处之"奇"为正面评价,而彼处之"奇"为反面评价。

为了使本义为中性的"奇"在具体语境中获得明确的内涵和价值倾向,使用者除了以其所评价的事物内在关系为依据外,还经常会通过中性之"奇"与其他情感和价值色彩明显的概念相结合来表现。如《礼记·祭义》:"合此五者,以治天下之礼也,虽有奇邪而不治者,则微矣。"《史记·留侯世家》评张良:"余以为其人计魁梧奇伟,至见其图,状貌如妇人好女。"王充《论衡·对作》篇两例:"故论衡者,所以铨轻重之言,立真伪之平,非苟调文饰辞,为奇伟之观也。"又云:"世俗之性,好奇怪之语,说虚妄之文。""奇"与"伟"合词,"伟"是褒义,故"奇"与"奇伟"也为褒义[①];"奇"与"邪""怪"相合成词,则明显为贬义。借助《文心》中的概念关系,也可以更直接判断"奇"的含义和价

---

① 句中"调文饰辞"一语为王充本人评价,而"奇伟之观"一语则是间接道他人心中的自我评价,而从他人的评价动机看,"奇伟"仍为褒词。

值倾向。

《文心》论文体之"奇"主要有如下数例：

1. 自风雅寝声，莫或抽绪，奇文郁起，其离骚哉！(《辨骚》)
2. 是以枚贾追风以入丽，马扬沿波而得奇，其衣被词人，非一代也。(《辨骚》)
3. 凭轼以倚雅颂，悬辔以驭楚篇，酌奇而不失其真（按：同"正"），玩华而不坠其实。(《辨骚》)
4. 新奇者，摈古竞今，危侧趣诡者也。(《体性》)
5. 昭体故意新而不乱；晓变故辞奇而不黩。(《风骨》)
6. 岂空结奇字，纰缪而成经矣。(《风骨》)
7. 然渊乎文者，并总群势：奇正虽反，必兼解以俱通；刚柔虽殊，必随时而适用。(《定势》)
8. 自近代辞人，率好诡巧，原其为体，讹势所变，厌黩旧式，故穿凿取新，察其讹意，似难而实无他术也，反正而已。故文反正为乏，辞反正为奇。效奇之法，必颠倒文句，上字而抑下，中辞而出外，回互不常，则新色耳。(《定势》)
9. 夫通衢夷坦，而多行捷径者，趋近故也；正文明白，而常务反言者，适俗故也。然密会者以意新得巧，苟异者以失体成怪。旧练之才，则执正以驭奇；新学之锐，则逐奇而失正；势流不反，则文体遂弊。秉兹情术，可无思耶！(《定势》)
10. 若气无奇类，文乏异采，碌碌丽辞，则昏睡耳目。(《丽辞》)
11. 故知晔烨之奇意，出乎纵横之诡俗也。(《时序》)
12. 浮慧者观绮而跃心，爱奇者闻诡而惊听。(《知音》)
13. 去圣久远，文体解散。辞人爱奇，言贵浮诡，饰羽尚画，文绣鞶帨。(《序志》)
14. 魏晋浅而绮，宋初讹而新。(《通变》)
15. 夫吃文为患，生于好诡，逐新趣异，故喉唇纠纷。(《声律》)

兴膳宏、邬国平、贾树森、王运熙诸先生都认为《文心》中"奇"一词有褒贬两义和正反两种价值，但细味上引数例，除第一例"奇文郁起"和第十例"气无奇类"之"奇"明显为赞赏义外(此两例之"奇"与其他数例之"奇"属不同维度,后文析《诗品》之"奇"时详论),其他数例之"奇"与其说有正反性质的对立,不如说是中性与反面的程度之别。如论争双方多认为"酌奇而不失其真""执正以驭奇"中的"奇"有肯定之正面价值,但既为正面价值,为什么还需"酌"之、"驭"之?此外,在上引数例中,具有明显贬义色彩的"奇"在使用时还有一个普遍特点,即多与其他贬义色彩更加明显的概念并举;或者不如说,这些"奇"的贬义色彩并非由其自身显示,而是来自其他贬义概念的限定。如"新奇"之"奇"定性于"危侧趣诡","奇字"之"奇"定性于"纰缪","效奇"之"奇"定性于"颠倒","奇意"之"奇"定性于"诡俗","爱奇"之"奇"定性于"浮诡"等。而相反的情况却未发现,即"奇"并未得到其他具有明显正面价值内涵的概念的规定和说明。因此,很难直接说《文心》之"奇"有明显的正反之分和褒贬之别。

但如果回到前文总结的"奇"义的一般特点和规律,即"奇"本义为"异",为价值中性概念,其具体含义和价值倾向由语境决定,也许就能对《文心》之"奇"的表意特点有一个更切合《文心》语境的理解。在《文心》中,"奇"最基本的规定是"异于正"。刘勰将五经文体和能"宗经"的一般文体立为"正"体,即已经明确了文章正面价值的归属,而对于那些异于"正"体的文章因素和属性,自然就需要用其他概念来概括。从这一内在逻辑来看,刘勰没有必要再使用与"正"相对且与"正"同属表示文体内在关系性质概念的"奇"来表示文章正面价值。理清了这一关系,便可以对"奇"在《文心》中表意特点作一个整体概括:

第一,"奇"以本义"异"为基础,在《文心》中表示有异于"正"体的文章因素、性质和倾向,因此"奇"在《文心》中不具有明确的正面价值。第二,"异"于"正"体的"奇"在《文心》中也并不内在地、自然地具有反面价值,因为差异不等于对立。第三,"奇"的价值倾向最终取决于作家对"奇"这一异于"正"体的文体因素和性质的态度①:如果是"爱奇""苟异"或"逐新",即将"奇"作为喜好和追求的对象,"奇"就

---

① 认为"奇"所评价的事物内部关系是确定其正反价值的根据,与认为作家是"奇"之价值倾向的决定力量,两说并不矛盾。前者就"奇"之价值的判断而言,后者就"奇"之价值的产生而言。

会具体表现为"诡""怪""乱""黩""讹""诡巧""诡俗""浮诡""颠倒""纰缪"等,成为"正"的否定因素,体现为反面价值。此即"逐奇而失正","苟异者以失体成怪"。但若能"酌奇而不失其真","执正以驭奇",坚守"正"体的规范和要求,对"奇"的因素和性质作审慎辨别和选择,在不破坏"正"体的内在结构的前提下,适当融入一些"奇""异""新"的因素,如《楚辞》的"伟辞""朗丽""耀艳""深华"等,实现古与今、旧与新、正与变之间的平衡,这样的"奇"就是被允许的,是可以接受的。但从其价值倾向来看,这种"奇"与其说是正面的,不如说是中性的。第四,《文心》中"奇"一方面常常与负面价值内涵明显的概念相关联,并由这些概念规定其具体的语境内涵,另一方面又需接受"正"的约束和驾驭,但却几乎不与那些具有明确的正面价值内涵的概念相结合,没有出现诸如"奇伟""魁奇""奇杰"等有正面价值倾向的双音节词。由此一端也可看出《文心》之"奇"概念整体上不表示正面文体价值。

相较于多数将《文心》之"奇"的价值内涵分为正反两种的观点,石家宜对"奇"义性质的区分和整体把握似更有分寸。他认为,刘勰所谓"奇"的第一层意思是指源于屈赋的不同于"经"的创作倾向和特色,对此他虽未否定但又处处防范;第二层意思指的是"等而下之的辞人之'奇',即形式主义淫靡文风的末流",是刘勰全面否定的。但总的来看,"'奇与正反',正是一条与传统文学路线相悖的另类路线",与六朝淫靡文风有密切联系,因此刘氏始终主张"以'正'驭奇、以'正'统奇、以'正'制奇"。① 但石家宜紧接着又根据《诗品》对"奇""赞不绝口",得出刘、钟文学观有守成与创新之异的结论,则又显得有些仓促。

诚如石家宜所说:"刘勰写作《文心雕龙》的目的本为遏制每况愈下的形式主义新变文风……以'经'为体,以'变'为用,构成了他观察和规范文变的根本。"②但还需指出的是,刘勰始终是从文体内部的结构关系这一层面来观察和规范文变的,因此他将文变带来的负面问题归结为"文体解散",将文变的主观原因归结为"辞人爱奇",将用以规

---

① 石家宜:《〈文心雕龙〉与〈诗品〉比较》,载《南京师范大学文学院学报》2007年第1期。
② 同上。

范文变的经典文体的特征描述成"正言体要",而将能够做到"昭体"与"晓变"统一的文体特征描述为"意新而不乱"与"辞奇而不黩"。历时的经典之"正"与文变之"奇"被内化为文体共时结构的不同状况,并根据文体结构关系的状况判断"奇"相对于"正"的性质和内涵。说得形象一点,刘勰借此所呈现的是一个由纵横二维组成的文体评价系统,这个文体评价系统的主要作用在于通过历时的正奇通变与共时的正奇合离,标示出一篇"堪称典范的文章"、一篇"符合规范的文章"以及一篇"失体失范的文章"分别对应的"函数变量"——"奇"——的"取值范围"及各自呈现的"函数图像"。

第三节 《诗品》之"奇"与钟嵘对五言诗文体优劣的品第

《诗品》中"奇"一词的内涵与性质也自当根据《诗品》的理论体系和概念关系来理解,而《诗品》中理论体系和概念关系的特殊性也同样是由《诗品》所解决的主要问题和解决问题的方法所决定的。观《诗品序》全文,钟嵘批评的问题很多,大小不一,但核心问题应该在《诗品序》第一部分即全书总序的这段话中[①]:

[①] 《诗品》序文的分合及位置,不同版本有异。自《历代诗话》本《诗品》并三文为一序置于书首,多有从之者。但旧本《诗品》皆分置三品之首,上品序起于"气之动物"迄于"均之于谈笑耳",中品序起于"一品之中,略依世代为先后"迄于"至斯三品升降,差非定制,方申变裁,请寄知者尔",下品序起于"昔曹、刘殆文章之圣"迄于"文彩之邓林"。考《梁书》本传所载序文,所录也是自"气之动物"至"均之于笑谈耳",可证旧本序文分置三品渊源有自。但据逯钦立提供的文献,旧本序文分置似也有疑问处。如旧本中品序末有"方申变裁,请寄知者尔"一句,本为魏晋后序文结语之常例。如《出三藏记集》十卷慧远《大智论抄序》结句云:"如其未允,请俟来哲。"同书同卷谯敬法师《后出杂心序》末句云:"至于折中,以俟来哲。"又沈约《宋书·谢灵运传论》结语云:"世之知音者,有以得之。……如曰不然,请待来哲。"(《钟嵘〈诗品〉丛考》,收《逯钦立文存》,中华书局,2010年版)。若依此例,总序当合旧本上品序与中品序为一篇。另外,旧本总序结尾不是全文结语语气,而旧本上品序开头则与总序结尾语气衔接自然,语义连贯,也宜一体视之。不过这样安排又会使中品缺少序文。曹旭的意见近乎折中,他认为旧本上品序文为全书总序,仍宜置于上品之前,而旧本之中品序文和下品序文的内容原是三品后附论,应分为三个部分附于上中下三品之后,即"一品之中"至"请寄知者尔"为上品之附论,"昔曹、刘殆文章之圣"至"蜂腰、鹤膝,闾里已具"为中品之附论,"陈思赠弟"至"文彩之邓林"为下品后全书之附论。笔者认为,无论依序文结语体例还是据文义,将旧本上中两品序文合为全书总序看起来都更为完整。至于另外两节,可依曹旭的意见,以为中品后之附论和下品后全书之附论。

> 故词人作者,罔不爱好。今之士俗,斯风炽矣。才能胜衣,甫就小学,必甘心而驰骛焉。于是庸音杂体,各各为容。至使膏腴子弟,耻文不逮,终朝点缀,分夜呻吟。独观谓为警策,众睹终沦平钝。
>
> 次有轻荡之徒,笑曹、刘为古拙,谓鲍照羲皇上人,谢朓今古独步。而师鲍照,终不及"日中市朝满";学谢朓,劣得"黄鸟度青枝"。徒自弃于高听,无涉于文流矣。
>
> 嵘观王公缙绅之士,每博论之余,何尝不以诗为口实,随其嗜欲,商推不同?淄渑并泛,朱紫相夺,喧议竞起,准的无依。①

《诗品》总序,于文于义应该是对作者所欲解决的主要问题的评述。钟嵘所批评的问题有:五言诗爱好者众多,但良莠不齐;五言诗创作数量极多,但文体平庸杂乱者为多;单独看不乏精彩,但整体看多数平平;学诗者喜新厌古,不辨高下,弃高明而趋下乘;评诗者一任喜好,不辨优劣,随口臧否而不立标准。概言之,即当时五言诗的学习、创作和鉴赏中都存在着良莠不辨、优劣不分的问题,致使五言诗创作的整体水平低劣平庸。

序文接下来一段从评述前代文论得失角度进一步明确了《诗品》的论文(诗)宗旨:

> 陆机《文赋》,通而无贬;李充《翰林》,疏而不切;王微《鸿宝》,密而无裁;颜延论文,精而难晓;挚虞《文志》,详而博赡,颇曰知言:观斯数家,皆就谈文体,而不显优劣。至于谢客集诗,逢诗辄取;张骘《文士》,逢文即书。诸英志录,并义在文,曾无品第。②

前段文字直接批评现实中的五言诗写作问题,不妨详述;此节文字则由点评前人论文得失间接提示,更为扼要。一方面是现实作者优劣不辨,朱紫莫分;而另一方面是前代论者"皆就谈文体,而不显优劣","并义在文,曾无品第"。作者"不辨优劣",多不能也;论者"不显

---

① (南朝梁)钟嵘注,曹旭集注:《诗品集注》(增订本),上海古籍出版社,2011年版,第67—74页。本章所引《诗品》文句均见此版本。
② 同上书,第236页。

优劣",多不为也。两相映照,《诗品》主旨甚明:品第五言诗优劣,确立五言诗优劣的标准,通过论者"显优劣"帮助作者"辨优劣",以取法"高明",预于"宗流"。

"皆就谈文体,而不显优劣"一句不仅指出现实问题所在与《诗品》要解决的主要问题,且间接说明《诗品》与前代论文著作之不同。虽然比较对象中没有提及《文心雕龙》——原因可能有多种:或尚未接触《文心》,或已知晓《文心》但对同时在世者有意回避,但根据《文心》的主要内容(《梁书·刘勰传》即言《文心》"论古今文体"),也当归入钟嵘所说的"就谈文体"著作一类,因此这句评语实际上也适用于《诗品》与《文心》的关系。据此,这句话不仅是理解《诗品》理论内涵的关键,而且是理解《诗品》与《文心》异同的关键。循此入手,能够在比较中更鲜明地呈现《诗品》的理论体系和概念关系。

学界常引章学诚《文史通义》内篇五《诗话》中的一段说明《诗品》与《文心》之别:"《诗品》之于论诗,视《文心雕龙》之于论文,皆专门名家,勒为成书之初祖也。《文心》体大而虑周,《诗品》思深而意远;盖《文心》笼罩群言,而《诗品》深从六艺溯流别也。"①"体大而虑周""思深而意远""笼罩群言"与"深从六艺溯流别"云云,概括确有见地,但在概括时也不可避免地将二者的差异抽象化了,可能会因此掩盖掉一些更能体现二者关系本质特征的关键表述。另外,这种概括性评价也可能会偏离对象的理论中心,造成以次为主的误读。如章氏突出《诗品》的独特性在于"深从六艺溯流别",此说虽不为无据,但从《诗品序》无一语道及来看,这并非钟嵘著《诗品》的命意所在,而更适合理解为对传统论文惯例的沿用和对"品第优劣"的强化——既能明其优劣之所在,又能知其优劣所从来。且"从六艺溯流别"之例实际上只见用于少数诗人诗作,而非真正一一例之。因此,从著者本意和《诗品》的内在体系来看,似不应特别突出"溯流别"在《诗品》中的重要性。但另一方面,无论是根据《诗品序》的自明宗旨,还是从《诗品》的实际内容看,"品第优劣"都是《诗品》论诗的主旨、主线和主体。

那么该如何理解"皆就谈文体,而不显优劣"一句的意旨?这句话容易给人一种误解,即前代文论主要是谈文体而不是显优劣,而《诗

---

① (清)章学诚著,叶瑛校注:《文史通义校注》,中华书局,1985年版,第559页。

品》主要是辨五言诗优劣而不是谈文体。观钟嵘所提及的前代论文著作之现存者如陆机《文赋》、挚虞《文章流别论》(残)、李充《翰林论》(残)、颜延之《庭诰》论文之篇(残)等,确实是以论诗、赋、铭、诔、章、表、奏、议等一般文体为主,而所论也主要关乎各类文体的一般特征和写作要求,未尝属意于各家文章优劣。不过,反观钟嵘《诗品》,虽以品第各家五言诗优劣为要,而实际上也频繁使用"文体"(或"体")、"诗体"等词,其品第优劣与"文体"关系颇为密切:

1. 虽诗体未全,然略是五言之滥觞也。逮汉李陵,始著五言之目矣。"古诗"眇邈,人世难详。推其文体,固是炎汉之制,非衰周之倡也。(序)

2. 先是郭景纯用隽上之才,变创其体;刘越石仗清刚之气,赞成厥美。(序)

3. 于是庸音杂体,各各为容。(序)

4. 其体源出于《国风》。(上品"古诗"评)

5. 骨气奇高,词彩华茂。情兼雅怨,体被文质。粲溢今古,卓尔不群。(上品曹植诗评)

6. 发愀怆之词,文秀而质羸。在曹、刘间别构一体。(上品王粲诗评)

7. 才高辞赡,举体华美。气少于公幹,文劣于仲宣。尚规矩,不贵绮错,有伤直致之奇。(上品陆机诗评)

8. 文体华净,少病累。(上品张协诗评)

9. 其源出于陈思,杂有景阳之体。故尚巧似,而逸荡过之,颇以繁芜为累。(上品谢灵运诗评)

10. 其源出于李陵,颇有仲宣之体则。(中品曹丕诗评)

11. 其体华艳,兴托多奇。巧用文字,务为妍冶。……谢康乐云:"张公虽复千篇,犹一体耳。"(中品张华诗评)

12. 宪章潘岳,文体相晖,彪炳可玩。始变中原平淡之体,故称中兴第一。(中品郭璞诗评)

13. 彦伯《咏史》,虽文体未遒,而鲜明紧健,去凡俗远矣。(中品袁宏诗评)

14. 文体省静,殆无长语。笃意真古,辞兴婉惬。(中品陶潜

诗评）

　　15. 故尚巧似。体裁绮密。然情喻渊深，动无虚发；一句一字，皆致意焉。（中品颜延之诗评）

　　16. 文通诗体总杂，善于摹拟。筋力于王微，成就于谢朓。（中品江淹诗评）

　　17. 观休文众制，五言最优。详其文体，察其余论，固知宪章鲍明远也。所以不闲于经纶，而长于清怨。（中品沈约诗评）

　　18. 元瑜、坚石七君诗，并平典不失古体，大检似。（下品阮瑀、欧阳建诗评）

　　19. 张景云虽谢文体，颇有古意。（下品张永诗评）

　　20. 思光缓诞放纵，有乖文体。然亦捷疾丰饶，差不局促。（下品张融诗品）

　　21. 王巾、二卞诗，并爱奇崭绝。慕袁彦伯之风。虽不弘绰，而文体剿净，去平美远矣。（下品王巾、卞彬、卞录诗评）①

　　也就是说，直接就内容和概念来看，钟嵘批评前人论文只谈"文体"而不显优劣，他本人则实际上既谈"文体"，也辨优劣。

　　不过，这一说法可能会马上招致否定。否定者可能认为，《诗品》品第优劣所用"文体"一词与陆机《文赋》、李充《翰林论》、挚虞《文章流别论》等前人论文所用"文体"一词并非同一概念，前者所说"文体"的意思是"风格"，而后者所说"文体"的意思是"体裁"；《诗品》整体上属于"诗歌风格论"，而前代文论多属于"文章体裁论"。

　　这就触及了理解《诗品》理论内涵和概念关系的一个具体而关键的问题，即如何理解《诗品》中"文体"概念与前代文论中"文体"概念间的关系。关于这一问题，笔者并不赞同流行的"风格"与"体裁"之分，仍然主张笔者此前已经提出并经多方论证的观点，即中国古代文论中的"文体"概念的基本内涵是指呈现了内在丰富构成与特征的文章整体存在，且这一基本内涵无关乎人们对"文体"的分类——诗赋之"体"的基本内涵如此，作家之"体"、时代之"体"的基本内涵也是如此。除第

---

① （南朝梁）钟嵘著，曹旭集注：《诗品集注》（增订本），上海古籍出版社，2011年版，第6—10、34、65、91、117—118、142、162、185、201、256、275、318—319、327、336—337、351、403、426、489、568、598、612页。

一节的论证外,此处再结合《诗品》的具体情况补充几点论证:

第一,直接从用词来看,《诗品》中的"文体"乃是"诗体"的另一种说法。书中屡屡言及的某某"文体如何",其中"文体"并非另有所指,仍然是指某诗人所作"五言诗之体"。如评"古诗",前曰"诗体未全",后曰"推其文体";评江淹"诗体总杂,善于摹拟",直接用"诗体"而不用"文体"。可见在《诗品》中两词所指基本相同。

第二,从逻辑层面看,因为"文体"表示"文章自身的整体存在",自然会与题材、意义、结构、语言等各种文章内部因素以及作者、时代、流派、读者等各种文章外部因素有关,批评者也就自然可以从内外各种角度对"文体"进行分类,因此也就有了从文类角度区分的诗体、赋体等,从作者角度区分的曹刘体、谢灵运体、鲍照体等,从时代角度区分的正始体、南朝体、齐梁体等,从流派角度区分的元白体、西昆体等。但在各种分类中,作为分类对象的"文体"(简称"体")仍然是指"文章(诗歌)自身的整体存在"。《诗品》中对诸多诗人"文体"的品第,即是从作者角度对"文体"(专指五言诗之文体)的辨析。

第三,《诗品》中"文体"概念的内涵与其他文论著作中"文体"概念的内涵,都带有古人用词"用中见义"的特点,即主要不是通过自觉的逻辑化、形式化的定义来说明,而是在具体使用、分析和描述中自然见出,因此需要今人思入语境,以心会意,再以现代逻辑话语加以表述。前述《文心》如此,此处《诗品》也是如此。如评曹植诗云"骨气奇高,词彩华茂,情兼雅怨,体被文质",曹植之诗既"体被文质",也"体"涵"辞""情"。评陆机诗曰"才高辞赡,举体华美",则直接以"举体"一词强调了"体"即诗之整体。

第四,学者多将《诗品》中"文体"概念理解为"风格",还应与一种常见的逻辑误判有关,即误将钟嵘所描述的"文体"之特征,如"文体华净"之"华净"、"平淡之体"之"平淡"等,作为理解"文体"概念内涵的主要根据,混淆了"文体"与文体特征的区分。其基本"逻辑"是:因"华净""平淡"等属于诗歌的"风格",故"文体华净""平淡之体"即意为"风格华净""平淡之风格",所以"文体"即是指"风格"。类似这种对"文体"概念内涵的误解很多①。但正如不应将"文章华净"中的"文

---

① 可参看拙著《中国古代文体论思辨》有关辨析。

章"理解为"风格",也不可将"文体华净"中的"文体"理解为"风格"。

辨明了《诗品》中"文体"一词与钟嵘所批评的前代文论中的"文体"一词实为同一个概念,就可以对《诗品序》中的"皆就谈文体,而不显优劣"这一关键判断有一个更完整、辩证的理解。观六朝论文的篇章著作可知,"文体"概念应该是六朝文论中除"文章"(或"文")概念外的一个最基本、最关键的文论概念。如果说六朝文论的研究对象是"文章",那么就可以说"文体"是六朝文论研究文章的"平台",尤其是认识文章自身关系的平台。钟嵘评诗不可能离开、也没必要舍弃"文体"这个理论平台。因此分析"皆就谈文体,而不显优劣"一句的内涵,需要根据前代文论和钟嵘《诗品》的实际内容以及这句话的句意和语气综合理解。言前人"皆就谈文体,而不显优劣"并不意味着《诗品》"不谈文体,只显优劣",更合乎实际的理解是:《诗品》区分的是文体的优劣(而非"风格"的优劣)。

理清了这句话的表里两层内涵,《诗品》与《文心》的理论特征及其关系就大体呈现出来了:包括刘勰《文心》在内的前代文论主要研究的是文体的一般特征,其主要内容是区分一般文体(即文类文体,如诗、赋等)类型,辨析不同类型文体的特征,总结不同类型文体的写作规范,与此同时也呈现了文体的基本结构。钟嵘称其"皆就谈文体",即言其主要就"文体自身"而论,只谈"一般之文体"与"文体之一般"。前代文论对文体也有评价,如挚虞《文章流别论》对赋体弊病的批评,《文心》对"文体解散"现象的针砭,但这种评价不是为了品第高下,其主要目的是通过批评与肯定,彰显文体的内在完整统一,维护文体的基本写作规范。比较而言,《诗品》论述"文体"的角度和方式有其明显的自身特征,其主旨不仅于指导学诗者掌握诗体写作的基本规范,更在于品第不同作者五言诗体的高下,帮助学诗者识别诗体的优秀与平庸。

不过,《诗品》的实际内容要比这种比较式概括所突出的特征要复杂一些:作者文体的优劣品第固然是其主要内容,而五言诗体的一般规范和特征也同样有详细论述,并与前代文论著作的"就谈文体"大体相同。这是因为,按正常道理,欲品第作者诗体优劣,同样应掌握五言诗体的基本规范和要求,明白五言诗的典范文体有何特征,而平庸低劣之作又有何缺点。从这个角度来说,无论是如《文心》那样着重"谈文体",还是如《诗品》这样侧重"显优劣",都需要确立文体之底线(完整统一),树立文体之高标(文质兼美),以及指出种种文体之下乘。而事实上,《诗品》从序文到正文,都或显或隐地体现着关于五言诗体的规范、典范和失范的意识,而且与《文心》中的有关文体观念并无不同:

其一,《诗品序》云:"干之以风力,润之以丹彩,使咏之者无极,闻之者动心,是诗之至也。"将"风力"与"丹彩"的统一目为五言诗体的理想,此与《文心雕龙·风骨》篇主张内在风骨与外在文采统一以使"风清骨峻,篇体光华"的文体理想基本一致。区别只在于刘勰因泛论文笔,抒情、纪事、论理各体兼综,故"风""骨"并提,将情感之真挚感人与语言之端直有力同视为文体之本;而钟嵘所论五言为典型的"吟咏情性"之体,故以"风力"(即以情动人之力)为文体之本。

其二,在具体品评中钟嵘也自觉体现了这一文体理想。如评作为五言诗体典范的曹植诗体云:"骨气奇高,词彩华茂。情兼雅怨,体被文质。"评刘桢诗体云:"贞骨凌霜,高风跨俗。但气过其文,雕润恨少。"以其有"风"有"骨"为高,而以其缺乏文采雕饰为憾,其意与《文心雕龙·风骨》篇"鹰隼乏采""骨劲而气猛"之论相类。其他如评班昭诗之"怨深文绮",评王粲诗之"文秀而质羸"①,评陆机诗之"才高辞赡,举体华美",评郭璞诗之"文体相晖,彪炳可玩",评袁宏诗之"鲜明紧健"等,都是这一理想文体标准的体现。

其三,有违这一文体理想的诗病,也被钟嵘一再批评②。如评谢灵

---

① 吴林伯《〈文心雕龙〉与〈诗品〉》认为:"'文秀'的'文'……是文学作品,兼形式与内容。'质羸'的'质',不是内容。曹魏张揖《广雅》:'质,躯也。''质羸'就是体羸,羸者,弱也。曹丕《与吴质书》:'仲宣续自善于辞赋,惜其体弱,不足起其文。'……'文秀'与'质羸',本为二事。'文秀'者,王粲之作卓出也。"(《文心雕龙学刊》第4辑,齐鲁书社,1986年版,第169页)此解有以旁证代替本文语境之嫌。"文""质"对举本是六朝人也是钟嵘论文评诗的习径。但吴文之论可解释王粲之诗"文秀而质羸"的主体原因:因其体弱,故其诗文气不健,以致有"质羸"之病。不过此"质羸"应是其诗之病,而非其身之病。

② 邬国平《刘勰与钟嵘文学观对立说商榷》(《文艺理论研究》1984年第3期)一文有具体分析:"刘勰否定义的'奇'也是钟嵘批评的对象。这突出地反映在他对鲍照、惠休、张融等人的评语中。……钟嵘批评他'贵尚巧似,不避危仄,颇伤清雅之调。'认为后世产生的诗歌弊病与此相关,'故言险俗者,多以附照。'……钟嵘批评惠休说'惠休淫靡,情过其才;世遂匹之鲍照,恐商、周矣。'……钟嵘批评张融'纤缓诞放(一作"放诞"),有乖文体'。……钟嵘反对'险俗'、'淫靡'、'有乖文体',这些均构成《文心雕龙》否定义的'奇'的具体内容,这足以说明刘勰与钟嵘批评指向的一致。"

运诗:"故尚巧似,而逸荡过之,颇以繁芜为累。"评曹丕诗:"新歌百许篇,率皆鄙直如偶语。"评嵇康诗:"过为峻切,讦直露才,伤渊雅之致。"评张华诗:"巧用文字,务为妍冶。"评鲍照诗:"贵尚巧似,不避危仄。"评宋武帝诗:"雕文织彩,过为精密,为二藩希慕,见称轻巧矣。"评惠休诗曰"淫靡",评张融诗曰"缓诞放纵,有乖文体"等。①

其四,对"雅"这一文体品质一贯肯定。如谓"情兼雅怨"(评曹植诗),"指事殷勤,雅意深笃,得诗人激刺之旨"(评应璩诗),"喜用古事,弥见拘束,虽乖秀逸,固是经纶文雅"(评颜延之诗),"善铨事理,拓体渊雅,得国士之风"(评任昉诗),"气候清雅"(评谢庄诗)等。同时将"雅"与"俗"对举,类同《文心》以宗经之"雅正"与趋俗之"新奇"对立。如评鲍照诗:"然贵尚巧似,不避危仄,颇伤清雅之调。故言险俗者,多以附照。"评张欣泰、范缜诗:"欣泰、子真,并希古胜文,鄙薄俗制,赏心流亮,不失雅宗。"②

由此可见,文体的规范和典范既是《文心》论一般文体规范与否、雅丽与否的标准,也是《诗品》品评作者文体优劣高下的标准。这是一个最基本的品第标准,也是一个相对客观的品第标准,其具体内涵是在漫长的文体实践中积累、完善而成,具有普遍性、规范性和稳定性。无论是要"拨乱反正",重建文体规范,还是要辨彰清浊,品第文体优劣,都离不开的这一基本标准。这个标准也是品第者与时人对话、交流、论争的一个公共尺度。就此而言,《诗品》与《文心》的确在文体观念层面是相通的,二者共享着大体相同的文体批评标准,一种属于"六朝习径"③的文体标准。

正因为采用的是基本相同的文体评价标准,所以在上文具体分析中可以看到《文心》和《诗品》之间存在的这一现象:刘勰所肯定的文体因素或特征,也基本上为钟嵘所褒扬;而刘勰所否定的文体因素或

---

① (南朝梁)钟嵘著,曹旭集注:《诗品集注》(增订本),上海古籍出版社,2011年版,第201、256、266、275、381、538、560、598页。

② 同上书,第117、296、351、419、543、381、619页。

③ 语见纪昀评《文心雕龙·明诗》篇"若夫四言正体,则雅润为本,五言流调,则清丽居宗":"此论却局于六朝习径,未得本原。夫雅润清丽,岂诗之极则哉?"(刘勰著,纪晓岚评:《纪晓岚评文心雕龙》,江苏广陵古籍刻印社,1997年版,第61页。)纪氏之评显然是以后世更加精致的诗论如意境论、韵味论、格调论等为参照,这多少妨碍了他对六朝文章批评标准的历史意义的认识。

特征,也多为钟嵘所贬低。表现在话语层面,刘、钟用来表示肯定和否定的具体概念也基本一致。

但另一个问题是:为什么在《文心》中少数为中性而更多为贬义,甚至作为不合文体规范的因素和特征之总名的"奇"一词,却在《诗品》中无一例外地被用作一个表示正面价值的概念?

欲明乎此,在把握共同的文体论平台和文体批评标准之外,还应该特别关注《诗品》与《文心》之间的一个重要区别,此即:当《诗品》以五言诗的文体规范和典范为标准品第作者文体优劣时,实际上又拓展、建立了一个不同于《文心》的文体批评维度。如果说《文心》建构的是一个以"逐奇而失正"所导致的文体解散的历时衰变之维与以"执正以驭奇"所致力恢复的文体完整统一的共时结构之维构成的二维批评体系,那么《诗品》就在此基础之上又增加了一个度量和标识作者文体优劣高下的第三维度。二者的文体批评维度呈现的是一种互补关系,综合反映了六朝文论家对文体认识的广度(各类型文体的历史)、深度(文体的内在规定)和高度(作者文体的品鉴)。《诗品》之"奇"也因此有了不同于《文心》之"奇"的概念关系和价值内涵:

1. 故大明、泰始中,文章殆同书抄。近任昉、王元长等,词不贵奇,竞须新事。尔来作者,浸以成俗。遂乃句无虚语,语无虚字,拘挛补纳,蠹文已甚。但自然英旨,罕值其人。词既失高,则宜加事义。虽谢天才,且表学问,亦一理乎!(《诗品序》)

2. 骨气奇高,词彩华茂。情兼雅怨,体被文质。粲溢今古,卓尔不群。(上品曹植诗评)

3. 仗气爱奇,动多振绝。贞骨凌霜,高风跨俗。但气过其文,雕润恨少。然自陈思已下,桢称独步。(上品刘桢诗评)

4. 才高辞赡,举体华美。气少于公幹,文劣于仲宣。尚规矩,不贵绮错,有伤直致之奇。(上品陆机诗评)

5. 其源出于王粲。其体华艳,兴托多奇。巧用文字,务为妍冶。虽名高曩代,而疏亮之士,犹恨其儿女情多,风云气少。(中品张华诗评)

6. 一章之中,自有玉石。然奇章秀句,往往警遒。足使叔源失步,明远变色。(中品谢朓诗评)

7. 昉既博学,动辄用事,所以诗不得奇。(中品任昉诗评)

8. 才难,信矣! 以康乐与羊、何若此,而二人之辞,殆不足奇。(下品何长瑜、羊曜璠诗评)

9. 王中、二卞诗,并爱奇崭绝。慕袁彦伯之风。虽不弘绰,而文体剿净,去平美远矣。(下品王中、卞彬、卞录诗评)①

首先,正如多篇论文(如王运熙、邬国平二位先生论文)所指出的,在《文心》中"奇"是与"正"相对的一个概念,而在《诗品》中"奇"是与"平"相对的一个概念。这是显示"奇"在两书中不同价值倾向的最直接的概念关系:"正"的正面性质从对立面规定了"奇"的非正面价值(中性或反面),而"平"的消极意义则从对立面规定了"奇"的正面价值。究其原因,这首先与"奇"本义"异"的相对性有关。作为"异","奇"本身并没有明确的价值倾向,而由其相对关系和具体语境规定。但无论实际价值倾向如何,"奇"作为"异"总是属于非"常"事物、性质或状态,总是有别于一般常见的事物、性质或状态。简言之,"奇"之为"奇",是因为它有异于"常"——可以是"正常"之"常",也可以是"平常"之"常"。因此,从概念关系来看,"奇"的基本性质和价值倾向取决于以何者为"常"。

具体到《文心雕龙》,因为刘勰所处理的是文体规范与文体解散(失范)之间的冲突,所以自然是把符合规范的文体(包括一般规范文体和典范文体)作为"常",而将有异于规范的破坏性因素和特征作为"奇"。从价值层面来看,这样的"常"自然具有肯定性价值,因为符合规范的文体不仅应该是文体的常态,而且应该是文体的"正常"状态;而这样的"奇"自然具有否定性价值,因为导致"文体解散"的滥采、乱意、黩辞等不仅是一类非"常"因素,亦且是一类非"正常"因素。而在《诗品》中,因为钟嵘的任务是要从大量的平庸之作中挑选出为数不多的优秀作品,所以相对来说那些大量存在、屡见不鲜甚至很多作者都"习以为常"的平庸之作构成了当时诗坛的"一般状况",自然就成为"常"的一面,而作为有异于这种"平常"的"奇"自然就成了少数优秀之作的品质。

因此,"奇"在《诗品》中被视为一种很突出的正面文体品质,是一

---

① (南朝梁)钟嵘著,曹旭集注:《诗品集注》(增订本),上海古籍出版社,2011年版,第228、117、133、162、275、392、419、532、612页。

个很高的文体评价标准。当然首先一点,从文体自身的内在关系看,是否符合五言诗体的规范仍然是区分"奇"与"平"的一个"底线";尽管符合五言诗体规范的作品未必可以称"奇",但有悖五言诗体内在要求的作品就只能归入平庸。在钟嵘的具体批评中,那些不能称"奇"或品质庸劣的诗作总是在某些方面与五言诗体的规范有违,而其中尤以喜用、多用甚至滥用"事义"(即事类、典故)最为普遍。钟嵘关于诗体的基本规定是:"吟咏情性,亦何贵于用事?"这是诗体区别于奏议书论等其他实用文体的基本特征,因此他对创作中以"用事"为能的现象一再批评。如《序》中批评任昉、王融等人"词不贵奇,竞须新事"①,以至"句无虚语,语无虚字,拘挛补衲,蠹文已甚",将诗体弄得支离破碎,生气全无,而这样做不过是以增加"事义"的方法掩盖其诗作水平的"失高"。中品又再次批评任昉诗"昉既博物,动辄用事,所以诗不得奇"。《诗品》中还数次指出诗体的"平"与用典、谈理等"贵于用事"的做法之间的直接关系,如:"爰及江表,微波尚传。孙绰、许询、桓、庾诸公诗,皆平典似《道德论》,建安风力尽矣。"(《诗品序》)"宪章潘岳,文体相晖,彪炳可玩。始变中原平淡之体,故称中兴第一。"(中品郭璞诗评)"元瑜、坚石七君诗,并平典不失古体。"(中品阮瑀、欧阳建诗评)

一方面违背五言诗体基本规定性的"动辄用事"之诗"不得奇",而另一方面谨守一般诗体规范之作也于"奇"有碍。如上品批评陆机诗云:"尚规矩,(不)贵绮错,有伤直致之奇。"所谓"尚规矩",即谨守五言诗体的一般规范,其立意遣词、结构条理、辞采声律等都中规中矩。这样写出来的诗固然挑不出明显的缺点,但也很难从大量诗作中脱颖而出,表现出一种超拔卓越的优秀品质。钟嵘认为,出"奇"之诗体,"规矩"之外还须有"直致"。如果说符合一般诗体规范是"奇"之文体的"下限",那么真正的"奇"之文体还要达到更高的要求。这就是钟嵘在《诗品序》中强调的"自然英旨,罕值其人"的"自然",表现在创作机制上,即是对"即目""直寻"和"直致"的青睐,表现在诗作特征上,即是对"真美"的推崇。

钟嵘对南朝诗歌"声律"说的不满同样缘于他对"自然"这一诗体

---

① "词不贵奇"之"词"非指狭义之言辞,代指具体作品。

品质的坚持。如果说"贵于用事"是使文体失去"自然"的题材方面的因素,那么拘忌声律则是使文体远离"自然"的语言层面的原因。正如多篇论争文章所说,钟嵘并非简单反对诗歌声律,他所反对的是那些导致"文多拘忌,伤其真美"的"擗绩细微,专相凌架"的烦琐"声病"规定,他所认可的是有利于"吟咏情性"的"清浊通流,口吻调利"的自然声律。声律的自然与情性的自然是诗体内在统一的体现,而拘忌声病则与"吟咏情性"的内在要求相互冲突,会破坏诗体内部情与辞的统一。

在创作主体层面,与文体的"自然"品质相对应的素质便是"天才"。所谓"自然英旨,罕值其人。词既失高,则宜加事义",以"自然"与"事义"相对,这是从文体层面说明与诗体之"奇"正反相关的两种重要因素;所谓"虽谢天才,且表学问",又以"天才"与"学问"相对,则是从主体层面说明与诗体之"奇"正反相关的两种重要因素①。"自然"和"天才"分别从文体和主体两个方面规定了《诗品》之"奇"的具体内涵。

比较而言,主体的"天才"因素更具有决定意义,是《诗品》之"奇"的正面价值的根源。《诗品》论"才"处甚多,除上引评曹植、刘桢、陆机、何长瑜等例外,余者尚有:

  1. 先是郭景纯用㑺上之才,变创其体;刘越石仗清刚之气,赞成厥美。然彼众我寡,未能动俗。(《诗品序》)

  2. 元嘉初,有谢灵运,才高词盛,富艳难踪,固已含跨刘、郭,陵轹潘、左。(《诗品序》)

  3. 词既失高,则宜加事义。虽谢天才,且表学问,亦一理乎!(《诗品序》)

  4. 陵,名家子,有殊才,生命不谐,声颓身丧。(上品李陵诗评)

  5. 余常言:陆才如海,潘才如江。(上品潘岳诗评)

  6. 故尚巧似,而逸荡过之。颇以繁芜为累。嵘谓:若人学多才博,寓目辄书,内无乏思,外无遗物,其繁富,宜哉!然名章迥句,处处间起;丽曲新声,络绎奔发。譬犹青松之拔灌木,白玉之映尘沙,未足贬其高洁也。(上品谢灵运诗评)

---

  ① 就人而言是"天才",就诗体而言是"自然";人之所有为"学问",诗中所有为"事义"。

7. 虽名高曩代,而疏亮之士,犹恨其儿女情多,风云气少。(中品张华诗评)

8. 善为凄戾之词,自有清拔之气。琨既体良才,又罹厄运,故善叙丧乱,多感恨之词。(中品刘琨、卢谌诗评)

9. 戴凯人实贫羸,而才章富健。观此五子,文虽不多,气调警拔。(中品郭泰机、顾恺之、谢世基、顾迈、戴凯诗评)

10. 又喜用古事,弥见拘束。虽乖秀逸,是经纶文雅,才减若人,则陷于困踬矣。(中品颜延之诗评)

11. 才力苦弱,故务其清浅。殊得风流媚趣。(中品谢瞻等诗评)

12. 小谢才思富捷,恨其兰玉凤雕,故长辔未骋。(中品谢惠连诗评)

13. 总四家而擅美,跨两代而孤出。嗟其才秀人微,故取湮当代。(中品鲍照诗评)

14. 善自发诗端,而末篇多踬。此意锐而才弱也。(中品谢朓诗评)

15. 希逸诗,气候清雅。(下品谢庄诗评)

16. 惠休淫靡,情过其才。(下品惠休诗评)

17. 元长、士章,并有盛才,词美英净。(下品王融、刘绘诗评)①

综观上引及前引诸例,显然不能简单地将"才"与"天才"等同,也不能将"才"与"自然""奇"直接对应。钟嵘所说的"才"实有层次之分:论其高则有"天才"之"才",论其强则为"才气"之"才",论其用则是三品作者皆有之"才"。"天才"上文已述,这里再就一般之"才"和"才气"与文体及文体之"奇"的关系作一些分析。

从整体上来看,《诗品》中的"才"是一个与"文体"内外相对的概念,"才"之有无高下直接关乎"文体"之成败优劣。《诗品》虽诗分三品,但根据《序》中所言"预此宗流者,便称才子",说明三品之诗都是

---

① (南朝梁)钟嵘著,曹旭集注:《诗品集注》(增订本),上海古籍出版社,2011年版,第34、228、106、174、201、275、310、330、351、360、372、381、392、543、560、604页。

"才子"之作,而大量平庸之作因未预宗流已被钟嵘筛除。在钟嵘看来,"才"是写好诗最基本的主体条件,有"才"方能克服平庸,超出流俗,避免"繁芜""困踬""清浅""淫靡"等诗体之弊。正如合乎一般规范是诗体之"奇"的文体基础,"才"应该是"奇"诗产生的必要主体条件。如下品评何长瑜、羊曜璠二人诗"殆不足奇",原因即在于二人"才难"。但是,有"才"又并不必然有"奇"诗,"奇"诗的创造还需要比一般诗才更高的主体条件,这就是"天才"和"骨气"。如陆机诗虽因"才高"而"举体华美",但又因"气少于公幹",而缺少"自然英旨","有伤直置之奇"。反之,刘桢诗虽因"气过其文"而有"雕润恨少"之憾,但又因能够"仗气爱奇",故其诗"贞骨凌霜,高风跨俗"①,卓然不凡。张华诗则表现出某种矛盾性:一方面"兴托多奇",另一方面又"务为妍冶";"多奇"源于"风云之气","妍冶"则因其"儿女情多";但对于以"奇"为贵的"疏亮之士"来说,还是以其"儿女情多,风云气少"为憾。至于曹植,因才气兼胜,故其诗能获得"骨气奇高,词彩华茂"之至誉。②

由此可见,"奇"在钟嵘心目中之所以被视为文体的一种罕见的优秀品质,根本原因在于"奇"是作者杰出旺盛的才气在文体中的自然体现。"奇"不同于符合一般规范的文体品质,甚至也不同于堪称典范的文体的品质。"奇"是对文体的一般规范的超越,是诗人凭借"天才"和"骨气"引领文体循作者的生命之维不断提升和创造所臻达的"粲溢今古,卓尔不群"的境界。《诗品》中所说的"爱奇",乃以"仗气"为主体根基,是一种植根于诗人整体生命的追求和创造,因此这种"爱奇"能够赋予文体充沛的生命力和独创性,使文体不仅文质兼美,雅丽相胜,而且能"使味之者无极,闻之者动心",并进而"使穷贱易安,幽居靡闷",让文体成为生命相互感动、慰藉的中介。这种"奇"以其丰富的生命内涵和真正的创造精神区别于《文心》中所批判的"爱奇"者所逐

---

① "才胜于气",未必能"奇";"气胜于才",则仍不失为"奇"。
② 在《诗品》中,"情"也是一个与"才""气""文体"密切相关的因素。从作者角度来看,"才"集中体现了作者的表现能力,是吟咏诗作过程中的主导因素;"情"无论在作者内心还是表现于"文体",都属于"材料"因素,是"才"的表现对象;"气"则是"才"和"情"的力量所在,"气"融入"才"可增强作品的创造性,"气"融入"情"可增强作品的感染力。

猎的那些脱离真实生命、附会虚伪流俗的新异之"奇"。① （见附表）

理解了《文心》之"奇"与《诗品》之"奇"由两书理论体系和概念关系所规定的不同价值内涵，便可对前文曾提及的《辨骚》篇和《丽辞》篇中的另外两例之"奇"有一个较恰当的理解。先看《辨骚》篇赞《离骚》之"奇"一段：

> 自风雅寝声，莫或抽绪，奇文郁起，其离骚哉！固已轩翥诗人之后，奋飞辞家之前，岂去圣之未远，而楚人之多才乎！②

此句之"奇"虽与后文"枚贾追风以入丽，马扬沿波而得奇"之"奇"同属一篇，相距甚近，但两"奇"所评价的文体关系并不相同。首先，"奇文郁起"一句为赞叹语气，"奇"也无疑是对《离骚》的正面评价。其次，"奇"所修饰的对象是"文"，此为"文章"之"文"，而非文字之"文"，故"奇"所评价的是《离骚》全文，而非其文采；而《文心》他篇之"奇"所评价的多是新意、诡辞、异字等具体因素。最后，此处将"奇文"与"多才"相联系，说明《离骚》之"奇文"是因楚人之"多才"而产生，也说明此处"奇文"之"奇"主要是相对于其他作者文体而言③，体现的是楚诗人文体的独创性，而非指违背文体规范的新异因素和特征。因此，与《文心》中其他"奇"（如该篇后文的"酌奇而不失其真"之"奇"）相比，此处之"奇"属于作者文体维度的评价概念，是一种正面

---

① 南朝齐谢赫《画品》品评作者高下的体例与《诗品》相同，而其中"奇"一词的用法也与《诗品》相类，皆表示肯定性评价。如谓"陆绥。体韵遒举，风彩飘然。一点一拂，动笔皆奇。"（第二品）"姚昙度。画有逸方，巧变锋出，魑魅神鬼，皆能绝妙。奇正咸宜，雅郑兼善，莫不俊拔出人意表，天挺生知非学所及。"（第三品）"毛惠远。画体周赡，无适弗该，出入穷奇，纵横逸笔，力遒韵雅，超迈绝伦。其挥霍必也极妙，至于定质，块然未尽其善。神鬼及马，泥滞于时，颇有拙也。"（第四品）"张则。意思横逸，动笔新奇。师心独见，鄙于综采。"（第四品）"晋明帝。讳绍，元帝长子，师王廙。虽略于形色，颇得神气。笔迹超越，亦有奇观。"（第五品）借此可进一步理解"奇"之价值内涵与批评维度的内在关联。[（南朝齐）谢赫、（南朝陈）姚最著，王伯敏标点注译：《古画品录·续画品录》，人民美术出版社，2016年版。]
② （南朝梁）刘勰著，范文澜注：《文心雕龙注》，人民文学出版社，1958年版，第45页。
③ 如若要具体指出《离骚》之"奇文"是相对于哪些其他文体，可能很多人会说是指《风》《雅》等经典文体。但还应注意的是，原文在"自风雅寝声"与"奇文郁起"之间还有"莫或抽绪"一句。"莫或抽绪"者，意谓《风》《雅》之后的诗歌创作无法继承《风》《雅》文体的优秀品质，严重衰落，成就平平，而正是这一"莫或抽绪"的阶段，衬托了《离骚》的"奇文郁起"。换言之，《离骚》文体之"奇"主要不是相对于《诗三百》这一经典文体而言，而是相对于其后的诗体衰落而言。试将这几句改成"《风》《雅》之后，奇文郁起"，明显大失原文语义，恐也不为刘勰所能接受。

评价,与《诗品》之"奇"的用法和性质相同。再看《丽辞》篇之"奇":

> 若气无奇类,文乏异采,碌碌丽辞,则昏睡耳目。

前句之"奇"评作者之"才气",后句中之"异"评作者之"文采","奇气"与"异采"均相对于其他作者的"碌碌丽辞"而言,明显都属于作者维度的评价,故其性质也皆为肯定。此二例与《诗品》之"奇"用法相同,而异于《文心》中大多数"奇"的语义和性质①。这也进一步证明了"奇"一词的内涵和性质取决于"奇"所评价的文体维度(参见表6-1)。不过,这不足以影响对两书中"奇"一词内涵和性质的整体关系的判断。

表6-1 《文心》与《诗品》的文体批评——相同标准,不同维度

				《诗品》标准:干之以风力,润之以丹彩	《文心》标准:风清骨峻,篇体光华			
天才(自然)	才气兼胜	骨气奇高,词彩华茂 情兼雅怨,体被文质	奇			执正	文能宗经,体有六义:情深而不诡,风清而不杂 事信而不诞,义直而不回 体约而不芜,文丽而不淫 (雅丽相胜,衔华佩实)	为情造文	旧练之才
	气胜于才	仗气爱奇,振多绝响 贞骨凌霜,高风跨俗							
	才胜于气	才高辞赡,举体华美 尚规矩,有伤直致之奇	伤奇			驭奇	昭体故意新而不乱 晓变故辞奇而不黩		
虽谢天才,且表学问		词既失高,宜加事义 文多拘忌,伤其真美 (逸荡、繁芜、鄙质、妍冶、巧似、危仄、淫靡、缓诞、放纵)	平			爱奇	辞人爱奇,言贵浮诡 饰羽尚画,文绣鞶帨 采滥忽真,失体成怪 摈古竞今,危侧趣诡	为文造情	新学之锐
《诗品》文体批评维度:品第作者文体优劣				共同标准:文体内在完整统一		《文心》文体批评维度:确立一般文体规范			

---

① 萧子显《南齐书·文学传论》中也有这种用法:"颜、谢并起,乃各擅奇,休、鲍后出,咸亦标世。朱蓝共妍,不相祖述。"[(梁)萧子显撰:《南齐书》(修订本),中华书局,2019年版,第1000页.]其中"颜、谢并起,乃各擅奇"一句中的"奇",也同样是对不同作者文体优劣的评价。

本 章 小 结

尽管《文心》中"奇"概念所含以否定价值为主,而《诗品》中"奇"概念表现为纯粹的肯定价值,但并不能因此得出两书中"奇"概念的内涵和价值倾向相互对立的结论。这是因为:《文心》之"奇"与一般规范文体或典范文体之"正"相对,指的是异于规范文体或典范文体并能够破坏文体内在完整统一的新奇、浮诡、险仄的因素和特征;而《诗品》之"奇"与常见作者文体的"平""庸"相对,主要指的是在一般文体规范的基础上充分体现了文体的"自然"品质与作者"天才""才气"的独创性和生命力的优秀文体品质。两书之"奇"评价的是不同维度的文体关系,自然无法构成对立;更恰当的说法应该是:二者差异互补。同时,我们也不能仅根据两书中"奇"概念所表现的价值倾向,判断二者的文学观是对立还是相同。合理的比较思路应该是先把握比较双方的基本理论内涵和概念关系,再据此辨析某两个具体概念之间的关系,而不应该先抽出两个概念比较然后推及整体。尤其是涉及像"奇"这样主要由具体语境和概念关系规定其内涵和价值的概念,更需整体把握,耐心梳理,细心分辨。

第七章　从"文章整体"到"语言形式"
——中国古代文体观的日本接受及语义转化

关于中国古代文体论的基本概念内涵和基本方法论的现代阐释，笔者在近年来发表的系列论文和专著中，曾有过比较全面的反思和分析，并通过重新解读古代文体论原始文献以及与西方"语体学"和"文类学"横向比较，重新阐释了"文体"概念的基本内涵，对"文体"与"体裁""风格""语体""文类""体性""体貌"等概念间的关系也作了较详细的辩证分析，同时也注意到了最为流行的关于古代"文体"概念的"体裁—风格"二分式释义模式与中国现代文学观念演变及文论建构历史的内在联系。在接下来的进一步阅读和思考中，笔者又逐渐发现"体裁—风格"二分式释义模式得以产生和流行的原因并不单纯，其线索也并不单一，而是与近现代以来发生的"中—日—西"三方语言文化的多向交流这一复杂的历史状况密切相关。正是在中—日—西三方语言文化交流过程中的跨语境移植和中西对译，使中国古代"文体"概念的用法和语义产生了本质性的转换。

本章将集中梳理中国传统"文体"概念进入日本语言文化语境后所产生的语义转化过程，呈现"文体"概念在近代日本文化语境中与西方语体学（Stylistics）相遇并对接的历史经过，分析"文体"概念在日语中产生语义嬗变的文化动因，并借此总结语词概念在跨文化移植过程中语义转化的一般规律。

第一节　从"文体"到"文字"——"文体"概念的跨语境移植与本体的形式符号化

中国古代以"体"论文出现于《汉书》《论衡》等典籍，在汉末蔡邕的《独断》和三国曹丕的《典论·论文》中,"文体"(或"体")开始成为一个基本文论概念,标志着中国古代文体论大致成型。经西晋挚虞《文章流别论》、陆机《文赋》和东晋李充《翰林论》等进一步发展,至南朝齐梁时期刘勰《文心雕龙》和钟嵘《诗品》等论文(诗)专著的出现,古代文体论已高度成熟。在南朝大量评诗论文的篇什和专著中,文体概念被广泛使用,其内涵得以充分呈现,其外延也得以充分展开。至此,中国古代文体论的基本内涵已经大体确定,中国古代文体论的各种辨体形式也已基本具备,并构成了后世文体论"踵事增华,变本加厉"的理论基础。根据有关文体论要籍,中国古代"文体"概念的基本内涵要言之有四个层次:第一,文体是指文章自身的整体存在;第二,文体是指各种类型并具有各种类型特征的文章整体存在;第三,文体是指具有丰富内在构成要素的文章整体存在;第四,文体是指从具体到抽象等不同层次的文章整体存在。其中"文章整体存在"是古代文体概念最基本的内在规定,这一内在规定将文体与有关文体类型、特征、构成、层次等的各种具体描述区别开来,不至于将文体与文体的具体特征及构成相混淆。立足于文体概念的这一核心内涵,方可在比较中看清文体概念被日本语言—文化接受过程中所发生的语义转化,揭示"文体"一词从原生汉语—文化语境到异质日语—文化语境这一跨文化移植过程所蕴含的规律性因素。

  古代汉语中"文体"一词最早是随汉籍文论、诗话等传播到日本的。至少在中国隋代,因《昭明文选》东传,其中一些含有文体论的篇目如《典论·论文》《文赋》《宋书·谢灵运传》等即随之传入日本。在日僧空海(遍照金刚)抄撰携回日本的《文镜秘府论》一书中,也含有不少唐人著述的文体理论和文体批评。与此同时,在日人用汉语撰写的不少仿汉籍诗文评类著作中,也常常用到"文体"一词。[①] 在这两类出于日人之手的汉语著作中,"文体"一词的用法仍然是其汉语本土用法的直接沿续,其基本内涵也未发生新的变化。这种情形似不难理解,因为严格来说,上述两类含有文体论的著作,仍然从属于汉语文化系统,并未真正进入日语自身的文化语境之中。不过,当日人将"文体"作为一个日本汉语词与欧洲语言对译时,这种情况就发生了明显

[①] 参看马歌东编选、校点《日本诗话二十种》,暨南大学出版社,2014年版。

变化。在大航海时代因日葡文化交流(包含葡萄牙人和日人的耶稣教士传教)需要编写、由耶稣会出版机构"长崎学林"刊行的《日葡辞书》(1603)中,对"文体"一词做出了如下解释:

> Montai.モンタイ(文體)文字,形,または,絵など.(文体:文字、形状或图画等等。)①

这部辞书给出了"文体"一词的三个释义:文字、形或绘画。可是这三个义项并没有体现汉语"文体"一词的独特内涵,而更像是仅仅针对其中的"文"一字所作的解释——文字、外形、图绘等恰恰是先秦典籍中"文"一词的基本所指②。辞书编写者显然没能意识到汉语中"文体"与"文"这两个词之间的语义差别,没有认识到从"文"概念到"文体"概念所发生的历史性观念之变。并非巧合的是,《日葡辞书》一面以"文"释"文体",一面又以"文体"释"文"。其释"文学"条云:

> Fumi manabu.(文学ぶ)書物や書状の立派な文体などを学習すること、または,その学問。(学习书籍和书信的优美文体,或是指关于这个方面的学问)。③

这则释义将"文体"与"学问"两个双音节词分别对应于"文学"一词中的"文"与"学",表明编者是以"文体"释"文学"之"文"。这两则释义表明,在辞书编纂者看来,"文"与"文体"二词用义并无区分,都是指用来写作文章的"文字",所谓"学习书籍和书信优美的文体",即相当于说"学习书籍和书信优美的文字"。20世纪中期出版的《汉字字典》(昭和41年即1966年初版,昭和54年即1979年二版)中,仍然存在将"文体"与"文"直接对应的情况:

> ①ぶん。sentence 例:疑問文。interrogative sentence 否定文。negative 文體。② 書いたことば。文藝作品(literary works)や記録(record)など。③ もじ。例:文字。文盲。④

---

① 〔日〕土井忠生、〔日〕森田武、〔日〕长南实编译:《日葡辞书》,长崎学林1603年刊行,1604年补遗,岩波书店1980年译印,第422页。
② 详见本书第一章。
③ 〔日〕土井忠生、〔日〕森田武、〔日〕长南实编译:《日葡辞书》,长崎学林1603年刊行,1604年补遗,岩波书店1980年译印,第422页。
④ 《汉字字典》,1966年初版,1979年二版,外国人のための文化厅,第196页。

在"文"字的第一个义项中,"文"、"文句"(sentence)和"文体"是在同一个意义上被使用的。可见这种释义方式在日本辞书中并非个例,而是一种相当普遍的现象。

比较"文体"概念在古代汉语中的生成过程与其在日语中的语义之变,会发现这两个过程构成了一种很有意思的对比。在古代汉语中,"文体"概念是对"文"概念的进一步发展,从"文"到"文体",蕴含着一个从偏重形式、符号等外饰功能到文章本体自觉的观念发展过程。但到了日语中,"文体"一词实际上又被还原为"文",其中"体"所表示的"文章整体存在"这层核心内涵已然消失,而"文字、形、绘画"等含有明显形式符号意味的义项恰恰是汉语"文"一词的初始语义。简言之,汉语中从"文"概念发展到"文体"概念,经历的是一个形式符号的本体化过程,而日语中释"文体"为"文",实际上经历的是一个使本体重新符号化、形式化的逆向过程。

在日语中发生此种语义之变的不仅是"文体"一词,类似的还有"文章""文学""文法"等词。古代汉语中的"文章"最初表示事物的外在修饰、形式、表现或人性的后天修养。孔子称赞尧"焕乎!其有文章"(《论语·泰伯》),孔门弟子感叹"夫子之文章,可得而闻也;夫子之言性与天道,不可得而闻也"(《论语·公冶长》),以及一般常说的"文章黼黻""礼乐文章"等,其中"文章"都侧重指从属于某个本体存在(或人或物)的外在修饰、形式、表现或修养。到了汉代,随着辞赋写作的兴盛,"文章"一词开始直接指称辞赋类作品。此后,指称语言文字作品成为汉语"文章"一词最基本的义项。尽管语言文字作品仍然从属于其作者以及其赖以存在的社会制度,但相对于用来写作文章的语言文字本身,又是后者所从属的本体。这也即是说,在汉语中,汉代以后的"文章"一词已经明显含有相对意义上(主要相对于用于写作文章的语言文字)的本体意味。(具体梳理和分析参看本书第一章)

但是,进入日语后的"文章"一词,则又从表示成篇的语言文字作品,"还原"为表示语言文字层面的修饰。如日本近代学者城山静一在《雄辩秘诀·演说法》第一章"总论"中,集中说明了日语"文章学"的这层内涵:"我国古来その所谓る文章学即ち文字の配置章句の作法等の术。(我国自古以来所谓的文章学,即指文字的调配安排、章句的写作方法等技艺。)"①日本学界所说的"文章学",即是指文字安排、章句写作之术,而且这是日语"文章学""自古以来"的用法。此外,连"文学"一词在日语中有时也被用以指修辞学。如西周在《知说》一文中就曾将普通学术大类分为文、数、史、地四科,其中"文"一科又包含语学(Grammar)、文学(Literature)和诗学(Poetry),而西周所谓"文学"主要包括说术(Oratory)、说辞(Elocutions)两方面内容,实相当于修辞学。②

上述"文体""文章""文学"等词由汉语移入日语后所发生的语义转换,都具有一个相同的特点,即其中在汉语中早已经表示语言文字作品(篇章)的"文",几乎无一例外地在这些词语的日式用法中"还原"为语言文字符号或修辞形式意义上的"文",而后者恰恰是汉语之"文"在表示语言文字作品之前的一种更原初的用法。③ 从这些词语在跨文化移植过程中所发生的语义转换的事实本身来看,都依循着从文学作品本体回到语言形式符号这样一个共同的路径。相对于这些词语在汉语中的语义演进过程,它们在日语中的语义转换则相当于一种"语义还原"。在这一语义还原过程中,文章本体之"文"被简化为文字符号之"文"、语言形式之"文"和章句修饰之"文"。再从更一般的哲学文化层面来看,如果说汉语中从形式符号之"文"演进到篇章作品之"文"(或"文章"),尤其是发展出标志着篇章作品更高层面自觉的"文体"概念,所经历的是一个由"用"(文字符号和语言形式)成"体"(篇章作品自身)的过程,那么日语中的"文章""文体"等词表意的变化,所经历的就是一个相反的由"体"返"用"的过程。

由"体"返"用"是一种常见的文化现象,经常发生在语境跨度较大且较为主动的文化横向传播或纵向接受过程中,尤其会出现在文化

---

① 〔日〕城山静一:《雄辩秘诀·演说法》,加藤周一、前田爱主编:《日本近代思想大系16·文体》,岩波书店,1989年版,第119页。

② 〔日〕西周《知说》,《明六杂志》第25号,1874年7月。转引自陈广宏:《黄人的文学观念与19世纪英国文学批评资源》,《文学评论》2008年第6期。

③ 有些汉语词的词义转换最早发生在英汉语言交流之际,后又被日语所接受、沿用。如"文法"一词在传统汉语中原指文章写作之法,而在卫三畏编纂的《英华韵府历阶》(1844)中被用来对译英语"Grammar"一词,其语义就从"文章写作之法"转换为"语言运用之法",其中的"文"也自然由表示"文章"转换为表示"语言文字"。尽管"文法"一词的这一语义转换并非直接发生在汉语和日语之间,但却在一个更加广泛的层面上,印证了这种语义转换乃是词语的跨语际移植过程中的常见现象和基本规律。

传播和接受的开始阶段。文化的跨语境传播是作为主体的本土文化与作为客体的外来文化相互遭遇、相互作用的过程。一种本土文化之所以会主动(往往是受外部力量挑战所激发的应对)从外向内有选择地引进、接受另一种外来的客体文化,从根本上来说是出于本土文化自身生存、发展和革新的需要,是为了弥补本土文化的欠缺,增强本土文化的生机与活力。这一动机和立场也根本上决定了本土文化在引进、吸收外来文化时,会采取"以自我为体,以他者为用"的基本态度和策略,如清末"洋务运动"时主张的"中体西用",日本"明治维新"时提出的"和魂洋才",其间尽管有程度和分寸之异,但都贯穿着以本土文化为体、以外来文化为用的基本理念。当然,相反的情况(即外来文化反客为主、压制甚至毁灭本土文化)也曾在跨语境文化传播过程中多次发生过,但那实质上已经是一种比较彻底的"文化殖民"。只要本土文化不欲且不会在根本上完全放弃自身的文化主体地位,则不论其引进、吸收外来文化的范围多广、历时多久、程度多深,这些外来文化最终都会作为本土文化之"用"(其中又有广狭和深浅之分)被纳入、融入进而化入主体文化之中,从而使本土主体文化实现文化形态的转型和升级。

不过,从本土文化与外来文化自身来看,二者实皆已自成一体,都具有其自身的文化本体性和文化主体性。因此,在不丧失本土文化主体性(主体也有层次之分,如"和魂洋才"中的"魂"较"中体西用"中的"体"就更为抽象、内在,在利用"洋才"时所受到的观念限制和制度掣肘就会少得多,学习西方现代先进文化时也就更加积极和包容)的前提下,一种异质的外来文化,不可能作为一个文化整体被本土文化完全或基本完全吸纳。打个比方,很多菜蔬、水果和畜禽是人类食物的来源,但不可能以其植物或动物的本体形态完整进入人的生命体内,而必须经过一番择取、加工、烹制、咀嚼和消化的功夫,使其原有的植物本体或动物本体分解为合适的成分、养料和元素,才可被人之生命本体所吸收利用,进而融入人的生命机体之中,以保持和促进人之生命整体的代谢、生存和发展。基于这个道理,当本土文化在引进、接受、利用另一种外来文化时,通常会有两种情形:一是首先选择那些可直接使用的工具类器物或可直接用于物质生产和精神生产的技术、方法、知识等。如晚清人士在第一次"鸦片战争"失败后首先提出的口号是"师夷长技以制夷",其重点在学习西方之"技";"洋务运动"的主要内容也是学习西方现代科学知识和军事技术;而中国普通百姓最易广泛接受的也首先是那些外国制造的"洋钉""洋火""洋油""洋布"以及后来的冰箱、彩电、电脑、汽车等各种日常生活用品。这些工具性器物和技术方法虽然也根源于外来文化本体,但相对于其文化系统中更为内在而本质的文化观念和文化制度来说,则又具有明显的外在性、可独立性和可利用性,因此也就自然成为本土文化在面对外来文化时最先接触、最易学习和最便于利用的因素。二是将外来文化中已经发展成熟、完整的文化系统简化、分解为可资本土文化系统吸收利用的文化元素、形式和符号,也即将外来文化中的本体转化为发展本土文化的工具性因素。如东方佛教中自成体系的禅宗进入西方社会后被"简化"为一种现代工业社会人士放松心灵、调节身心的方法;蕴含深厚宗法制观念和鲜明地域文化的传统徽派建筑,在现代建筑设计师的作品中被"化约"为一些结构样式和外观色彩;中国传统戏曲表演体系中意义丰富的角色脸谱,也会被"分解"为一些装饰性符号出现在当代服装设计师的时装秀中;如此等等。总之,一种外来文化首先被关注和接受的往往是其文化系统表层的形式、符号和工具(即所谓"用"),而对其完整的文化本体的理解和接受,则需要经历更漫长的时间和更复杂艰难的过程,甚至难以真正实现。"用"先于"体",重"用"轻"体",甚至取"用"舍"体",化"体"为"用",都是本土文化接受外来文化过程中会常常发生的"自然现象"。

　　从整体上考察汉字进入日本语言系统并助力日本文字体系形成的过程,可以让我们从一个更加切近的具体文化层面,来理解包括"文体"一词在内的诸多汉语词在日语中发生语义转换的直接原因。在中国传统文化语境中,汉字是记录汉语的原生性符号体系。汉字系统一方面与汉语这个本体存在着天然的、有机的内在联系,一方面其自身又形成了以"六书"(象形、指事、会意、形声、转注、假借)为构造机制的一套完整的符号体系。也就是说,汉字无论其自身系统还是其与汉语的原生性关联,都早已在中国传统文化语境中成为一种本体性存在。而从日本这一面来看,在汉字传入之前,有日语而无相应的日本文字。汉字传入日本后,一方面使日本人有了一种可以用于书写的文字,但另一方面又造成了一种文字(汉字)面对两种语言(汉语和日语)的复杂状况。这其中,汉字与汉语的关系是原初的,是既有的,并且有大量的汉语典籍可供写作者学习;而汉字与日语的关系则是人为的,是有待建构的,也没有多少先例可循。面对汉字这一当时能够接触到的唯一的语言符号系统,日本人要做的事主要有两项:一是以中国的文章书籍为典范,学会像中国古代文士那样直接用汉字写作汉文,甚至学会直接用汉语交流说话;二是以汉字作为资源,通过多种形式的"借用"和利用,逐步创造出一套用于表记日语的文字体系。虽然这两种做法中的汉字都是为日人所"用",但所"用"的方式、程度和性质又有着明显不同。日本历史上第一种做法的典型就是"汉文体"写作。自"上代"(794年以前)至明治时代,在日本人以"汉文体"写作的诗文著作中,基本词汇、语句和句式都源自汉籍,尽管也不可避免地融入了一些"和习"或"倭习",但整体来看,写出来的仍然是汉语式文章而不是日语式文章。也就是说,在"汉文体"写作中,汉字与汉语的统一性以及汉字自身的系统性都还得以保持。①但是,这种依据汉语使用汉字写作的状况既不可能成为日本社会的主流,也难以维持长久。因为日本人真正的全民语言是日语,日本上层人士和知识阶层对汉语文化的尊崇以及对汉语文章的学习,不可能从根本上替代日本人创建表记日语自身的文字体系、运用日本文字写作的需要,而且,这种为日语自身创建文字的需要,在汉语——汉字体系的冲击下会变得日益自觉而强烈。

由于汉字是日本人当时所接触到的第一种也是唯一一种语言表记符号,受这一历史条件所限,日本人只能以汉字为基础开始创建日语自身的表记文字。尽管日语文字的创建过程比较漫长,具体途径、

---

① 如圣德太子于604年制定的《十七条宪法》、701年仿唐律制定的《大宝律令》、舍人亲王于720年撰写的日本第一部正史《日本书纪》、751年成书的日本最早汉诗集《怀风藻》等,皆是用比较地道的"汉文体"写成。其中如《日本书纪》,更是从汉籍《淮南子》《史记》《汉书》《南史》《北史》《水经注》《新序》《述异记》《尉缭子》《吴子》等书中直接引用了大量文字。这种用"汉文体"著书作诗的传统在日本自古至今绵延未绝。平安时代(794—1192)近400年中,汉籍"三史五经"及《文选》《白氏文集》等成为贵族教养的主要教材,汉风大行,汉诗文兴盛,仅平安前期就出现了《凌云集》《文华秀丽集》《经国集》《性灵集》等多部汉文学作品集。迄至明治时代,日本古代史书、学术著作、佛经注释类书、天皇御诏等,都一直是使用"汉文体"撰写。这种学习运用汉语汉字的情况,更多地反映了日本传统社会上层人士对汉语汉字这一高度成熟的外来语言文字及其所承载的文化的尊崇之意和向学之心。参见潘钧:《日本汉字的确立及其历史演变》,商务印书馆,2013年版,第65页。

方法和形式也比较复杂多样,但始终遵循着"以日语为体,以汉字为用"的自然之理不断演进。日语文字的创建史,既是汉字以日语为本体、通过多种形式(如汉字借用、平假名、片假名、汉和混用等)转化为日语文字的过程,也是汉字脱离汉语本体并丧失其自身体系完整性的过程。根据汉字自身的改变程度,可将汉字转化为日语文字的方式大致区分为两类:一类是汉字本身的日本化,如"国字"的大量创制,"假借字"的广泛使用,"和制汉语词"的不断产生等,其结果是形成了日语中数量众多的"日本汉字"。尽管这些"日本汉字"有着类似汉语汉字的整体构形,其中一部分还与汉语汉字多少存在一点意义上的关联,但从整体上看,这些"日本汉字"已经属于日语的表记符号,其语音、语义和语法功能也只有在日语中才能得到明确规定,如若仍按汉语汉字进行解读,则会误人误己。从汉语书面符号到成为日语表记词,是汉字为日语所"用"的一个重要标志;而日语表记词中依循汉字表音用法的"汉语词"(日语中用字音读的词)数量和比重上的不断增大,则表明汉字表记词的"音读"因素相对于"训读"因素被特别凸显出来,也使得这些表记汉字的用法更接近于表音文字,可以更加灵活地用于表达新的概念,尤其是表达一些外来的概念。[①] 在日语汉语词的这种用法中,汉语汉字原有的音形义统一体被转化为一种相对单纯的表音符号,成为日语中另一个概念的记号和载体,在日语中建立了新的音义统一体。由此可见,正是以牺牲原有音形义统一体的方式,汉字才得以更彻底地融入日语之中,成为一种真正日本化的日语文字。

另一类则是将汉字或汉字部件作为单纯的日语表音文字,用于记录日语或从事日语写作,此即日本先后出现的"万叶假名""平假名"和"片假名"。这三类日文名称中的"假"当然不是"真假"之"假",而是"假借"之"假"。一个"假"字,明白无误地表明了日语与汉字的关系:对于日语来说,汉字整体上只是被"借"来表音的一种符号工具。首先,在"万叶假名"中,汉字原有的汉语意义被剥离,汉字假名的发音也转而以日语发音为依据。接着,在"平假名"中,用于日语表音的汉字又进一步被简化为类似草书体的文字符号。相较于最初的"万叶假

[①] 潘钧:《日本汉字的确立及其历史演变》,商务印书馆,2013年版,第204—206页。

名","平假名"不仅丧失了汉字的原义,且已不再葆有汉字的完整字形。但是,对于用其表记的日语来说,"平假名"又显然是一种更加方便实用的表音文字符号。至于在"片假名"中,汉字更是被拆分为零碎的字形构件和笔画,由一开始被用作训读汉文字音的符号,到后来成为用于表记日语的表音文字,汉字原有的音形义统一体在"片假名"中遭到了彻底拆解,其字形部件又完全按照表记日语语音的需要实现了符号重构,成为日语文字中更加纯粹的"表音文字"。①

汉语文字进入日本语言—文化语境后所经历的种种变化,不仅是外来文化在本土文化中转"体"为"用"的一个典型案例,而且构成了传统汉语"文体"概念在日语中被"还原"为"文"这一微观个案的宏观文化背景,有助于我们更深刻理解其内在的转化机制和规律。古汉语"文体"一词在现实中所指的各种各类"(呈现出丰富层次、特征和构成的)文章整体存在",是中国古代语言文字运用达到充分成熟和自觉阶段所产生的文章观念和文论概念,体现了生命整体观与文章整体观的高度同构。由此可知,"文体"是一个具有鲜明中国古代文化特色和丰富文学内涵的概念。不过,这也同时就为域外学者和现代学人准确理解其内涵设置了较高的文化条件。尽管地道的"汉文学"自古至今一直为众多日本知识人士所喜习,但就日本文化和文学整体而言,作为汉语文学和文化载体的汉字这一语言符号才是他们亟须学习、引进和利用的因素。受这种文化心态的影响,无论是"文章""文学"还是"文体",日语学界的关注点总是容易集中在其中的"文"这个字上面,并据此判断整个词语的内涵,将这些汉语词汇一律理解为文章的形式、修饰或书写符号。因此可以说,汉语"文体"概念在近代日语中所遭遇的偏重于形式化、符号化和工具化的理解和使用,乃是日本语言

---

① 子安宣邦曾从日本学者视角阐述过汉字脱离汉语体系而为日语所用的过程:"'汉语'侵入的过程,首先是作为汉字移植到日本列岛和其使用过程来叙述的。然而,汉字的移植不用说乃是以文字记号的体系,而不是作为中文这一声音语言体系来移植的。故应该说是文字记号体系被移植过来了。当然,正如每一个汉字语汇不久就构成了日语中的汉字音一样,在汉字的移植过程中特定地域、特定时代的发音也传了过来。可是,这些传过来的音作为汉字·汉语的读音,在这种情况下其音是游离于中文这一声音语言体系的。最明显地反映出这一点的,是汉字后来作为万叶假名而表音符号化,发生了与中文性质不同的声音语言之向表记文字的转化。汉字开始作为表记性文字体系被导入到性质不同的声音语言的土壤上来。"([日]子安宣邦:《东亚论——日本现代思想批判》,赵京华译,吉林人民出版社,2011年版,第245页。)

文化中早已存在的借汉字、拆汉字以为日本语言文化表征符号这一历史传统合乎规律的延续。后来的日语发展史也不断证明，与汉语文学本体观念剥离后而指向语言形式、文字符号等工具性因素的"文体"一词，成为日本近现代"言文一致"运动和"国语"建构过程中各种理论话语的一个核心概念。①

第二节　日语"文体"概念与近代日本"国语"建构

随着日本历史转向"近代"，"由体返用"后以"语言形式和文字符号"为基本内涵的"文体"一词，也从辞典走向活生生的日语写作实践和日常交流，在多个领域得到了广泛运用，并在运用中不断普及和强化了"语言形式和文字符号"这一日语化的用义。观其大概，日语化"文体"一词的具体使用主要有两个领域：一是与来自西方文学理论、"文体学"(Stylistics，也译为"语体学""风格学"等)等理论中 Style(英语和法语的拼写形式)一词对译；二是用来指称日本语言文字中出现过的各种语言文字体系，如"汉文体""和文体""汉字假名混合体"等。两种用法中"文体"一词的具体所指不同，但都以"语言文字形式"作为其共同的语义基础。

关于 Style 一词在西方修辞学、"文体学"、文学理论等学科语境中

---

① 当两种语言文字体系相遇，相对外在的工具性的语言形式和文字符号的特征会受到特别关注。这种情况不仅发生在汉语汉字进入日语之际，也发生在古印度梵语进入传统汉语之时。南朝梁释惠皎《高僧传·鸠摩罗什》载："初沙门僧睿，才识高明，常随什传写。什每为睿论西方辞体，商略同异，云：'天竺国俗，甚重文制，其宫商体韵，以入弦为善。凡觐国王，必有赞德，见佛之仪，以歌叹为贵，经中偈颂，皆其式也。但改梵为秦，失其藻蔚，虽得大意，殊隔文体。'"这段话中的"西方辞体"显然是指具有梵语特征的语言表达形式。梵语伴随佛经传入中土，与中土汉语通译比照，自然会彰显两种语言文字体系各自的特征，"辞体"这一概念的提出正反映了人们对各具特征的不同语言形式的认识和辨别。不唯如此，齐梁时已经主要明确表示文章整体存在的"文体"一词，也在这种双语对照的语境中，通过"文体"与"大意"相对，呈现出"文辞形式"这层特别用义。这里的"文体"与其说是指"文章之体"，不如说是"文辞之体"的简称，相当于"辞体"的另一种说法。"辞体"一词还出现在刘勰《灭惑论·序》中，这又表明此词已经在一定范围内流行，至少在与佛教有关的文章中已被习惯使用："或造《三破论》者，义证庸近，辞体鄙拙。……委巷陋说，诚不足辩。"其中"辞体"与"义证"相对，其用义与上段引文中的"辞体""文体"基本相同，都是指具有某种特征的语言表达形式。

的基本内涵,笔者曾有专文和专著之专章论述。① 通过梳理 Style 一词在西方的源起和流变,辨析西方学者关于 Style 含义的各种界定,同时参阅西方广泛使用的 Stylistics 类专著和教材,笔者发现在有关 Style 丰富多样的具体用法和界定之下,蕴含着两个最基本的规定:其一,Style 主要是针对言语和文章的语言表现形式而言;其二,Style 总是与不同语言表现形式的比较有关,意在突出不同语言表现形式的特征。很多西方学者对此都有过直接明确的表述。如西方现代 Stylistics 创始人法国语言学家沙尔·巴依(Charles Bally,1865—1947)认可"德国学派将一种语言的语体研究看作是这种语言的特征研究",并提出"与另一种语言的表达方式进行比较""对一种语言的多种主要表达类型进行比较"这两种研究语言表达特征的方法。② 勒内·韦勒克(René Wellek,1903—1995)和奥斯汀·沃伦(Austin Warren,1899—1986)著《文学理论》认为,作为语言学分支的 Stylistics"研究一切能够获得某种特别表达力的语言手段;因此,比文学甚至修辞学的研究范围更广大,所有能够使语言获得强调和清晰的手段均可置于文体学的研究范围内:一切语言中,甚至最原始的语言中充满的隐喻;一切修辞手段;一切句法结构模式。几乎每一种语言都可以从表达力的价值的角度加以研究"③。他们认为分析文学作品的 Style 有两个方法,"第一个方法就是对作品的语言做系统的分析……这样文体就好像是一件或一组作品的具有个性的语言系统。第二个方法……研究这一系统区别于另一系统的个性特征的总和"④。综而言之,Style 的基本内涵可以表述为"具有各种特征的语言表达方式"。正如中国古代文体论的产生与发展标志着中国古人对具有各种特征和丰富构成的文章整体存在的高度自觉,Stylistics 的存在反映了西方人对具有各种特征的语言表达方式的高度自觉。因此,笔者认为对 Style 更准确的汉译是"语体"而非"文体",对 Stylistics 更准确的汉译是"语体

---

① 参看拙文《有特征的文章整体与有特征的语言形式——中国古代文体论与西方 Stylistics 的本体论比较》,《郑州大学学报》(哲学社会科学版)2007 年第 1 期;拙著《中国古代文体论思辨》第三章,北京大学出版社,2012 年版。
② 〔法〕沙尔·巴依:《语言与生命》,裴文译,南京大学出版社,2006 年版,第 67、74 页。
③ 〔美〕勒内·韦勒克、奥斯汀·沃伦:《文学理论》(新修订版),刘象愚、邢培明、陈圣生等译,浙江人民出版社,2017 年版,第 167—168 页。
④ 同上书,第 169 页。

学"而非"文体学"。

自19世纪中期的德川幕府末期及"明治维新"始,留学西方的日本学者开始大量译介西方修辞学、美学、文学理论著作及其术语,日本化的"文体"一词逐渐成为西方语言学、修辞学和文学理论中普遍使用的Style一词稳定而统一的译名。当日本"近代"学者与西方有关Style的著述相遇,并需要将其核心概念Style翻译为日本词语时,已经日语化的表示语言形式和文字符号的"文体"一词,自然成为译者的方便选项。另外,"文体"一词及各种"××体"组合在汉语文体论中已经含有的区分各种文体特征和类型(如区分文类特征的"诗体""赋体",区分作者特征的"少陵体""李义山体",区分时代特征的"盛唐体""晚唐体"等)的意味,应该也不难被这些同时熟悉汉学的日本译者体会到。这样,日语化的"文体"一词及其诸多分类表述形式的"××体"与西方语体学的核心词Style及其诸多分类表述形式的Poetry Style(诗歌语体)、Prose Style(散文语体)、Early Eighteenth-Century Style(18世纪早期语体)、Milton' Style(弥尔顿语体)、Euphuistic Style(华丽语体)、Plain style(平淡语体)等具体名称,在内涵与形式两个层面都形成了对应关系(汉语中的"文体"及"××体"与西方的Style及"××Style"只是构成了形式上的对应,在实质性的基本内涵上则存在着"各种类型的文章整体存在"与"各种类型的语言表达形式"的明显差异)。

太田善男著《文学概论》(1906年初版)第四章"诗为何物"第三节"诗形论",认为"诗形"是诗之内容的外在形式,表现为语言的整体排列,是诗与非诗的重要区别,而诗形(言语的排列)是否严整又是区别格律诗与散文诗的标志。他随后译述了英国学者诺尔森(Knowlson, T. Sharper 1867—1947)《英文学研究法》(*How to Study English Literature*)中关于诗形研究要素的一段说明:

ノウルソンは『英文學研究法』に於いて、詩形の研究すべな要項を舉げて曰はく、

（ら）結構(Structure.)

一、詩軆の結構(Structure of song ode, sonnet, etc.)

二、節と章(Stanza and stanza-groups.)

（ろ）律格(Metre.)

(は)文體(Style.)

一、文體の適否(Adaptation of the style to the characters.)

二、律語と散文の交錯(Alternation of prose and verse.)

三、諸質の顯現(Qualities of manifested.)

四、諸質の關係(Relative importance of these qualities.)①

诺尔森将 Style 与 Structure(结构)、Metre(格律)一起列为诗形研究的三个要素,一方面是以 Style 在英语等欧洲语言中的普遍用义为基础,另一方面也再次印证了 Style 与语言形式特征的内在关联。太田善男在《文学概论》中始终以"文体"译 Style,则反映了日本学界对日语化"文体"一词的基本理解和普遍用法。

十年后出版的本间久雄著《新文学概论》(1916)也自然沿续了日本学界已经形成的以"文体"译 Style 这一传统。这部文学理论著作将文学作品的形式(Form)分为"文类"(Literature kinds)之形式与"文体"(Style)之形式两个层次。其第五章"文学与形式"根据英国文学批评家文却斯德(C. T. Winchester, 1847—1920, 又译为温彻斯特)《文学批评的原理》,将文类的形式理解为"传达思想感情的手段和方法",而将"文体"(Style)解释为"狭义的形式"。按照西方文学理论著作的惯例,本间久雄将第一种意义上的形式分为散文(Prose)和韵文(Verse),将"狭义的形式"即"文体"分为简洁体(Concise Style)、蔓衍体(Diffused Style)(此两种以内容与 Style 的均衡性为标准划分)、刚健体(Nervous Style)、优柔体(Feeble Style)(此两种依 Style 强弱划分)、干燥体(Dry Style)、平明体(Plain Style)、清楚体(Neat Style)、高雅体(Elegant Style)、华丽体(Florid or Flowery Style)(此五种依文章修饰的多寡划分)。② 相较于太田善男的《文学概论》,本间久雄的这部文学理论著作对中国现代文学概论类教材的编写影响更大,其中将 Style 译为"文体"的做法也被中国学者广泛接受。

要言之,在日本学界普遍以"文体"译 Style 的过程中,已经形式化、符号化和工具化的日语"文体"概念与同样以"语言表达方式"为

---

① 〔日〕太田善男:《文学概论》,东京博文馆,1896 年版,第 82 页。

② 〔日〕本间久雄:《新文学概论》,章锡琛译,上海商务印书馆,1925 年初版;上海开明书店,1930 年订正本,第 39 页。订正本书名为《文学概论》。

基本规定的西方 Style 概念,在内涵上高度契合,源自汉语的"文体"一词的语义由此完成了第二次形式化、符号化和工具化,并被赋予了更加鲜明的西方现代语言学、修辞学和文学理论的内涵。自此,日语中的"文体"概念基本上被 Style 同化,成为表示不同类型、具有不同特征(如形式特征、文类特征、作者特征、时代特征等)的语言表达方式或语言文字形式的范畴。

与此同时,在另一个领域,也即在日本近代以"言文一致"为目标的"文体改良"运动中,日语化"文体"一词获得了更加本土化的运用,并成为其中各种理论话语的核心概念。

日本明治维新后兴起的"言文一致"运动与西方现代民族国家形成过程中的民族语言建构运动(如但丁倡导的以意大利俗语代拉丁语运动)及其后中国学界发起的以白话代文言的文学改良运动都有相通之处。但是,与西方和中国较为单纯的二元共存的语言相比,日本当时的语言文字构成状况非常复杂,有书语、口语、汉文、仿汉文、和文、汉和混合语、直译欧文、敬语、俗语、俚语、雅俗折中语等共存并用。这种混杂的语言文字状况,显然很不利于日本社会建构起现代民族国家所需要的统一的政治、军事、经济、文化、文学等意识形态,而实现这一任务的前提和基础是建立统一的便于全民交往、媒体传播和国际文化交流的民族国家语言(简称"国语")。①

为建构现代日本国语,自然需要对日本当时的语言文字状况进行研究,对不同来源的各种语言文字类型进行命名,描述各类语言文字的特征,评价不同语言文字的优劣,提出建构统一的现代"国语"的标准、资源和方法。这也就需要确立一个核心概念,使得关于各类语言文字的研究和建设形成一套清晰有序的话语表述。从书语体、口语体、汉文体、仿汉文体、和文体、汉和混合体、直译欧文体、敬语体、俗语体、俚语体、雅俗折中体、言文一致体等称谓中可以体会并发现,"文

---

① 日本《近体国文教科书》"例言"(1889):"国文贯通于国民一统,赋与同胞一体之感觉,乃一国特有之显象;其职能之于外国,可成为坚固国民之凝聚力,化其为一之元素。为此,之于国家,乃极其重要之物也。"安田敏朗《脱"日本语"への视座》(东京:三元社,2003年版):"近代日本语言政策的实质性起点,可以说是在甲午战争高潮中,(社会上)设定了具备形成国民、教化国民功能和排除异质语言、变种语言这一企图的'国语'概念,并为其普及而追求语言的简单化之时。"

体"概念不仅凸显了日语中原有各类语言文字的形式和特征,而且方便了对新建构的语言文字进行命名和描述。更重要的是,因为有了以"文体论"为名的语言理论,近现代日本语言文字形态研究有了一个合适的阐释框架,使相关研究能够围绕同一个主题不断丰富、发展和深化。

关于"言文一致体"的产生过程和成立标志,日本学界有多种不同观点。"按照'近代文学史'上的一般说法,现在人们日常所使用的'言文一致体'是由坪内逍遥提倡、在二叶亭四迷的《浮云》(1887)及山田美妙的《武藏野》中首先尝试,然后再经过后来的'小说家'们不懈努力才得以确立的。"①山本正秀"认为言文一致体滥觞于前岛密等人的「ござる体」,继而小报所使用的「ござり(い)ます、ます、であります调」,二叶亭四迷《浮云》的「だ体」、山田美妙的「です体」等接踵而至。文末语出现了复数性。而这种复数性后被尾崎红叶在《多情多恨》中确立的「である体」所统一,至此'言文一致'体'宣告诞生'"②。但小森阳一认为,至少还要加上"《大日本帝国宪法》发布前那段把铅字媒体绝对局限于消费层面的速记讲谈及速记相声的历史"③。不过,持不同观点者并未否定二叶亭四迷在"言文一致体"形成历史中的重要贡献。身为作家和俄国文学翻译家的二叶亭四迷(1864—1909),不仅创作了"言文一致体"小说《浮云》,而且在相关论著中熟练而频繁地在"语言表达形式"意义上使用"文体"一词。如在《我的翻译标准》(1906)一文中,他这样说:

> 本来文章的形式应该是因作家的思想而异的,屠格涅夫有屠格涅夫独特的文体,托尔斯泰也有托尔斯泰独特的文体,其他作家也有属于他们自己的文体,这无论是在日本还是在中国都是一样的。文体与作者的思想有着密切的关系,文调也因人而异。④

---

① 〔日〕小森阳一:《日本近代国语批判》,陈多友译,吉林人民出版社,2003年版,第119页。
② 同上书,第188页。
③ 同上书,第119页。
④ 王向远译:《日本古典文论选译(近代卷上)》,中央编译出版社,2012年版,第304页。本段引文为汉译文本,不过其中的关键词如"文体""思想"等,在日语原文中都是汉语词。后文所引日语文献汉译文本中的"文体"一词同此情形。

通观这段话的文理,"文体"一词处在两个基本关系中,其用法也呈现出两个基本特征:一是以"文体"与"作家的思想"相对,"文体"指"文章的形式";二是以不同作家的"文体"彼此相对,强调不同作家的文体具有各自的独特性。对照前文所引西方学者关于 Style(语体)基本内涵的分析和说明,应该说二叶亭氏非常熟悉 Style 和"文体"这两个概念的具体用法及使用规律。尽管他在文中直接写出来的是日语"文体"一词,但其所表达的概念内涵则完全是来自西方的 Style(语体)。在《我半生的忏悔》(1908)中,他这样说:

> 就文章(按即其小说《浮云》)语言而论,上卷的问题,是三马、全交、飨庭等先生的文体的混杂,到了中卷就已经脱离了日本文体,而取西洋文体了。也就是说,为了输入西洋文体,首先学习了陀思妥耶夫斯基、冈察洛夫等俄国作家,而主要是倾向于陀思妥耶夫斯基的写法。①

引文中讲的是作者创作小说《浮云》时如何选择和学习"文体"的问题。《浮云》被视为日本近代"言文一致体"建立的标志性作品,其主要成就即体现在"文体"的探索和创造上。作者一开始即明确,以下有关"文体"云云乃是就"文章语言论"。这并不是作者的刻意强调,而是行文中的自然表述,表明其以下所论乃基于当时日本学界一个非常普遍的观念——"文体"问题属于文章语言范畴。不过,这段话中所说的"文体"与前引《我的翻译标准》一节所说的"文体"在具体所指上还是有层次之别:前文所说"文体"指的是同一民族语言内部体现不同作家个性特征的语言表达方式,着眼于不同作家"文体"间的差异;此处所说"文体"则是指日本语言内部存在的多种不同来源、不同类型的语言(文字)表达形式,这种意义上的"文体"是一种先于作家个性化写作的更为普遍的语言(文字)表达形式,主要突出的是语言文字类型意义上的差异(日本文体、西洋文体和日本西洋混合文体),而非强调作家个性层面的差异——尽管不同作家也可以在这些不同类型的"文体"中进行自主选择。但是从总体来看,二叶亭氏前后两段相互有别的关于"文体"的表述,恰好完整地体现了"文体"一词在日语中的两

---

① 王向远译:《日本古典文论选译(近代卷上)》,中央编译出版社,2012年版,第309页。

个基本表意路径:一是与西方 Stylistics(语体学)中的 Style(语体)一词对译,凸显的是不同作家、文类、时代、地域等语言表达方式的个性特征;二是与日本本土的"国语"建构运动对接,用以指称、区分共存于日语中的不同来源和类型的语言表达形式。两种用法的层次不同,但基本内涵是相通的,即都关乎语言形式,关乎语言形式间的差异。

矢野龙溪(矢野文雄)(1851—1931)在其著作《经国美谈》(1884)中专立《文体论》一章,视日语"文体"建构为"经国之大业"的必要内容:

> 如今我国的文体有四种,日汉文体,日和文体,日欧文直译体,日俗语俚言体。而这四种文体不可能无长短,概而论之,悲壮典雅之处宜用汉文体,优柔温和之处宜用和文体,致密精确之处宜用欧文直译体,滑稽曲折之处宜用俗语俚言体。以上四种文体皆各有其所适合的场所。[……]因为杂用汉文、和文、欧文直译、俗语俚言这四种文体,能够自由地表达其意。①

矢野文雄列举了当时日语中常见的四种"文体",即汉文(体)、和文(体)、直译欧文(体)、俗语俚语(体)——由此也可见在"言文一致体"通行之前,日语中具体语言文字类型之多之杂。矢野氏主张"独创一新文体",正是为了改变这种"杂乱"的语言文字状况,以统一日本国家的语言文字。作者在表述中使用的"文体"(或单字"体"),不仅方便地标志出这些语言文字类型的日汉之分(汉文体与和文体)、日欧之分(和文体与直译欧文体)和雅俗之分(和文体与俗语俚语体),而且明确标志出了语言文字的新旧之分。②

在《一年有半·续一年有半》(1900—1901)中,中江兆民(1847—1901)对日语"文体"的复杂状况作了更具体的分析,同时对创建"言文一致体"的策略和过程提出了更详细的建议:

> 现在我们日本的文学,几乎有些象(像)战国时代群雄割据的局面一样:有仿汉文体,有翻译(欧化)体,有言文一致体,有敬语

---

① 〔日〕矢野龙溪(矢野文雄):《文体论》,《经国美谈后篇》"自序",1984 年 2 月 18 日。转引自山本正秀编著:《近代文体形成史料集成·发生篇》,东京樱枫社,1978 年版,第 190 页。

② 矢野龙溪还辑有《日本文体文字新论》(报知社,1886 年)一书,其书名即表明其所说"文体"的实质就是语言文字。

体,有各种混用体。……再就文字方面说,有汉字;假名里面,又有平假名,有片假名,有万叶假名。文字这样杂乱,恐怕从古到今,无论哪一个国家,都是没有先例的。

　　这些文体各有长短。要想表现崇重典雅的风格,或描写慷慨悲壮的情况,以仿汉文体最为适当;要想达到委婉细腻,和充分透彻的目的,以翻译体或言文一致体为最好;要发挥优美的色彩,却是敬语体的专长。

　　采用罗马字母的方法,是首先编辑大、中和小型字典;其次用罗马字母拼写岩谷小波的童话之类的读物,作为小学的辅助课本,同时用罗马字母拼写一两种其他适当的书籍,作为中学、大学的辅助课本,借以使学生练习纯熟。假使这样进行,最后连政府的公文和布告也采用罗马字母,那末,久而久之,就能够使文字为之一变。但是如果想这样统一文字,那末,文体也非统一不可。到了那个时候,只有言文一致体是适当的;因为欧美各国,即采用罗马字母的各国文字,都是采用这种文体。①

在第一段引文中,中江兆民指出了关于日本语言文字的一个重要事实,即日本"文体"纷乱、文字多杂的状况在世界是独一无二、没有先例的。这种特殊状况源于日本语言文字独特的形成、发展和演变历史,源于日本本土语言所受到多种外来语言文字(先是传统汉语汉字,后来是欧美各国现代语言文字)的复杂影响。尽管世界上其他国家也不同程度存在多种类型语言文字并存混用的情况,如中国汉语文言与白话的双线演进,欧洲诸国以民族语言逐渐替代拉丁语的语言变革等,但的确都远不如日本语言文字构成之复杂。如此之多的语言文字类型共存于一国之内,运用于一国人民之交流与书写,其间相互比较、相互区分、相互冲突、相互混合的关系,在形式上颇类似于中国传统文论中的文体辨析以及英法等欧西诸国语体学(Stylistics)中不同类型的语体(Style)之辨。因此,日本学界借助这个先是被日语化(从表示文章整体到表示文字、形式等)继而又被西语化(用作 Style 的日译词)的"文体"一词,作为日语中各类语言文字类型的统一指称,并作为中心词附于各类语言文字名称之后,这既是一种创造性使用,又显得极为

---

　① 〔日〕中江兆民:《一年有半·续一年有半》,吴藻溪译,商务印书馆,1979 年版,第 25—26 页。

自然。在第二、三段引文中,中江兆民分析了仿汉文体、翻译体、言文一致体、敬语体等各种文体之所长,肯定当时存在的多种文体各有自价值。但从建立统一"国语"的角度考虑,中江兆民还是倾向于以罗马字母统一文字、以言文一致体统一文体的方案,并且设想了统一文字和文体的步骤与进程。

坪内逍遥的《小说神髓》(1885—1886)被公认为日本近代文艺批评建立的标志,其中"文体论"一章是对近代日语小说"文体"问题的一篇系统专论。开头两段概述"文体"选择对于小说写作的重要性,同时也呈现了"文体"与诸多概念之间的关系:

> 文章是思想的工具,也是思想的外部装饰。在写作小说时,是最不应等闲视之的。不管构思如何巧妙,如文章稚拙,则无法向读者传达感情。如果文字不能得心应手,则描写也难以得心应手。中国以及西方各国,大体上是言文一致的,所以没有必要去选择文体。而我国则不同。文体有种种差别,各有一得一失。能否产生好的效果,因其运用如何而异。这就是写小说必须选择文体的原因。
>
> 在我国,自古以来,虽小说用过的文体,并无一定,但总之不外三种文体,雅文体俗文体与雅俗折衷体。①

作者先说"文章"的重要性,认为"文章是思想的工具","是思想的外部装饰",如果"文章稚拙",就"无法向读者传达情感";接着谈"文字"的重要性,指出"如果文字不能得心应手,则描写也难以得心应手";最后讨论选择"文体"的必要性,指出日本文体种类杂多,与中国及西方各国不同,且各有长短得失,因此要产生好的表达效果,就必须恰当选择运用"文体"。作者在这段话中谈"文章"、说"文字"、论"文体",其实谈论的都是同一个问题,即在小说写作中如何运用语言文字的问题。其中"文章"和"文体"两个概念的用义都与其汉语原义明显有别:"文章"变成了一个修辞学概念,指的是语言修饰;②"文体"

---

① 〔日〕坪内逍遥:《小说神髓》,刘振瀛译,人民文学出版社,1991年版,第83页。
② 该书"小说的神益"一章中的一段话,将"文章"一词的修辞学用义解释得更为直接明白:"所谓小说可以构成文学的楷模,是指小说在文章上的神益。成为小说大家的人,不只以其情节的奇巧见长,而且其文章也是绝妙的,句句锦绣……凡是能够做到临机应变、简繁刚柔、富丽纯朴、各得其宜的文章,都可称之为巧妙的文章。"(第73—74页)接下来的举例即是说明如何恰当使用"词姿"(即"拟人")这一修辞手法。还可进一步参看本章第一节有关日语"文章"一词用法的分析。

则变成了一个语言学或语体学概念,指的是日语中不同类型的语言表达方式。因此,从横向来看,这段话中的"文章""文字"与"文体"三个概念间是一种相互发明、相互规定的关系;由纵向来看,前面谈"文章"、说"文字"是为后文集中讨论"文体"所作的铺垫,其文意是一线贯通的。类似的概念关系还出现在同书"小说的裨益"一章:

> 表现什么样的思想应该使用什么样的文体……人的思想感情千差万别,使每篇文章①都与思想相适应,是很困难的。除非是希(稀)世的英才,否则,如果不学习,就很难懂得如此这般的思想感情,必须使用如此这般的文字来表现,如此这般的情致,就必须用如此这般的语言,所以必须要有典范。②

段中先是以"文体"与"思想"相对,接着以"文字"与"思想感情"相对,最后又以"语言"与"情致"相对,而且,"文体""文字"和"语言"这三个词语都出现在结构高度类似的三组语句的同一位置上,彼此间形成了一种如索绪尔所说的横向的、可替代的"共时结构",这种表述就从内涵和形式两个层面表明,其所说的小说"文体"即是指小说作者应选用的不同形式的语言文字。在该章的另一段文字中,坪内逍遥又将"文章""文体""语言"三个概念在同一个位置上变换使用,表明他正是在"语言"这一意义上使用"文章"和"文体"这两个"汉语词"的:

> 在叙述事物之由来时,则用历史体的文章,在描写情景时,则用记事体的文章,既有对话体的文章,也有论难体的文章,既有诙谐的文体,也有严肃的文体,在表达激奋者的思想时,则使用与之相适应的跳荡的语言,在表达愁伤者的感情时,则使用可以传出这种感情的悲哀凄婉的语言。③

综上所论,日语化的"文体"一词在明治以后日本近代西学引进和"国语"建构过程中,使用非常广泛,成为相关理论话语的一个基本概念。无论是作为 Style 的日语译词用以表示不同类型、具有不同特征

---

① 此处"文章"一词保留的是汉语词义,指"篇章作品"。"文辞修饰"本是汉语"文章"一词的原初语义,但在"篇章作品"之义流行以后,原初的"文辞修饰"之义就用得较少。但在"文章"一词传入日本后,偏向于形式性、符号性和工具性的"文辞修饰"一义反而得以突出。
② 〔日〕坪内逍遥:《小说神髓》,刘振瀛译,人民文学出版社,1991年版,第74页。
③ 同上书,第75页。

的语言表达方式,还是用来指称日语中存在的具有不同来源的多种形式的语言文字,日语"文体"一词的基本内涵都与一般文章或文学作品的语言形式紧密相关,成为一个描述语言形式及其特征的理论范畴,失去了其在传统汉语中的基本语义。

第三节 日语"文体"概念二分语义模式的渐次形成

在20世纪初至今一百多年的中国现代学术历程中,无论是研究古代文体问题,还是探讨现代文体现象,"体裁"与"风格"二分一直是最常见的阐释思路。其间虽然也出现过三分法、四分法、六分法等多种更细致的文体语义区分,但都没有产生类似"体裁"与"风格"二分模式的普遍而长期的影响,更未曾取代"体裁"与"风格"二分模式的主导地位。所谓"体裁—风格"二分,具体表现为将与诗、赋、书、论、小说、散文等有关的文体概念理解为表示不同类型文章或文学作品语言形式的"体裁",同时把与作者、时代、流派、地域等有关的文体概念(如陶渊明体、盛唐体、元白体、北朝体、典雅体等)理解为"风格"。到目前为止,"体裁—风格"二分仍在大量学术论著、中小学语文课堂和大学中文系课堂上被不断复述。但是,正如笔者曾在既往多年研究中所发现和揭示的:首先,"体裁—风格"二分释义模式并非是对中国古代文体论学理内涵的准确反映。古代文体概念最基本的内涵是指不同类型文章的整体存在,各种辨体(包括文类文体之辨)实际上都是对文章整体存在的分类,其间的差异在于"××体"名称前面限定词所表明的分类的角度(如文类特征角度、作者特征角度、时代特征角度等),而表示分类对象的"文体"概念,其基本内涵是统一的(参见表7-1)。[①]其次,"体裁—风格"二分释义的形成受到了西方文类学(Genology)与语体学(Stylistics)二分格局的影响。西方现代文类学强调的是各种文类规范的语言形式特征,这直接影响到中国现代学者将表示文类的"体裁"或"体制"理解为具有不同文类规范特征的语言形式。而西方

[①] 参看拙著《中国古代文体论思辨》第一章和第二章,北京大学出版社,2012年版。

语体学从古至今关注的都主要是不同特征（如文类特征、作者特征、时代特征、一般修辞特征等）的语言表达方式，尽管与中国古代文体论在分类对象上存在着"文章（或文学作品）整体存在"与"作品语言表达方式"的本体性差异，但由于二者都存在着突出作者特征、时代特征等各种特征的倾向，研究者很容易将西方语体（Style）概念与中国除文类文体以外的其他辨体论中的文体概念直接对应甚至等同起来。

表 7-1 中国古代文体概念的基本内涵及文体论的内部关系

文 体 (不同类型、具有丰富特征和构成的多层次的**文章整体存在**)							
各种文体分类（辨体）							
依文类特征辨体	依作者特征辨体	依流派特征辨体	依时代特征辨体	依题材特征辨体	依语言特征辨体	依一般特征辨体	依其他特征辨体
诗体 五言体 赋体 论体 传体 词体 ……	苏李体 曹刘体 沈宋体 少陵体 义山体 东坡体 ……	元白体 西昆体 江西宗派体 公安体 竟陵体 ……	建安体 太康体 齐梁体 盛唐体 晚唐体 同光体 ……	宫体 香奁体 边塞体 田园体 姓名体 药名体 ……	五平体 五仄体 失粘体 流水体 蜂腰体 用事体 ……	典雅体 清丽体 婉转体 飞动体 清切体 质气体 ……	……
说明：文体有文类特征但不等于文类特征	说明：文体有作者风格但不等于作者风格	说明：文体有流派风格但不等于流派风格	说明：文体有时代风格但不等于时代风格	说明：文体有各种题材但不等于各种题材	说明：文体有语言形式但不等于语言形式	说明：文体有风格类型但不等于风格类型	……

在接下来的考察中，笔者进而发现，尽管中国现代学界流行的关于文体的"体裁—风格"二分释义模式直接受到西方文类学与语体学二分格局的影响，但这种影响的开始及早期阶段并非发生在中国学界，而是同样发生在明治维新后的日本近代学界。细而论之，这一过程又可以分阶段从多方面来看。最早出现的情形很可能是日语化及西语化"文体"概念与汉语式"文体"概念的混用。如坪内逍遥《小说神髓·小说的裨益》中这一段：

那么要问应当以什么样的文章作为典范呢？如果只以那些

名家写的议论体的文章作为楷模,那就容易造成一味偏于说理,文章也易流于平淡。而另一方面,只学叙述体的文章,又会失之致密,有损于生动之妙。如果只学对话体的文章,又很难写好叙述,如果只学历史体的文章,又很难写好评论文章。这些都是由于只偏于一面的缘故。据说斯宾塞曾说过:使用千变万化的文体,传出千变万化的文思,才称得上是才笔。如果只偏于一种文体,即使文字极其巧妙,仍不能称为全面的文章家。①

此段引文中"文体"一词的用法很典型地体现了日语杂糅的特点。这段话承接上文,所谈仍然是小说语言修辞层面的问题,因此段中所用的"文章""文体"两个基本概念都主要关乎语言文字的使用和修饰。但是,与"文章"一词比较统一的日语化用法相比,"文体"一词实际上糅合了两个分别源自汉语和西语的"文体"概念。在作者译引自斯宾塞 *The Philosophy of Style*(1852)一书的"使用千变万化的文体,传出千变万化的文思,才称得上是才笔"这句话中,"文体"是 Style 的日译汉语词,其用义自然指向与内在"文思"相对的语言表达形式。但在作者直接表述的"议论体的文章""叙述体的文章""对话体的文章""历史体的文章"等说法中,"议论体""叙述体""对话体""历史体"更像是若干文类的名称,与中国古代文论或文集中常见的"论体""议体""记体""对问体""史传体"等文类文体的称名基本上可以对应。而且,"议论体""叙述体"等说法与近代日语中明确表示各种类型语言文字的"汉文体""和文体""欧文直译体""片假名体""言文一致体"等说法也明显有别。另外,在"议论体的文章""叙述体的文章"等表述中,"文章"是中心词,表示文辞修饰,与后引斯宾塞语的"文体"(Style)一词属于同一层面,表意也基本相同,而"议论体""叙述体"等是对"文章"的限定,更像是位于文辞修饰之"文章"与斯宾塞之"文体"之上的概念。但从本段整体表意来看,作者显然对"议论体""叙述体"等与斯宾塞之"文体"未作严格区分,而是在"文学作品的语言形式"这个笼统的意义下将二者混而

---

① 〔日〕坪内逍遥:《小说神髓》,刘振瀛译,人民文学出版社,1991年版,第74—75页。

用之了。①

出现这种在文学语言形式之下混指称文类之"文体"与 Style 之"文体"而用之的做法,其内因在于汉语"文体"一词进入日语后就主要被用来表示文字、形式等义,其外因则与西方文论将文学作品语言形式分为文类(Literary Kinds)之形式(Form)与语体(Style)之形式两个层次直接相关。在太田善男循西方文学理论著作体例所作的《文学概论》(1906)中,有两章分别论及文类"文体"之形式和作者"文体"(Style)之形式。如第三章"文学的解说"第三节"文学的要素",将"文体"作为"文学的形体"的一个基本表现,认为"文体"是文学得以成立的基本条件;又根据"文体"特征将文学作品从形式(Form)上分为律语(Verse)和散文(Prose)两个大类。此节所说的"文体"显然是指文类意义上的"文体",对应于汉语典籍中的"诗体""赋体""词体"等概念。② 在第五章"诗为何物"第三节"诗形论"中,著者引述西方诗形学观点,认为"诗形"是诗之内容的外在形式,表现为语言的整体排列,是诗与非诗的重要区别,而诗形是否严整又是区别格律诗与散文诗的标志,指出诗形研究的要点包括"结构""格律"和"文体"三项。此处"文

---

① 这种文体观念的杂糅现象在日本长期存在。如在佐藤喜代治 1977 年主编的《国语学研究事典》中,"文体"词条(远藤好英执笔)下列出了 9 种日语文体分类方法:"(1) 根据表现媒介手段的不同,从口语词和书面语词的差异出发,可分为'口语文(言文一致体)和文语文'。(2) 根据记载形式、表现形式的不同,从用字法的差异出发,可分为'汉文体、假名文(和文)、假名混合文'等。从书写形式看有'宣命书',从记载形式上看有'愿文、表白'等。(3) 根据词汇、语法的不同,可分为'汉文体、和文体、欧文直译体'。(4) 根据表现的目的和文章用途的不同,可分为'实用文和非实用文'。'实用文'根据意图和内容的不同分为'叙事文、记事文、议论文、说明文、论说文、书简文、纪行文、日记文'等。(5) 从修辞的角度来看,根据其音数律、韵、调子等以及排列方法可分为'散文、韵文、骈俪文、对偶文'等。(6) 根据时代的不同,可分为'文语体(古文)和口语体(现代文)'。(7) 根据表现主体的不同,可以说'某某作家的文体'。(8) 基于表现主体和受体的关系,根据对受体的敬意程度,可分为'敬体(「です」体、「ます」体、「でございます」体)和常体(「だ」体、「である」体)'。根据受体的人数多寡可以分为'对话(1 对 1)、会话(多人)、独白体(1 人)'。(9) 根据表现的具体形态所带来的心理上的效果、印象来分,可以分为'简约体、漫衍体、刚健体、优柔体、巧纤体'等。"(佐藤喜代治编:《国语学研究事典》,明治书院,1977 年,第 188 页。转引自陈露:《中日文体学研究》,上海交通大学出版社,2013 年版,第 1 页。)其中(1)(2)(3)(5)(6)(8)这 6 种文体分类和文体名称主要为近代日语自有,名为"文体",实为"语体";(7)(9)两种文体分类和文体名称主要来自西方 Stylistics,其中的"文体"也实为"语体";(4)则是在汉语文类文体论基础上形成的日本式文类文体划分和相应的文类文体名称,其中"文体"一词的用法倒是最合乎其汉语本义。

② 〔日〕太田善男:《文学概论》,东京博文馆,1906 年版,第 44 页。

体"又与"文学的要素"一节中表示文类语言形式(Form)的"文体"有所不同,主要表示与作者个性有关的语言表达方式。[①] 但总的来看,无论是"文学的形体"意义上的"文体",还是作者个人 Style 意义上的"文体",都属于广义的文学语言形式。

上述坪内逍遥、太田善男、本间久雄等人著述中"文体"一词的表意特点可以概括如下:其一,指称各种文类的"文体"概念与对译 Style 的"文体"概念在文学作品的语言形式这个广泛的意义上被统一起来;其二,二者之间仍有层次之分,文类之体主要指不同文类作品的基本语言形式,对译 Style 的"文体"则主要是指不同作者个性化的语言形式;其三,这种广义文学作品语言形式之下的两个分层的"文体"观,内以日语化的"文体"概念为基础,外以西方文学理论中的文学形式论为框架,是汉语"文体"观先经过日语化再经历西语化的产物。

此后,本间久雄在其《新文学概论》(1916)第五章也将文学作品的形式分为文类之形式与"文体"(Style)之形式两层,且将这两层形式的关系解说得更加清晰(详见本章第二节)。

不过,从更大范围来看,上述比较彻底西学化的"文体"语义的两个层次之分,只是近代日语"文体"概念二分释义模式之一种。此外尚有其他一些涵盖范围不一、所循标准有异的二分释义模式。如日本第一部现代辞书《大言海》(1891)根据语义之不同分列出两个"文体"词条。其中第一个词条的释义为:

> 文章ノ体裁。又、文章ノ题ニ因リテノ书方。叙事文、议论文アリ、又、序、跋、论、记、说、辨、铭、表、传、等ノ别アリ、又、四六文、散文アリ。

汉译:

> 文章的体裁。又,因文章题目的不同而产生的不同的书写样式。有叙事文、议论文,又有序、跋、论、记、说、辨、铭、表、传、等之别。又有四六文、散文。

举例有二:

[①] 〔日〕太田善男:《文学概论》,东京博文馆,1906 年版,第 82 页。

《晋书·王隐传》:"隐虽好著述,而文辞鄙拙,芜拙不伦,其书次第可观者,皆其父所撰,文体混漫,义不可解者,隐之作也。"

《宋书·谢灵运传论》:"自汉至魏,四百余年,辞人才子,文体三变。相如工为形似之言……"

第二个词条的释义为:

文章ノカキザマ。

汉译:

文章的书写样式。

举例为:

雅文、俗文、书翰文ナドヲ作ルニ、各、其法アルヲ云フ。井筒业河内通(享保、近松作)三"サリトテハ料筒モナキ此ノ文体"。①

汉译:

云写作雅文、俗文、书信文之时,各有其法。井筒业河内通(享保、近松作)三"如此则无法区分此文体"。

《大言海》分列的这两个词条是近代日语史上"文体"释义的一个标志,它以比较权威的大辞典形式总结、明确了"文体"用义的二分模式。其基本特点是:将中国古代汉语中指称文类之"体"(叙事文体、议论文体、序体、四六体等)释为"文章体裁",将近代日语中指称不同类型语言文字形式之"体"(如雅文体、俗文体、书翰文体等)释为"文章的样式"。尽管这种分类和释义既不同于前述坪内逍遥等人著述中的西语化的二分释义,也与中国现代流行的"体裁—风格"二分释义明显有异②,且其文献分类明显依据的是不同语言系统(即在第一个词

---

① 〔日〕大槻文彦编纂:《大言海》第四卷,初版于1891年,东京富山房,1944年版,第234—235页。
② 具言之,按照中国现代学界的一般理解,第一个词条下所列"叙事文体""议论文体"之"文体"与"文体漫漶""文体三变"中的"文体",会被分别释为"体裁"与"风格"二义(尽管这种理解并不准确)。第二词条举例也有混杂之处,其中"雅文体""俗文体"属于语言文字之"体",而"书翰文体"应该属于文类之"体",与第一个词条所列的"叙事文体""议论文体"等同为一类。

条"文章体裁"一义下所举尽是古代汉语文体论之例,在第二个词条"文章样式"一义下所举皆为近代日语文体论之例),但从编纂者本意来看,是有意将表示文类之文体与表示语言文字形式类型之文体加以区分的。无论准确与否,《大言海》分词条释义的做法事实上是强化了"文体"一词的二分式释义思路。①

在产生于20世纪30年代的《广辞苑》(1972,原本为1935年版《辞苑》)中,出现了另一种关于"文体"的二分式分类和释义模式。其具体做法是,将对译Style的"文体"一词释为"文章之风体",即"作者思想、个性通过表现方法所体现出的整体特色";同时将日语自有的"国文体""汉文体""洋文体"与"书简体""叙事体""议论体"等一律解释为"文章的样式"。② 首先,与《大言海》相比,《广辞苑》中的"文体"分类出现了一个明显变化,即不是将古代汉语之"文体"与近代日语之"文体"列为两类,而是将源自西方的"文体"(Style)与日语自有的各种"文体"并列为两类。与之相应,《广辞苑》对两类"文体"的释义也有所调整:一方面沿续《大言海》的做法,对近代日语中已有的表示不同类型语言文字形式的"国文体""汉文体""洋文体"等文体名称,与表示不同类型文类的"书简体""叙事体""议论体"等文体名称不作区分,仍然一律解释为"文章的样式";一方面突出西方"文体"(Style)一词语义中与作者个性有关的那层内涵,将其解释为"文章的风体"。若不考虑其所涵盖的具体文体类别,仅就"文章的样式"与"文章的风体"这两种释义来看,已与中国现代流行的"体裁—风格"二分释义模式非常近似。不过,若依笔者所理解的"文体"一词所表之义,《广辞苑》所举文体诸例宜分为三类,并分释为三义:对译Style的"文体"是指具有作者个性特征的语言表达方式,更准确的译名为"语体";"国文体""汉文体""洋文体"等名称中的"文体"具体是指不同来源的语言文字形式,更准确的称名为"国语体""汉语体""洋语体"等;"书简体""叙事体""议论体"等名称的"文体"则是指自古至今各

---

① 21世纪初铃木贞美撰著的《文学的概念》仍然把中国古代文体论中的"文体"一概视为文类之"体裁":"从刘勰以后,文体论开始盛行。所谓'文体'指的就是体裁,文体论也就是'文章'分类法。"(《文学的概念》,王成译,中央编译出版社,2011年版,第48页。)

② 〔日〕新村出主编:《广辞苑》,以1935年版《辞苑》为原本,1955年初版,2008年第6版。此据1976年第2版补订版。

有规则和范例的诸多基本文章类型(每种文章类型都是一种整体存在,故可以"体"相称,如同称"生命体"与"非生命体"、"有机体"与"无机体"等)。比较而言,一、二两类"文体"语义更为相近,可统归为"语体"。很显然,日本学者(包括语词典编纂者)未能理清日语"文体"语义与"中—日—西"三重语言文化语境的复杂关系。

在20世纪中后期编纂的《汉字字典》(第二版)(外国人文化厅,1966年初版,1979年二版)中,"文体"一词的释义沿续了《广辞苑》的二分思路:一指文章的风格,相当于 Style,指一贯表现出的作者的个性,文章整体的特征。二指文章的形式,相当于 Form 或 Style。如口语体(colloquial style)、文语体(literary style)、书简体(letter form)等言语形式。与《广辞苑》的做法一样,《汉字字典》也是将西方 Style 一词所含的"具有作者个性特征的语言表达方式"这一内涵加以分解:首先把(文学作品通过言语形式表现出的)"作者个性特征"单列出来作为一个义项,再转换为"文章的风格"这一汉语式说法(因为汉语中的"风格"一词也与作者个性在文章中的表现有关)。接着根据(表现了作者个性特征的)文章的言语形式这层内涵,又将 Style 与 Form 归在一起,统一解释为"文章的形式"。

20世纪后期出版的《广汉和辞典》(大修馆书店,1982年初版)释"文体"一词有三个义项(其中第二义为"文理、态度"之文体。例如《贾子新书·道术》:"动有文体,谓之礼。"此义关乎人的行为举止,与语言文字及文章无关,可搁置勿论)。第一义为"文章的体裁"(文章的构成、语句的表现以及作者独特个性的特征。如《宋书·谢灵运传》,"自汉至魏,四百余年,辞人才子,文体三变"),从释义到举例都与《大言海》一致,但在进一步说明"文章的体裁"时,又突出了作者个性的表现特征。这里明显表现出将文类之"体"与作者之"体"加以区分的倾向,且与中国现代学界关于传统汉语"文体"的二分释义思路相通。第三义为"文章的样式"(国文体、汉文体、口语体、文语体、叙事体、议论体等),从词义到举例与《大言海》及《广辞苑》基本相同,这也是日本学界对近代日语中所产生的各类"文体"概念的释义通例。

自19世纪末开始,日本文学研究界开始参照西方文学史和文学批评史模式,研究中国文学史和文论史,自然也涉及对中国古代"文体"概念内涵的阐释(参见表7-2),其释义模式也直接影响了中国现

表 7-2　日语化"文体"概念释义及举例

文献来源	"文体"释义及举例				
《日葡辞典》释"文体"(1603)	Montai(文体)、文字、形、绘画				
《大言海》释"文体"(1891)	文章的体裁（汉语"文体"）		文章的样式（日语"文体"）		
	文类文体：序体、叙事体	作者、时代文体等（"文体三变"）	语言之体：雅文体、俗文体	文类之体：书翰文体	
《广辞苑》释"文体"		文章的风体(Style)	文章的样式（日语"文体"）		
		作者思想个性表现的特色	语言之体：(Style)国文体、汉文体	文类之体：(Form)书简体、议论体	
《广汉和辞典》释"文体"	文章的体裁（汉语"文体"）		文章的样式（日语"文体"）		
	文类文体	作者、时代文体等："文体三变"	语言之体：(Style)口语体、文语体	文类之体：(Form)叙事体、议论体	
	文章的构成	作者个性的特色			
铃木虎雄《中国古代文艺论史》释"文体"	汉语"文体"				
	文类之体：诗体、铭体	作者时代之体：汉魏体、陶渊明体			
	文章形式之种类	格，就时代与作者个人而说			

代学界对中国古代文体论的阐释。铃木虎雄的《中国古代文艺论史》(1925)是日本学者最早撰写的中国文论史著作，是书上卷第四章"齐梁时代"(三)"关于文体和修辞底方法说"云：

> 在这里所谓文体，是指从文底形式上所区别的种类，例如诗、赋、赞、铭等名目，而不是指从文底风趣上所见的诸形相的名目。①

这句话直接解释指称诗、赞、铭等文类之体的含义，但在作者的整个表述中，又透露出一个先在的关于"文体"的二分式释义框架，即中

---

① 〔日〕铃木虎雄：《中国古代文艺论史》卷上，孙俍工译，上海北新书局，1928年版，第108页。

国古代的"文体"概念一是指"从文底形式上所区别的种类",二是指"从文底风趣上所见的诸形相"。是书下卷"格调神韵性灵三诗说"绪言之第一章释"格调"时,即是对"文体"一词第二种含义的分析:

> 所谓"格调"虽合成一词但本来是"格"与"调"二字。"格",普通的用语如骨骼、体格之格最得其义。……骨格似是就其组织之点说,体格却是就其成功的形体而说的。……各个人底诗格虽有多少的差异但以之限于一定的时代看来在其时代也有一种共同的诗格的。在这种意义上的格有时与"体"这词一样使用。例如说汉魏之格(或体)齐梁之格(或体)即是以基于汉魏齐梁底时代底组织方法的诗篇为意义,如说盛唐晚唐之格则也是看做在唐代底某时期有某种的共同组织方法,而以基于这种方法的诗篇为意义的。如说陶渊明之体(或格)李白,杜甫,白居易之体或格是不外就个人而说的。
>
> "格"也可说作"组织的样式"。倘从外面看彼则是依据字音,倘从内面看时则是依据于诗意(即诗人底旨趣)而成的。故格与意有密接的关系。①

这两段话中包含着这样几层意思:其一,铃木氏认为汉魏体、齐梁体、盛唐体、晚唐体、陶渊明体、李白体、杜甫体、白居易体等之"体"即相当于"格","体"与"格""有时可以一样使用",与是书上卷将文类之"体"理解为"从形式上所区别的种类"判然两分,这很可能即是后来中国现代学者用"风格"解释此类之"体"(盛唐体、白居易体等)的外来诱因。其二,虽然铃木氏先将"体格"之"格"理解为字句按一定方法组织而成的诗文"形体",还带有明显的直观化和形式化倾向,但随后又注意到"格"与"诗意"和"旨趣"的密切关系,认为"格"是外在字音与内在意趣统一所呈现的"样式"。这一理解与中国现代文学研究界所用的"风格"一词的语义已基本相通。其三,铃木氏将中国古代文论中的时代之"体"和作者之"体"理解为"格",而在分析"格"的生成、表现和内涵时又始终强调此类"体"与时代及作者个人的内在联系,实

---

① 〔日〕铃木虎雄:《中国古代文艺论史》卷下,孙俍工译,上海北新书局,1929年版,第3—4页。

际上是突出了此类"体"所蕴含的时代特征和个人特征。这一阐释倾向也体现在中国现代学界以"风格"释此类"文体"的思路之中。

上述日本近现代学界有关汉语"文体"、日语"文体"和西语"文体"(Style)的使用和阐释,呈现出这样几个特点:第一,整体上都采用了二分式释义模式。第二,随着研究范围、释义对象和区分标准的不同,二分的界限又有所不同;第一种做法是在汉语"文体"与日语"文体"(含西语Style)之间二分(如《大言海》和《广汉和辞典》);第二种做法是在日语"文体"(含西语Style)内部二分,将Style所蕴含的"(文章言语所表现出的)作者个性特征"与"(表现出作者个性特征的)文章的样式"(言语样式)拆分为两种含义(如《广辞苑》);第三种做法是在汉语"文体"论内部将文类之"体"与作者之"体"及时代之"体"等进行二分释义,释文类之"体"为"文章形式的种类",而释作者之"体"、时代之"体"为表现了作者个人旨趣的"格"(如铃木虎雄《中国古代文艺论史》和《广汉和辞典》)。

不过,上述任何一种关于"文体"的二分释义模式都未曾出现在中国古代文体论中,而中国现代文体论中的"体裁—风格"式二分释义也是在中国学者接触日本文体观或日本学者有关论著(如太田善男《文学概论》、本间久雄《新文学概论》、铃木虎雄《中国古代文艺论史》、盐谷温《中国文学概论》、儿岛献吉郎《中国文学概论》等)之后出现的。在日本近代形成的"文体"二分式释义与中国现代出现了的"体裁—风格"式二分释义模式之间,存在着非常明确的历史联系。

无论是文类之"体"还是"体裁",其汉语本义都关乎文章的整体结构。在陆机《文赋》、刘勰《文心雕龙》、钟嵘《诗品》等古代文论(含文体论)著作中,关于诗体、赋体、赞体、颂体等各文类文体写作要求的概括和说明,都会同时涉及意与言、情与辞、义与词等两个基本要素,而非仅仅专注于语言形式一端。在中国古代作家和文论家看来,言语锤炼和文辞修饰固然不可缺少,但文情、文意才是一种文体得以存在的根本条件。《文心雕龙·定势》篇即明确把"因情立体"作为文体确立和分类的内在根据。但在日本近代学者那里,由于内受日语自身形式化"文体"观熏习,外受西方形式化文类观影响,无论是来自汉语的文类之"体"还是日语形成的文类之"体",都被他们理解为"文章的形式";文类的区分也不再像汉语文体论那样依据意与言、情与辞的统一,而是仅仅依据结构形式或言语形式。如盐谷温的《中国文学概论》(1919)第二章"文体"第一节"总说"提出:"文章从其结构之形式,而分为散文与韵文之二种。"[1]铃木虎雄《中国古代文艺论史》第四章"齐梁时代"(三)"关于文体和修辞底方法说"明言:"在这里所谓文体,是指从文底形式上所区别的种类,例如诗、赋、赞、铭、等名目。"[2]儿岛献吉郎《中国文学概论》(1928)也将诗赋等文类文体之辨归入第三编"形式论"。[3] 这几部著作对中国的古代文学史和文论史研究都产生了直接而重要的影响,书中的形式化文类文体观也自然一道被输入中国并被国内学界普遍接受,作为重要理论资源参与塑造了中国现代学界关于古代文类文体的阐释范式。[4]

本 章 小 结

当日本学界开始对传自汉土的汉语"文体"一词明确释义时,他们似乎并未意识到"文体"与"文"两个汉语词在内涵上的区别。早期编纂的《日葡辞书》即将汉语词"文体"解释为"文字""形"或"绘画"。这种释义相当于将汉语中已经表示文章本体存在的"文体"概念,还原为更早的表示语言文字或图画文饰的"文"概念。这一过程可称为"文章本体的形式符号化"。在明治维新后译介西方文学理论的过程中,已表示"语言文字形式"的日语化"文体"一词,又被用于对译西方语体学的核心概念 Style(其基本内涵是"具有各种特征的语言表达方式",宜译为"语体"),强化了"文体"的"语言形式"意味,使得源自汉语的"文体"概念内涵又经历了第二次"文章本体的形式符号化"。以"语言形式"为实质内涵的"文体"概念,在近代日本的"言文一致"运动中被广泛使用,"文体"因此成为区别和表述近代日语中各种语言文

---

[1] 〔日〕盐谷温:《中国文学概论》,陈彬龢译,北京朴社印行,1926年版,第10页。
[2] 〔日〕铃木虎雄:《中国古代文艺论史》卷上,孙俍工译,上海北新书局,1928年版,第108页。
[3] 〔日〕儿岛献吉郎:《中国文学概论》,胡行之译述,上海北新书局,1930年版,第169—173页。
[4] 《广汉和辞典》,大修馆书店,1982年初版。在中国古代文体论中,"体制"和"体裁"的内涵也经历了从前期强调整体性与规范性的统一到后期侧重形式规范性的演变,但并未蜕变至仅指文章的外在形式。参看本书第四章。

字形式(如汉文体、和文体、欧文直译体、言文一致体等,实为各种"语体")的核心概念。同时,由于受西方文论中文类学(Genology)与语体学(Stylistics)二分并列关系的影响,日本近代文学理论著作和有关辞书中,出现了多种形式的二分式文体概念释义。如将汉语典籍中的文类之"体"释为"文章体裁",而将日语化"文体"释为"文章的样式"(大槻文彦《大言海》,1891);再如将文学作品的形式划分为一般文类形式(Form)和具体语言表达形式(Style),并译 Style 为"文体"(太田善男《文学概论》,1906;本间久雄的《新文学概论》,1916);又如在分析中国古代文体概念内涵时,释文类之"体"为"文章形式的种类",释作者之"体"或时代之"体"为表现作者个人旨趣的"格"(如铃木虎雄《中国古代文艺论史》,1925)。日本学界的这些二分式文体概念释义,是中国现代文体学"体裁—风格"二分释义模式的直接来源。

第八章　从"表达思想"到"表现个性"

——中国现代文体观演变与现代文学的阶段性诉求

19世纪后期,日语化的"文体"观念在近现代中日语言文化交流中,最初通过黄遵宪、梁启超等引介回中国,其在"日—中"及"日—西"交流中获得的"语言形式"之义,因契合了中国现代白话文运动的需要而被自然接受。以"文章整体存在"为基本内涵的传统汉语"文体"概念,在中国现代语言—文学变革语境中重演了当初在近代日语中所曾经历的本体形式化、符号化和工具化过程。一方面是将汉语指称文类之"文体"对应于西方的文类观,将"散文体""骈文体""诗歌体""议论体"等称名中的"体"理解为语言形式(Form),一方面又继续将西方语体学概念Style翻译为汉语"文体"。这就使得现代汉语中的"文体"一词同时指向文学作品两个层面的"形式",即一般文类层面的结构形式和语言形式,以及作家在实际写作中选择的各种具体语言表达方式。而再就Style(语体)意义上"文体"概念的使用来看,其内涵的具体呈现和倾向又与中国现代白话文学的发展阶段紧密相关。从白话文学开始阶段更多地在"语言表现形式"意义上使用"文体"(Style)一词,到白话文学成熟阶段开始突出"文体"(Style)中所表现的作者个性特征,具体而微地反映了中国现代白话文学在不同发展阶段的不同诉求。与此同时,以本间久雄《新文学概论》"文体论"等为中介,中国现代文论界开始以"风格"翻译Style,而称文类之"体"为"体裁",先后在"文学概论"写作和中国古代文论史研究中建立了"体裁论"与"风格论"并列的文体论阐释模式。

第一节　日本近代"文体"观的输入
　　　　与梁启超的"新文体"

黄遵宪是最早一位以职业外交家身份长期、全面考察明治维新后日本社会状况的中国人,其考察成果为40卷50万字的《日本国志》(1887)。其中卷三十三《学术志二·文学》(1877—1882)集中介绍了日本近代语言文字改良情况,并通过比较指出了中国传统语言文字存在的突出问题和改良方向:

> 汉文传习既久,有谬传而失其义者,有沿袭而踵其非者,又有通行之字如御、候、度、样之类,创造之字鞆、栂、畠、榊之类,于是侏僢参错,遂别成一种和文矣。自创此文体,习而称便,于是更移其法于读书。凡汉文书籍概副以和训,于实字则注和名,于虚字则填和语。而汉文助辞之在发声、在转语者,则强使就我,颠倒其句读以循环诵之。……
>
> 泰西论者谓五部洲中以中国文字为最古,学中国文字为最难,亦谓语言、文字之不相合也。然中国自虫鱼云鸟,屡变其体,而后为隶书、为草书,余乌知夫他日者不又变一字体,为愈趋于简、愈趋于便者乎? 自凡将训纂逮夫《广韵》、《集韵》增益之字积世愈多,则文字出于后人创造者多矣,余又乌知夫他日者不有孳生之字,为古所未见、今所未闻者乎? 周秦以下文体屡变,逮夫近世,章疏移檄告谕批判,明白晓畅,务期达意,其文体绝为古人所无。若小说家言,更有直用方言以笔之于书者,则语言、文字几几乎复合矣。余又乌知夫他日者不更变一文体,为适用于今、通行于俗者乎? 嗟乎,欲令天下之农工商贾,妇女幼稚,皆能通文字之用,其不得不于此求一简易之法哉! ①

第一段中所说的"自创此文体"是针对日本在汉文基础上自创"和文"而言,其中"文体"一词是典型的日本式用法,表示某种特别文字形式(即依据汉文字自创的"和文字")。第二段先论中国文字之体

---

① (清)黄遵宪:《日本国志》,广州富文斋刊版,光绪十九年(1893)。

(字体)的演变遵循的是"愈趋于简、愈趋于便"的规律,认为华夏后人将来同样有可能创造出"古所未见、今所未闻"的字体。接着论中国传统"文体"之变,尽管也提到了"章疏移檄告谕批判"和"小说"等古近文类文体之名,但此段三处用到的"文体"都并非对我们所熟悉的这些中国传统文类文体的指称,而是指这些文类文体所使用的口头语言与书面文字相结合所形成的各种表达方式。"文体"的这层用义在论"小说"的语言文字特征时体现得最为明确。

在深受日本近代教育体制和教育思想影响、由张之洞(1837—1909,主张"中学为体,西学为用")主导制定的具有官方性质的文件《奏定学堂章程·学务纲要》(1903年制定,1904年1月公布,下文简称《纲要》)中,也同样接受了日本"文体"一词的普遍用法。其中"学堂不得废弃中国文辞,以便读古来经籍"条云:

> 中国各体文辞,各有所用。古文所以阐理纪事,述德达情,最为可贵。骈文则遇国家典礼制诰,需用之处甚多,亦不可废。古今体诗辞赋,所以涵养性情,发抒怀抱,中国乐学久微,借此亦可稍存古人乐教遗意。中国各种文体,历代相承,实为五大洲文化之精华,且必能为中国各体文辞,然后能通解经史古书,传述圣贤精理,文学既废,则经籍无人能读矣。……凡教员科学讲义,学生科学问答,于文辞之间,不得涉于鄙俚粗率。其中国文学一科,并宜随时试课论说文字,及教以浅显书信、记事文法,以资官私实用。但取理明词达而止,以能多引经史为贵,不以雕琢藻丽为工,篇幅亦不取繁冗。教法宜由浅入深,由短而长,勿令学生苦其艰难。中小学堂于中国文辞,止贵明通;高等学堂以上于中国文辞,渐求敷畅,然仍以清真雅正为宗,不可过求奇古,尤不可徒尚浮华。①

这段话中提到了诗、辞、赋等"历代相承"的"中国各种文体","文体"一词基本上还是传统汉语的用法。但是,这段关于"文体"传承、教学等问题的讨论,其重心明显发生了某种带有近现代意味的转向,

---

① 陈学恂主编:《中国近代教育史教学参考资料》(上册),人民教育出版社,1986年版,第536—537页。

即从文类层面的整体规范的要求,转向了形式性、符号性和工具性更强的"文辞"。此段首句云"中国各体文辞,各有所用",即强调"各体文辞"之用;其后又云"能为中国各体文辞,然后能通解经史古书,传述圣贤精理",即是对"各体文辞"之用的进一步说明;最后又对中小学学堂和高等学堂"中国文辞"教育提出不同要求和基本原则:中小学"文辞"教育"止贵明通",高等学堂"文辞"教育"渐求敷畅,然仍以清真雅正为宗"。"文辞"一词在段中共出现了五次。行文中间,又提到"论说文字"的"试课"(考查)和"书信、记事文法"的教学等具体要求和措施。两相对照,更可以明显看出《纲要》制定者的关注点始终落在文辞运用能力(语言表达能力和文字运用能力)的教育和传承上。从这段话的总体用语和整体表意来看,段中出现两次的"中国各体文辞"中的"体"一词的用法,已然与"中国各种文体"中传统用法的"文体"一词有别,所指已非文类之体,而是文辞之体、语言文字之体。

在"戒袭用外国无谓名词,以存国文,端士风"条中,"文体"一词已完全采用了日语式用法,非常明确地用来表示"文辞"和"言语文字"了:

> 古人云:"文以载道。"今日时势,更兼有文以载政之用。故外国论治论学,率以言语文字所行之远近,验权力教化所及之广狭,除化学家制造家及一切专门之学,考有新物新法,因创为新字,自应各从其本字外,凡通用名词,自不宜剿袭掺杂。日本各种名词,其古雅确当者固多,然其与中国文辞不相宜者,亦复不少。近日少年习气,每喜于文字间袭用外国名词谚语,如团体、国魂、膨胀、舞台、代表等字,固欠雅驯;即牺牲、社会、影响、机关、组织、冲突、运动等字,虽皆中国所习见,而取义与中国旧解迥然不同,迂曲难晓;又如报告、困难、配当、观念等字,意虽可解,然并非必需此字。而舍熟求生,徒令阅者解说参差,于办事亦多窒碍。此等字样,不胜枚举,可以类推。其实此类名词,在外国不过习俗沿用,并未尝自以为精理要言。今日日本通人,所有著述文辞,凡用汉文者,皆极雅驯,仍系取材于中国经史子集之内,从未阑入此等字样。可见外国文体界限,本自分明,何得昧昧剿袭。大凡文字务求怪异之人,必系邪僻之士。文体既坏,士风因之。夫叙事述理,中国自

有通用名词,何必拾人牙慧?又若外国文法,或虚实字义倒装,或叙说繁复曲折,令人费解,亦所当戒。倘中外文法参用杂糅,久之必渐将中国文法字义,尽行改变,恐中国之学术风教,亦将随之俱亡矣。此后官私文牍,一切著述,均宜留心检点,切勿任意效颦,有乖文体,且徒贻外人姗笑。如课本、日记、考试文卷内,有此等字样,定从摈斥。①

此条所论不仅整篇都与"言语文字"问题有关,而且重点是与日本近代以汉语为基础自创的新名词对中国的反向输入有关。在外来新名词与固有汉文字的直接遭遇和冲突中,作为文化载体的语言文字本身,就被前所未有地凸显出来。② 受语境所迫,甚至是"文以载道"的"文",也从原指篇章作品意义上的"文章",转而指用来写作文章的工具符号——语言文字。在由"言语""文字""字样""名词""文辞""文法"等均指向语言文字形式的诸多概念所构成的网络中,"文体"一词的用义也自然获得了明确规定:所谓"外国文体界限,本自分明",即是说在日本语言文字中,已有的传统"汉文体"与明治维新后因翻译西方著作产生的"欧文翻译体"这两类语言文字,在使用场合和适用范围上是有明显区分的。所谓"文体既坏",批评的是中国近代部分青年学人一味追求新奇怪异,在写作文章时"喜于文字间袭用外国名词谚语",导致文辞"固欠雅驯""迂曲难晓"。不过,颇为吊诡的是,《纲要》撰写者一面反对"袭用外国名词谚语"的做法,一面在使用"文体""文法"等词时却偏离了其传统语义,不自觉地采用了它们在近代日语中形成的流行用法。

在明治维新后的日本学习和生活过的中国近现代学人,其论著中用到的"文体"一词,往往会受到日语式用法的影响。如梁启超《论中国人种之将来》(1899):

> 日本某大政党之机关报,其名曰《大帝国》,征文于余,草此应

---

① 陈学恂主编:《中国近代教育史教学参考资料》(上册),人民教育出版社,1986年版,第537—538页。

② 王国维《论新学语之输入》(1905)云:"余虽不敢谓用日本已定之语必贤于创造,然其精密则固创造者之所不能逮(日本人多用双字,其不能通者则更用四字以表之;中国则习用单字,精密不精密之分全在于此)。而创造之语之难解,其与日本已定之语,相去又几何哉?"引自周锡山编校:《王国维集》第二册,中国社会科学出版社,2008年版,第307页。

之,并以告我四万万同胞,各壮其气焉。篇中因仿效日本文体,故多委蛇沓复之病,读者幸谅之,撰者自志。①

"日本某大政党之机关报""征文于余"云云,表明了梁氏使用"日本文体"一词的具体语境:作于日本,又刊于日人报纸,其表意自然会受到日语式用法的影响。"篇中因仿效日本文体,故多委蛇沓复之病",这句话点明了"日本文体"与其所作论文的具体关系,所谓"日本文体"并非针对整篇论文而言,而是指"篇中"所使用的日语式表达方式,"委蛇沓复"云云,也显见是指语言文字的反复、曲折、拖沓而言。又如梁氏《小说丛话》(1903):

> 文学之进化有一大关键,即由古语之文学变为俗语之文学是也……小说者,决非以古语之文体而能工者也。②

这段话是从语言之变的角度考察文学之变,关注的重点在文学作品所用的语言类型(古语或俗语)。其结语"小说者,决非以古语之文体而能工者也",意为小说类文学作品,是决不能运用古语这种语言形式可以写好的,所谓"古语之文体",意即"古语这种文体",其中的"文体"显然不是指"小说"这一文类(传统汉语"文体"恰恰可以直接指称"小说"等文类),而是指小说这种"文体"(用汉语原义)所用的"语体"(日语"文体"一词的实质内涵)。

尽管梁氏常常按照日人用法,在"语言表达方式"这个意义上使用"文体"一词,但是与其紧密相关的"新文体"一名中的"文体"之义却未循其法。"新文体"一名最早于何时出于何人之口,已难以确考,目前所见确切载有"新文体"一名并说明其原委的文献,恰是梁氏本人所著的《清代学术概论》(1920—1921):

> 启超夙不喜桐城派古文,幼年为文,学晚汉魏晋,颇尚矜炼,至是自解放,务为平易畅达,时杂以俚语韵语及外国语法,纵笔所至不检束,学者竞效之,号新文体。老辈则痛恨,诋为野狐。然其

---

① 梁启超:《论中国人种之将来》,汤志钧、汤仁泽编:《梁启超全集》第2集,中国人民大学出版社,2018年版,第5页。
② 梁启超:《小说丛话》,原刊《新小说》第7号,此据汤志钧、汤仁泽编:《梁启超全集》第17集,中国人民大学出版社,2018年版,第105—106页。

文条理明晰,笔锋常带情感,对于读者,别有一种魔力焉。①

这段话提供了关于"新文体"的若干非常基本的信息:第一,从命名者的身份来看,"新文体"一名并非梁氏本人自题,也非日本人所命,而是中国国内效仿梁氏为文者或相关批评者所号。这意味着"新文体"这一命名所依据的语言经验和语义基础应该主要来自汉语文化语境。第二,从所指称的对象来看,"新文体"是对梁氏所作的一类"时杂以俚语韵语及外国语法,纵笔所至不检束"的文章的命名,而非仅指此类文章中具体使用的"俚语韵语及外国语法"。第三,从文体特征来看,被称为"新文体"之文的主要特点是"条理明晰,笔锋常带情感",这一说明同时涉及文章的结构形式和情感内容,与传统汉语中"文体"一词的基本用法完全相合。

陈子展在《中国近代文学之变迁》(1929)一书中对谭、梁诸人独创的"新文体"也有评述:

> 谭、梁诸人为了鼓吹"维新"的缘故,常常做点宣传文章。这种文章系当时一种独创的"新文体",因为它是从八股文、桐城派文、骈文里面解放出来,中间夹杂些他们所知道的外来的新知识,新思想。他们用这种文体来向当道上书,来向报馆投稿,来向人家讲富强之学,来谈一切时务,故可以说这种文章为"时务文学"。……谭嗣同虽殉戊戌维新运动而死,但他的思想,可以代表那时从旧思想解放出来的大胆的思想;他的文章也可以代表那时从旧文学解放出来的特创的文体。②

文中多次非常清晰地表明,谭、梁诸人所创的"新文体"是指一种"文章",如先云"这种文章系当时一种独创的'新文体'",后又称"他的文章也可以代表那时从旧文学解放出来的特创的文体"。文中出现的"这种文章"与"这种文体"这两种说法彼此相当,是可以互相指称的。段中还指出,称此类文章为"新文体",是相对于"八股文""桐城派文""骈文"等传统的"旧文体"而言,其文体特征是夹杂了一些"外

---

① 梁启超:《清代学术概论》,汤志钧、汤仁泽编:《梁启超全集》第10集,中国人民大学出版社,2018年版,第278页。

② 陈子展撰,徐志啸导读:《中国近代文学之变迁 最近三十年中国文学史》,上海古籍出版社,2000年版,第70页。

来的新知识,新思想",其社会功用是向当道和大众"讲富强之学"、"谈一切时务"。

吴世昌在《梁启超传》(1944)一书中则将梁氏之"新文体"放在一个广阔的"文体改革运动"的时代背景上进行评价:

> 当时一班青年文豪,各家推行着各自的文体改革运动,如寒风凛冽中,红梅、腊梅、苍松、翠竹、山茶、水仙,虽各有各的芬芳冷艳,但在我们今日立于客观地位平心论之:谭嗣同之文,学龚定庵,壮丽顽绝,而难通俗。夏曾佑之文,杂以庄子及佛语,更难问世。章炳麟之文,学王充《论衡》,高古渊雅,亦难通俗。严复之文,学汉魏诸子,精深邃密,而无巨大气魄。林纾之文,宗绪柳州,而恬逸条畅,但只适小品。陈三立、马其昶之文,祧祢桐城,而格局不宏。章士钊之文,后起活泼,忽固执桐城,作茧自缚。至于雷鸣怒吼,恣睢淋漓,叱咤风云,震骇心魄;时或哀感曼鸣,长歌代哭,湘兰汉月,血沸神销,以饱带情感之笔,写流利畅达之文,洋洋万言,雅俗共赏,读时则摄魂忘疲,读竟或怒发冲冠,或热泪湿纸,此非阿谀,唯有梁启超之文如此耳!即以梁氏一人之文论,亦唯有"戊戌"至"辛亥"以前(约一八九六——一九一〇年)如此耳。……就文体改革的功绩论,经梁氏等十六年来洗涤与扫荡,新文体(或名报章体)的体制、风格,乃完全确立。①

文中出现的"文体改革运动"这一说法,若仅视其名,似与日本近代的"文体改良运动"这一说法没什么区别,但若考究其实,其具体所指洵有明显差异。近代日本学界所说的"文体改良"指的是日本近代语言文字的改良,其所谓"文体",乃是指语言文字之体,也对应于英语中的 Style(语体)一词,其改良目标是改革近代日语多种"文体"混杂纷乱的状况,建立"言文一致"的统一的语言文字体系。吴世昌这里所说的"文体改革"固然也会涉及语言文字,但其着眼点却是中国近代文坛出现的各种取径不同、特征有异的文章类型。其所用"文体"一词的这层用义,尤可从文中详列的多种类型文章之名见出,如"壮丽顽绝,而难通俗"的"谭嗣同之文","杂以庄子及佛语"的"夏曾佑之文","高

---

① 吴世昌:《梁启超传》,百花文艺出版社,2004年版,第23页。

古淹雅"的"章炳麟之文","精深邃密,而无巨大气魄"的"严复之文","恬逸条畅,但只适小品"的"林纾之文","格局不宏"的"陈三立、马其昶之文","固执桐城,作茧自缚"的"章士钊之文"等。传统汉语"文体"概念的基本要义,恰在于呈现不同类型文章间的比较关系以及不同类型文章自身的构成和特征。至于被吴世昌视为最能体现"文体改革功绩"的梁氏之"新文体",也是指"饱带情感""流利畅达"的"梁启超之文",并且体现出与前述诸家之文的比较关系。

除此之外,与梁氏同时代的国内其他学者在谈及与梁氏"新文体"同类的文体现象时,一般也是在传统汉语文类文体而非日语式意义上使用"文体"一词。如刘师培的《论近世文学之变迁》(1907年3月):

> 文学之衰至近岁而极。文学既衰,故日本文体因之输入中国,其始也译书撰报,据文直译以存其真。后生小子厌故喜新,竞相效法。夫东籍之文,冗芜空衍,无文法之可言,乃时势所趋,相习成风,而前贤之文派无复识其源流,谓非中国文学之厄欤?[①]

其中的"日本文体"应是指呈现"冗芜空衍"之特征(缺点)的"东籍之文"而言,而非仅指"东籍之文"所用的有异于传统汉语的特殊语言,而与之相比对的应是中国近世之前的"前贤之文派"。这里的"文法"也用其是传统汉语之义,乃是指文章写作之法,而非指日本近代学界所理解的语言之法则(语法)。再如钱玄同与陈独秀的《通信》(1917年1月):

> (梁启超)输入日本新体文学,以新名词及俗语入文,视戏曲小说与论说之文平等。(梁君之作《新民说》、《新罗马传奇》、《新中国未来记》皆用全力为之,未尝分轻重于其间也。)此皆其识力

---

① 初刊于《国粹学报》第26期,1907年3月,此据李妙根编:《刘师培论学论政》,复旦大学出版社,1990年版,第104页。胡蕴玉《中国文学史序》(《南社丛刻》第8集,1914年3月)有类似表述:"近岁已来,作者咸师龚、魏:放言倡论,冒为经世之谈;袭貌遗神,流为偏僻之论。文学之衰,至于极地。日本文法,因以输入;始也译书撰报,以存其真;继也厌故喜新,竞摹其体。甚至公牍文报,亦效东籍之冗芜;遂至小子后生,莫识先贤之文派。此第四期也。呜呼!文学至第四期,遂无复文法之可言,更三数十年,其浅陋空疏,尚可问耶?"此据舒芜、陈迩冬、周绍良、王利器编选:《中国近代文论选》(下),人民文学出版社,1999年版,第476页。

过人处。鄙意论现代文学之革新,必数梁君。①

其中的"新体文学"也即"文学新体",具体是指一类喜用"新名词及俗语"之"文"(而非仅指"文"中所用的"新名词及俗语",后者为日本近代"文体"之义),属于与"戏曲""小说""论说之文"等相并列的文学类型。

综上,日本近代"文体"观以两种不同的方式影响了中国近代早期的文体论话语:一是将其在日语中表示语言文字表达方式的用法直接引入中国,用以指称近代中国文章写作中所使用的"古语""俗语""外来名词"等不同语言文字形式。二是促成了相对于传统汉语文章之体的"新文体"观的产生,既融入了一些新的语言形式和新的思想情感,又沿承了传统汉语"文体"概念指称不同类型文章的基本用法。

第二节 作为语体的"文体"与白话国语的推行

由上节论述可知,中国近代语言文字变革意识至少在黄遵宪1887年所写的《日本国志·学术志二·文学》中已有所流露,而在1902年制定的《学务纲要》中即已体现为官方的教育思想和教育政策。中国近代语言文字改革意识的产生,一方面是受到日本近代以"言文一致"为目标的"文体改良运动"的启发和催化,一方面更是源于中国自身社会变革和教育普及的需要。从第一次鸦片战争到20世纪初,这既是一段中国不断遭受内忧外患、经历失败屈辱以致近乎亡国亡种的历史,也是中国有志有识之士不断尝试各种救国方略、探索各种自强道路的历史。这些有志有识之士的探索,经历了从军事技术到政治制度,从政治制度到文化教育的多次转向。在一次次的变革失败之后,他们的目光越来越集中于语言文字这个中国文化的载体。其代表性人物甚至形成了这样一种观念,即认为中国传统语言文字乃是造成中华民族在近代落后于世界列强(欧西和日本)的根源,因此提出了欲变

---

① 原刊《新青年》第3卷第1号,1917年3月。转引自陈平原选编、导读:《〈新青年〉文选》,贵州教育出版社,2014年版,第366页。

革中国社会,必先改革语言文字的激烈主张。①

1916—1917年间,作为"新文化运动"重要组成部分的"国语运动"和"文学革命"几乎同时展开。"国语运动"的主要推动力量来自北洋政府教育部,其推行"国语"的主渠道是中小学教材。"国语"一词源自日本,本义指"和制汉语",后指经过"文体改良"后所形成的以"言文一致"为特征的日本现代国家统一语。相对于"国文","国语"一词突出了学习民族共同语(而非传统书面文章)的重要性。因当时的教育主管部门体察舆论趋向,顺势而为,"国语运动"的成效很快就在中小学教材中体现出来。1920年1月,北洋政府教育部发布训令,要求自1920年秋季起,"凡国民学校一二年级,先改国文为语体文,以期收言文一致之效"②。同年4月,教育部再次发布通告,对国民学校教科书所用"文体",提出了更具体的要求:

> 凡照旧制编辑之国民学校国文教科书,其供第一第二两学年用者,一律作废,第三学年用书,秋季始业者,准用至民国十年夏间为止。春季始业者,准用至民国十年冬季为止。第四学年用书,秋季始业者,准用至民国十一年夏季为止。春季始业者,准用至民国十一年冬季为止。至于修身、算术、唱歌等科,所有学生用书,其文体自应与国语科之程度相应。凡照旧制编辑之修身教科书,其第一学年全用图画者,暂准通用。第二学年所用文体,与国语科程度不合者,应即作废。第三第四两学年用书,均照国文教科书例,分期作废。算术教科书,在未改编以前,准就现行之本,于教授时将例题说明等修改为语体文,一律用至民国十一年冬季为止。唱歌教本,均应一律参改语体文。③

上引两段通知原文中,"国语""文体""语体文"这三个词语都是新词,从不同方面体现了对教科书语言的新要求。其中的"文体"一词明显是日语式用法,其含义实与"语体文"中的"语体"一词相当,指的是各教科书写作时所使用的不同于传统书面文言的白话式语言。通

---

① 这种观点与其说是对中国近代社会病况及其病因的准确诊断,不如说是找到了一个让这些知识分子最能发挥其力量之长的相对薄弱的变革领域。
② 《小学国文科改授国语之部令》,《申报》1920年1月18日。
③ 《国民校文体教科书分期作废》,《申报》1920年3月16日。

知一再要求其他各科的"文体"应与国语科程度相合,就是说用于写作其他教科书的白话语言的难易程度,应该与"国语"科的白话语言教学大体同步。在这种以"国语"一词为核心的现代汉语教育体系中,"文体"一词的"新式"用法得到了进一步明确和普及。

在《新青年》同人发起的"文学革命"中,"语言文字"也成为首当其冲的革命对象。胡适1916年提出的第一版"文学革命八事"清单中,"形式上之革命"即占了五项,且置于"精神上之革命"三项之前。①在《〈尝试集〉自序》(1919年8月1日)这篇对"文学革命"的计划和策略带有回顾和总结性质的文章中,胡适详细说明了为什么"文学革命的第一步就是文字问题的解决":

> 近来稍稍明白事理的人,都觉得中国文学有改革的必要。……他们都说文学革命决不是形式上的革命,决不是文言白话的问题。等到人问他们究竟他们所主张的革命"大道"是什么,他们可回答不出了。这种没有具体计划的革命,——无论是政治的是文学的,——决不能发生什么效果。我们认定文字是文学的基础,故文学革命的第一步就是文字问题的解决。我们认定"死文字决不能产生活文学",故我们主张若要造一种活的文学,必须用白话来做文学的工具。我们也知道单有白话未必就能造出新文学;我们也知道新文学必须要有新思想做里子。但是我们认定文学革命须有先后的程序:先要做到文字体裁的大解放,方才可以用来做新思想新精神的运输品。我们认定白话实在有文学的可能,实在是新文学的唯一利器。②

说到底,选择"语言文字"作为突破口,是"文学革命"者主动选择的一项策略。他们清楚地知道"单有白话未必就能造出新文学",也完全懂得"新文学必须要有新思想做里子",但是他们认准了"白话"是"新文学的唯一利器",认为没有"文字体裁的大解放",所谓"新思想新精神"也就没有合适的媒介和载体。

在这种"文字第一""白话至上"的"革命"观念中,在这种先语言

---

① 《文学革命八事》详见本章第三节,为避重复,此处不引。
② 胡适:《〈尝试集〉自序》,见欧阳哲生编:《胡适文集》第9卷,北京大学出版社,1998年版,第81—82页。

文字后思想精神的二分式"革命策略"的引领下,胡适本人的"文体"观也自然难以契合于强调文学作品整体性和内在统一性的传统文体观,而更易倾向于当时已经流行的以"语言形式"为本质规定的日式文体观或西式文体观。具体而言,胡适有时所说的"文体"更近于对译英语 Style 的文体概念,侧重指文章中所具体使用的具有某种特征的语言表达方式。如《五十年来中国之文学》(1922 年 3 月):

> 我们在这里应该讨论的是严复译书的文体。《天演论》有《例言》几条,中有云:
> 译事三难:信,达,雅。求其信已大难矣。顾信矣,不达,虽译犹不译也。则达尚焉。……
> 这些话都是当日的实情。当时自然不便用白话;若用白话,便没有人读了。八股式的文章更不适用。所以严复译书的文体,是当日不得已的办法。①

胡适是在能否使用"白话"译书这个层面谈论严复译书的"文体"问题的,应该指的是严复译书中使用的那种为严氏特有的古雅而流畅的语言表达方式。但在《谈新诗》(1919 年 10 月 10 日)一文中,其所说的"文体"又更侧重指文类层面的特殊形式,与现代汉语中"体裁"一词的流行之义相同:

> 我常说,文学革命的运动,不论古今中外,大概都是从"文的形式"一方面下手,大概都是先要求语言文字文体等方面的大解放。欧洲三百年前各国国语的文学起来代替拉丁文学时,是语言文字的大解放;十八十九世纪法国嚣俄、英国华次活(Wordsworth)等人所提倡的文学改革,是诗的语言文字的解放;近几十年来西洋诗界的革命,是语言文字和文体的解放。这一次中国文学的革命运动,也是先要求语言文字和文体的解放。新文学的语言是白话的,新文学的文体是自由的,是不拘格律的。初看起来,这都是"文的形式"一方面的问题,算不得重要。却不知道形式和内

---

① 胡适:《五十年来中国之文学》,写于 1922 年 3 月,发表于 1923 年 2 月《申报》50 周年纪念特刊。见欧阳哲生编:《胡适文集》第 3 卷,北京大学出版社,1998 年版,第 211—212 页。

容有密切的关系。形式上的束缚,使精神不能自由发展,使良好的内容不能充分表现。若想有一种新内容和新精神,不能不先打破那些束缚精神的枷锁镣铐。因此,中国近年的新诗运动可算得是一种"诗体的大解放"。因为有了这一层诗体的解放,所以丰富的材料,精密的观察,高深的理想,复杂的感情,方才能跑到诗里去。五七言八句的律诗决不能容丰富的材料,二十八字的绝句决不能写精密的观察,长短一定的七言五言决不能委婉达出高深的理想与复杂的感情。①

《谈新诗》与前引《尝试集·自序》写作时间非常接近,相隔仅个把月,基本观念和整体思路也非常相近,但这篇文章所论"文的形式"的范围更广一些,层次更丰富一些。胡适在这里把"文的形式"分为"语言文字"和"文体"两个层次,并相应地将欧洲和中国的文学革命分为不同阶段。如谓300年前欧洲各国以国语文学替代拉丁语文学是"语言文字的大解放",18、19世纪法国雨果、英国华兹华斯提倡的文学革命是"诗的语言文字的解放",而20世纪前后几十年的西方诗界革命则是"语言文字和文体的解放"。以此为参照,胡适也对中国当时进行的"文学革命"提出了"语言文字的解放"和"文体的解放"两个方面的要求。根据胡适的具体论述和举例,这里所说的"文体"并不是与Style对应的具体语言表达形式这层意义的"文体",而是指"诗体"之"体",文类之"体","体裁"之"体"。不过,胡适所理解的文类(诗歌)之"体"并不直接包含"丰富的材料,精密的观察,高深的理想,复杂的感情"这些内容要素,而是仅指像篇幅长短、格律有无等一些具有文类区别意义的外在形式。因此,从总体上看,与很多近现代中国学人一样,胡适实际上也已经完全接受了源于西方或由近代日本传入中国的以语言形式为本质规定的文体观,具体说即在总的"文章形式"之下再二分为"(作品中具体使用的)语言文字表达方式"(Style)和"不同文类的形式"(Form)这两层用义。

从近代日本输入中国的文体观,本质上是一种西方语体(Style)观。这种文体观具有鲜明的工具本体意味,强调的是如何表达,而不

---

① 胡适:《谈新诗》,《星期评论》"双十节纪念专号",1919年10月10日。见欧阳哲生编《胡适文集》第2卷,北京大学出版社,1998年版,第134页。

是表达什么,突出的是具体语言表达方式之间的差异,而不是所表达的思想内容的差异。这种文体观与"国语运动"及"文学革命"倡导者以文学形式变革为先、以语言文字变革为先的主张及策略高度契合,因此自然成为他们在语言文字与思想精神二分的思维框架中谈论文学问题时一个非常得心应手的基本概念。胡适之外,鲁迅也是这样使用的:

> 仆意君教诗英,但以养成适应时代之思想为第一谊,文体似不必十分决择,且此刻颂习,未必于将来大有效力,只须思想能自由,则将来无论大潮如何,必能与为沉瀣矣。①

鲁迅直接以"文体"与"思想"相对,其作为"表达思想之语言形式"一义甚明。周作人在谈到"平民文学"的主要特征时,也是将"文体"与"思想"及"事实"相对:

> 第一,平民文学应以普通的文体,记普遍的思想与事情。……第二,平民文学应以真挚的文体,记真挚的思想与事实。②

周作人主张"以普通的文体,记普遍的思想与事情","以真挚的文体,记真挚的思想与事实",其所说"文体"一词自然是指用来记述不同类型(普遍或真挚)思想和事实的、具有不同特征(普通或真挚)的语言表达方式。"文体"的这种用法显然是日本式和西方式的,本质上是 Style(语体)一词的用法。

即使在当时反对白话文运动的保守派学者的文章中,"文体"一词也采用的是"新式"用法。如瞿宣颖的《文体说》(1925):

> 本刊既揭橥文体纯正,不取白话之说。同时有某刊自矜文体活泼,不取古文。语有近乎滑稽,义乃不容无辨。请即兹点,申而论之。
>
> 夫白话可与文言为对文,而不可与古文为对文。盖文言自有

---

① 鲁迅:《致许寿裳》(1919 年 1 月 16 日),此据《鲁迅全集》第 11 卷,人民文学出版社,2005 年版,第 369 页。
② 周作人:《平民的文学》,《每周评论》第 5 号,1919 年 1 月,此据钟叔河编:《周作人散文全集》第 2 卷,广西师范大学出版社,2009 年版,第 103—104 页。

> 时代,白话亦非无古今。元代典章秘史之白话,几于周诰殷盘同其奥衍。即水浒西厢之文字,不可通于今日者亦正多。岂惟时代,因地域之限,而致语言组织之歧异者,亦固有之。南疆之人,不谙官话者,常以作白话文为苦。即勉强从事,亦恒患用语助词之不能协当。然则今之所谓白话文者,不过举今日较通行之一种而言。更越百年,又当别谥之曰古白话也。①

从基本用义来看,瞿氏所说的"文体"是在文章或文学作品所使用的"文字"及"语言组织"层面来说的,甚至讨论到了"语助词"是否"协当"这样细致的语言运用问题。从所涉及的语言形式来看,瞿氏所说的"文体"包含了"文言"和"白话"两种类型语言表达方式的相互比较。因此准确地说,瞿氏所用的"文体"一词不是针对"文言文"和"白话文"这两类文章而言的,而是指用来写作这两类文章所使用的语言形式——"文言文"与"文言","白话文"与"白话",其间的区别还是非常明显的。

自此以后,"文体"的日式用法和西式用法成为普遍现象。如周作人《燕知草跋》(1928年11月22日)谓:

> 我也看见有些纯粹口语体的文章,在受过新式中学教育的学生手里写得很是细腻流丽,觉得有造成新文体的可能,使小说戏剧有一种新发展。②

"口语体"与"新文体"对应,"新文体"即是"口语体"的另一种说法。吴文祺云:

> 以文体论,则白话自然而文言不自然;以词类论,则白话精密而文言不精密。③

其所说的"以文体论",意即就"白话"和"文言"两类语言形式而言;其所说的"以词类论",则是进一步就"白话"和"文言"两类语言形

---

① 瞿宣颖:《文体说》,《甲寅周刊》第1卷6号,1925年8月。见 赵家璧主编,郑振铎编选:《中国新文学大系·文学论争集》,上海良友图书印刷公司,1935年版,第202页。
② 周作人著,止庵校订:《燕知草跋》,《苦雨斋序跋文》,河北教育出版社,2002年版,第123页。
③ 吴文祺:《文学革命的先驱者——王静庵先生》,《小说月报》第17卷号外,1927年6月。

式的具体特征而言。如此分层比较,"文体"之义愈加明确。非常值得留意的是,成仿吾在《从文学革命到革命文学》(1928)一文中,直接将创造社所努力完成的诗歌语言称为"语体":

> 创造社素来对于完成我们的语体非常努力,它的作家们没有一刻忘记这一方面的努力,实际上他们的成功由于这一方面的努力的亦不少,但他们以前的三个方针:
>
> A. 极力求合于文法,
>
> B. 极力采用成语,增造语汇,
>
> C. 试用复杂的构造。
>
> 他们在应用这三个方针的时候,做梦也没有想到他们会与现实的语言相离那么远!①

作者不用"文体"而用"语体",反映出创造社成员对 Style 一词已形成一种属于自己的理解,一种比日语式译法更准确的理解。这表明他们似已超越假道日本输入欧西新词的学习阶段,开始直接面对西方语言和文学,并在此基础上创造出属于中国现代诗歌特有的新的语言形式。不过直到20世纪40年代,朱自清在回顾"新文学运动"的文章中,仍然习惯性地在"语言形式"这种意义上频频使用"文体"一词,足见早期引入的日本"文体"观影响如何广泛而持久:

> 原来这种白话只是给那些识得些字的人预备的,士人们自己是不屑用的。他们还在用他们的"雅言",就是古文,最低限度也得用"新文体";俗语的白话只是一种慈善文体罢了。……五四运动加速了新文学运动的成功,白话真的成为正宗的文学用语。而"新文体"也渐渐的在白话化,留心报纸的文体就可以知道。……
>
> 这里说"新的语言",因为快板和那些故事的语言或文体都尽量扬弃了民族形式的封建气氛,而采取了改变中的农民的活的口语。……
>
> 而全书文体或语言还能够庄重,简明,不啰嗦。②

---

① 成仿吾:《从文学革命到革命文学》,《创造月刊》第1卷第9期,1928年2月。

② 朱自清:《论通俗化》,见《标准与尺度》,上海文光书店,1948年初版;岳麓书社,2011年版,第26—28页。

引文中六次用到"文体",其中有两次用的是"语言或文体"("文体或语言")的说法,这其实相当于直接用"语言"一词给"文体"一词作了注释。

第三节　作为"风格"的文体与现代白话文学的成熟

这里所用的"风格",取"作家个性的语言表现"之义。在日本学者最初将"文体"与西方Style(语体)对译过程中,"文体"一词即已具备了两个层次的内涵:首先,"文体"概念最基本的指向是"语言表现形式"(而非完整的语言文字作品);其次,"文体"概念还总是指向不同类型语言形式之间的比较,指向不同类型语言形式的个性特征。现代"文体"概念所指向的语言形式特征的外延极其广泛:可以是源自不同国家的语言形式特征的比较,如近代日语中的"汉文体""和文体"与"欧文翻译体"间的特征差异;可以是同一国家内部不同类型语言形式特征的比较,如中国近现代之交空前突显的"文言"与"白话"之别;可以是不同文类语言形式特征的比较,如散文(语)体与骈文(语)体之异……其中差异性和特征性最为丰富的,应该是不同作者"文体"之间的比较。因为大凡艺术比较成熟的作者,一般都会在其作品的"文体"(语体)层面打上自身的印记,表现出作者的个性特征。

不过,在一个新语言体系(如汉语白话书面语)的发展过程中,不同层次文体特征的实际呈现以及人们对这些文体特征的认识,会有阶段之分。现代白话文学倡导者和先行者胡适,在1916年10月提出了"文学革命八事"作为"文学革命"的纲领,但在1917年1月又提出了一个修正版的"文学改良八事",其中有一事的修改,很能反映胡适对白话文不同发展阶段的不同要求。其"文学革命八事"(1916年10月)云:

　　年来思虑观察所得,以为今日欲言革命,须从八事入手。八事者何?
　　一曰,不用典。
　　二曰,不用陈套语。

三曰,不讲对仗。(文当废骈,诗当废律。)

四曰,不避俗字俗语。(不嫌以白话作诗词。)

五曰,须讲求文法之结构。

　　此皆形式上之革命也。

六曰,不作无病之呻吟。

七曰,不摹仿古人,语语须有个我在。

八曰,须言之有物。

　　此皆精神上之革命也。①

其"文学改良八事"(1917年1月)云:

吾以为今日而言文学改良,须从八事入手。八事者何?

一曰,须言之有物。

二曰,不摹仿古人。

三曰,须讲求文法。

四曰,不作无病之呻吟。

五曰,务去烂调套语。

六曰,不用典。

七曰,不讲对仗。

八曰,不避俗字俗语。②

"文学改良八事"与"文学革命八事"相比,事项的数量未变,每个事项的基本内容也未变,但是做出了几个明显的调整。首先最为明显的是调整了"八事"的先后顺序,原"精神上之革命"的几项整体上调到了前面,原"形式上之革命"的几项调到了后面。这一调整,淡化了此前"文学革命八事"以语言形式变革为先的激进色彩,保持了思想变革与语言变革之间的统一和平衡。第二个比较明显的调整是去掉了原三、四两项后面括号内的说明,即去掉了"不讲对仗"后面的"(文当废骈,诗当废律。)",去掉了"不避俗字俗语"后面的"(不嫌以白话作诗词。)",这一调整使表述更简洁,形式也更整齐,更易于文学改良理

---

① 胡适:《寄陈独秀》,赵家璧主编,胡适编选:《中国新文学大系·建设理论集》,上海良友图书印刷公司,1935年版,第32—33页。

② 胡适:《文学改良刍议》,赵家璧主编,胡适编选:《中国新文学大系·建设理论集》,上海良友图书印刷公司,1935年版,第34页。

念的传播。第三个值得注意的调整是将原第七项"不摹仿古人,语语须有个我在"这一完整表述做了删减,只保留了前面的"不摹仿古人",去掉了后面的"语语须有个我在"。这一删减的性质显然与去掉原三、四两项括号内的说明有所不同:因为原三、四两项括号内的内容只是对前面正文的补充性解释,去掉后不影响正文意义的完整性,但是"语语须有个我在"相对于"不摹仿古人"却是一项更高层次的写作要求。"不摹仿古人"是一个否定式表述,也是一项相对"消极"的要求,只要坚持用现代白话进行文学创作,自然就可以做到"不摹仿古人"。"语语须有个我在"则是一个肯定式表述,是一项更为"积极"的要求,若要在白话文学创作中做到"语语须有个我在",不仅要做到"不摹仿古人",即具有时代的创新性,而且要做到不雷同于他人,即具有个体的独创性。这一目标显然只有在白话文学发展到更高阶段才能实现。

  胡适的这一删减,表明他已察觉到"文学革命"(或"文学改良")的任务有阶段和层次之分,有急与缓之分。在汉语白话文写作的尝试和开始阶段,无论是白话文创作者还是白话文学批评家,自然会更多地关注白话(语)体与文言(语)体之间的差异,更多地留意白话文的一般规范和基本特征,积累白话文写作的一般经验,探索白话文写作的一般规律。从上节所引的有关文献也可以看出,在中国现代白话文学初兴的那段时期(20世纪10年代后期至20年代),人们讨论的多是有关白话"文体"(语体)的一些基本问题,如白话文体与文言文体有何优劣,如何促进白话文体的创新发展,如何运用恰当的白话文体表达不同的思想和事实,如何运用白话文体写作散文、小说和新诗,如何通过翻译借鉴欧西文体之法,等等。不过,当白话文学日渐成熟,越来越多的作家的白话文写作克服了"尝试"期的生涩和稚拙,实现了对新语言规范的熟练掌握以及对白话文体的自如运用。在此基础上,作家的创作个性(即《文心雕龙·体性》篇所谓"性情")也自然从语言规范之下解放出来,开始在文体(语体)层面比较自由地呈现其自身,性情与才情的结合就创造出了属于作家个人标志的独特文体。于是,作家、评论家和理论家也开始关注不同作家的文体特征,形成了现代白话文学的作家文体论——这也恰是中国现代白话文学及其观念进入成熟阶段的重要标志。

"文体"所体现的作者个性特征,或者说从作者的个性特征角度考察"文体",这无论是在以文章整体观为内核的中国古代文体论那里,还是在以语言形式为本质的西方"文体学"(Stylistics,语体学)那里,本来都是一个普遍现象。即使在"文学改良"之初,白话文学的推动者也没有忽略其文体应有的这一维度。胡适之外,罗家伦也在与"保守派"的争论中明确提到了文学的"体性"问题:

> 请问胡君,文学是为何而有的?是为"结构""照应""点缀"而有的呢?还是为人生的表现和批评而有的呢?文学里面有什么特质?是否"艺术"而外,还有"最好的思想""感情""想象""体性"(Style 字,昔译作"体裁",今译作"体性"较为妥当。)"普遍"等等特质?
>
> 文学是人生的表现和批评,从最好的思想里写下来的,有想像,有感情,有体性,有合于艺术的组织;集此众长,能使人类普遍心理,都觉得他是极明了,极有趣的东西。①

白话文学草创之际,相对于已经高度成熟的文言文,结构难免粗疏,形式难免粗糙,"保守人士"往往指责其缺乏"结构""照应""点缀"等为文言文所擅长的精致章法。针对保守人士这方面的指责,罗家伦反其道而行,强调文学的价值决不仅仅在于艺术形式的精美,更在于表现和批评人生,在于表现人生的"思想""感情""想像""体性""普遍心理"等"特质",而这正是白话文学之所长。罗家伦用到的"体性"一词在这段话中尤显特别。就其直接表意来看,"体性"在这里是作为西方文论中 Style 一词的汉语译词被使用的。由罗家伦的介绍可知,这个词此前曾被译为"体裁",不过他认为还是译作"体性"较为妥当。罗家伦的改译和说明意味颇为丰富,表明他不仅能准确领会西方 Style 概念所蕴含的有关作者个性特征的因素,而且能够选择更为恰当的汉语词翻译、传达出 Style 概念原有的这层内涵。

在传统汉语中,"文体""体裁""体性"等都属于文体论概念。其中"文体"概念最为基本,表示(具有丰富特征和构成的不同类型的)文章整体存在,"体裁"侧重指具有文类规范性质的文体构成。在此之

---

① 罗家伦:《驳胡先骕君的中国文学改良论》,《新潮》1919 年第 5 期。

前,无论在日本还是在中国,最常见的是用"文体"一词翻译英文"Style",而据罗家伦的说明,还有人用过"体裁"一词来翻译"Style"。这两种译法自然都有一定的道理,尤其是以"文体"译"Style",虽然无法抹平二者固有的"文章整体观"与"语言形式观"的差异,但至少可以比较全面地反映二者之间的"异体同构"关系——"有特征的文章整体"与"有特征的语言表达方式"之间的对应。不过,罗家伦本人还是选择以"体性"翻译"Style",这一选择显然还是更多地基于他在特定语境中的特殊用心,而非基于他对"Style"一词内涵的全面考察。尽管全面地看,Style 能够体现的特征非常丰富,有作者特征,有时代特征,有地域特征,有文类特征,有性别特征,有阶级特征,等等,但罗家伦这段话的基本立场是强调文学对人生的表现和批评功能,强调文学中所表现的"思想""情感""想象"等源自作家真实人生经历、体验和思考的因素,因此他自然更为关注英语世界 Style 概念所蕴含的作家个性之维(而非通过 Style 所体现的文类特征、时代特征等)。基于这一认识和意图,此处选择汉语"体性"一词翻译 Style 显然更为合适——刘勰《文心雕龙·体性》篇即关于对文体与作家性情气质关系的专论,用作篇名的"体性"一词也即是"文体"与"性情"(作家个性)的缩写与合成。

毫不令人意外的是,那些鲜明体现了现代作家个性特征的"文体",评论者最先是在鲁迅等第一批最优秀的白话文学创作者的作品中发现的。20 世纪 20 年代末(即"文学革命"发起后约十年),黎锦明在《论体裁描写与中国新文艺》(1928)中这样评价鲁迅和叶圣陶的"新文艺"作品:

> 西欧的作家对于体裁,是其第一安到著作的路的门径,还竟有所谓体裁家(Stylist)者。……我们中国文学,从来就没有所谓体裁这名词,到现在还是没有。我们的新文艺,除开鲁迅叶绍钧二三人的作品还可见到有体裁的修养外,其余大都似乎随意的把它挂在笔头上。①

---

① 黎锦明:《论体裁描写与中国新文艺》,《文学周报》第 5 卷第 2 期,1928 年 2 月合订本。发表时署名为"锦明"。

对照前引罗家伦1919年所作之文，以"体裁"译"Style"在中国现代学界应该也是渊源有自，并在一定范围内流行。而且，将"Stylist"译为"体裁家"也应非黎氏首创，当有其所本，且很可能与鲁迅有关——鲁迅曾在1921年所写的《〈战争中的威尔珂〉译者附记》中将德语"Stilist"（相当于英语和法语中的"Stylist"）一词译为"体裁家"①。明乎此，就可以确定黎锦明这里所说的"体裁""体裁家"云云，实相当于当时其他诸多作家和批评家所说的"文体"和"文体家"，宜并非别是一物。在这段话中，首先值得注意的是黎锦明提到了西方文学界和批评界的一个重要传统，即一个作家作品的Style，是读者（包含一般读者和专业批评家）进入其作品的第一门径，被称为Stylist则是对一个作家艺术成就的高度肯定和褒扬。黎锦明接下来所说的"我们中国文学，从来就没有所谓体裁这名词，到现在还是没有"，与其从字面上理解为中国文论中没有西方Style（语体）和Stylistics（语体学）意义上的概念，不如根据其上下文整体用意，理解为黎氏对发展初期的中国现代白话文学缺少个性化语言这一状况所表达的不满。正是在这种状况下，黎氏尤其感受到鲁迅、叶圣陶等极少数几位作家在作品中体现的对Style（语体）的自觉讲究和修养显得难能可贵。由此也可进一步印证，中国现代白话文学的语言从一般作家能做到的规范性运用，进阶至相当一部分作家能够臻达的个性化表达，不可能完成于朝夕之间，而是需要较长时间的自觉修养。

若干年后，鲁迅在《我怎么做起小说来》（1933）一文中，回应并欣然接受了黎锦明对其作品Style的评价：

> 我做完之后，总要看两遍，自己觉得拗口的，就增删几个字，一定要它读得顺口；没有相宜的白话，宁可引古语，希望总有人会懂，只有自己懂得或连自己也不懂的生造出来的字句，是不大用的。这一节，许多批评家之中，只有一个人看出来了，但他称我为

---

① 《〈战争中的威尔珂〉译者附记》："跋佐夫不但是革命的文人，也是旧文学的轨道破坏者，也是体裁家（Stilist），勃尔格利亚文书旧用一种希腊教会的人造文，轻视口语，因此口语便很不完全了，而跋佐夫是鼓吹白话，又善于运用白话的人。"本篇连同《战争中的威尔珂》的译文，最初发表于1921年10月《小说月报》第12卷第10号《被损害民族的文学号》，后收入《现代小说译丛》第一集。此引自《鲁迅全集》第10卷，人民文学出版社，2005年版，第199页。

Stylist。①

由前引鲁迅对保加利亚作家跋佐夫(通译伐佐夫)的称赞可知,"体裁家(Stilist)"("Stilist"是对应于英语"Stylist"的德语词)在其心目中应该是对一个作家作品的很高评价。因此,鲁迅在这篇文章中如遇知音般地欣然接受了黎锦明对其作品语言的评价。鲁迅这一段夫子自道,透露出关于现代白话文学"文体"(Style)的丰富信息:第一,文学作品的 Style 本质上是文学作品语言的艺术。鲁迅此节所谈都是其本人处理作品语言的经验和习惯。第二,Stylist 的得名缘于作家创造的独特语言形式,是对作家语言艺术成就的肯定。鲁迅此节至少提到了他本人作品语言的两个特点,即一是要让人读得顺口,二是为了让人读得懂,不避古语,不生造字句。这两个要求看似很低,但语句拗口和生造字句却是初期白话文作品的通病。第三,好的 Style 源自作家关于作品语言的正确态度,来自作家对作品语言的严格要求和精细打磨。好的 Style 一方面能体现作家的创作个性,一方面又能体现出作家自觉的读者意识,为广大读者所喜闻乐见,而不是以蓄意为难读者的标新立异来刻意制造属于自己的 Style。"做完之后,总要看两遍",其实就是由作者本人先充当了第一个读者。"自己觉得拗口的,就增删几个字,一定要它读得顺口",为了顺口所作的增删已不同于为了准确表意所作的修改,而是在节奏语气层面的精细加工和精微调整。尽管鲁迅实践的是白话文写作,但他并不是一个唯白话是认的教条主义者,倘若"没有相宜的白话",他就"宁可引古语",而不是生造一些"只有自己懂得或连自己也不懂"的字句,而他这样做的目的就是"希望总有人会懂"。总之,自觉的读者意识,健全而敏锐的语感,以白话为主兼采古语的灵活策略,精益求精的修辞功夫,正是这些因素的结合,造就了鲁迅作品在现代作家中独树一帜的 Style(语体),也使其作品中的语言成为现代汉语的重要典范。

还需补充说明的一点是,尽管堪称 Stylist 的中国现代作家实属凤毛麟角,但是当一些中国现代学者在批评西方文学作品时,似乎更容易从中发现具有作者个性特征的"文体"(Style)。这应该与批评对象

---

① 此文最初收入 1933 年 6 月上海天马书店出版的《创作的经验》一书。此据《鲁迅全集》第 4 卷,人民文学出版社,2005 年版,第 526—527 页。

有关:一则因为他们评论的多是西方现代文学中的优秀作家和作品,二则因为他们所评论的"文体"实质上就是西方评论家所说的 Style。如周作人在《王尔德童话》(1922)一文中比较安徒生与王尔德二位作家"文体"之同异:

> 王尔德的文艺上的特色,据我想来是在于他的丰丽的辞藻和精炼的机智,他的喜剧的价值便在这里,童话也是如此;所以安徒生童话的特点倘若是在"小儿说话一样的文体",那么王尔德的特点可以说是在"非小儿说话一样的文体"了。①

在《梦》(1923)一文中评南非小说集《梦》的"文体":

> 《梦》是一八八三年所刊行的小说集,共十一篇,都是比喻(Allegoria)体,仿佛《天路历程》一流,文体很是简朴,是仿新旧约书的:这些地方在现代读者看来,或者要嫌他陈旧也未可知。但是形式即使似乎陈旧,其思想却是现在还是再新不过的。……还有一层,文章的风格与著者的心情有密切的关系,出于自然的要求,容不得一点勉强。②

周作人在这段话中实际上用到了两类"文体"概念:一是"比喻(Allegoria)体"之"文体"概念,此为文类意义上的文体,其用法与传统汉语中的"议论体""纪传体"等属于同一类型。Allegoria 一词现常译为"寓言体"或"寓意体",似更能体现其作为一种文类文体名称的用义。二是"文体很是简朴"之"文体"概念,此为语言表达方式意义上的文体,其用法来自西方 Stylistics(语体学)。这段话重点论述的应该是这第二类语言表达方式意义上的"文体"。周氏将此类"文体"归入小说的"形式"范畴,并与小说中的"思想"相对,其表意更为明确。周氏认为《梦》集中的 11 篇小说"文体很是简朴",这是对其"文体"(即语言形式)特征的概括;又认为其"文体""是仿新旧约书的",这是将《梦》集中小说"文体"与《旧约》"文体"进行比较。周氏这些评论"文体"的方式也都是西方 Stylistics 中常用的批评和研究方法。在此段最

---

① 周作人:《王尔德童话》,原刊《晨报副镌》1922 年 4 月 2 日。此据钟叔河编:《周作人散文全集》第 2 卷,广西师范大学出版社,2009 年版,第 543 页。
② 周作人:《梦》,原刊《晨报·文学旬刊》第 6 号,1923 年 7 月 21 日。此据钟叔河编:《周作人散文全集》第 3 卷,广西师范大学出版社,2009 年版,第 84 页。

后一句中,周氏又将前面所论小说的"文体"换了一种说法,改称"文章的风格",这样做似乎是为了突出小说的"文体"特征与"著者的心情"之间的"密切的关系"。

周作人这一看似偶然的名词替换,却实际上预示了中国现代"文体"批评的一个新的趋向:当人们评论那些能够体现作家个性特征的"文体"现象时,为了突出作者的个性内涵,开始更多地用"风格"一词替代此类"文体"概念。这样,原来两类"文体"概念——指称不同文类之"文体"概念与指称不同语言表达方式之"文体"概念——的二分式并列,就逐渐转换为指称文类之"文体"概念与指称作家个性之表现的"风格"概念的二分式并列。

周作人是一位对中日文学理论都有深入了解的作家和评论家,在其批评文章中出现的这种"文体"与"风格"并用的现象,一定程度上也是日本文体论中的二分式文学形式观向中国现代文体论中的二分式文学形式观转换这一过程的反映。比较本间久雄《新文学概论》(1916日文版,1924年由章锡琛译为汉语,1925年出版,1930年订正本书名改为《文学概论》)与直接受其影响撰写的老舍的《文学概论讲义》(1931)两本教材中关于两种文学形式的区分和命名,可以集中看出上述这一转换过程。在本间久雄的《新文学概论》中,著者将文学作品的形式(Form)分为"文类"(Literature kinds)之形式与"文体"(Style)两个层次,后者被称为"狭义的形式"。① 这种区分方式直接来自西方文学理论。在老舍的《文学概论讲义》中,撰者把文学作品的形式区分为"普通的形式"与"个人所具的风格"两个层次。所谓"普通的形式"主要是指抒情诗、史诗、五言律诗、七言绝句等文类文体的形式。所谓"个人所具的风格"则是指不同作者根据同样的文类形式能写出不同作者的个性,如同样写七绝,"苏东坡的七绝里有个苏东坡存在",与陆放翁的七绝有所不同。受西方文学理论资源的影响,老舍也接受了"'怎样告诉'便是风格的特点"的观点,但他同时又强调,"这怎样告诉并不仅是字面上的,而是怎样思想的结果;就是作者的全部人格伏在里面",这种理解似乎又多少反映了传统文体论中的文章整体观的影响。②

---

① 〔日〕本间久雄:《文学概论》,章锡琛译,上海开明书店,1930年订正本,第38页。
② 老舍:《文学概论讲义》,复旦大学出版社,2004年版,第64—67页。

第四节　日语"文体"二分释义模式的接受及改造

笔者在前期研究中已反复阐明:在中国古代文体论中,"文体"这一核心概念的基本内涵是统一的,都含有"文章整体存在"这一基本规定,各种类型的"辨体"如文类文体论、作者文体论、时代文体论等,实质上是从不同角度对作为文章整体存在的"文体"进行不同形式的分类。也就是说,作为核心概念的"文体"及其基本内涵在所有"辨体"论中是一以贯之的,中国古代文体论借此构成了一个以"文体"概念为中心、以文章整体观为基础、以各种辨体论为"扇面"的内在统一的文论体系。但在日本文体论中,从理论形式到概念内涵都发生了实质性的变化。形成于明治维新后的日本近代"文体"论,尽管使用了汉语"文体"之名,却并非中国传统文体论的完整移植,在"脱亚入欧"的整体时代氛围中,日本学界自然将引进、译述"先进"的西方文学理论作为首选。因此,日本文体论的实质是汉语文体论之名与西方相关文学理论(主要是文类形式论与语体学)之实的结合。整体来看,从中国传统文体论到日本近代文体论,发生了这样几个重要改变:第一,"文体"一词失去了汉语原有的"文章整体"这一基本内涵,被用来泛指文学作品的形式,所以日本文体观实质上是一种文学作品形式观,而不是一种文学作品整体观。第二,在日本文体论中,"文体"一词既用来翻译西方各种文类之名(如译 Prose 为散文体,译 Poetry 为诗体等),又用来翻译 Stylistics(语体学)的核心概念 Style,导致"文体"一词既可指各种文类的普遍形式(对应于英语中的"Form"),又可指与作家个性化选择密切相关的具体语言形式(对应于英语中的"Style")。因此,第三,在日本文体论中,"文体"一词的内涵缺乏真正的统一性,其文体论也只是两种不同理论(文类形式论与语体学)的并置共存,仅在宽泛的"文学形式"这一意义上,日本文体论中所包含的两种文学理论才保持了一种比较松散的统一关系。据此,可以将日本文体论理解为一种"文类形式(Form)与作家语体(Style)广狭二分"的文学形式论。

当以文学形式观为其实质的日本文体论输入中国之际,中国文坛和学界的关注重心也恰好开始转移到了文章写作和文学创作的载体——语言形式层面,社会变革的需要、白话文运动的推动以及"文学革命"的激发,都将语言形式这个属于表达"工具"范畴的问题前所未有地凸显出来。在这种文化语境中,人们谈论文章写作和文学创作,但主要是谈论文章和文学作品使用的语言是文言还是白话,是骈语还是散文,这种情况直接导致作家和批评家的文学本体观发生了从文学作品整体向文学语言形式的明显偏移。即使是谈论传统文类文体如古文、骈文、小说、戏曲等,一般也主要从语言形式角度言说其文体特征。如梅光迪的《评提倡新文化者》(1922)云:

> 夫古文与八股何涉,而必并为一谈。吾国文学,汉魏六朝则骈体盛行,至唐宋则古文大昌。宋元以来,又有白话体之小说戏曲。彼等乃谓文学随时代变迁,以为今人当兴文学革命,废文言而用白话。夫革命者,以新代旧,以此易彼之谓,若古文白话之递兴,乃文学体裁之增加,实非完全变迁,尤非革命也。诚如彼等所云,则古文之后,当无骈体,白话之后,当无古文,而何以唐宋以来,文学正宗,与专门名家,皆为作古文或骈体之人?此吾国文学史上事实,岂可否认,以圆其私说者乎?盖文学体裁不同,而各有所长,不可更代混淆,而有独立并存之价值,岂可尽弃他种体裁,而独尊白话乎?①

梅光迪称古文、八股文、骈体、小说、戏曲等为"文学体裁",这也是传统的说法,不过他争辩的重点无关这些文学体裁的内容,而是要从语言层面论证散文体(古文)与韵文体(骈文)、文言文体(古文和骈文)与白话文体(小说、戏曲)各有所长而不可偏废的道理。在这种论述思路中,语言形式成为评价各种"文学体裁"的关键性因素,占据了"文学体裁"论的前台,而思想内容则淡退为背景性因素。在《国故新探·中国文体的分析》(1927)中,著者唐钺更是直接声明只讨论文体的"形式的分类"(散文与非散文),而不讨论文体的"机能的分类"(如论辩书说等):

> 本篇所谓文体,是专指形式的分类,不关机能。(如分为论辩书说等即是机能的分类。)论起文章的形式,当然以散文为最自

---

① 梅光迪:《评提倡新文化者》,《学衡》1922 年第 1 期。

由:只求文从字顺,此外差不多没有旁的拘束。虽然散文也得有节拍;但他的节拍,并不像诗词等有一定的格式,不过是耳朵里听出来的自然音节,罢了。

凡散文以外的文体,我们可以暂且囫囵地叫他做非散文。非散文,除守文法外,还要含一个或一个以上的构成素。这种构成素有六件:一是整,二是俪,三是叶,四是韵,五是谐,六是度。①

文体的"形式的分类"自然主要考虑的是文体的语言形式特征,而文体的"机能的分类"则会更多地考虑与文体功能密切相关的思想、情感、事义等。唐钺在文体分类标准上的取舍,体现了一种从文体的内容机能向文体的语言形式转向的自觉意识,也顺应了那个时代文体批评的整体倾向。

郁达夫撰写的《中国新文学大系·散文二集·导言》(1935)是对1917—1927年白话新文学散文成就的总结,也是对中国现代散文文体观的一次集中阐述,完整而充分地呈现了"文类形式与作家语体广狭二分"的文学形式论:

> 我以为一篇散文的最重要的内容,第一要寻这"散文的心";照中国旧式的说法,就是一篇的作意,在外国修辞学里,或称作主题(Subject)或叫它要旨(Theme)的,大约就是这"散文的心"了。有了这"散文的心"后,然后方能求散文的体,就是如何能把这心尽情地表现出来的最适当的排列与方法。到了这里,文字的新旧等工具问题,方始出现。……
>
> 从前的散文的心是如此,从前的散文的体也是一样。行文必崇尚古雅,模范须取诸六经;不是前人用过的字,用过的句,绝对不能任意造作,甚至于之乎也者等一个虚字,也要用得确有出典,呜呼嗟夫等一声浩叹,也须古人叹过才能启口。②

这两段是从文类层面对散文之"体"的分析。郁达夫将散文作品从整体上分为"散文的心"与"散文的体"两个部分,"散文的心"是指

---

① 唐钺:《国故新探》,商务印书馆,1927年版,第33页。
② 赵家璧主编,郁达夫编选:《中国新文学大系·散文二集》,上海良友图书印刷公司,1935年版,第4页。

散文的作意、主题或要旨(相当于古代文论所说的"意"),"散文的体"则是指将"散文的心""尽情地表现出来的最适当的排列与方法",在他看来,"文字的新旧等工具问题"即属于"散文的体"层面的问题。由此可见郁氏的观点非常明确,文类之"体"就是指文学作品中相对于内在之意的语言表现形式和方法。

郁氏接下来又集中阐述了"个人文体"的问题:

> 因为说到了散文中的个性(我的所谓个性,原是指 Individuality[个人性]与 Personality[人格]的两者合一性而言),所以也想起了近来由林语堂先生等所提出的所谓个人文体 Personal Style 那一个的名词。文体当然是个人的;即使所写的是社会及他人的事情,只教是通过作者的一番翻译介绍说明或写出之后,作者的个性当然要渗入到作品里去的。左拉有左拉的作风,弗老贝尔有弗老贝尔的写法,在尤重个性的散文里,所写的文字更是与作者的个人经验不能离开了;我们难道因为若写身边杂事,不免要受人骂,反而故意去写些完全为我们所不知道不经验过的慌(谎)话倒算真实么?这我想无论是如何客观的写实论家,也不会如此立论的。
>
> 至于个人文体的另一面的说法,就是英国各散文大家所惯用的那一种不拘形式家常闲话似的体裁"Informal or Familiar Essays"的话,看来却似很容易,像是一种不正经的偷懒的写法,其实在这容易的表面下的作者的努力与苦心,批评家又那里能够理会?十九世纪的批评家们,老有挖苦海士立脱的散文作风者说:"在一天春风和煦的星期几的早晨,我喝着热腾腾的咖啡,坐在向阳的回廊上的乐椅里读×××的书,等等,又是那么的一套!"这挖苦虽然很有点儿幽默,可是若不照这样的写法,那海士立脱就不成其为海士立脱了。你须知道有一位内庭供奉,曾对蒙泰纽说:"皇帝陛下曾经读过你的书,很想认识认识你这一个人"。你知道他是怎么回答的呢?"假使皇帝陛下已经认识了我的书的话,"他回答说,"那他就认识我的人了。"个人文体在这一方面的好处,就在这里。①

---

① 赵家璧主编,郁达夫编选:《中国新文学大系·散文二集》,上海良友图书印刷公司,1935年版,第6—7页。

这两段关于"个人文体"(即前文所说的"作者语体")的论述颇能代表当时中国现代文学理论界关于这一问题的认识深度。郁达夫详细说明了"个人文体"的概念来源、具体内涵、产生机制、具体表现等多方面的问题。他首先明确,"个人文体"是一个散文作者"个性"层面的问题,而散文作者的个性则是 Individuality(个人性)与 Personality(人格)的合一。接下来的介绍和分析又表明,"个人文体"本身是一个西方文论概念,对应的是 Personal Style 这个西方文论中的特定名词,按其本义即是指作者个性在语言表达方式层面的表现。"个人文体"并不直接见于散文中所写的"社会及他人的事情",而是作者的个性在"翻译""介绍""说明"或"写出"这些"社会及他人的事情"的过程中,"渗透入作品里"并通过"文字"呈现出来。郁达夫列举了"个人文体"在散文大家作品中的各种具体表现:或表现为看似偷懒实则颇费苦心的"一种不拘形式家常闲话似的"语言,或者表现为"挖苦"中又"很有点儿幽默"的话语艺术,或者表现为一种机智而又不失礼貌的应答,如此等等。

在接下来的四段文字中,郁达夫分别对 1917—1927 年中国现代散文创作中几位作家的"个人文体"(或曰"作风""风格"),作了传神写照式的精当概括:

> 鲁迅的文体简炼得像一把匕首,能以寸铁杀人,一刀见血。重要之点,抓住了之后,只消三言两语就可以把主题道破——这是鲁迅作文的秘诀,详细见《两地书》中批评景宋女士《驳覆校中当局》一文的语中——次要之点,或者也一样的重要,但不能使敌人致命之点,他是一概轻轻放过,由它去而不问的。与此相反,周作人的文体,又来得舒徐自在,信笔所至,初看似乎散漫支离,过于繁琐!但仔细一读,却觉得他的漫谈,句句含有分量,一篇之中,少一句就不对,一句之中,易一字也不可,读完之后,还想翻转来从头再读的。当然这是指他从前的散文而说,近几年来,一变而为枯涩苍老,炉火纯青,归入古雅遒劲的一途了。……
>
> 叶永蓁比较得后起,但他的那种朴实的作风,稳厚的文体,是可以代表一部分青年的坚实分子的,摘录一篇,以备一格。……
>
> 叶绍钧风格谨严,思想每把握得住现实,所以他所写的,不问

是小说,是散文,都令人有脚踏实地,造次不苟的感触。①

郁氏关于鲁迅、周作人、叶永蓁、叶绍钧等散文作家"个人文体"的很多准确、精妙之评,已被作为权威之论载入多种版本的中国现代文学史教材。郁氏有关现代散文作家"个人文体"的丰富论述,一方面表明中国现代散文写作已臻至成熟,在一批优秀作家的作品中已经实现文类(规范)之体与个人语体的统一,另一方面也标志着中国现代散文研究已经做到本土创作经验与引进文学理论框架的融合,以源自西方的"文类形式与作者语体广狭二分"的文学形式论为其实质的中国现代文体论,获得了本土文体创作经验和文体批评的支撑。

本章小结

日语近代"文体"概念最初通过黄遵宪、梁启超等引介回中国(《日本国志》,1887)。以"语言(文字)形式"为实质内涵的日本近代"文体"观,契合了同样以语言变革(白话代文言)为主要目标的中国现代文学改良运动的整体文化情势,古典汉语的"文体"概念在此语境中重演了其在近代日语中所历的"文章本体的形式符号化"过程。受日本近代文体观和西方文类学、语体学的双重影响,中国现代学界一方面将传统用法的文类之"体"理解为文学作品的一般形式,同时又沿续了日本学者译 Style 为"文体"的做法,以"文体"表示文章中与思想、情感等相对的语言表现形式。就对应于西方 Style 的"文体"概念而言,其内涵的阶段性呈现又集中反映了中国现代文学发展的阶段性诉求。在现代文学发展的早期阶段,人们更关心"文体"的基本表达功能和表现形式,因此突出的是其"语言表现形式"这一层基本内涵。当文学改良运动成效大显,现代文学成果渐丰,人们开始对白话文写作提出了更高的要求,不仅要求作家善用恰当"文体"写人叙事、表情达意,而且要求作家的"文体"避免平庸,能表现作家的个性特征,因此现代文体观的另一层内涵,即通过"语言形式"所表现的"作者的个性特征",开始受到作家和批评家的自觉关注。时至20世纪30年代,以本

---

① 赵家璧主编,郁达夫编选:《中国新文学大系·散文二集》,上海良友图书印刷公司,1935年版,第14—18页。

间久雄《新文学概论》等为中介,中国现代文论界始以"风格"翻译Style,而称文类之"体"为"体裁"(老舍《文学概论讲义》,1934),先后在"文学概论"类著作和"中国文学批评史"写作中建立了"体裁论"与"风格论"并列的文体论阐释模式。

中国现代文学史研究已积累了诸多方法,建立了诸多范式,"文体"研究当是其中重要一种。但总的来看,既有中国现代文学的"文体"研究在关注现代文学语言形式的同时,尚未认识到现代"文体"概念内涵的阶段性呈现与现代文学语言发展的阶段性诉求之间的内在关联。考察日本近代文体观和西方文类学、语体学对中国现代文体观的深刻影响,比较中国传统文体观与现代文体观的异同,辨析中国现代文体观的多层次内涵,梳理现代文论和文学批评中"文体"概念的使用特点和规律,有助于充分展开中国现代文学发展史的另一个重要维度,为现代文学的文体研究奠定更扎实的学理基础,注入更丰富的历史内涵。

参 考 文 献

中国古代、近代、现代历史文化典籍

(汉)班固撰,(唐)颜师古注:《汉书》,中华书局,1962年。
陈学恂主编:《中国近代教育史教学参考资料》,人民教育出版社,1986年。
(南朝宋)范晔撰,(唐)李贤等注:《后汉书》,中华书局,1965年。
(晋)郭象注,(唐)成玄英疏:《庄子注疏》,中华书局,2011年。
(战国)韩非:《韩非子》,商务印书馆,2016年。
黄晖撰:《论衡校释》,中华书局,1990年。
(清)黄遵宪:《日本国志》,富文斋光绪十九年(1893)刊版。
(唐)李延寿撰:《北史》,中华书局,1974年。
梁启超著,汤志钧、汤仁泽编:《梁启超全集》,中国人民大学出版社,2018年。
(三国)刘劭撰,梁满仓译注:《人物志》,中华书局,2009年。
(汉)刘熙撰,(清)毕沅疏证,(清)王先谦补,祝敏彻、孙玉文点校:《释名疏证补》,中华书局,2008年。
(汉)刘向撰,程翔评注:《说苑》,商务印书馆,2018年。
(南朝宋)刘义庆著,(南朝梁)刘孝标注,余嘉锡笺疏:《世说新语笺疏》,中华书局,1983年。
鲁迅:《鲁迅全集》,人民文学出版社,2005年。
(清)阮元校刻:《十三经注疏》,中华书局,1980年影印本。
(梁)沈约撰:《宋书》(修订本),中华书局,2019年。
(汉)司马迁撰,(南朝宋)裴骃集解,(唐)司马贞索隐,(唐)张守节正义:《史记》(修订本),中华书局,2014年。
(魏)王弼、(晋)韩康伯注,(唐)孔颖达等正义,黄侃经文句读:《周易正义》,上海古籍出版社,1990年。
王国维著,周锡山编校:《王国维集》,中国社会科学出版社,2008年。
王利器校注:《盐铁论校注》(定本),中华书局,1992年。

王明编：《太平经合校》，中华书局，2004年。
（清）王先谦撰，沈啸寰、王星贤点校：《荀子集解》，中华书局，1988年。
闻一多著，孙党伯、袁謇主编：《闻一多全集》，湖北人民出版社，1993年。
（南朝梁）萧绎撰，许逸民校笺：《金楼子校笺》，中华书局，2011年。
（梁）萧子显撰：《南齐书》（修订本），中华书局，2019年。
徐元诰撰，王澍民、沈长云点校：《国语集解》（修订本），中华书局，2002年。
（汉）许慎撰，（清）段玉裁注：《说文解字注》，上海古籍出版社，1988年。
（汉）荀悦撰，（明）黄省曾注，孙启治校补：《申鉴校补》，中华书局，2012年。
（北齐）颜之推著，王利器集解：《颜氏家训集解》，中华书局，1993年。
杨伯峻译注：《论语译注》，中华书局，1980年。
（隋）姚思廉撰：《梁书》，中华书局，1973年。
（清）章学诚著，叶瑛校注：《文史通义校注》，中华书局，1985年。
（汉）郑玄注，（唐）贾公彦疏，彭林整理：《周礼注疏》，上海古籍出版社，1990年。
（汉）郑玄注，（唐）孔颖达正义，吕友仁整理：《礼记正义》，上海古籍出版社，2008年。
（战国）左丘明撰，（晋）杜预集解：《春秋经传集解》，上海古籍出版社，1997年。

中国古代文学、文论典籍

（南朝宋）鲍照著，丁福林、丛玲玲校注：《鲍照集校注》，中华书局，2016年。
（南朝宋）鲍照著，钱仲联增补集说校：《鲍参军集注》，上海古籍出版社，2008年。
〔日〕遍照金刚撰，王利器校注：《文镜秘府论校注》，中国社会科学出版社，1983年。
（唐）陈子昂撰，徐鹏校点：《陈子昂集》（修订本），上海古籍出版社，2013年。
丁福保编：《历代诗话续编》，中华书局，2006年。
（宋）洪兴祖著，白化文等点校：《楚辞补注》，中华书局，1983年。
（明）胡应麟：《诗薮》，上海古籍出版社，1958年。
（宋）黄庭坚著，刘琳等校点：《黄庭坚全集》，四川大学出版社，2001年。
（唐）皎然著，李壮鹰校注：《诗式校注》，人民文学出版社，2003年。
（南朝梁）刘勰著，（清）纪晓岚译：《纪晓岚评文心雕龙》，江苏广陵古籍刻印社，1997年。
（南朝梁）刘勰著，范文澜注：《文心雕龙注》，人民文学出版社，1958年。
（南朝梁）刘勰著，陆侃如、牟世全译注：《文心雕龙译注》，齐鲁书社，1995年。

(南朝梁)刘勰著,周振甫注释:《文心雕龙注释》,人民文学出版社,1981年。
刘永济:《文心雕龙校释》,中华书局,2007年。
(唐)陆龟蒙撰,宋景昌、王立群点校:《甫里先生文集》,河南大学出版社,1996年。
(晋)陆机著,张少康集释:《文赋集释》,人民文学出版社,2002年。
逯钦立辑校:《先秦汉魏晋南北朝诗》,中华书局,1980年。
(宋)阮阅编,周本淳校点:《诗话总龟后集》,人民文学出版社,1987年。
(清)王夫之评选,张国星点校:《古诗评选》,河北大学出版社,2008年。
吴文治主编:《明诗话全编》,凤凰出版社,1997年。
(南朝梁)萧统编,(唐)李善注:《文选》,中华书局,1977年。
(清)严可均辑:《全上古三代秦汉三国六朝文》,河北教育出版社,1997年。
(宋)严羽著,郭绍虞校释:《沧浪诗话校释》,人民文学出版社,1961年。
叶朗总主编:《中国历代美学文库·秦汉卷》,高等教育出版社,2003年。
俞绍初辑校:《建安七子集》,中华书局,2005年。
郁沅、张明高编选:《魏晋南北朝文论选》,人民文学出版社,1996年。
(宋)张戒著,王云五主编:《岁寒堂诗话》(丛书集成初编),上海商务印书馆,1939年。
张少康、卢永璘编选:《先秦两汉文论选》,人民文学出版社,1996年。
(南朝梁)钟嵘著,曹旭集注:《诗品集注》(增订本),上海古籍出版社,2011年。
周维德集校:《明诗话全编》,齐鲁书社,2005年。
(宋)朱熹撰,蒋立甫校点:《楚辞集注》,上海古籍出版社、安徽教育出版社,2001年。

中国古代文字、文学、文论、文化研究著作

陈桐生:《〈孔子诗论〉研究》,中华书局,2004年。
陈望道:《修辞学发凡》,上海人民出版社,2001年。
陈耀南:《文心雕龙解》,黎明文化事业公司,1986年。
陈允吉:《古典文学佛教溯缘十论》,复旦大学出版社,2002年。
陈钟凡:《汉魏六朝文学》,商务印书馆,1935年。
陈子展撰,徐志啸导读:《中国近代文学之变迁　最近三十年中国文学史》,上海古籍出版社,2000年。
褚斌杰:《中国古代文体概论》,北京大学出版社,1990年。
〔日〕儿岛献吉郎著,胡行之译述:《中国文学概论》,上海北新书局,1930年。
龚鹏程:《文学批评的视野》,大安出版社,1990年。

郭沫若:《金文丛考》,人民出版社,1954年。
郭绍虞:《照隅室语言文字论集》,上海古籍出版社,2009年。
郭绍虞:《中国文学批评史》,百花文艺出版社,2008年。
黄春贵:《文心雕龙之创作论》,文史哲出版社,1978年。
黄侃:《文心雕龙札记》,中华书局,1962年。
(清)黄生撰,黄承吉合按,刘宗汉点校:《字诂义府合按》,中华书局,1984年。
季镇淮著,夏晓虹编选:《季镇淮文选》,北京大学出版社,2010年。
姜亮夫:《楚辞通故》,云南人民出版社,1999年。
姜亮夫:《文学概论讲述》,云南人民出版社,2000年。
李炳海:《黄钟大吕之音——古代辞赋的文本阐释》,吉林人民出版社,2001年。
李立信:《七言诗之起源与发展》,新文丰出版有限公司,2001年。
李圃主编:《古文字诂林》,上海教育出版社,1970年。
李泽厚:《美的历程》,文物出版社,1981年。
李泽厚:《由巫到礼 释礼归仁》,生活·读书·新知三联书店,2015年。
廖序东:《楚辞语法研究》,商务印书馆,2006年。
林庚:《诗人屈原及其作品研究》,上海古籍出版社,1981年。
林庚:《中国文学简史》,北京大学出版社,1995年。
〔日〕铃木虎雄著,孙俍工译:《中国古代文艺论史》,上海北新书局,1928—1929年。
刘大杰:《古典文学思想源流》,上海书店出版社,2008年。
刘师培著,李妙根编:《刘师培论学论政》,复旦大学出版社,1990年。
刘跃进:《门阀士族与永明文学》,生活·读书·新知三联书店,1996年。
逯钦立:《逯钦立文存》,中华书局,2010年。
罗根泽:《罗根泽古典文学论文集》,上海古籍出版社,2009年。
罗振玉:《殷虚书契考释三种》,中华书局,2006年。
罗宗强:《魏晋南北朝文学思想史》,中华书局,1996年。
缪俊杰:《文心雕龙美学》,文化艺术出版社,1987年。
牟世金:《文心雕龙研究》,人民文学出版社,1995年。
戚良德:《文心雕龙学分类索引》,上海古籍出版社,2005年。
〔日〕青木正儿著,郭虚中译:《中国文学发凡》,商务印书馆,1936年。
邱世友:《水明楼小集》,花城出版社,1984年。
石家宜:《〈文心雕龙〉系统观》,江苏古籍出版社,2001年。
睡虎地秦墓竹简整理小组编:《睡虎地秦墓竹简》,文物出版社,2001年。
〔日〕松浦友久著,陈植锷、王晓平译:《唐诗语汇意象论》,中华书局,1992年。

〔日〕松浦友久著,孙昌武、郑天刚译:《中国诗歌原理》,辽宁教育出版社,1990年。
唐钺:《国故新探》,商务印书馆,1927年。
王元化编选:《日本研究〈文心雕龙〉论文集》,齐鲁书社,1983年。
王运熙:《文心雕龙探索》,上海古籍出版社,1986年。
《文心雕龙学综览》编委会编:《文心雕龙学综览》,上海书店出版社,1995年。
吴其昌:《殷墟书契解诂》,武汉大学出版社,2008年。
吴世昌:《梁启超传》,百花文艺出版社,2004年。
萧涤非:《汉魏六朝乐府文学史》,人民文学出版社,1984年。
徐复观:《中国文学精神》,上海书店出版社,2004年。
〔日〕盐谷温著,陈彬龢译:《中国文学概论》,北京朴社,1926年。
叶嘉莹:《汉魏六朝诗讲录》,河北教育出版社,2000年。
于省吾主编:《甲骨文字诂林》,中华书局,1996年。
余冠英:《汉魏六朝诗论丛》,商务印书馆,2010年。
禹克坤:《〈文心雕龙〉与〈诗品〉》,人民出版社,1989年。
袁行霈:《中国文学史》,高等教育出版社,1999年。
詹锳:《刘勰与〈文心雕龙〉》,中华书局,1980年。
詹锳:《文心雕龙义证》,上海古籍出版社,1989年。
张少康:《刘勰及其〈文心雕龙〉研究》,北京大学出版社,2010年。
钟子翱、黄安桢:《刘勰论写作之道》,长征出版社,1984年。
周振甫、冀勤编著:《钱锺书〈谈艺录〉读本》,上海教育出版社,1992年。
朱芳圃:《殷周文字释丛》,中华书局,1962年。
朱光潜撰,米立元导读:《诗论》,上海古籍出版社,2001年。
朱恕之:《文心雕龙研究》,南郑县立民生工厂,1944年。

中国古代文字、文学、文论研究论文

陈飞:《古"文"原义——"人本"说》,《文学评论》2007年第5期。
陈广宏:《黄人的文学观念与19世纪英国文学批评资源》,《文学评论》2008年第6期。
陈耀南:《〈文心〉"风骨"群说辨疑》,《求索》1988年第3期。
程天祐:《〈文心雕龙〉的"通变"论》,《吉林大学社会科学学报》1962年第3期。
崔文恒:《"文学的自觉时代"论理》,《阴山学刊》2003年第6期。
戴建业:《论元嘉七言古诗诗体的成熟——兼论七古艺术形式的演进》,《文艺研究》2008年第8期。

邓仕樑:《能研诸虑,何远之有哉!——〈文心雕龙·风骨〉九虑》,台北"中研院"中国文哲研究所编:《中国文哲研究集刊》第 12 期,1998 年 3 月。

范卫平:《"文学自觉"问题论争评述———兼与张少康、李文初先生商榷》,《甘肃社会科学》2001 年第 5 期。

冯胜利:《论三音节音步的历史来源与秦汉诗歌的同步发展》,《语言学论丛》第三十七辑,商务印书馆,2008 年。

葛晓音:《早期七言的体式特征和生成原理——兼论汉魏七言诗发展滞后的原因》,《中国社会科学》2007 年第 3 期。

龚克昌:《汉赋——文学自觉时代的起点》,《文史哲》1988 年第 5 期。

郭建勋:《论楚辞孕育七言诗的独特条件及衍生过程》,《中州学刊》2002 年第 5 期。

郭建勋、闫春红:《再论楚辞体与七言诗之关系》,《中国韵文学刊》2009 年第 3 期。

黄海章:《论刘勰的文学主张——文心雕龙研究之一》,《中山大学学报》(社会科学版)1956 年第 3 期。

贾树新:《〈诗品〉的"奇"》,《松辽学刊》1988 年第 3 期。

贾树新:《试释通变》,《松辽学刊》,1992 年第 4 期。

蒋寅:《关于中国古代文章学理论体系——从〈文心雕龙〉谈起》,《文学遗产》1986 年第 6 期。

蒋祖怡:《试析刘勰与钟嵘的诗论》,《文心雕龙学刊》第 4 辑,齐鲁书社,1986 年。

李春青:《西汉后期主流话语中"文"的含义及其文化意蕴——以〈盐铁论〉为核心》,《河北学刊》2012 年第 4 期。

李旭:《高度成熟的中国诗学范畴:风骨》,《文艺研究》2000 年第 6 期。

李永祥:《"春秋文学自觉"论——兼与赵敏俐先生〈"魏晋文学自觉说"反思〉商榷》,《汕头大学学报》(人文社会科学版)2010 年第 2 期。

梁临川:《〈文心雕龙〉与〈诗品〉的分歧》,《上海大学学报》1991 年第 2 期。

刘波:《〈诗经〉中折射出的文学自觉意识——再议文学自觉时代起讫划分》,《重庆理工大学学报》(社会科学)2007 年第 7 期。

卢永璘:《美文的写作原理——也谈〈文心雕龙〉的性质》,《文心雕龙研究》第 4 辑,北京大学出版社,2000 年。

陆侃如:《〈文心雕龙〉术语用法举例——书〈释"风骨"〉后》,《文学评论》1962 年第 2 期。

马茂元:《说通变》,《江海学刊》1961 年 11 月号。

牟世金:《文律运周 日新其业——〈文心雕龙·通变〉新探》,《文史哲》1989

年第 3 期。

石家宜:《〈文心雕龙〉与〈诗品〉比较》,《南京师范大学文学院学报》2007 年第 1 期。

舒直:《略谈刘勰的风骨论》,《光明日报》1959 年 8 月 16 日。

宋华强:《释甲骨文"戾"和"体"》,《语言学论丛》第 43 辑,商务印书馆,2011 年。

谭帆:《刘勰和钟嵘文学批评方法的比较》,《学术月刊》1985 年 4 月第 4 期。

谭佳:《从"风骨"研究看古代文论的困境》,《文学遗产》2005 年第 4 期。

童庆炳:《〈文心雕龙〉"风清骨峻"说》,《文艺研究》1999 年第 6 期。

涂光社:《"文学自觉时代"泛议》,徐中玉、郭豫适主编:《古代文学理论研究》第 23 辑,华东师范大学出版社,2005 年。

王承斌:《〈诗品〉与〈文心雕龙〉诗学观之比较》,《思茅师范高等专科学校学报》2007 年第 4 期。

王运熙:《七言诗形式的发展和完成》,《复旦学报》(人文社科版)1956 年第 2 期。

王运熙:《钟嵘诗论与刘勰诗论的比较》,《文学评论》1988 年第 4 期。

王运熙:《钟嵘〈诗品〉论"奇"》,《光明日报·文学遗产》1986 年 7 月 29 日。

邬国平:《刘勰与钟嵘文学观"对立说"商榷》,《文艺理论研究》1984 年第 3 期。

吴承学:《生命之喻——论中国古代关于文学艺术人化的批评》,《文学评论》1994 年第 1 期。

吴承学:《中国文章学成立与古文之学的兴起》,《中国社会科学》2012 年第 12 期。

吴圣昔:《评以"变"论文——〈文心雕龙〉综论之一》,《中南民族学院学报》1981 年第 2 期。

萧华荣:《刘勰与钟嵘文学思想的差异》,《中州学刊》1983 年第 6 期。

闫月珍:《器物之喻与中国文学批评——以〈文心雕龙〉为中心》,《中国社会科学》2013 年第 6 期。

闫月珍:《文学的自觉:一个命题的预设与延异》,《华南师范大学学报》(社会科学版)2005 年第 1 期。

杨柳桥:《〈文心雕龙〉文章理论的唯心主义本质》,《文史哲》1980 年第 1 期。

郁沅:《〈文心雕龙〉"风骨"诸家说辩正》,《文艺理论研究》1998 年第 6 期。

詹福瑞:《文士、经生的文士化与文学的自觉》,《河北学刊》1998 年第 4 期。

张明非:《从〈文心雕龙〉〈诗品〉的局限性看时代风气对文学批评的影响》,《广西师范大学学报》1986 年第 3 期。

张少康:《论文学的独立和自觉非自魏晋始》,《北京大学学报》(哲学社会科学版)1996年第2期。

赵昌平:《回归文章学——兼谈〈文心雕龙〉的文章学架构》,《文学遗产》2003年第6期。

赵敏俐:《论七言诗的起源及其在汉代的发展》,《文史哲》2010年第3期。

赵敏俐:《七言诗并非源于楚辞体之辨说——从〈相和歌·今有人〉与〈九歌·山鬼〉的比较说起》,《深圳大学学报》(人文社会科学版)2008年第3期。

赵敏俐:《"魏晋文学自觉说"反思》,《中国社会科学》2005年第2期。

赵兴明:《〈文心雕龙〉是一部文章学概论》,《殷都学刊》1989年第4期。

"中研院"中国文哲研究所编:《中国文哲研究集刊》第12期,台北1998年3月。

周兴陆:《〈文心雕龙·通变〉辨正》,《中国文学研究》(辑刊)2014年第2期。

朱东润:《论刘勰》,《复旦学报》(社会科学版)2013年第6期。

祖保泉:《〈文心·通变〉通解》,《艺谭》1985年第2期。

中国现代文学批评

成仿吾:《从文学革命到革命文学》,《创造月刊》第1卷第9期,1928年2月。

锦明:《论体裁描写与中国新文艺》,《文学周报》第5卷第2期,1928年2月合订本。

瞿宣颖:《文体说》,《甲寅周刊》第1卷6号,1925年8月。

罗家伦:《驳胡先骕君的中国文学改良论》,《新潮》1919年第5期。

欧阳哲生编:《胡适文集》第2、3、9卷,北京大学出版社,1998年。

吴文祺:《文学革命的先驱者——王静庵先生》,《小说月报》第17卷号外,1927年6月。

赵家璧主编,胡适编选:《中国新文学大系·建设理论集》,上海良友图书印刷公司,1935年。

赵家璧主编,郁达夫编选:《中国新文学大系·散文二集》,上海良友图书印刷公司,1935年。

钟叔河编:《周作人散文全集》第2、3卷,广西师范大学出版社,2009年。

周作人著,止庵校订:《苦雨斋序跋文》,河北教育出版社,2002年。

朱自清:《标准与尺度·论通俗化》,岳麓书社,2011年。

日本与西方文学、文论、文化著作及其研究

〔日〕安田敏朗:《脱"日本语"への视座》,三元社,2003年。

〔日〕本间久雄著,章锡琛译:《新文学概论》,商务印书馆,1925年;开明书店,

1930年订正本,订正版名为《文学概论》。

〔日〕大槻文彦编纂:《大言海》,富山房,1891年。

《汉字字典》,外国人のための文化厅,1966年初版,1979年二版。

〔日〕加藤周一、前田爱主编:《日本近代思想大系16·文体》,岩波书店,1989年。

〔美〕勒内·韦勒克、奥斯汀·沃伦著,刘象愚、刑培明、陈圣生等译:《文学理论》(新修订版),浙江人民出版社,2017年。

〔日〕铃木贞美著,王成译:《文学的概念》,中央编译出版社,2011年。

潘钧:《日本汉字的确立及其历史演变》,商务印书馆,2013年。

〔日〕坪内逍遥著,刘振瀛译:《小说神髓》,人民文学出版社,1991年。

〔法〕沙尔·巴依著,裴文译:《语言与生命》,南京大学出版社,2006年。

〔日〕山本正秀编著:《近代文体形成史料集成·发生篇》,樱枫社,1978年。

〔日〕太田善男:《文学概论》,东京博文馆,1896年。

〔日〕土井忠生、〔日〕森田武、〔日〕长南实编译:《日葡辞书》,长崎学林,1603年,1980年译印。

王向远选译:《日本古典文论选译》,中央编译出版社,2012年。

〔日〕西周:《知说》,《明六杂志》第25号,1874年7月。

〔日〕小森阳一著,陈多友译:《日本近代国语批判》,吉林人民出版社,2003年。

〔日〕新村出主编:《广辞苑》,上海外语教育出版社,2012年。

〔日〕中江兆民著,吴藻溪译:《一年有半·续一年有半》,商务印书馆,1979年。

〔日〕子安宣邦著,赵京华译:《东亚论——日本现代思想批判》,吉林人民出版社,2011年。

〔日〕佐藤喜代治编:《国语学研究事典》,明治书院,1977年。

后　　记

　　自博士后工作至今，涉足中国文体论研究已十有五载。这十五年跨越了"不惑"与"知天命"两个重要人生阶段，而我所从事的文体学研究，也似乎从最初的"解惑"之需，慢慢变成了学术人生的一项"天命"。

　　说是"天命"，意味着我会继续以文体学研究作为今后的主要学术志业。究其原因，一方面如刘勰所言，"生也有涯，无涯惟智。逐物实难，凭性良易"（《文心雕龙·序志》篇），对一个学者来说，其学术道路能否坚持，一在适合性情，二在发挥所长，一辈子能做好"一件事"，似乎也是一个不算太低的目标。另一方面，作为研究对象的文体论，其本身即蕴含着非常广阔的学术空间，而在通过前期研究突破有关学理性"成见"之后，中国传统文体论的内部关系及其与日本近代文体学、中国现代文体学、西方语体学、西方文类学等的历史联系和外部关系，都得以更真切、更全面地呈现出来，也为进一步研究提供了很多新思路与新课题。

　　这本书是国家社科基金项目"中国文体论的原初生成与现代嬗变"的最终成果。这个项目能够获准立项，首先要感谢所有评审专家。2013年6月立项后，我即开始围绕研究计划与撰写提纲，多方收集文献资料。其中文体论的"现代嬗变"阶段涉及诸多日语文献，为此我曾多次前往国家图书馆、北京大学图书馆以及北京外国语大学校内的北京日本学研究中心借阅相关书籍资料。北京日本学研究中心所藏日本文体学史料和著述尤为丰富，有很多不见于京内的其他图书馆，但是对外借的要求比较严格。我联系到在北外中文学院任教的冉利华师姐，她又辗转请求另一位同事相助，分若干次借出了我所需的一些日语书籍。借此机会，特别向冉利华师姐和她那位热心同事表达诚挚谢意！

与此同时,我将项目研究的部分具体内容设置成若干专题,纳入文艺学硕士研究生专业基础课"中国古代文论专题"的教学。项目研究经历了六年,相应的专题教学也经历了六七轮。我边教学、边研究、边思考、边写作,一个个教学专题渐次转化为一篇篇从一两万字到三四万字的论文,慢慢地也积累了近30万字的成果。这期间,有六七届文艺学硕士生参加过这门课程的学习,他们在课堂上的倾听、交流和报告,都以不同形式促进了我对这项研究的思考;而我每有相关论文撰成和发表,又总是会及时反馈回课堂,用以充实我的教学内容。因此,这本书既是一项科研成果,也是一项教学成果。我要向所有学习过这门课程的历届文艺学研究生表示感谢!

书中的大部分内容曾以论文形式在不同学术会议上做过报告和交流,其间也得到过多位师长如詹福瑞、左东岭、党圣元、袁济喜、李建中、陶礼天、李平、戚良德等先生的指点和肯定。论文又先后在《文学评论》《文艺理论研究》《北京师范大学学报》《文化与诗学》等刊物发表,在此也一并深致谢忱。感谢中国海洋大学牛月明教授惠寄他在日本访学期间所拍太男善男《文学概论》有关"文体"问题的多页文本,感谢安徽师范大学日语系赵文珍老师帮助翻译第七章中的几段日语文献,感谢我的硕士研究生胡一飞、谢光鑫等协助校对部分引文和查询部分注释。

在此项目进行期间,我经历了大悲大痛的人世之变。2015年上半年,我先后失去了两位至亲至敬的父辈。是年3月14日,家父在遭受大半年的病痛折磨后与世长辞。家父幼习古文诗词,接受过传统书塾和新式学堂教育,因遭逢世事和家道之变,无奈弃学归耕。后乃寄望于儿女,其间虽常遇不给之困,却尽其所能供子女五人完成了力所能及之学业。如今我既以授课撰述为业,而回望来处,更难禁不待之悲!

就在家父去世三个月后的6月14日,恩师童庆炳先生遽归道山。一时之间,如冰上凌霜,心中之痛,痛何可言!童先生是我国新时期文艺学的重要领军人物,在诸多文学理论领域皆有擘画之功,文学文体学即是其中之一。童先生在20世纪90年代初期发起的文学文体学基础理论研究,不仅有其自身的理论与实践意义,而且构成了他后来倡导的"文化诗学"的重要学理基础。我本人自博士后期间开始并持续至今的中国古代文体论研究,其最初动力即来自童先生文学文体学研究之感召。2015年的一个春日,抑或是初夏的一天,我和杨宁一道去见童先生。在他家的小客厅里,师生三人说笑间还谈到了童先生本人刚刚完成的一篇关于《文心雕龙》文体论的重要论文——《〈文心雕龙〉"文体"四层面说》(童先生去世后刊于《天津社会科学》2015年第5期),而这也很可能是我与恩师生前最后一次见面和交谈。

我之所以选择这种据史立论、以论明史、史论融通的方式对中国古代文体论及中国现代文体学、西方语体学等展开系统研究,一则希望能以绵薄之力,赓续童先生开创的新时期文学文体学研究;二则也希望能承传北师大文艺学学科重视基础理论建设的学术传统,为方兴未艾的中国文体学研究做出应有的努力和贡献。

最后,还要特别感谢北师大文学院为本书提供的出版资助。

姚爱斌

2020年6月24日